I0761827

Das Feuer der Hexen

Die Hexenlied-Trilogie Band 1

Gisele Stein

Dieses Buch ist meiner Schwester gewidmet.
Manche Menschen suchen ein Leben lang nach einer wahren Freundin; ich hatte das Glück, eine vom ersten Tag an zu haben.

Prolog

Norddeutschland, 1943

Der Vollmond rührte an ihrer Magie wie die Gezeiten am Meer.

Die Hexe grub ihre nackten Füße in den Sand, während der Nordseewind ihr den Mantel um die Beine peitschte. Die Gischt des Meeres benetzte ihr Gesicht und vermischte sich mit den ersten Regentropfen, die jegliche schädlichen Auswirkungen des Salzes auf ihr Handwerk wegwuschen. Unter ihren Zehen gab der nasse Sand mit jeder Welle nach und formte sich neu. Sie wiegte sich in diesem Rhythmus und summte tief aus ihrem Bauch heraus ein urtümliches Lied, das dem uralten Herzschlag der Erde glich, beständig wie die Berge, die sich vom Meeresgrund erhoben.

Sie hob das Gesicht zum Licht. Der Mond legte sich über ihre Züge, still und fordernd zugleich. Die Menschen fürchteten seine dunkle Seite, als trüge sie Gefahr in sich. Doch sie wusste es besser: Die Seite des Mondes, die man von der Erde nie zu

Gesicht bekommt, verbringt die Hälfte ihrer Zeit im Sonnenlicht, nur bleibt sie unserem Blick entzogen. Die dunkle Seite ist der Ort, an dem die verborgenen Mächte ruhen. Ruth Hausmann — so lautete der Name der Hexe — hatte dieses Paradox schon lange begriffen, lange bevor das Reich an ihre Tür klopfte, lange bevor sie Geheimnisse gegen Macht eintauschte: Die Dunkelheit war kein Feind. Sie war bloß Energie, die sich nur schwer bändigen ließ. Wer sie meiden wollte, blieb schwach. Wer sich ihr stellte, fand Stärke.

Ruths Weg führte *nicht* in den Abgrund; er führte ins Licht.

Magie rauschte durch ihre Adern, als sie sich auf die verborgene Seite konzentrierte. In dieser Nacht fühlte sie sich stärker als seit Wochen, vielleicht stärker als jemals zuvor. Die spätsommerliche Flut stand im Einklang mit dem Vollmond und öffnete ein Zeitfenster, schmal und vollkommen.

Als sie sich dem Land zuwandte, warteten sie bereits.

Achtundzwanzig Hexen standen im Kreis auf dem Strand, still wie Figuren aus Stein. Das Mondlicht schnitt ihre Gesichter aus, ließ Augenhöhlen tiefer, Wangen schärfer wirken. Sieben davon gehörten zu Ruths Schwarzmilan-Zirkel, Frauen, die an ihre Vision glaubten und ihr bis hierher gefolgt waren. Die anderen hatte man überredet, ja sogar gezwungen. Sie hielten an den alten Wegen fest, an der heimlichen Magie, die sie wie Funken unter kalter Asche bewahrten. Furcht hatte sie klein gemacht, Gewohnheit stumm. Einige ließen die Schultern hängen, andere pressten die Lippen zu harten Linien. Keine von ihnen erwiderte Ruths Blick.

Hinter dem Hexenkreis erhoben sich die Dünen, eine graue Mauer zwischen Meer und Land. Dahinter lag das provisorische Lager der Reichswetterabteilung auf Sylt, Zelte aus grobem Segeltuch, Holzstege, Masten mit flatternden Fahnen. Der Wind riss an allem, was nicht festgebunden war. Scheinwerfer tasteten die Dunkelheit ab, warfen harte Schneisen aus Licht auf die Wachen, die die Hexen umringten. Aus den Mündern der Soldaten stieg Atem, weiß und fremd in dieser nächtlichen Kälte, die nicht vom Wetter kam.

»Die Front nähert sich heute Nacht aus Nordwesten«, rief Ruth, ohne zu schreien. Der Wind trug ihre Worte weiter, als gehörten sie ihm. »Die britischen Bomber werden versuchen, Hamburg bis zum Morgengrauen zu erreichen. Ihr wisst, was zu tun ist.«

Die größte Hexe, Margot Kettering aus den Niederlanden, schüttelte kaum merklich den Kopf. »Dit is waanzin…«, zischte sie. *Das ist Wahnsinn.*

Muss ich dich daran erinnern, was auf dem Spiel steht? Ruths Gedanke schnitt direkt in Margots Bewusstsein. Telepathie war eine seltene Gabe, selbst für Hexen, doch Ruth beherrschte sie wie ein altbekanntes Werkzeug. Ihr Blick glitt zu einem der Wachen. Der Mann trat hervor, hob das Funkgerät an den Mund. Das Rauschen darin klang wie Atem zwischen Welten.

»Den Kindern geht es vorerst gut«, berichtete die Wache nach einem kurzen Austausch. »Aber ihr Wohlergehen hängt einzig und allein vom Erfolg der heutigen Nacht ab.«

Ein sichtbares Schaudern durchfuhr mehrere der Frauen. Sie alle wussten, wo ihre Kinder festgehalten wurden: in der hintersten Ecke des Zeltlagers, betreut von Erzieherinnen, die sich auf einen einzigen Befehl hin in Henkerinnen verwandeln konnten.

»Beginnt«, befahl Ruth.

Widerstreben wich der Notwendigkeit und die Hexen hoben die Arme. Ihre Stimmen erhoben sich ebenfalls, zu einem Gesang, der mit dem Heulen des Windes harmonierte und die herannahende Sturmfront rief. Dies war der vierte derartige Versuch in diesem Monat, aber heute Nacht würden sie weiter gehen als je zuvor.

Ruth sah, wie die Luft zwischen den Hexen zu leben begann. Ein Flirren, kaum sichtbar, dann ein leises Schimmern, als würde etwas Erwachtes zwischen ihnen atmen. Anima strömte von Körper zu Körper, zog leuchtende Bahnen über die Haut, sammelte sich in der Mitte des Kreises und stieg in einem schmalen Strahl zum Himmel auf. Hoch über ihnen begannen die Wolken zu brodeln.

Ein junger Offizier kam näher, zögernd, die Hand fest am Koppel. »Standartenführer Meyer verlangt einen Fortschrittsbericht«, sagte er, und sein Blick hing an den Wolken, die sich verdunkelten.

»Sagen Sie ihm, dass wir die Front wie befohlen verstärken«, erwiderte Ruth. »Die Kaltluft ist in Bewegung. In etwa sechzig Minuten trifft sie auf die Warmfront, genau über der Route der Bomber.«

»Und das ... Ausmaß?«, fragte er, kaum hörbar, als fürchte er, das Wort könnte den Sturm beschwören.

»Jenseits von allem, was wir bisher erreicht haben«, antwortete Ruth. Ein Lächeln glitt über ihr Gesicht, schmal und ohne Wärme. »Der Führer wird seinen undurchdringlichen Himmel bekommen.«

Als der Offizier sich entfernte, richtete Ruth ihre Aufmerksamkeit wieder auf den Kreis. Der Gesang war brüchig geworden, die Stimmen kratzten, als stemmten sie sich gegen etwas Unsichtbares. Die Hexen schwankten, Schweiß glänzte auf ihren Stirnen, und über ihnen drehte sich der Himmel zu schnell. Wolken pressten sich gegeneinander, verdrehten sich, als hätte der Wind seinen Verstand verloren.

Sie fühlte den Widerstand. Die Natur wehrte sich, langsam, aber unmissverständlich. Wetter brauchte Tage, um zu wachsen, nicht Minuten. Um diesen Prozess zu erzwingen, musste Energie gebündelt werden, die jedes natürliche Maß sprengte. Und was aus dem Gleichgewicht geriet, verlangte Ausgleich, irgendwo, irgendwann... meist mit Schmerz.

Früher hatten sie das beachtet. Ein Teil der Frauen hatte die überschüssige Kraft in den Boden abgeleitet, den Druck gezielt verteilt. Doch für diese Nacht galt ein anderer Befehl: volle Wirkung, keine Verzögerung, kein Ausgleich. *Überflüssige Vorsicht*, hatte man es genannt.

Ruth hatte gewarnt, hatte erklärt, dass Anima kein Werkzeug, sondern ein Kreislauf war. Doch ihre Worte hatten sich im Taumel aus Angst und Größenwahn verloren. Dem Deutschen Reich drohte der Sieg zu entgleiten.

Hitler wollte keinen Rat; er wollte Resultate.

Der Sturm nahm jetzt mit erschreckender Geschwindigkeit zu. Blitze flammten zwischen Wolken, die dafür noch viel zu jung waren. Der Wind fraß sich über den Strand, wirbelte Sand auf, der wie feine Klingen über Haut und Stoff schabte.

Gerda, eine Hexe aus dem Schwarzmilan-Zirkel, stürzte auf die Knie. Blut sickerte aus ihrer Nase, färbte den Sand dunkel. Sie zwang sich weiter, presste Worte hervor, die kaum noch Stimme hatten. Zu viel Salz. Es war durch die Haut gedrungen, hatte sich in ihren Kreislauf gefressen. Die anderen spürten es sofort, verlagerten die Strömung, trugen mit, was sie verlor.

Steh auf, sandte Ruth in ihren Geist. *Halte den Kreis*.

Zwei Wachen packten Gerda grob unter den Armen und zerrten sie hoch. Ihr Kopf hing schlaff, die Augen nach hinten verdreht, doch ihre Lippen formten weiter Silben, als würde das Lied sie singen, nicht umgekehrt.

Ein Schatten kroch durch Ruths Brust. Sie hatte diese Frauen angetrieben, bis sie zitterten. Aber nie, bis sie brachen.

Über ihnen zog der Sturm sich noch enger zusammen, formte eine gewaltige Spirale. Die Wolken schimmerten unnatürlich grün. Schließlich brach der Luftdruck völlig ein, was Ruths Ohren zum Knacken brachte und Schmerz ihr bis in den Kiefer schoss.

»Fräulein Hausmann!«, Meyer selbst näherte sich nun. Sein

Mantel schlug heftig gegen seine Beine, als er den Hang hinunterstieg. »Was geht hier vor?«

Bevor Ruth den Mund öffnen konnte, traf ein Blitz den Strand, keine zwanzig Meter entfernt. Sand schoss in die Luft, brennend und schwarz. Die Wachen zuckten, doch keiner wich.

»Die Intensität ist … höher als erwartet«, gab Ruth zu. »Wir sollten wirklich die Gruppe teilen und mit dem Ausgleich beginnen …«

»Auf keinen Fall.« Meyers Antwort schnitt hart wie ein Messer zwischen sie. »Das Ritual wird wie befohlen fortgesetzt. Der Sturm muss innerhalb der nächsten Stunde seine maximale Intensität erreichen.«

»Standartenführer, ich befürchte, das Gewitter ist zu unbeständig. Wenn wir nicht bald einen Teil der angesammelten Energie freisetzen …«

»Dies sind direkte Befehle aus Berlin«, fuhr Meyer sie an. »Das Reich kann sich keinen weiteren Bombenangriff auf Hamburg leisten. Ihre Hexen werden weitermachen, bis sie anderweitige Anweisungen erhalten.«

Wie auf Befehl sackte die nächste Hexe in sich zusammen. Niemand konnte mehr ausgleichen. Der Gesang brach, ein Herzschlag Stille, dann hob er wieder an, roh und heiser. Die Wachen hoben die Gewehre, als könnte Einschüchterung den Kreis retten.

Ruth sah von den Frauen zum Himmel, dann zu Meyer. Sie hatte vieles gerechtfertigt, seit sie sich dem Reich verschrieben hatte. Manches verdrängt, anderes geglaubt. Doch das hier war kein Opfer mehr. Das war Wahnsinn.

»Das Gleichgewicht kippt «, sagte sie und mühte sich, ihre Stimme ruhig zu halten. »Kein System kann so weit ohne Konsequenzen getrieben werden.«

Meyer trat einen Schritt näher. »Widersetzen Sie sich einem direkten Befehl, Fräulein?«

Ruth schwieg. Ihr Blick suchte das Lager hinter den Dünen,

wo man die Kinder der anderen Hexen gefangen hielt. Dann wandte sie sich wieder dem Kreis zu. Die Gesichter der Frauen wirkten hohl, der Schweiß glänzte im Mondlicht. Ihre Schwestern. Ihr Werk. Ihre Schuld.

Sie hatte geglaubt, das Bündnis mit dem Reich würde den Hexen Ansehen bringen. Dass Magie endlich nicht mehr gefürchtet, sondern geehrt würde. Stattdessen sah sie jetzt, was sie erschaffen hatte: Frauen, ausgezehrt bis auf den Kern, benutzt wie Werkzeuge.

Aber umkehren war jetzt unmöglich. Der Weg führte nur vorwärts. *Wahre Macht liegt in der Dunkelheit*, erinnerte sie sich. *Nur wer sie annimmt, kann wahre Größe erreichen.*

»Nein, Standartenführer. Ich rate lediglich zur Vorsicht.«

Meyer nickte knapp. »Vermerkt. Und jetzt: weitermachen. Der Sturm wartet nicht.«

Ruth hob die Arme, die Finger gespreizt wie Antennen. »Tiefer!«, befahl sie. »Schöpft aus der Erde unter euch, wenn es sein muss, aber stärkt die Verbindung!«

Der Befehl fuhr durch den Kreis. Die Hexen gehorchten, Zähne zusammengebissen, Körper im Rhythmus des Windes. Über ihnen raste der Himmel, die Wolken verdrehten sich, zu schnell, zu gleichmäßig. Das Meer bäumte sich auf, Wellen brachen mit einer Wucht, die jede Flut überstieg.

Dann spürte Ruth es. Ein Zittern, das nicht vom Wind kam. Der Punkt, an dem die Natur sich entzog. Jede Kraft forderte Rückgabe. Überschritt man die Grenze, drehte sich alles um. Was man beherrschen wollte, beherrschte einen.

Das erste Zeichen war unscheinbar: feine Reifkreise, die sich um die Füße der Frauen legten, trotz Wind und Gischt. Dann kam die Stille. Keine Brandung, kein Atem, kein Klang. Nur das Pochen ihres eigenen Herzens.

»Statusbericht!«, rief Meyer, und sein Ton verriet jetzt Angst.

Ruth reagierte nicht. Ihr Blick war nach oben gerissen. Der

Sturm drehte sich falsch herum, schneller, als die Welt begreifen konnte. Sie versuchte noch, ihn zu lenken, ihn westwärts zu zwingen, fort über das Meer. Doch die Verbindung riss.

Ein unsichtbarer Schlag ging durch den Kreis. Die Frauen wurden fortgeschleudert, fielen, stolperten, ihre Hände rissen auseinander. Schreie, Sand, Licht. Und über ihnen spannte sich ein Ring aus Blitzen, geschlossen wie ein Rad, das den Kreis der Hexen spiegelte. Brennend, tobend, und doch gleichzeitig viel zu still.

»Was machen Sie denn?« Meyers Stimme überschlug sich, ein rohes Stück Panik darin. »Machen Sie das sofort rückgängig!«

»Das kann ich nicht. «Ruth spürte eine seltsame Klarheit, so still, dass sie fast Frieden nannte. »Niemand kann das jetzt noch. So reagiert die Natur, wenn man nimmt und nichts zurückgibt.«

Margot war die Erste. Eben noch stand sie im Kreis, die Hände erhoben, dann brach sie in sich zusammen, lautlos, spurlos. Nur ein dunkler Fleck blieb im Sand. Die Nächsten folgten, Körper, die sich auflösten, Energie, die herausgerissen wurde, verschluckt vom Gleichgewicht, das sich selbst zurückholte.

Wachen liefen. Befehle verloren sich im Wind. Meyer schrie, doch seine Worte zerrissen, ungehört. Der Sturm senkte sich herab, ein Strudel aus Wind, Wasser und Anima, entfesselt, gierig, ohne Ursprung und Ziel.

Ruth rührte sich nicht. Sie sah, wie alles fiel, was sie erschaffen hatte. Spät, zu spät, verstand sie, dass Magie nie zum Dienen geschaffen war. Sie war Gesetz. Wer sie zwang, wurde von ihr gerichtet.

Der Strudel dehnte sich aus, verschlang Strand und Zelte, als wäre die Welt neu geformt aus Chaos. Im Zentrum stand Ruth, unbewegt. Über ihr öffnete sich das Auge des Sturms, still und gewaltig.

Das Letzte, was sie sah, bevor die Wolken sich über ihr

verschlossen, war der Mond. Unversehrt über dem Chaos lag er halb im Licht, halb im Schatten. Vollkommen im Gleichgewicht, so wie es sein muss.

Teil Eins

Kapitel Eins

Achtzig Jahre später

Der Wasserkessel zischt, als wolle er ein Geheimnis ausplaudern.

Ich trete an den winzigen Kanonenofen am Fenster, streiche mit der Hand über die Eichenholztheke, so glatt wie von Wasser geschliffene Kieselsteine. Die Maserung pulsiert unter meinen Fingern, ein gleichmäßiger Herzschlag, der in den Wurzeln der Pflanzen um mich weiterklingt. Das ist so ein Hexending, dieses Erspüren der Welt. Eine Glut, die nie ganz erlischt, egal wie tief ich sie vergrabe. An manchen Tagen will ich sie vergessen. An anderen halte ich mich an ihr fest. Weil sie beweist, dass es alles einst Wirklichkeit war.

Morgendämmerung kriecht über die Regale, bringt Einweckgläser zum Strahlen und spendet den Pflanzen in ihren Töpfen Kraft. Das Licht trifft mein Handy auf dem Fenstersims, ein unnatürliches Rechteck zwischen Holz und Kräutern, fehl am Platz wie ein Strommast im Wald.

Mein Blick landet auf dem Gerät, länger als nötig. Die Versuchung, nachzusehen, ist fast körperlich.

Hat sie meine Nachricht überhaupt gelesen?

Ein Windstoß stolpert durchs offene Fenster. Ich atme tief ein, den Duft von Kiefer, feuchter Erde und den wilden Blumen, die unten in den Tälern blühen. Der Sommer lässt sich im Harz Zeit, aber wenn er kommt, kommt er ganz. Jede Note in der Luft will bemerkt werden. Über mir schwingen Lavendel und Kamille an den Balken, ihr Rascheln mischt sich mit dem Zischen des Wassers.

Meine Hand schwebt über dem Handy, doch ich wende mich ab. Nachrichten finden ihren Weg, auch ohne dass man sie heraufbeschwört. Ich greife nach der Teekanne, krumm und unregelmäßig, ein Stück, das ich selbst gemacht habe. Keine glatte Linie, kein gleichmäßiger Rand, und genau deshalb liebe ich sie. Das heiße Wasser trifft auf Kamille, Melisse und eine Spur Engelwurz. Die Kräuter rollen sich auf, tanzen, verströmen ihren Duft. Er steigt auf, warm und süß, und irgendwo in ihm liegt eine Erinnerung. An eine Zeit, in der eine Tasse Tee mehr Magie enthielt als nur das bloße Ritual.

Ich greife nach einer Tasse, streiche mit den Fingern über das kühle Porzellan und versuche, in den kleinen Geräuschen des Morgens Ruhe zu finden. Das leise Schaben der Untertasse, das helle Klingen des Löffels, das Tropfen des Wassers in der Spüle – vertraute Klänge, die sonst Ordnung in den Tag bringen. Ich habe immer geglaubt, dass Geräusche den Moment festhalten, so wie Düfte Erinnerungen wachrufen. Geruch führt zurück. Klang hält fest.

Heute aber bleibt alles fern, wie ein Lied, das man kaum noch hört.

Der Tee zieht, während ich mir ein weiteres Warten notiere. Schließlich gieße ich mir eine Tasse ein. In dem Moment, als ich sie ansetze, reißt ein *Ping* durch die Stille. Ich zucke zusammen, heiße Flüssigkeit schwappt über meine Hand. So viel dazu, dass Klänge einen erden.

Ich greife mit der anderen Hand nach dem Handy und öffne Instagram. Alvas_Naturshop. Fünfzehntausend Menschen folgen mir, den Tees, Seifen und Salben, die ich aus Kräutern herstelle. Alles Handarbeit, alles hier in dieser kleinen Werkstatt. Zwischen den neuen Benachrichtigungen liegen Fotos von Paketen, Dankesnachrichten, kleine Herzen in den Kommentaren. Menschen, die schreiben, wie gut der Duft von Lavendel sie schlafen lässt.

Und trotzdem fühle ich mich merkwürdig still.

Alva Hausmann ist eine Magierin! Meine Haut war noch nie so weich!

Das steht in dem Beitrag, in dem ich markiert wurde. Der Ping kam von einer Firma, die eine Kooperation will – eine Linie mit umweltfreundlichen Reinigungsprodukten. Nett. Nützlich. Aber nicht das, worauf ich warte.

Ich bleibe auf dem Chatfenster hängen. Der Zeitstempel meiner letzten Nachricht starrt mich an wie ein Vorwurf.

Sofia, bist du das?

So hatte ich geschrieben.

Und ich wusste die Antwort, noch bevor ich die Worte tippte. Ihr Video war mir zufällig in den Feed gespült worden, mitten in einer nächtlichen Scroll-Session. Ich war aufgebracht wegen einer schlechten Rezension zu meinem Schlaf-Balm, wollte mich ablenken. Und dann sah ich sie.

Sofia.

Meinen Zwilling. Meine andere Hälfte.

Am Leben.

Ich öffne ihr Video wieder, zum hundertsten Mal. Sie spricht in die Kamera, selbstsicher, ein bisschen gefährlich, wie jemand, der gelernt hat, nicht mehr zu bitten. Wir waren nie eineiig, aber man hat uns immer erkannt: dieselben grünen

Augen, dasselbe rotbraune Haar, das schon unsere Mutter trug.

Jetzt ist alles anders.

Ihr Haar schwarz wie Tinte, die Haut übersät mit Tattoos, die Lippen rot wie Blut. Nur die Augen sind dieselben. Diese leuchtend-grünen Augen, die selbst durch einen Bildschirm alles verraten, was unausgesprochen bleibt. Die Augen, die mich seit Jahren nicht mehr angesehen haben.

Für jeden, der auch nur einen Funken Ahnung von Magie hat, sind ihre Videos ein einziger Aufschrei. Während ich meine Kräfte unter Verschluss halte, zeigt Sofia sie der Welt – getarnt als Entertainment. Sie schwebt über dem Boden und nennt es *Yoga Flow*. Sie braut Tränke gegen „Hangover", mischt Kräuter, die kein Arzt je verschreiben würde. Und ihre Katze, Janis Joplin, taucht in fast jedem Clip auf. Ein zickiger roter Fellball, offiziell ihr „süßer Assistent", in Wahrheit ihr vertrautes Tier. Es ist ein Wunder, dass ihr bisher niemand das Konto gesperrt oder das Gedächtnis gelöscht hat. Aber Sofia tut, als sei sie unantastbar. Als wüsste sie, dass jemand Mächtiges auf sie aufpasst.

Ihr Erfolg lässt sich nicht übersehen. Designerkleider. Luxusvillen. Wagen mit getönten Scheiben und einer eigenen Fahrerin, die ihr die Tür öffnet. Ganz richtig: Meine Schwester hat jetzt einen Chauffeur. Ich scrolle durch ihre Welt aus Glanz und Glitter und spüre, wie sich Neid und Unbehagen mischen. Etwas stimmt nicht. Woher kommt das Geld? Und wie, um alles in der Welt, ist sie in London gelandet?

Die Sofia, die ich kannte, hätte das alles natürlich geliebt. Das Rampenlicht, die Aufmerksamkeit. Aber sie hätte ihre Magie nie so entblößt.

Und vielleicht liegt genau darin der Haken.

Denn die Sofia, die ich kannte, lebt nicht mehr.

Ich lege das Handy mit einem frustrierten Laut auf die Arbeitsplatte und starre hinaus. Unsere Hütte steht am Fuß des Brockens, zu allen Seiten eingerahmt von Wald. Früher war sie ein Jagdhaus, jetzt trägt sie neues Kleid: frischer, weißer Putz umrahmt das dunkle Fachwerk, das neue Dach glänzt in Schiefergrau.

Draußen wuchert der Garten, als wolle er das Land zurückerobern. Nur kleine Inseln habe ich freigehalten, für Kräuter und Gemüse. Dazwischen breiten sich Wildblumen aus, tupfen Farbe in das tiefe Grün der Kiefern. Selbst hier, in den Bergen, findet man wohl kaum einen Ort, der so versteckt und friedlich wirkt wie unserer.

Wobei *unser* Ort nicht ganz stimmt. Die Hütte gehört dem Nationalpark, ein Diensthaus für Dennis, meinen Freund, den Förster. Meine Kräuter und ich sind vor zwei Jahren eingezogen.

Ich trommle mit den Fingern auf die Holzplatte, das leise Klopfen wird schneller, bis es mich selbst nervt. Die Funkstille, die von meinem Handy ausgeht, ist hartnäckig wie ein Insektenstich, den man nicht kratzen darf. Also zwinge ich mich, wegzusehen, lenke meinen Blick stattdessen in die hintere Ecke meiner kleinen Werkstatt. Wenn die neue Sofia schweigt, bleibt mir nur die alte... oder zumindest das, was mir von ihr geblieben ist.

Ich taste hinter den Büchern auf dem obersten Regal, bis meine Finger etwas Kühles berühren. Vorsichtig ziehe ich eine kleine Blechdose hervor, den Deckel löst ein leises Knacken.

Drinnen liegt mein ganzes Vorher. Dinge, die gleichzeitig trösten und wehtun.

Eine gepresste Edelweißblüte aus Mamas Garten.

Ein winziger Adler, den Papa geschnitzt hat, als ich sieben war.

Eine Kette aus Eicheln, die Sofia und ich für unsere erste Tagundnachtgleiche aufgefädelt hatten, stolz wie kleine Hexen.

Und dann – der Obsidian.

Er zieht den Blick auf sich, wie immer. Ich nehme ihn in die Hand. Kalt zuerst, dann warm. Die glatte Oberfläche schimmert, als hätte sie das Licht der Sterne verschluckt. Ich weiß nicht mehr, woher ich ihn habe. Nur, dass er aus jener Nacht stammt. Der Nacht des Unfalls. Der letzten Nacht, in der wir noch eine Familie waren. Mama. Papa. Sofia. Ich. Vielleicht habe ich ihn unbewusst eingesteckt, ein Stück *Davor*, das ich über die Grenze ins *Danach* getragen habe.

Jetzt erinnert er mich an alles, was ich verloren habe – und an das, was ich mir selbst verboten habe.

Der Stein erwärmt sich in meiner Hand. Erinnerungen lösen sich, schieben sich nach oben, schwer und scharf. Schuld frisst an mir. Scham kriecht unter die Haut. Der alte Schmerz erwacht, unbeirrbar wie Wurzelwerk, das den Frost überlebt.

Vielleicht ist Sofias Schweigen ein Geschenk. Vielleicht sollte man manche Türen nicht wieder öffnen. Aber selbst, während ich mir das einrede, spüre ich, dass es nicht stimmt. Ich blinzle heftig, halte die Tränen zurück, stecke den Obsidian in die Tasche. Er soll noch ein bisschen bei mir sein. Dann atme ich tief durch und wende mich dem zu, was mir Halt gibt: meinem Handwerk.

Heute mache ich Seife.

Ich gehe durch die Werkstatt, greife nach Olivenöl, Kokosöl, destilliertem Wasser. Dann nach den Kräutern. Lavendel und Rosmarin für Ruhe. Ringelblume für Heilung. Die Bewegung wird zum Rhythmus, jeder Handgriff zieht mich weiter weg von dem Strudel in meinem Kopf.

Es gibt zwei Arten, Seife herzustellen: das Heiß- und das Kaltverfahren. Heute entscheide ich mich für die heiße Methode. Sie ist schneller, und ich brauche die Ablenkung eines schnellen Ergebnisses, bevor ich wieder anfange, über Dinge nachzudenken, die keine Antwort haben.

Während ich die Zutaten in den Schongarer gieße, wird es leise in mir. Keine Gedanken, nur Bewegung. Messen. Rühren. Atmen. Das hier ist mein Frieden – schlicht, handfest, ohne Hintergedanken. Es gibt eine eigene Ruhe darin, etwas mit den Händen zu erschaffen, das Bestand hat. Etwas, das gut riecht, nützlich ist, schön wird.

Als die Öle sich lösen, kommt die Lauge dazu. Ein leises Zischen, dann das tiefe Summen des Stabmixers. Die Masse verdickt sich, träge und glatt, bis sie die richtige Konsistenz erreicht, den Moment, den wir *Leim* nennen. Der Duft füllt den Raum, hell und klar, ein sauberer Geruch, der für einen Augenblick alles übertönt.

Der Duft füllt den Raum, ein sauberer Geruch, der für einen Augenblick alles übertönt.

Doch kaum schließe ich die Augen, ist sie wieder da. Die Stille. Ihre Stille. Und ich weiß: sie ist selbst die Antwort. Nur eben nicht die, auf die ich gehofft hatte.

Sofia war immer die mit dem Feuer. Sie brachte Pläne mit, Chaos, Lachen. Ich folgte. Sie redete, bis alle taten, was sie wollte. Aber wenn sie schwieg, dann wurde die Welt still.

Wie damals, als ich ihre rosa Sonnenbrille zerbrach und mit einem Zauber flicken wollte. Danach sprach sie eine Woche lang kein Wort mit mir.

Ich lächle bitter.

Manche Dinge ändern sich nie; sie wachsen nur mit.

Etwas flackert am Rand meines Blickfelds. Ich drehe den Kopf. Die Flammen im Ofen tanzen, dann flachen sie ab, als hätte etwas Unsichtbares sie gestreift. Ich blinzle, ignoriere es. Mit einem Seufzen gieße ich die Seifenmasse in die Formen. Das Gewicht in meiner Brust ist zäher als das Gemisch in meinen Händen. *So ist es besser*, sage ich mir, als müsste ich mich selbst beruhigen. Hoffnung ist gefährlich. Ich habe keine zweite Chance verdient. Nicht nach damals.

Ich schiebe die Formen beiseite, lasse sie ruhen, streiche eine Spur Seife vom Rand. Sofort schießt ein Kribbeln durch meine Finger, ein zu scharfer, zu lebendiger Schlag für etwas so harmloses.

Ich erkenne meinen Fehler sofort.

»Ach, verdammte Scheiße«, fluche ich leise.

Vor lauter Nachdenken habe ich Magie mit eingebunden.

Sie hat sich in die Seife geschlichen, gezogen vom Feuer. Ich bemühe mich, ruhig zu atmen. Es passiert manchmal, wenn ich zu sehr im Kopf bin. Magie ist Austausch, ein ständiges Geben und Nehmen. *Anima*, nennen wir es – das Netz, das alles miteinander verknüpft. Wer es lenken will, muss die Fäden spüren, die sich zwischen allem spannen, und darf sie nur mit Vorsicht berühren.

Heute war ich nicht vorsichtig.

Und jedes Mal, wenn mir das passiert, frage ich mich, wie viele dieser Fäden ich schon unmerklich zum Reißen gebracht habe.

Ich starre auf die Seifenformen, und etwas in mir zieht sich zusammen. Selbst wenn ich versuche, etwas Harmloses zu tun, findet das Dunkle seinen Weg hinein. Wie damals. Wie in jener Nacht.

Ich breche ein Stück ab, reibe es zwischen den Händen. Der Schaum fühlt sich kalt an, viel zu kalt. Eine Taubheit breitet sich aus, kriecht die Arme hinauf. Dann ein Brennen. Als ich hinsehe, zieht sich ein roter Ausschlag über meine Haut. Die Seife hat aufgenommen, was in mir gärte – meine Unruhe, meine Schuld, mein ganzes Chaos.

»Na super…« Ich halte die Hände unter den Wasserhahn, schrubbe, bis die Haut spannt. Aber der Ausschlag bleibt.

Und natürlich geht in genau diesem Moment die Tür auf.

»Diese verdammten Wanderer ignorieren jedes Schild«, knurrt Dennis, noch halb draußen, während er die Tür hinter sich schließt. Seine Uniform ist makellos, nur die Stiefel mit Matsch bespritzt und das blonde Haar zerzaust vom Wind. Er bleibt verdutzt stehen, als er mich sieht.

»Was ist passiert?« Dennis ist in zwei Schritten bei mir, die Stirn in Falten gelegt. »Ist alles in Ordnung?«

»Es war die Seife«, sage ich und verziehe das Gesicht, während ich meine Hände weiter wasche. »Ich war nicht vorsichtig, und jetzt ist sie irgendwie umgeschlagen.«

»Das sieht dir gar nicht ähnlich«, sagt er und untersucht sanft den Ausschlag, der sich nun wie ein Lauffeuer über meine Haut ausbreitet. »Das sieht wirklich schlimm aus. Komm, lass uns etwas Salbe drauf tun.«

Er führt mich zum Stuhl, greift nach einem Glas vom Regal. »So, setz dich erstmal.«

Ich tue, was er sagt. Das Brennen lässt nach, als er die Salbe aufträgt, aber die Frustration bleibt. »Muss die Lauge gewesen sein«, murmle ich. » Oder meine Gedanken.«

Er lächelt nur kurz, ohne nachzufragen.

Ich erinnere mich noch gut an den Tag, an dem wir uns zum ersten Mal begegnet sind. Ich stand am Ufer der Warmen Bode, der Korb voll Pfifferlinge, als Förster Dennis Marquardt auftauchte – uniformiert, streng, mit Schäferhund Hermes an der Leine. Er wollte mich belehren, dass Pilze sammeln gefährlich sei. Dann sah er meinen harmlosen Fund und lachte. Wir sprachen daraufhin über essbare Sorten, über Wälder und Wetter, über Dinge, die leicht klingen, wenn sie neu sind.

So hat es angefangen, irgendwo zwischen Moos und dem Fluß… und einem Mann, der dachte, er müsse mich retten.

Er trägt die Salbe auf, seine Finger ruhig, die Haut darunter heiß. Ich spüre, wie er mich aufmerksam ansieht. »Also«, sagt er leise. »Was ist wirklich los? «

Ich zögere, die Worte bleiben mir im Hals stecken. Jetzt wäre der Zeitpunkt, ihm von Sofia zu erzählen, aber ich schiebe den Gedanken schnell beiseite. Hätte sie geantwortet, hätte ich ihm vielleicht etwas sagen müssen. Aber was nützt es jetzt? Es gibt so viel, was ich ihm bereits nicht erzählt habe, so viel, was ich ihm wahrscheinlich nie erzählen werde. Was macht da noch eines mehr aus?

»Ich wurde in einer negativen Bewertung markiert, das ist alles«, lüge ich.

»Ist es das, was dich stört? Für welches Produkt?«

»Der Schlaf-Balm. «

Er hebt die Brauen. »Hat er mal wieder nicht die gewünschte *Wirkung* erzielt?“ Ein Grinsen huscht über sein Gesicht.

Ich schaue ihn überrascht an. »Woher weißt du davon? «

»Hey, ich lese deine Bewertungen. Jemand muss ja auf dich aufpassen. «

Ich schnaube. »Ich habe nie behauptet, dass der Balm *das* bewirkt. «

Er lacht leise, aber ich tue es nicht. Denn ich weiß, was passiert ist:

Die *Wirkung*, von der Dennis spricht, hat nichts mit Schlaf zu tun. Es geht um dieses Leuchten, das manche Kundinnen nach dem Auftragen verspüren; ein Strahlen, das Blicke auf sich zieht, als hätte man plötzlich eine unsichtbare Anziehungskraft.

So, als würde die Haut selbst flirten…

Offenbar hatte ich, ähnlich wie jetzt bei der Seife, unbemerkt Magie in die Mischung gebracht, einen kleinen Zauber der Ausstrahlung, eingeschlichen in einem Moment, in dem mein eigener Körper empfänglicher war als sonst. Kurz gesagt: Ich hatte diese Auflage des Balsams während meines Eisprungs gebraut, und das Ergebnis war weniger *beruhigend* als *verführerisch*.

Seitdem schwören manche Kundinnen, die Salbe sei ein Liebeszauber.

Und ich schwöre mir, beim nächsten Mal die Finger stillzuhalten, wenn die Magie wieder nach draußen will.

»Vielleicht solltest du es nutzen. Könnte deinen Umsatz ankurbeln«, witzelt Dennis, aber als er meinen verärgerten Gesichtsausdruck sieht, rudert er schnell zurück. »So, alles wieder gut.« Er schraubt den Deckel wieder auf die Salbe und küsst mich auf die Stirn. »Ich gehe jetzt erstmal duschen, und dann erwarte ich ein Festmahl«, fügt er mit einem spielerischen Klaps auf meine Knie hinzu.

Dennis kocht nicht. Hat er noch nie. Wir haben uns in eine

Haushaltsroutine eingelebt, in der er die »Männer«-Aufgaben wie Autowartung und Tischlerarbeiten übernimmt und ich die Rolle der Hausfrau. Ich habe es nie übers Herz gebracht, ihm zu sagen, dass ich all seine Arbeiten durchaus selbst erledigen kann.

»Oh, bevor ich es vergesse«, sagt er auf dem Weg nach draußen, »der hier ist für dich angekommen.«

Er greift in eine seiner Taschen und legt einen Brief auf die Tischplatte. »Sieht aus wie eine weitere Einladung von dieser heidnischen Cosplay-Gruppe aus Treseburg, die dich anfleht, ihre Elfenkönigin zu sein ...«

»Die Ohren dafür habe ich ja..«, scherze ich, wenn auch nur halbherzig. »Ich komme bald rüber.«

Als die Tür ins Schloss klickt, sammle ich die Reste der verdorbenen Seife ein, vorsichtig, die kontaminierte Mischung nicht wieder zu berühren. Mit einem Paar Einweghandschuhen kratze ich die geronnene Masse in einen Abfalleimer und wische die Arbeitsplatte gründlich mit einer Desinfektionslösung ab. Sorgfältig reinige und sterilisiere ich alle Werkzeuge, bevor ich sie wegräume. Als ich meine Handschuhe ausziehe und entsorge, fällt mein Blick auf den Brief. Ich greife danach, mit der Absicht, ihn ungeöffnet in den Müll zu werfen. Doch ich stutze, als ich die markante Schrift auf dem Umschlag bemerke. Die Adresse ist mit dunkelblauer Tinte geschrieben, die Schrift elegant, geschwungen. Ihr Anblick jagt mir ein vertrautes Beben über den Rücken. Ich habe schon einmal so einen Brief gesehen, aber das ist Jahre her. Viele, *viele* Jahre. Und damals war er nicht an mich adressiert gewesen, sondern an meine Mutter. Wie hoch ist die Wahrscheinlichkeit, dass ein solcher Brief in derselben Woche ankommt, in der ich Sofia kontaktiere – eine *Hexe*?

Ich schiebe einen Finger unter die Lasche, und das Wachssiegel bricht mit einem leisen Knacken. Das Pergament fühlt sich uralt und doch lebendig an. Ich falte den Brief auf. Hastig. Hungrig. Der Atem stockt mir im Hals, als ich zu lesen beginne.

Kapitel Zwei

Zwei Tage zuvor

Ember starrt auf ihr Handy. Die Nachricht leuchtet vom Bildschirm, jedes Wort ein Echo aus einer Vergangenheit, die sie vergraben glaubte.

Sofia, bist du das?

Der Name löst einen Sturm in ihr aus. Erinnerungen steigen auf, die sie mit aller Kraft hatte ertränken wollen.

Alva.

Sie öffnet das Profil und spürt ein Ziehen im Magen, während sie durch den Feed scrollt. Der Account einer Kräuterkundigen zeigt ruhige Bilder und Videos, erfüllt von der Schönheit alter Handwerkskunst. Gläser mit getrockneten Kräutern und Gewürzen, stumpfe Scheren, Bienenwachskerzen. Hände, die Mörser und Stößel führen, Zutaten zerreiben, mischen, verwandeln. Doch nicht der ästhetische Feed hält Embers Blick fest. Es ist das Gesicht, das ihr von einem der

Posts entgegenblickt, ein Gesicht, das sie nie wieder zu sehen geglaubt hatte.

Alva.

Sie tippt auf das Bild. Die Welt hält an. Ihr Brustkorb schnürt sich zusammen, als drücke eine unsichtbare Hand ihr die Luft ab. Alva schreibt ihr. Eine Nachricht, so unwirklich, sie könnte von einem Geist stammen. Das Gesicht auf dem Bildschirm ist älter, die Züge schärfer, doch die Ähnlichkeit lässt keinen Zweifel. Ihre Schwester. Einst die schlaksige Teenagerin, jetzt eine Frau. Tränen steigen auf und drohen, die Fassade zu brechen, die Ember sich über Jahre aufgebaut hat. In diesem Moment ist sie nicht mehr die glänzende Königin von Soho, sondern ein verlorenes Kind, das die Wahrheit erkennt, die es kaum zu hoffen wagte: Alva lebt.

Die Bürotür schwingt mit einem lauten Quietschen auf, was sie fast vom Stuhl aufspringen lässt.

»Was jetzt? Musst du immer so hereinstürmen?«, faucht sie und dreht sich um.

Pippa Watson steht in der Tür, der Blick leicht irritiert, aber ruhig. Nach Jahren an Embers Seite überrascht sie nichts mehr. Sie hat alles erlebt, was der Job als persönliche Assistentin von Ember Wild mit sich bringt: das Glänzende, das Bittere und das absolut Chaotische. Sie ist keine Hexe wie ihre Chefin, aber eine der wenigen Nichtmagischen, die um die Existenz von Magie wissen.

»Der Lieferant wartet seit zwanzig Minuten vor dem Club«, sagt Pippa mit nüchterner Ruhe. »Willst du für das Paket unterschreiben oder soll ich ihn wegschicken?«

Ember stöhnt und kratzt sich am Kopf. »Kannst du nicht in meinem Namen unterschreiben?«

»Wenn das ginge, glaubst du nicht, ich hätte das längst getan?«

»Stimmt. Gut. Ich komme ja schon.«

Sie steht auf, folgt Pippa hinaus und in das Herz des Clubs.

Der Laden gehört ihr, der Club mit dem treffenden Namen *MY PINK CAULDRON*. Das Interieur trägt deutlich ihre Handschrift, eine Mischung aus dunkler Eleganz und rohem Sexappeal. Die Neonschilder warten noch auf die Nacht, um den Raum in rosafarbenes Licht zu tauchen. Während sie sich ihren Weg bahnen und ihre Absätze leicht am klebrigen Boden haften bleiben, wendet sich Ember an Pippa.

»Wann wollte Mardequai sich treffen, sagtest du?«

»Heute Abend, zum Dinner im Stadthaus«, antwortet Pippa und tippt auf ihrem Tablet.

Ember verzieht den Mund. »Verschieb das bitte auf die Mittagszeit.«

Pippa hebt den Blick, trocken wie immer. »Ich bin nicht sicher, ob das so kurzfristig klappt.«

»Mach es einfach, okay?«, knurrt Ember. Dann bemerkt sie den Anflug von Ärger in Pippas Gesicht und atmet aus. »Bitte versuch es, meine liebe Pippa. Es ist wichtig.«

Pippa nickt und zieht ihr Handy aus der Brusttasche ihres Blazers.

Mardequai Guise ist Embers Ziehvater, der Mann, der sie aufnahm, nachdem sie mit dreizehn ihre Familie verloren hatte. Er brachte sie nach Dunmorrough Castle, sein abgelegenes Anwesen in Schottland, wo Ember zwischen alten Steinmauern aufwuchs und in den arkanen Künsten unterrichtet wurde. Als einer der unsterblichen Druiden repräsentiert Mardequai neben den Hexen die andere Hälfte der magischen Gemeinschaft. Während Ember und ihre Schwestern ein sterbliches Leben führen und ihre Kraft aus der Anima schöpfen, besitzen Druiden wie Mardequai keine eigene Magie – abgesehen von der Sache mit dem Nicht-Sterben, was, zugegeben, ein ziemlich guter Deal ist. Ewiges Leben ist eine andere Form von Macht, aber nicht weniger wirkungsvoll. Sie stützen sich auf Wissen, gesammelt über Jahrhunderte, und auf Geheimnisse, die sie mit Zähnen und

Klauen hüten. Erinnerung bildet das Fundament ihrer Vorherrschaft.

Vor dem Club unterschreibt Ember für die Lieferung. Pippa steht daneben, das Handy ans Ohr gedrückt, während sie versucht, sich über den Lärm von Soho hinweg verständlich zu machen: hupende Taxis, laute Gespräche, das Dröhnen von Bauarbeiten. Mit einer Hand deckt sie ihr freies Ohr ab, um den Rückwärtsalarm des Lieferwagens auszublenden.

»Er kann dich in einer Stunde im The Ivy treffen, aber er hat nur dreißig Minuten, bevor er mit dem Premierminister isst«, sagt Pippa.

»Dann muss das wohl reichen.«

Gerade als Ember sich umdreht, um in den Club zurückzugehen, ruft eine Frau ihren Namen.

»Sofia?«

Ember fährt herum, ihr Herz hämmert. Zum zweiten Mal heute nennt sie jemand bei ihrem alten Namen. Doch die Frau vor ihr ist nicht ihre Schwester. Als sich ihre Blicke treffen, zieht ein Name an Embers Erinnerung, bleibt aber jenseits der Reichweite. Vielleicht will sie ihn auch gar nicht hervorholen. Sie erkennt die Frau trotzdem, eine vom schottischen Crossbill-Zirkel.

»Hi, Sofia ... ich meine, sorry, Ember. Erinnerst du dich an mich? Ich bin Effie, Effie Bell.«

Ember vergisst Namen, aber nie Gesichter. Schon gar nicht das Gesicht der Ablehnung. Sie mustert die Frau. Mausbraunes Haar, zu einem strengen Knoten gezwungen. Eine Brille mit dicken Rändern, die ihr auf der Nase hinabrutscht. Eine Strickjacke, aus der der Mief vergangener Jahrzehnte zu sprechen scheint, und ein Rock, den selbst ihre Großmutter versteckt hätte.

»Was willst du?« Ember zieht gelangweilt eine Schachtel Zigaretten hervor. Eine kleine Bewegung mit dem Handgelenk, und zwischen Daumen und Zeigefinger flackert eine Flamme auf. Sie zündet sich die Zigarette an, als hätte sie Wichtigeres zu tun.

Effie tritt von einem Fuß auf den anderen und wirft einen Blick zum Clubeingang. »Ich arbeite jetzt in der Stadt, in der Resonanz-Netzwerk-Zentrale unter der St. Paul's Cathedral. Sie liegt genau dort, wo drei Hauptlinien aufeinandertreffen. Jedenfalls, i-ich finde London ... nicht gerade freundlich. Würdest du das nicht auch sagen?«

Übersetzt heißt das: Keiner der angesehenen Londoner Hexenzirkel will Effie Bell in seinen Reihen. Jetzt steht sie hier, kleinlaut und hoffnungsvoll, in der stillen Erwartung, dass Ember sie in ihrem neu gewonnenen Glanz mitziehen könnte. Aber die gute alte Effie Bell scheint vergessen zu haben, wie Ember selbst mit achtzehn versucht hatte, dem Crossbill-Zirkel beizutreten, damals, als sie sich nach Gesellschaft jenseits der Mauern von Dunmorrough gesehnt hatte. Die Abfuhr, die sie von den im Schloss angestellten Hexen bekam, war eiskalt und schmerzt bis heute. Sie erinnert sich, wie sie an jenem Tag zum Schloss zurückging, achtzehn, gedemütigt, die Tränen liefen ihr über das Gesicht, als sie Mardequai ihr Versagen gestand. Er hatte sie in der Bibliothek gefunden, zusammengerollt auf der Fensterbank mit Blick auf den Loch.

»Mein liebes Kind«, hatte er gesagt und sich neben sie gesetzt, in diesem Tonfall, den er nur für ihre zerbrechlichsten Momente benutzte. »Diese Frauen ... sie haben so anspruchsvolle Arbeitszeiten, weißt du. Ihre Pflichten verlangen volle Hingabe. Sie haben kaum Zeit zum Schlafen, geschweige denn für Geselligkeit.« Er hatte Tee bestellt und ihr zugehört, wie sie zwischen Schluchzern klagte, dass sie sich auf dem Anwesen so allein fühlte. »Nimm das nicht persönlich, Sofia. Ihre Arbeit ist alles, was sie haben. Sie sind gute Frauen, wirklich, aber ihre Aufgaben lassen keinen Raum für die Art von Nähe, die eine junge Frau wie du verdient. Vielleicht ist es besser, wenn du deine Freundschaften anderswo suchst«, hatte er gesagt und ihr über das Haar gestrichen. »Du hast so viel Potenzial, meine Liebe. Vielleicht wird es Zeit, dass wir über das Anwesen hinausblicken.«

Fabelhaft, dass nun eine dieser Frauen vor ihr steht und die Akzeptanz sucht, nach der Ember sich damals vergeblich gesehnt hatte. Eine verdrehte Genugtuung erfüllt sie bei dem Gedanken, dass heute *sie* diejenige ist, die Macht hat.

»Oh Darling, ich bin ganz gerührt, wirklich.« Ein breites Grinsen legt sich auf Embers Gesicht, als sie näher tritt und Effie den Rauch direkt ins Gesicht bläst. »Du machst dir also die Mühe, nach all der Zeit bei mir aufzutauchen, weil du gern Teil meines kleinen Clubs werden würdest….« Ember lässt den Blick langsam über Effie gleiten. Dann hebt sie die Hand, kaum merklich, und ein Windstoß frischt auf. Blätter und Staub wirbeln zu einem kleinen Strudel, der ihren Bewegungen folgt. Effie stolpert rückwärts, der Wind zerrt an ihrem Rock. »Aber siehst du, liebste Effie«, sagt Ember, und ihr Lächeln kippt ins Grausame, »die traurige Wahrheit ist, ich habe schon Straßenratten mit mehr Charme gesehen als dich. Also, warum kehrst du nicht zu deinem kleinen Job in der Resonanzentrale zurück und überlässt die wahre Magie denen, die wissen, was sie damit anfangen sollen?«

Effies Gesicht wird rot, ihre Augen füllen sich mit Tränen. »Ich … es tut mir leid, ich wollte nicht …«

»Spar's dir, Liebling.« Ember unterbricht sie mit einer knappen Bewegung. Ein Windstoß fährt zur Clubtür und schlägt sie hinter Effie zu, hart und endgültig. »Ich habe einen Club zu führen und einen Zirkel zu leiten. Keine Zeit für Hexen, die nicht mithalten können.«

Dann dreht Ember sich um und geht zum Range Rover, der vorne wartet, ihre Absätze klacken über den Asphalt. Hinter ihr bleibt Effie stehen, beschämt und sprachlos.

* * *

Der Rover rollt durch die Straßen Londons. Pippa sitzt schweigend am Steuer, die Augen fest auf die Fahrbahn gerichtet. Auf dem Rücksitz scrollt Ember rastlos durch den Instagram-Account von Alva Hausmann. Wie kann sie noch am Leben sein? Nach all den Jahren, nach Schmerz, Trauer und Einsamkeit, wie konnte ihre Schwester all die Zeit draußen gewesen sein und ein Leben führen, von dem Ember nichts wusste?

Ein Schauer läuft ihr über den Rücken. Mit ihm kehren Erinnerungen zurück, lange verdrängt, aber nie verloren. Ihre Gedanken gleiten zu jener Nacht, als sie Alva zum letzten Mal sah, zu dem Abend, der alles veränderte.

Es war die Walpurgisnacht, jene heilige Zeit, in der Hexen und Druiden den Frühling begrüßen. Die Familie hatte sich dem Zirkel ihrer Mutter angeschlossen. Unter den Sternen hörten sie alte Geschichten, flochten Zauberzöpfe und feierten das Erwachen der Natur. Magie lag in allem. Ember spürte sie in ihrem eigenen Blut, warm und lebendig wie das Feuer, um das sie tanzten.

Auf der Heimfahrt herrschte zunächst Stille. Dann bemerkte Ember Alvas Unruhe auf dem Rücksitz neben sich. Erst hielt sie es für etwas Harmloses, vielleicht für ein Unwohlsein. Doch als Alvas Atem stockte, als ihre Augen nach hinten rollten und ihr Körper sich versteifte, erkannte Ember die Zeichen. Sie hatte diese Anfälle nie ernst genommen, hatte sie für eine Eigenart ihrer Schwester gehalten. Nun sprach Alva Worte, die Ember nicht verstand, und die Stimmung im Wagen kippte.

Ihr Vater blickte beunruhigt nach hinten, bemerkte die Kurve zu spät. Die Reifen quietschten, als er das Steuer verriss. Der Wagen geriet außer Kontrolle. Dann drehte sich alles, Glas zersprang, Metall kreischte, und Embers Bewusstsein versank in der Dunkelheit.

Das sanfte Schwanken des Range Rovers vermischt sich

jetzt mit ihren Erinnerungen und treibt Embers Magen in Aufruhr. Sie legt die Fingerspitzen an das kühle Fenster, um sich in der Gegenwart zu verankern, während Taxis und Fahrräder wie Schatten vorbeiziehen. Die Erinnerung behält ihre Macht, zieht sie mit schneidender Klarheit in jene Nacht zurück.

Sie sieht sich wieder im feuchten Gras am Straßenrand liegen. Rauch steigt ihr in die Nase, der alte VW-Kombi steht in Flammen. Mardequai hält sie fest, seine Arme aus Eisen, hindert sie daran, zum Wagen zu rennen, um jene zu retten, von denen sie tief im Innern weiß, dass sie längst verloren sind.

»Wir sind gleich da«, sagt Pippa und fängt Embers Blick im Rückspiegel. »Alles in Ordnung? Du bist ganz blass geworden.«

»Mir geht es gut«, murmelt Ember und zwingt ihren Atem zur Ruhe. Doch ein dunkler Gedanke regt sich. Warum hatte Mardequai geschwiegen? Es fällt schwer zu glauben, dass er nichts wusste. Der Mann hat Augen und Ohren in jeder Ecke der Welt.

Ember tippt mit dem Handy gegen ihren Oberschenkel, bevor sie es wegsteckt. Als der Wagen vor dem Ivy hält, zieht sie den Lippenstift nach. Sie atmet tief, steigt aus und richtet sich auf, das Kinn erhoben, die Augen voller Entschlossenheit, die beinahe in Besessenheit übergeht.

Ihre Absätze klackern auf dem Pflaster, als sie zum Eingang geht. Das Londoner Restaurant pulsiert vor Leben, elegant gekleidete Gäste drängen ein und aus, ihre Gespräche mischen sich mit dem Lärm der Stadt. Hinter den schweren Holztüren begrüßt sie der Maître d' mit einem höflichen Nicken. Sein Blick verrät einen kurzen Moment des Erkennens, bevor er sie zügig zu ihrem Tisch führt. Ember bahnt sich ihren Weg durch den überfüllten Saal, umgeben von einer Aura selbstsicherer Ruhe, von der sie nicht weiß, ob sie sie wirklich empfindet.

In einem Séparée sitzt Mick Jagger, in einem anderen der Premierminister Nigel Hall, flankiert von Beratern, zu denen sich bald auch Mardequai gesellen wird. Als konservativer Tory wirkt Hall zwischen Glanz und Prunk des Ivy fehl am Platz.

Ember setzt sich, die Augen fest auf den Eingang gerichtet. An jedem anderen Tag hätte sie sich über die Nähe zu Jagger amüsiert, heute zählt nur Mardequais Erscheinen. Die Minuten dehnen sich, jede einzelne schärft ihre Erwartung. Dann, nach einer Ewigkeit, tritt ihr Ziehvater ein.

Als Mardequai das Restaurant betritt, trägt er sich mit der Haltung eines Mannes, der an Macht gewöhnt ist. Der anthrazitfarbene Anzug sitzt makellos, schlicht und zeitlos wie er selbst. In seinem Gesicht liegen die Spuren vieler Jahre, doch die Züge bleiben scharf und unnachgiebig. Um seinen Hals hängt eine schmale Silberkette mit einem Amulett aus mehreren schimmernden Kristallsplittern, ein Stück, das er nie ablegt. Ember hat sich nie getraut zu fragen, weshalb.

Er schreitet durch das Restaurant, bleibt einen Moment stehen und wechselt höfliche Worte mit dem Premierminister. Als er sich Ember nähert, eilt der Kellner herbei und verneigt sich tief. »Mr. Guise, eine Freude, Sie wiederzusehen. Ihr Tisch steht bereit.«

Mardequai nickt, ein kaum sichtbarer Anflug von Lächeln huscht über sein Gesicht, dann nimmt er Ember gegenüber Platz. Sein Blick trifft sie, kühl und eindringlich.

»Christopher, bringen Sie mir bitte eine Kanne Silbernadel-Weißtee«, sagt er. »Achten Sie darauf, dass das Wasser genau achtzig Grad hat. Beim letzten Mal war es zu heiß, das hat den Geschmack verdorben.«

»Selbstverständlich, Mr. Guise.« Der Kellner nickt und wendet sich an Ember. »Und für Sie, Miss Wild?«

Doch sie hört ihn kaum. Ihr Blick ruht auf Mardequai, Fragen drängen sich in ihr auf, die sie kaum zu fassen vermag.

»Bringen Sie nur eine zweite Tasse, Christopher«, sagt Mardequai ruhig.

Sobald sie allein sind, wendet Mardequai sich Ember zu,

seine Worte ruhig, fast zu leise. »Ich muss gestehen, ich mag keine Änderungen in meinem Zeitplan, besonders keine so plötzlichen. Was konnte so dringend sein, dass du mich herbestellst?« Ein Lächeln spielt um seine Lippen, doch es wirkt angespannt.

Ember schiebt ihm ihr Handy hinüber. Auf dem Bildschirm leuchtet Alvas Nachricht. Mardequai nimmt das Gerät, das in seinen Händen fehl am Platz wirkt, als gehöre es nicht in diese Zeit. In all den dreizehn Jahren, die Ember ihn kennt, hat sie ihn noch nie ein Telefon berühren sehen.

Dass er die alten Wege bevorzugt, überrascht sie nicht. Wie die meisten Druiden verlässt er sich auf das Resonanz-Netzwerk, ein Geflecht aus Ley-Linien und natürlicher Energie, das auf seine eigene Weise Nachrichten trägt. Dort arbeitet nun offenbar Effie Bell. Die Technik dahinter ist beeindruckend, auch wenn sie für Ember anachronistisch wirkt. Ein Druide namens Elias Klein, irgendwo zwischen Ritualen und Rechenzentren im Silicon Valley, hat das System modernisiert und über Smartphones zugänglich gemacht. Doch Mardequai bleibt bei Festnetztelefonen, oder er lässt Angestellte seine Botschaften auf Pergament notieren.

Jetzt hält er Embers Handy, als wäre es ein verfluchtes Relikt. Seine Finger berühren nur den Rand, vorsichtig, als könne das Gerät ihn verunreinigen. Ember beobachtet ihn genau, sucht in seinem Gesicht nach einem Zeichen der Überraschung, nach einem Riss in dieser uralten Ruhe. Nichts. Sein Ausdruck bleibt unbewegt, wie ein Berg, der weder Wind noch Zeit Beachtung schenkt.

Unter dem Tisch wippt Embers Bein. Die Spannung in ihr wächst, während sie wartet, dass er etwas sagt. In seiner Gegenwart schmilzt jeder Anflug von Trotz dahin, und sie fühlt sich wieder wie die Schülerin, die auf das Urteil ihres Lehrmeisters wartet.

»Ah, der Tee.« Mardequai legt das Handy beiseite und

richtet seinen Blick auf Christopher, der mit dem Tablett an den Tisch tritt.

Der Kellner stellt eine Porzellankanne ab, aus deren feinem Ausguss Dampf aufsteigt. Behutsam arrangiert er zwei bemalte Tassen auf goldgeätzten Untertassen, das Muster zeigt Frühlingsblüten. Eine kleine Sanduhr folgt, um die Ziehzeit zu messen, daneben legt er eine geschnitzte Holzkiste mit den Teeblättern.

Das Ganze dauert so lange, dass Ember kaum stillsitzen kann. Christopher stellt noch einen Kristalldekanter mit kaltem Quellwasser ab, falls Mardequai die Stärke des Tees anpassen möchte. Mit einem höflichen Nicken und einem leisen »Lassen Sie es sich schmecken« zieht er sich zurück.

Erst jetzt spricht Mardequai.

»Wann hast du diese Nachricht bekommen?«, fragt er und schiebt das Handy über den Tisch zu Ember.

»Heute früh«, antwortet sie.

»Und du hast noch keinen Kontakt zu dieser Person aufgenommen?«

Ember schüttelt den Kopf, ihre Frisur wippt leicht.

Mardequai greift nach der Teekanne, hebt den Deckel und gibt eine Handvoll Blätter hinein. Dann dreht er die kleine Sanduhr um und beobachtet, wie der Sand zu rieseln beginnt. Ember sieht ihm zu, während ihre Ungeduld wächst. Als der letzte Sandkorn fällt, schenkt Mardequai den Tee ein, probiert einen Schluck und fügt etwas Quellwasser hinzu.

»Sehr gut«, sagt er schließlich und stellt die Tasse zurück.

Da reißt bei Ember der Geduldsfaden.

»Was meinst du mit *sehr gut*?«, zischt sie. »Nichts daran ist gut! Du hast mir gesagt, meine Schwester sei tot!«

Köpfe drehen sich von den Nachbartischen, und Ember spürt die Blicke, doch sie weigert sich, nachzugeben. Ihr eigener Blick bleibt auf Mardequai gerichtet. Der Druide nimmt einen weiteren Schluck Tee, unbeeindruckt von der Aufmerksamkeit, die sie auf sich gezogen haben. Mit einem leichten Klirren stellt er die Tasse ab.

»Weil das natürlich das war, was ich für die Wahrheit hielt, mein hitziges Kind«, sagt er, immer noch aufreizend ruhig trotz ihrer Spannung.

Ember beugt sich vor und sucht in seinem Gesicht nach einer Regung. »Schwörst du es? Schwörst du, dass du es nicht wusstest?«

Mardequai lehnt sich zurück. Eine Augenbraue hebt sich kaum merklich, ein Anflug von Ärger gleitet über sein Gesicht. »Ich lasse nicht gern an meiner Aufrichtigkeit zweifeln«, sagt er. »Aber denk darüber nach: Wenn ich von ihrer Existenz gewusst hätte, glaubst du nicht, ich hätte sie längst zu uns geholt? Du selbst hast von ihrer dunklen Seite gesprochen, von ihren Visionen, dieser faszinierenden Verbindung zu einem vergangenen Leben. Als Druide – glaubst du wirklich, ich hätte zugelassen, dass eine solche Seltenheit, eine Macht, die der meinen so ähnlich ist, mir entgeht?«

Das Klirren von Besteck und das Murmeln der Gespräche ringsum drängen sich in ihr Bewusstsein, zu laut, zu nah. Für einen Moment sagt keiner von beiden etwas. Embers Gedanken jagen durcheinander. Sie hätte ihm das nie erzählen dürfen, hätte *niemandem* erzählen dürfen, wozu ihre Schwester fähig war.

»Ich will nach Deutschland, um sie zu sehen«, sagt sie schließlich.

Aber sie weiß, warum sie nicht einfach in ein Flugzeug gestiegen ist, warum sie nicht einmal auf die Nachricht geantwortet hat, die ihre Welt ins Wanken brachte: Ein Teil von ihr ist darauf geprägt, Mardequais Zustimmung zu suchen, sich seiner Autorität zu beugen. Er ist ihr Vormund, ihr Lehrer, die eine, wenn auch ferne, Konstante in einem Leben voller Verlust. Ihm zu trotzen, allein zu handeln, fühlt sich wie Verrat an.

»Ich fürchte, das kann ich nicht erlauben«, sagt er. »Ich

brauche deine Anwesenheit hier mehr denn je, jetzt, da die Enthüllung bevorsteht.«

Ember holt scharf Luft, öffnet den Mund, bereit zu widersprechen, zu kämpfen, um die Chance, die Schwester wiederzufinden, die sie längst verloren glaubte.

Mardequai hebt eine Hand. »Allerdings, da sie tatsächlich am Leben ist, wäre es wohl klug, sie in unsere Reihen aufzunehmen, findest du nicht? Mit ihren seltenen – nennen wir sie Talente – könnte sie sich als Gewinn für unsere Sache erweisen.«

»Was soll das heißen?«

Mardequai lächelt geheimnisvoll. »Es bedeutet, meine Liebe, dass du nicht nach Deutschland reisen musst, um sie zu sehen. Ich werde ihr eine Einladung schicken und dafür sorgen, dass sie herkommt. Hierher, nach London.«

»Und was hast du davon?«, fragt Ember und verschränkt die Arme.

»Wie bitte?«

»Du tust nichts aus reiner Herzensgüte.«

Ein Muskel in seiner Wange zuckt, und er wendet kurz den Blick ab, bevor er wieder zu ihr sieht.

»Um ehrlich zu sein«, sagt er schließlich, »könnte ihr Wissen über ein vergangenes Leben für uns nützlich sein.«

Ember hat diesen Ausdruck, *um ehrlich zu sein*, nie gemocht. Denn was ist die Wahrheit anderes als ehrlich? Und warum betont er das, wenn nicht, weil er bisher gelogen hat?

»Wie nützlich?«

»Die Erinnerungen deiner Schwester könnten von unschätzbarem Wert sein. Eine warnende Geschichte aus längst vergangenen Jahrhunderten, erzählt von einer deinesgleichen. Das Gedächtnis der Druiden allein scheint nicht das Gewicht zu tragen, das es sollte. Vielleicht verstehen dann deine Hexenschwestern endlich, worauf sie sich eingelassen haben.«

Sein Blick schweift durch das Restaurant und bleibt auf den

anderen Gästen hängen. Verachtung schimmert in seinen Zügen. »Sieh sie dir an«, murmelt er. »Wie sie ihr Leben in glücklicher Unwissenheit führen. Sie ahnen nichts von dem, was kommt.«

Er nimmt einen weiteren Schluck Tee. »Wenn der Schleier fällt, wenn sich die Magie zeigt, glaubst du wirklich, sie werden mit Staunen reagieren? Mit Akzeptanz?« Ein leises Schnauben. »Nein. Erst kommt die Angst, dann der Hass. So war es immer. Jedes Mal, wenn Menschen auf etwas stoßen, das sie nicht begreifen, versuchen sie, es zu kontrollieren oder zu vernichten.«

Er fährt mit den Fingern über den Rand der Tasse, als wäre der Gedanke an Zerstörung für ihn nichts Beunruhigendes. »Apropos Vorsicht«, sagt er schließlich. »Als dein Vormund fühle ich mich verpflichtet, dich zu warnen.« Er schwenkt die Tasse, beobachtet, wie der Dampf aufsteigt und sich im Licht verliert. »Auch wenn ich nichts von ihrem Überleben wusste, gab es etwas, das ich dir bisher verschwiegen habe. Zu deinem Schutz, um dir weiteres Leid zu ersparen.«

»Was meinst du damit? Was hast du verschwiegen?«

»Nun, ich vermute, sie wird es dir ohnehin selbst sagen, sobald sie hier ist. Demnach darf ich es gewiss vorwegnehmen«, antwortet er, nimmt noch einen bedächtigen Schluck Tee und stellt die Tasse dann ab. Eine lange Pause folgt. »Der Unfall, mein Kind...« Er hebt den Blick, die Worte schwer zwischen ihnen. »Der Unfall war ihr Werk.«

Kapitel Drei

Ein dumpfes Pochen hallt in meinen Ohren, während ich in den Sessel sinke und den Blick auf das Pergament richte. Der Moment erinnert mich an das letzte Jahr, als der gefürchtete Steuerbescheid kam – schon das Öffnen des Briefes hatte mir die Handflächen feucht werden lassen.

Doch sobald meine Augen die erste Zeile erfassen, löst sich die Gegenwart auf. Ich gleite zurück in eine Zeit vor dreizehn Jahren, als Magie noch etwas Lebendiges war, etwas, das ich fühlen konnte wie den Wind auf meiner Haut. Eine Zeit, in der der Schulweg leichter wurde, weil ein Fingerschnippen reichte, um Hausaufgaben zu erledigen, und der Tag danach mir gehörte. Eine Zeit, in der mein Herz so übervoll war, dass ich noch nicht wusste, wie sich Verlust anfühlt. Eine Zeit, in der ich zauberte, ohne Furcht, ohne Maß, ohne zu ahnen, welche Schatten ich eines Tages in mir tragen würde.

Als ich den Brief lese, ist es, als öffne sich eine Tür, die ich längst verschlossen glaubte. Ja, für einen flüchtigen Moment fühlt es sich an, als kehre ich heim.

. . .

Sehr geehrte Frau Alva Hausmann,

im Namen der ehrenwerten Ältesten der Globalen Versammlung Arkaner Wächter (GVAW) erbitte ich das Privileg Ihrer geschätzten Anwesenheit bei der zweihundertfünfzehnten Zusammenkunft, um über die Rolle der Magie bei der Wiederherstellung der Erde zu beraten.

Im Laufe von sieben Tagen werden wir uns mit der Entscheidung befassen, Magie einzusetzen, um die durch menschliche Torheit verursachte Zerstörung unserer Welt umzukehren. Während eines früheren Referendums stimmten die bei der ICAG registrierten Hexen und Druiden für eine magische Enthüllung, um die Menschheit auf einen Pfad der ökologischen Erneuerung und Sühne zu führen. Diese Enthüllung soll den globalen Staatsoberhäuptern während des bevorstehenden Weltklimagipfels am zwanzigsten September präsentiert werden. Der Zweck dieser Versammlung ist es, eine umsichtige Vorbereitung auf diese beispiellose Enthüllung zu gewährleisten. Ihre Einsichten, liebe Frau Hausmann, werden in dieser Angelegenheit von großem Wert sein.

Mir ist zu Ohren gekommen, dass Sie bisher an keiner unserer vertraulichen Zusammenkünfte teilgenommen haben und derzeit keinem Zirkel oder einer anderen magischen Gemeinschaft angehören. Daher wäre es mir eine außerordentliche Freude, Sie für die Dauer der Versammlung in meinem Stadthaus zu beherbergen. Ich hoffe, Ihnen so einen angenehmen Aufenthalt zu ermöglichen und Gelegenheit zu geben, etwaige Fragen im Vorfeld zu besprechen.

Die große Eröffnungszeremonie findet am fünfzehnten September im Emerald Court des Arcadia Houses in Westminster statt. Meine Mitarbeiter erwarten Ihre baldige Antwort, damit die nötigen Reisevorbereitungen getroffen werden können. Der vollständige Zeitplan der Versammlung wird Ihnen bei Ihrer Ankunft in London ausgehändigt.

Bitte beachten Sie, dass durch die Berührung dieser Einla-

dung ein magischer Vertrag geschlossen wurde, der Ihre Anwesenheit zwingend erforderlich macht.

Mit wärmsten Grüßen,

Mardequai Guise

Als ich den Brief ein zweites Mal lese, breitet sich ein Gefühl aus, als hätte ich mich mit der verhexten Seife gewaschen, die statt Schaum nur Frost hinterlässt. Eine betäubende Kälte kriecht über meine Haut, jede Pore angespannt.

Der Schock trifft mich in drei klar voneinander getrennten Wellen. Jede rollt an, unaufhaltsam, präzise.

Die erste Welle ist blankes Staunen. Die Magie soll offenbart werden. Hexen und Druiden wollen aus den Schatten treten, um die Wunden der Erde zu heilen. Ein Plan von solcher Größe, dass er in meinem Kopf kaum Platz findet. Für einen Herzschlag lang fühle ich etwas, das an Hoffnung erinnert.

Dann kommt die zweite Welle, dunkler, schwerer, mit dem Beigeschmack von Angst. Die Ältesten wissen von mir. Das Geheimnis, das ich all die Jahre gehütet habe, liegt nun in den Händen eines Fremden – eines Mannes, der offenbar tief in den innersten Kreisen der magischen Regierung verankert ist. Was sonst sollte er meinen, wenn er schreibt, meine »Einsichten« seien von großem Wert?

Aber wie? Wie konnte er das erfahren?

Ich hebe den Blick vom Pergament, und die Erkenntnis trifft mich wie ein kalter Luftzug durchs offene Fenster.

Sofia.

Sie muss es ihm erzählt haben – ob freiwillig oder gezwungen, weiß ich nicht. Aber ich spüre, dass das kein Zufall ist. Wie sie lebt auch Mardequai Guise in London. Wie sie besitzt er Reichtum, Einfluss, ein Netzwerk. Schon die Formulierung seines Briefes verrät es: das Londoner Stadthaus, die »Mitarbeiter«, die meine Antwort erwarten.

Die dritte Welle trifft mich verspätet, aber mit der Wucht eines Tsunamis. Sie brennt sich in mich hinein. Ich bin gezwungen zu gehen. Allein durch die Berührung des Pergaments habe ich einen magischen Vertrag geschlossen. Mein Schicksal ist besiegelt.

Ich betrachte das Schreiben erneut. Jetzt erkenne ich, wie alt es wirklich ist. Die Struktur des Materials wirkt lebendig, fast atmend. Ich habe Geschichten über diese Pergamente gehört, aber nie eines gesehen. Nur wenige existieren noch, verstreut über die Welt, im Besitz der Mächtigen. Sie stammen aus dem Skriptorium der Ersten Reiche, tief in den Chyulu-Bergen Kenias – gefertigt aus Substanz, die Bindung erzwingt.

Einmal beschrieben, verpflichtet sie. Einmal berührt, bindet sie.

Von klein auf wurde uns eingebläut, niemals solche Briefe mit bloßen Händen anzufassen. Jede Hexe, jeder Druide weiß das. Nur ich habe es vergessen, weil ich zu lange in einer Welt gelebt habe, die keine Magie kennt.

Ich presse die Stirn in die Handfläche, der Ellbogen ruht auf der kühlen Tischplatte. Der Duft getrockneter Kräuter steigt mir in die Nase, scharf und plötzlich zu stark. Übelkeit kriecht mir in den Magen. Was, bei allen Göttern, hat mich dazu getrieben, Sofia so überstürzt zu kontaktieren, ohne die Folgen zu bedenken?

Die Sehnsucht nach ihr war echt, das weiß ich. Aber der Plan war ein Flickwerk, hastig und löchrig. Und jetzt erkenne ich mit erschreckender Klarheit, was ihr Wiedersehen bedeutet: Ich müsste sie mit der Wahrheit konfrontieren. Damit, dass ich der Grund bin, warum wir keine Eltern mehr haben. Ich bin der Grund, warum sich unsere Wege trennten. Ich müsste den Fehlern begegnen, die ich selbst begangen habe... und den Narben, die sie hinterlassen haben.

Am schlimmsten ist die Erkenntnis, dass ich nie wieder in diese Welt hätte zurückkehren sollen. Nie wieder Magie wirken. Doch die Prüfung, die mich nun erwartet, zieht mich genau dorthin zurück. Mir ist verboten, Magie zu praktizieren, und wenn sie sich zeigt, dann nur versehentlich. Jede Berührung mit ihr birgt die Gefahr, die Kontrolle zu verlieren. Und jetzt, da sie mich gefunden haben, frisst sich Angst in mich hinein. Was, wenn sie entscheiden, dass ich zu gefährlich bin, zu instabil, um frei zu leben? Was, wenn sie mich verhaften... oder schlimmer?

Ein brennendes Gefühl breitet sich in meinen Füßen aus, als leckten Flammen an meiner Haut. Schmerz, alt und vertraut, überrollt mich. Die Hitze, das Brennen, das Schmelzen – alles kehrt zurück, als wäre es nie vergangen. Der Brief gleitet mir aus den Fingern, fällt taumelnd zu Boden wie ein versengtes Blatt.

Ich schnappe nach Luft, als Rauch in meine Lungen dringt, unsichtbar, aber so echt, dass ich kaum noch atmen kann. Panik packt mich, drückt mir die Kehle zu. Ich reiße die Tür der Kräuterküche auf, stolpere hinaus, greife nach meinem Hals, als könne ich die Beklemmung damit vertreiben. Draußen lehne ich mich gegen einen Baum, die Rinde rau und fest unter meinen Fingerspitzen. Ich zwinge mich zu atmen. Ein, aus. Noch einmal. Wieder. Bis die Welt sich schärft und der Nebel in meinem Kopf weicht.

Dann setze ich mich in Bewegung. Erst langsam, dann schneller. Der Boden unter mir ist weich, gibt nach. Ich renne, spüre den Schlag meines Herzens gegen die Rippen. Ich renne, während die Bäume vorbeiziehen, ihre Äste wie Finger, die mich zugleich festhalten und treiben. Ich renne, bis die Muskeln brennen, bis mir der Atem ausgeht, bis der Wald mich ganz verschluckt.

* * *

Erst als ich das Ufer der Bode erreiche, komme ich zum Stehen. Das Rauschen des Flusses füllt meine Ohren, gleichmäßig, beruhigend, übertönt für einen Moment die Schreie, die noch in meinem Kopf nachhallen.

Keuchend lasse ich mich auf das steinige Ufer fallen, die Beine weich vor Erschöpfung. Mit zittrigen Fingern öffne ich die Schnürung meiner Stiefel, ziehe die Socken aus. Die kühle Luft streift meine nackten Füße, bringt mich zurück in den Körper. Gierig nach mehr drücke ich mich näher ans Wasser und tauche die Füße in die Strömung.

Dann verzieht sich mein Gesicht vor Schmerz. Es ist nicht Wasser, das mich berührt, sondern Feuer. Ihre Füße brennen – nicht meine.

Und doch verschwimmt die Grenze zwischen uns. Ich spüre, wie das raue Seil sich in ihre Handgelenke gräbt, die Arme hinter dem Rücken verdreht. Ich kann nicht mehr trennen, wo ihr Leben endet und meines beginnt. Die Welt kippt, und ich werde gestoßen, meine nackten Füße schrammen über splitterndes Holz.

Nein, das bin nicht ich. Das sind nicht meine Erinnerungen.

Aber sie sind zu klar, zu nah, um sie zu verleugnen. Ich fühle den Pfahl an meinem Rücken, den Geruch von Pech, das zu meinen Füßen gegossen wird. Ich höre das pochende Herz, das aussetzt, dann weiterstolpert.

Nicht das Feuer tötet mich, sondern der Rauch. Er füllt meine Lungen, schneidet mir den Atem ab, bevor die Flammen meine Haut erreichen. Vielleicht ist das eine Gnade.

Dies ist Ruths letzter Moment. Ihre letzte Erinnerung.

Und ich bin darin gefangen, erlebe jede Qual, als gehörte sie mir. Das erste Knistern. Die Hitze, die anschwillt, bis Schmerz alles überlagert. Schmerz, der so tief schneidet, dass er mir selbst einen Schrei entreißt. Er hallt in mir wider, bis ich ihn wirklich ausstoße, laut und roh.

Ein Fisch springt aus dem Wasser, silber glitzernd, und das plötzliche Geräusch reißt mich zurück in die Gegenwart. Ich schnappe nach Luft, meine Hände krallen sich in den feuchten

Boden, als könnte ich mich damit festhalten, um nicht wieder in ihr Leben zu stürzen.

Ich weiß, dass diese Visionen Erinnerungen sind, keine Träume. Als ich Kind war, konnten meine Eltern die Orte und Daten, die ich nannte, mit historischen Aufzeichnungen abgleichen.

Ich bin nicht sie.

Ruth Hausmann war meine Großmutter – eine Hexe, 1956 verbrannt, als makabre Nachahmung der mittelalterlichen Scheiterhaufen. Und das Einzige, was schlimmer ist, als sich an ihren Tod zu erinnern, ist, sich an ihr Leben zu erinnern.

Die Gräueltaten, die Ruth und der Schwarzmilan-Zirkel während der Herrschaft des nationalsozialistischen Deutschlands begingen, waren so abscheulich, so jenseits jeder Vorstellungskraft, dass mir übel wird, sobald ich erneut Zeugin davon werde. Sie gaben sich als Agenten des Wandels aus, doch die Tiefe ihrer Grausamkeit kannte keine Grenzen. Als sich das Kriegsglück gegen die Deutschen wendete, beteuerte Ruth, sie habe unter Zwang gehandelt, Hitler habe sie für die Wahrheit blind gemacht, und die SS habe sie mit Drohungen zur Unterwerfung gezwungen.

Aber für eine Hexe von Ruths Macht klingen solche Behauptungen hohl.

Ich, verflucht mit der Fähigkeit, in ihr Leben einzutauchen wie keine andere, kenne die Wahrheit, die unter der Oberfläche ruht. Durch die Splitter ihrer Erinnerungen, die in meinen Geist dringen, habe ich die perverse Freude gespürt, die sie im Leid anderer fand, und gesehen, wie sie sich in der Dunkelheit verlor, die sie selbst entfesselte. Die Schreie, die in meinem Kopf widerhallen, stammen nicht allein von Ruths qualvollem Tod auf dem Scheiterhaufen, sondern auch von den Stimmen ihrer unzähligen Opfer.

Ruth Hausmann war keine Schachfigur im großen Spiel der Geschichte. Sie war eine willige Täterin. Dieses intime Wissen um ihre wahre Natur macht das Tragen ihrer Erinnerung so schwer. Ich bin an jemanden gebunden, der keine Spur von Mitgefühl kennt, verzehrt von eigenen, bösartigen Begierden.

Nach Deutschlands Niederlage floh Ruth nach Spanien, suchte Zuflucht in den entlegenen Pyrenäen und führte dort ein einsames Leben. Schließlich begegnete sie einem Mann, der nichts von ihrer dunklen Vergangenheit wusste. Sie verliebten sich, und aus dieser Verbindung wurde meine Mutter geboren. Doch Ruths Verbrechen holten sie ein. Eine Gruppe französischer Hexen und Druiden spürte sie auf, richtete sie für ihre Kriegsverbrechen und nahm ihre Tochter mit, um sie unter strenger Aufsicht großzuziehen.

Ich weiß bis heute nicht, warum ausgerechnet ich diese Erinnerungen tragen muss. Und ich habe nie mit jemandem darüber gesprochen. Die wenigen, die die Wahrheit kannten, sind längst tot. Oder so glaubte ich, bis ich diesen Brief las.

* * *

Die Küche riecht nach verbranntem Toast.

Ich stürme aus dem Garten herein und dränge mich durch die alte Stalltür, die als unser Hintereingang dient. Meine Haut ist feucht, mein Atem stoßweise, noch geprägt von der plötzlichen Flucht. Erst als Dennis spricht, nehme ich ihn wahr.

»Was ist mit dir passiert?« Seine Worte durchschneiden den Dunst und lenken meinen Blick auf ihn. Er sitzt am Tisch, vor sich die verkohlten Reste von etwas, das einmal ein überbackenes Käsebrot hätte werden sollen.

»Tut mir leid, ich ... ich brauchte mehr Schafgarbe. Also bin ich kurz spazieren gegangen.« Die Lüge rutscht mir heraus.

»Wo ist sie?«

»Wo ist was?«

»Die Schafgarbe.«

»Oh, ich ... ich habe keine gefunden.« Ich gehe hinüber, um

das Chaos zu beseitigen, das er angerichtet hat. »Hast du noch Hunger?«

Dennis reagiert nicht auf meine Frage.

»Das hier ist merkwürdig«, sagt er.

»Was denn?« Ich hebe den Kopf, nur halb aufmerksam, bis mein Blick auf den Gegenstand fällt, den er auf den Tisch gelegt hat.

Es ist der Brief.

Grauen kocht in meiner Brust wie ein Topf, der zu lange auf dem Herd stand. Panik schnürt mir die Kehle zu bei dem Gedanken, dass Dennis diese Worte gelesen haben könnte. Ich unterdrücke den Drang, den Brief zu packen und auf dem Gasherd zu verbrennen. Mir wird schwindelig, als säße ich in der Krone eines Baums, hilflos im Wind schwankend, während der Stamm zum Fällen markiert wird.

Magische Pannen lassen sich meist wegreden, doch dieser Brief? Seine kryptischen Botschaften und die drohenden Untertöne sind so mit Fallstricken gesät, dass ich nicht weiß, wo ich anfangen soll, um eine glaubhafte Lüge zu weben.

Wenn man mich nicht gezwungen hätte, meine magischen Studien abzubrechen, wenn man mir erlaubt hätte, mich bei der ICAG als praktizierende Hexe registrieren zu lassen, könnte ich Dennis' Kurzzeitgedächtnis löschen und die ganze Sache ausradieren, alle Spuren des Briefes mit. Aber das kann ich nicht. Ich kenne den Zauber nicht. Ein Versuch ohne Ausbildung könnte ihm schaden, die Folgen wären schlimmer als ein missglücktes Ritual mit Seife.

„Du hast meine Post gelesen?", frage ich, mehr Anklage als Frage, in der Hoffnung, Zeit zu gewinnen, während ich fieberhaft nach einer plausiblen Erklärung suche. Jetzt fällt mein Blick auf das Taschenwörterbuch auf seinem Schoß. Typisch Dennis, denke ich. Lieber übersetzt er per Hand, als moderne Technik zu nutzen.

»Er war schon offen«, erwidert er und verschränkt die Arme.

»Außerdem habe ich dich vom Badezimmerfenster aus rennen sehen. Ich dachte, etwas Schreckliches wäre passiert.«

Ich lasse mich auf den Stuhl gegenüber sinken. Mein Verstand arbeitet auf Hochtouren, während ich abwäge, was ich sagen soll. Es steht mir frei, ihm die Wahrheit zu sagen. Hexen haben sich schon immer Menschen anvertraut, denen sie nahe standen. Das ist erlaubt. Doch solche Offenbarungen bergen Risiken. Jede Hexe entscheidet selbst, wen sie einweiht. Verräter lassen sich leicht genug entkräften; wer würde schon einem glauben, der behauptet, Magie existiere wirklich?

Aber das ändert nichts an der Tatsache, dass ich es Dennis gegenüber nie mehr zuruecknehmen kann. Sage ich ihm die Wahrheit und alles geht schief, kann ich nichts einfach mit einem Zauber verschwinden lassen.

»Wirst du irgendwann reden, oder soll ich weiter raten? Was für ein seltsamer Scherz ist das, im Ernst?«

»Es ist kein Scherz«, sage ich und schiebe Brotkrümel über den Tisch. »Es ist tatsächlich sehr ernst. Vielleicht fällt es mir deshalb so schwer, darüber zu sprechen.«

»Es ist... es ist also wahr, oder?«

Ich sehe ihn endlich an. Kein Schock, kein Unglaube. Nur ein Ausdruck von Erkenntnis. Er wirkt nicht einmal überrascht.

»Wie lange weißt du es schon?«, frage ich und suche in seinem Gesicht nach einer Spur von Zweifel.

»Ich weiß gar nichts. Aber ich bin Biologe, Alva. Ich studiere Verhalten, Muster in der Natur. Ich erkenne Abweichungen. Und bei dir habe ich bestimmte Verhaltensweisen bemerkt, die nicht ...«

»... nicht zu dem passen, was man dir in der Schule beigebracht hat«, beende ich für ihn.

Er lehnt sich vor, sein Blick fest auf mich gerichtet. »Manchmal, wenn wir im Wald spazieren gehen, schwöre ich, die Tiere kommen näher, als wollten sie dich begrüßen. So etwas passiert nie, wenn ich allein bin.«

Ich beiße mir auf die Innenseite der Lippe und blinzle langsam.

»Und ich schwöre, jedes Mal, wenn wir zusammen in die Stadt fahren, sind alle Ampeln grün. Jede einzelne. Und dann diese Bewertungen deiner Produkte! Weißt du, wie die Leute dich online nennen?«

Ich nicke. Natürlich kenne ich die Gerüchte über mein Handwerk.

»Sie nennen dich eine ...« Dennis' Lippen formen das Wort, doch er spricht es nicht aus. »Und jetzt dieser Brief ... Was zum Teufel, Alva?«

Ich nehme ihm den Brief aus der Hand. Während meine Augen die Zeilen überfliegen, breitet sich in mir eine Ruhe aus, eine Kraft, die ich lange verloren glaubte. Ich fühle mich wie ein Baum, der sich an sein Kernholz erinnert, fest, unerschütterlich, durch seine Wurzeln verankert.

Ich räuspere mich. »Am besten fragst du mich, was du wirklich wissen willst.«

»Dann fang an«, sagt Dennis und tippt auf das Pergament. »Wer ist der Kerl, der dir diesen Brief geschickt hat?«

Ich muss fast lachen. Von allen Fragen stellt er diese als erste. Das ist so typisch Dennis. Ein Stier, wie er im Buche steht.

»Ich habe noch nie von einem Mann namens Mardequai Guise gehört«, sage ich, »aber ich vermute, er gehört zu den Druiden.«

»Den Druiden?«

»Unsterbliche. Sie besitzen keine eigene Magie, ihr Einfluss gründet auf Wissen. Stell sie dir wie Bibliothekare vor, die nicht sterben können.«

»Aber du bist keiner von ihnen. Du bist eine ...?«

Er bringt das Wort immer noch nicht über die Lippen, also übernehme ich es für ihn.

»Ich bin das, was du eine Hexe nennen würdest. Auch wenn die meisten von uns andere Namen bevorzugen.«

Dennis überlegt, ob er nach diesen anderen Namen fragen soll, lässt es aber bleiben. »Davon scheint es viele zu geben«, sagt er und zeigt auf den Brief.

»Etwa zweihunderttausend Hexen weltweit, dazu ein paar tausend Druiden«, erkläre ich ruhig. »Aber das sind Schätzungen. Nicht jede Hexe entscheidet sich, zu praktizieren oder sich bei der ICAG registrieren zu lassen. Das steht für International Council of Arcane Governance.«

»Also sind sie organisiert?«

»Hexen und Druiden gibt es seit sehr langer Zeit.«

»Wie lange genau?«, fragt er mit einem Achselzucken.

»Seit es Menschen gibt. Aber sie haben sich immer verborgen gehalten.«

»Und jetzt wollen sie sich zeigen?« Dennis hebt den Brief und liest ihn erneut.

»So sieht es aus«, antworte ich.

»Und was weißt ausgerechnet *du* darüber?«, fragt er schließlich.

Ich seufze. Als ob die Dinge nicht schon kompliziert genug wären. »Ich weiß es nicht. Ich nehme an, meine Schwester hat ihnen das eine oder andere erzählt. Sicher bin ich mir aber nicht.«

»Deine Schwester, die tot ist?«

Ich schüttle den Kopf. »Nein, um ehrlich zu sein... ich habe erst neulich herausgefunden, dass sie tatsächlich quicklebendig ist.«

Ich hole mein Handy hervor und rufe Sofias Instagram-Account auf. Dennis scrollt durch ihren Feed, sein Blick wird mit jeder Sekunde verwirrter. Sofia hat ein neues Video hochgeladen, seit ich das letzte Mal nachgesehen habe. Ein skandalöser Clip von ihr beim Poledance in einem Käfig, der über einer tanzenden Menschenmenge in einem düsteren Nachtclub zu schweben scheint.

»*Das* ist deine Schwester?«

Dennis scrollt weiter durch Sofias Feed, eine Ansammlung provokanter Bilder und gewagter Bildunterschriften. Er hält bei einem besonders auffälligen Foto inne, während er versucht, zu verstehen, was er da sieht.

»Aber … wenn sie die ganze Zeit am Leben war, warum hat sie sich nicht bei dir gemeldet?«

»Ich schätze, das werde ich herausfinden, wenn ich dort bin«, sage ich und nehme mein Handy zurück.

»Du denkst doch nicht ernsthaft darüber nach, dorthin zu reisen?«

»Du hast den Brief gelesen. Ich muss«, zucke ich mit den Schultern.

»Sagt *wer*?«

»Sagt das magische Papier, auf dem es geschrieben steht.«

»Und, was passiert, wenn du nicht gehst, schlägt dann ein Blitz ein oder so?«

»Nein, nichts dergleichen. Es ist mehr wie eine selbsterfüllende Prophezeiung. Ich kann nicht *nicht* gehen. Ich werde hingehen, egal wie sehr ich mich dagegen sträuben mag. An diesem Punkt steht es geschrieben.«

»Tut mir leid, aber das ist Unsinn«, hebt Dennis die Hände, als wolle er sich schützen. »Wenn du entscheidest, dass du nicht gehen willst, wirst du nicht gehen. Geist über Materie, so einfach ist das.«

»Das ist Skriptorium-Pergament«, erkläre ich und halte das Papier hoch. »Es wurde in Regenwasser aus den Chyulu-Bergen in Kenia getränkt – dem Geburtsort der Magie und dem einzigen Ort auf der Welt, an dem Prophezeiungen gemacht werden können. Über tausend Jahre in heiligen Becken gereift, haben diese Papierstücke eine kleine Menge dieser prophetischen Fähigkeiten aufgenommen.«

Jetzt sieht Dennis mich an, als hätte ich gerade etwas auf Japanisch gesagt, mein Stichwort, dass ich die Unterhaltung über das hinausgeführt habe, was er begreifen kann.

Ich rudere etwas zurück. »Schau, vertrau mir einfach, wenn ich sage, ich *muss* nach London.«

Dennis' Augen suchen meine, wahrscheinlich versucht er, all die Unmöglichkeiten zu verstehen, die ich ihm gerade offenbart habe.

Schließlich spricht er. »Du meinst das alles tatsächlich ernst.«

»Ich fürchte, ja.«

Seine Schultern straffen sich, als er eine Entscheidung trifft. »Na dann, komme ich mit dir.«

»Das musst du nicht tun.« Ich schüttle den Kopf, als wollte ich eine Fliege verscheuchen.

»Natürlich muss ich. Ich lasse dich nicht allein nach London gehen, um irgendeinen ... irgendeinen tausendjährigen Perversen zu treffen, der Gott weiß was für andere Tricks auf Lager hat.«

Ein plötzliches Klopfen an der Tür unterbricht unser Gespräch, und er wirft einen Blick auf seine Armbanduhr. »Verdammt, Frau Fleischers Biologieklasse. Ich soll heute mit ihnen einen Spaziergang machen.« Er steht auf und fährt sich mit einer Hand durch die Haare. »Okay, hör zu, ich muss los.« Er beugt sich hinunter, gibt mir einen Kuss auf die Stirn, bevor er sich zur Tür wendet. »Hermes, komm, Junge.« Er pfeift, und der Hund kommt angerannt.

Während Dennis in seine Stiefel schlüpft, blickt er noch einmal zu mir zurück. »Hör zu, wir reden später mehr, aber ich komme mit dir und das ist endgültig, klar?«

Ich drehe mich auf meinem Stuhl um und sehe ihm zu, wie er sich zum Gehen fertig macht. »Bist du sicher?«, frage ich. »Du bist nicht ... *ausgeflippt* von all dem?«

Ein Grinsen breitet sich auf Dennis' Gesicht aus. »Machst du Witze? Das ist aufregend!« Er hält inne, das Grinsen wird zu einem schelmischen Schmunzeln. »Und auch irgendwie sexy, wenn du weißt, was ich meine.« Er zwinkert mir zu, und bevor ich antworten kann, sind er und Hermes aus der Tür.

Sobald ich allein bin, sacke ich über dem Küchentisch zusammen und halte meine Stirn, als würde ich nach Fieber fühlen. Er hat das viel besser aufgenommen, als ich dachte. Und doch will die Erleichterung, die ich fühlen sollte, nicht kommen. Ich kann nicht genau sagen, warum, aber ich wollte nie, dass er all das weiß, und jetzt, da er es weiß, kann ich es nicht zurücknehmen. Buchstäblich nicht. Denn obwohl ich technisch gesehen eine Hexe bin, bin ich doch keine. Ich bin wie eine Motte mit gebrochenen Flügeln, immer noch farbenfroh, aber unfähig zu fliegen.

Schwer seufzend greife ich nach meinem Handy, Sofias Instagram-Account ist immer noch auf dem Bildschirm geöffnet. Ihre kühnen Bilder starren mich an und fordern mich heraus, auch mutig zu sein.

Da ich nichts mehr zu verlieren habe, tippe ich eine weitere Nachricht, meine Gedanken ergießen sich auf den Bildschirm. *Hallo? Siehst du meine Nachrichten? Ich habe eine Einladung zu diesem Versammlungsding in London bekommen. Stecks du dahinter?* Ich drücke auf Senden, und die Nachricht reiht sich zu den anderen, alle unbeantwortet.

Sekunden werden zu Minuten, während ich auf den Bildschirm starre und auf eine Antwort warte. Ich bin kurz davor, die Hoffnung aufzugeben, doch dann erscheinen drei kleine Punkte unter meiner Nachricht, die dort tanzen.

Am anderen Ende tippt jemand.

Kapitel Vier

»Na gut, na gut… ich hab einen besseren: Worauf reitet die Hexe im Winter?«

Ember lehnt an der Theke aus dunklem Mahagoni, ihre pink lackierten Fingernägel trommeln gegen das halb geleerte Whiskeyglas. Der Geruch von abgestandenem Bier hängt in der Luft, übertüncht vom Aroma nach Reinigungsmitteln. Durch die trüben Fenster der *Queen's Head* fällt fahles Morgenlicht, lässt Staubkörner tanzen wie winzige Funken.

»Em, bitte. Es ist zehn Uhr morgens…«, stöhnt Saskia Antonov, die Jüngste in Embers Hexenzirkel. Sie lässt die Stirn auf die Theke sinken und ihre kupferroten Locken ergießen sich über das Holz.

»Nicht schon wieder ein Witz…«, murmelt Minnie Allen auf Embers anderer Seite. Im Gegensatz zu Saskias dramatischer Haltung sitzt Minnie kerzengerade auf ihrem Barhocker, die Hände um ihre dampfende Kaffeetasse geschlossen, als wäre sie ihr einziges Bindeglied zu dieser Welt.

Ember zieht die Pause in die Länge, als würde sie das

Publikum in einer verrauchten Comedybar auf die Pointe vorbereiten. Dann grinst sie breit.

»Auf dem Schneebesen!«

Saskia stößt ein gequältes Geräusch aus, halb Lachen, halb Verzweiflung. Minnie hebt wortlos ihre Tasse, trinkt einen Schluck und murmelt, ohne den Blick zu heben: »Du brauchst dringend ein Hobby.«

Ember prustet los, lacht über ihren eigenen Witz, bis ein Schluckauf sie unterbricht. Sie schwenkt das Glas, hört das Klirren der Eiswürfel und kippt den Rest hinunter.

Der Barkeeper, ein schlaksiger Mann mit Stoppeln und einer Lesebrille, die ihm halb von der Nase rutscht, hebt eine Augenbraue, sagt aber nichts. Drei junge Frauen, die um diese Uhrzeit trinken, sind längst nicht das Seltsamste, was er je gesehen hat, auch wenn er keine Ahnung hat, wer da wirklich vor ihm sitzt.

»Der war schlimmer als der mit dem Besen und dem Staubsauger«, murmelt Saskia in die Theke hinein, ihre Stimme gedämpft durch den Ärmel ihres Pullovers.

Ember schnaubt wie ein beleidigtes Pferd. Ihr dunkles Haar ist zerzaust vom Tanzen, Glitzer klebt noch an ihren Schläfen und auf dem Dekolleté. Ihr pinkfarbenes Kleid ist zerknittert und trägt die Spuren der vergangenen Nacht.

Ihr Handy vibriert in der Handtasche. Schon wieder. Sie ignoriert es, wie schon seit Tagen. Wenn sie nur genug trinkt, genug tanzt, sich genug verliert in der Musik ihres Clubs, dann kann sie vielleicht so tun, als gäbe es diese Nachricht nicht. Als wäre der Name, der auf dem Display aufleuchtet – Alva – bedeutungslos.

»Ach, komm schon, der war genial! Du bist nur beleidigt, weil keiner deinen Alraunen-Witz gestern kapiert hat.«

Ember greift nach der Whiskeyflasche neben ihrem Glas. Kaum berühren ihre Finger das Glas, rutscht die Flasche wie von selbst ein Stück weiter über die Theke, ganz leise, aber eindeutig.

Der Barkeeper steht mit dem Rücken zu ihnen, keiner der wenigen Stammgäste beachtet sie. Nur Minnie sitzt reglos da und rührt in ihrem Kaffee, als wäre nichts geschehen. Doch der kaum wahrnehmbare Zug an ihrem Mundwinkel verrät, dass sie es war, die die Flasche bewegt hat.

»Verräterin«, murmelt Ember.

»Sei vorsichtig, wo du das sagst. Wir haben ein Image zu pflegen, schon vergessen?«

»Sagt die Frau, die letzte Nacht das DJ-Pult angezündet hat«, entgegnet Minnie trocken und wirft einen schnellen Blick über die Schulter, um sicherzugehen, dass niemand mithört.

Ember zuckt leicht zusammen. »Das war … ein Unfall.«

»So wie der ›Unfall‹ in der Pickle Factory am Freitag?« Saskia hebt den Kopf ein Stück, gerade genug, um Ember einen durchdringenden Blick zuzuwerfen. »Du bist seit Tagen nicht du selbst. Gib's zu, irgendwas stimmt nicht.«

Ember presst die Lippen zusammen, ihre Finger umklammern das Glas fester. »Ich genieße einfach das Leben, Darling. Ist das verboten?«

In diesem Moment öffnet sich die Tür, und ein Streifen Sonnenlicht fällt in den schummrigen Pub. Ember blinzelt gegen das grelle Licht. In der Tür steht eine schlanke Gestalt, makellos gekleidet, das Hemd frisch gebügelt, die Hände lässig in den Taschen.

»Pippa Watson, mein persönlicher Sonnenaufgang!« ruft Ember, hörbar erleichtert über die Ablenkung. »Na komm, setz dich – wir therapieren uns gerade kollektiv!«

Pippa tritt näher, bringt den Geruch von frischer Luft und einen Hauch Parfüm mit sich, ein seltener, fast heilsamer Kontrast zum abgestandenen Dunst der Kneipe. Ihr dunkles Haar ist streng zu einem Knoten gebunden, kein Strähnchen verrutscht. Ihr Blick liegt wie immer irgendwo zwischen Genervtheit und Zuneigung.

»Guten Morgen, meine Damen«, sagt sie sachlich, doch das kaum unterdrückte Schmunzeln verrät sie. »Ich fürchte, ich muss Miss Wild hier abholen. Sie hat ein Mittagessen mit ihrem Buchhalter.«

Ember winkt ab, das Glas noch in der Hand, und stößt dabei fast Minnies Tasse um. »Buchhaltung? An einem Samstag? Wie langweilig. Sag ihm, ich wurde von Piraten entführt. Oder besser – dass ich mit einer wunderschönen Fremden durchgebrannt bin.«

Sie zwinkert, und das leichte Erröten in Pippas Gesicht lässt sie zufrieden grinsen.

»Es ist Dienstag«, antwortet Pippa. »Und der Termin wurde schon zweimal verschoben.«

»Dienstag?« Ember blinzelt, ehrlich überrascht. Sie dreht sich zu ihren Zirkelschwestern um. »Wann ist das denn passiert?«

Saskia hebt endlich den Kopf von der Theke. »Irgendwann zwischen deinem spontanen Feuerwerk im Club und den drei Afterhour-Bars, in die du uns danach geschleppt hast.«

Pippa tritt näher und bleibt direkt neben Embers Barhocker stehen. »Es ist Zeit, nach Hause zu gehen«, sagt sie leise, fast zärtlich. »Du musst das wirklich ausschlafen, bevor du deinen Termin hast.«

»Ich will noch nicht gehen…« Ember zieht einen Schmollmund, trotzig wie ein Kind, das den Schulbus verweigert. Doch dann bleibt ihr Blick an einem Mann hängen, der am anderen Ende der Bar seine Zeitung sinken lässt. Er beobachtet sie mit verärgerter Miene. Ihr Blick trifft seinen, und in seinen Zügen flackert kurz Wiedererkennen auf. Etwas an ihm lässt ihre Haut kribbeln.

Der Mann faltet die Zeitung sorgfältig, legt sie auf die Theke und kommt näher. Sein Anzug ist teuer, aber leicht zerknittert, als hätte er die Nacht darin verbracht. Sein Gesicht wirkt vertraut, ohne dass Ember sofort weiß, woher. Vielleicht ein flüchtiger Bekannter aus einer dieser Partynächte.

»Ember Wild«, sagt er, mit einem Tonfall, der ihren Namen in etwas zwischen Begrüßung und Anklage verwandelt. »Wie schön, Sie hier zu treffen.«

Ember legt den Kopf schief, mustert ihn. »Ich fürchte, Sie sind mir im Vorteil.«

»Liam Stonehouse«, sagt er, als wäre das Erklärung genug. Als sie keine Reaktion zeigt, fügt er hinzu: »Ich bin im Lizenzausschuss für das Nachtleben von Soho.«

Ah. Das erklärt einiges. Ember lächelt, ein Lächeln ohne jede Wärme, scharf wie Glas. »Wie klein die Welt doch ist.«

»In der Tat.« Sein Blick gleitet über ihr zerzaustes Haar, über die Glitzerspuren an ihrem Hals, dann zu Saskia und Minnie. »Lange Nacht gehabt?«

»Die beste Sorte«, erwidert Ember gelassen und dreht das leere Glas in der Hand. Doch sie spürt seinen prüfenden Blick weiter auf sich ruhen.

»Tatsächlich«, sagt Stonehouse, während er einen Schritt näher tritt, »wo ich Sie schon mal hier habe – ich wollte ohnehin mit Ihnen über Ihr Etablissement sprechen.«

Saskia und Minnie tauschen einen schnellen Blick. Pippa verlagert das Gewicht auf ein Bein und rückt unauffällig näher zu Ember.

»In beruflicher Hinsicht?«, fragt Ember und hebt eine Augenbraue. »Denn normalerweise erledige ich meine Geschäfte in meinem Büro und nicht in Pubs um neun Uhr morgens.«

»Betrachten Sie es als inoffiziell«, antwortet Stonehouse. »Eine freundschaftliche Vorwarnung, mehr nicht. Es gibt einige Bedenken wegen der Sicherheitsvorkehrungen in Ihrer Sapphire Lounge.«

Ember lehnt sich zurück, ihre Stimme triefend vor Spott. »Der Club heißt jetzt Pink Cauldron, Liebling.«

»Sicher, sicher... ich werde versuchen, mich im Bericht daran zu erinnern, wenn wir den Laden inspizieren.«

Die Drohung lässt Ember unbeeindruckt. Ihr Club ist makellos, auf dem Papier wie in der Realität, dank Pippas akribischer Genauigkeit und ihrer ständigen Weigerung, an der falschen Stelle zu sparen, selbst wenn Ember es bequemer fände. Doch das Glitzern in Stonehouses Augen verrät, dass er den Moment genießt. Er findet Gefallen an der Illusion von Macht, die er in diesem Gespräch über sie hat.

»Interessant«, sagt Ember und dreht sich nun vollständig zu ihm. »Und Sie erzählen mir das, weil ...?«

»Reine Höflichkeit.« Er zuckt mit den Schultern. »Ich dachte, ich sollte Sie warnen. Wir werden diesmal besonders gründlich sein. Nach dem, was mit dem Vorbesitzer passiert ist, hält der Ausschuss es für nötig, sicherzustellen, dass alles mit rechten Dingen zugeht.«

Ah. Jetzt ergibt alles Sinn. Wahrscheinlich war er mit David Voss befreundet, dem Mann, dessen Ruf Ember in Stücke gerissen hat, als sie seinen Club übernahm.

»Mit rechten Dingen«, wiederholt sie kühl. »Im Gegensatz dazu, wie die Dinge liefen, bevor ich übernommen habe? Die verschnittenen Drinks? Der Sicherheitsdienst, der wegsah, wenn sich jemand an die falschen Gäste heranschlich? Oder die elektrische Verkabelung, die kurz davor war, das Gebäude in Brand zu setzen?«

Stonehouses Kiefer spannt sich. »Das ist nicht –«

»Nicht was?«, schneidet Ember ihm das Wort ab. »Nicht das Thema, über das Sie sprechen wollen? Nicht das, was der Ausschuss hätte prüfen müssen, als Voss noch das Sagen hatte? Merkwürdig, wie Inspektionen immer dann nichts finden, bis jemand sie zwingt, hinzusehen.«

Der Barkeeper ist plötzlich sehr beschäftigt, wischt immer

wieder über dieselbe Stelle auf der Theke, während seine Ohren sich förmlich spitzen.

»Nun«, sagt Stonehouse schließlich und senkt die Stimme, »die Umstände Ihrer Übernahme bleiben, sagen wir, fragwürdig. An einem Tag führt Voss den erfolgreichsten Club in Soho, am nächsten überschreibt er Ihnen die Eigentumsurkunde, einer völlig Unbekannten.«

In ihrem Inneren breitet sich leise Schadenfreude aus. Sie erinnert sich daran, wie einfach es gewesen ist: ein paar manipulierte Sicherheitsaufnahmen, einige geschickt platzierte Geschichten über wandernde Hände und nächtliche »Geschäftstreffen« – und plötzlich war David Voss so glaubwürdig wie Prinz Andrew, der behauptet, er könne nicht schwitzen. Als dann noch andere Frauen mit ihren eigenen Erlebnissen an die Öffentlichkeit traten, hatte er ihr die Urkunde praktisch selbst in die Hand gedrückt, nur um dem Skandal zu entkommen.

»So ein Business gibt keiner so einfach auf«, sagt Stonehouse, beharrlich. »Nicht ohne Druck.«

»Beschuldigen Sie mich etwa, Mr. Stonehouse?«, fragt Ember leise. Ihre Stimme klingt samtig, aber darunter liegt ein gefährlicher Unterton. Unter der Theke beginnen ihre Finger, ein unsichtbares Muster auf ihren Oberschenkel zu zeichnen. Ruhig, kontrolliert, fast beiläufig. »Denn das wäre ein kühner Schachzug für jemanden, der einem Ausschuss angehört, der jahrelang beide Augen zugedrückt hat, bis er es nicht mehr konnte.«

Stonehouses Wangen färben sich jetzt rot vor Zorn. »Passen Sie auf, Wild. Die Nachtszene in dieser Stadt lebt von Beziehungen, und Sie machen sich Feinde.«

»Nein«, sagt Ember ruhig und erhebt sich langsam. Obwohl sie in ihren Absätzen kleiner ist als er, zwingt etwas in ihrer Haltung ihn, unbewusst einen Schritt zurückzuweichen. »Ich sorge für Veränderungen. Und wenn das das bequeme kleine

Arrangement bedroht, das Sie und Ihre Freunde hatten, ist das nicht mein Problem.«

Ihre Finger bewegen sich weiter, kaum merklich. Die Luft um sie herum verändert sich... wird dichter, wärmer, aufgeladen.

»Ihr Club mag auf dem Papier sauber sein«, sagt Stonehouse und zieht am Kragen seines Hemdes, als würde er ihn plötzlich zu eng spüren, »aber jeder hat Geheimnisse. Und ich werde Ihre finden.«

Ember lächelt, kalt und scharf. »Viel Glück dabei. In der Zwischenzeit, inspizieren Sie nur drauflos. Meine Türen stehen immer offen. Obwohl Sie nicht der Erste wären, der es bereut, meine Einladung angenommen zu haben.«

Stonehouse öffnet den Mund, um zu kontern, doch seine Stimme bleibt stecken. Er zerrt am Kragen, der sich sichtlich verengt, der Stoff seines Sakkos spannt sich über seiner Brust, eng genug, um ihm das Atmen schwer zu machen. Nur Ember und ihre Zirkelschwestern bemerken die feine, präzise Magie, die sich wie unsichtbare Fäden um ihn legt.

»Stimmt etwas nicht?«, fragt Ember mit gespielter Unschuld. »Sie sehen ein wenig eingeschnürt aus.«

Stonehouse ringt nach Luft, bringt nur ein heiseres Keuchen hervor. Schweiß glänzt auf seiner Stirn, während der Anzug sich weiter an ihn presst. Nicht genug, um Schaden anzurichten – dafür ist Ember zu diszipliniert –, aber genug, um ihn in Panik zu versetzen.

»Ich brauche ... Luft«, stößt er hervor, taumelt rückwärts zur Tür. »Das hier ist nicht ... Das ist noch nicht vorbei, Wild.«

Er stolpert hinaus, reißt sich die Krawatte vom Hals. Die Glastür schlägt hinter ihm zu, und die Scheiben vibrieren leise im Rahmen.

Sobald Stonehouse verschwunden ist, schwankt Ember leicht, der Adrenalinstoß ebbt ab. Pippa steht sofort neben ihr, legt eine stützende Hand an ihren Ellbogen.

»Das war seltsam erregend«, sagt Saskia und hebt ihr Glas

wie zum Trinkspruch. »Aber im Ernst, Em, du musst vorsichtiger sein. Irgendwann wird es jemand merken.«

»Der schrumpfende Anzug war zu auffällig«, fügt Minnie hinzu.

»Er hat Schlimmeres verdient«, sagt Ember und lehnt sich in Pippas Halt. »Na gut, Watson. Bring mich nach Hause. Ich gebe mich geschlagen.«

Pippas Mundwinkel heben sich zu einem kleinen, zufriedenen Lächeln. »Ein historischer Moment. Soll ich die Presse anrufen?«

»Frech«, murmelt Ember. »Du hast Glück, dass du so hübsch bist, Süße.«

Pippa führt sie zur Tür, doch Ember hält inne, dreht sich mit einem plötzlichen Schwung um.

»Warte, warte, warte –« Sie blickt zu Saskia und Minnie, schwankt auf ihren Absätzen und hebt einen Finger. »Ich hab noch einen! Wie nennt man eine Hexe, die in der Wüste lebt?«

Saskia und Minnie tauschen einen gequälten Blick, dann antworten sie im gleichen Tonfall, müde und ergeben: »Wie?«

»...Sandwitch!« Ember prustet los, ihr Lachen überschlägt sich, und sie verliert fast das Gleichgewicht, als Pippa sie abfängt.

Hinter der Theke schnaubt der Barkeeper leise, während Saskia seufzt und den Kopf wieder auf die Tischplatte sinken lässt.

»Nun, das war's dann für heute, meine Damen und Herren«, verkündet Pippa mit einer angedeuteten Verbeugung und steuert Ember zum Ausgang, als würde sie eine widerspenstige Komikerin von der Bühne führen.

Draußen ist das Licht brutal hell, und Ember hebt eine Hand, um ihre Augen zu schützen. Ein gequältes Stöhnen entweicht ihr, während der Kater langsam Form annimmt.

Pippa bringt sie zum schwarzen Range Rover, der am Bordstein wartet. Ihre Hand bleibt fest in der Mulde von Embers Rücken.

Im Wagen sinkt Ember in den Ledersitz, während sich die Welt um sie dreht. Schließlich zieht sie das Handy aus der Tasche. Die Nachricht darauf glüht, als hätte sie den Bildschirm nie verlassen: *Hallo? Siehst du meine Nachrichten?*

Alva.

Der Name zieht sich wie ein scharfer Faden durch ihre Brust. Das Gefühl, vor dem sie tagelang davongelaufen ist – mit Alkohol, Müdigkeit, Partys, Zaubern –, erreicht sie nun doch.

Ein tiefer Atemzug, ein letzter Rest Widerstand. Dann tippt Ember eine Antwort und drückt auf Senden, bevor sie es sich anders überlegen kann.

Komm nach London, dann reden wir.

Kapitel Fünf

Blutrote Hakenkreuze flackern im Kaminfeuer und werfen unheilvolle Schatten auf eifrige Gesichter. »Bravo, Fräulein Hausmann! Bravo! Mit Hexen wie Ihnen an unserer Seite wird das Dritte Reich tausend Jahre bestehen ...«

Das Bild trifft mich mit voller Wucht. Ich schrecke hoch, ringe nach Luft, mein nackter Körper in der kühlen Nachtluft, während die Worte noch in meinem Kopf nachhallen.

Ich habe schon immer lieber nackt geschlafen. Dennis dagegen besteht auf seinem Schlafanzug. In einem Notfall, sagt er, wolle er der Feuerwehr nicht mit nichts als den Händen vor seinem besten Stück gegenüberstehen. Er war schon immer ein Schwarzseher.

»Noch einer von diesen Albträumen?«, murmelt er und zieht mich an sich.

»Ja.« Ich löse mich aus seiner Umarmung, setze mich auf und streiche mir eine Haarsträhne aus dem Gesicht. Meine Stirn ist feucht vom Schweiß.

Aber es war kein Albtraum. Das ist es nie. Es war wieder eine Erinnerung.

Ich gleite aus dem Bett. Die Kühle des Zimmers ist eine Wohltat nach der stickigen Hitze unter der Decke. Draußen zeichnen sich die Berge als dunkle Silhouetten gegen den Nachthimmel ab, ihre Gipfel in tiefes Schwarz gehüllt.

»Ich hole mir nur ein Glas Wasser«, flüstere ich, doch Dennis hat sich schon umgedreht und schläft weiter.

Hermes, der auf seinem Hundebett liegt, hebt den Kopf, als ich vorbeigehe. Seine Ohren zucken, der Schwanz bewegt sich leicht. Einen Moment lang überlegt er wohl, ob mein nächtliches Umherwandern ein Bellen rechtfertigt. Dann entscheidet er sich dagegen, gähnt und folgt mir mit gemächlichen Schritten. Seine Krallen klacken über den Holzboden, bevor er meine Hand beschnuppert und schließlich auf meinem Platz im Bett landet.

In der Küche hängt noch der schwache Geruch von Rauch, die Glut im Kamin längst verloschen. Das Mondlicht legt blasse Streifen auf die Holzwände. Auf der Anrichte liegen unsere Reisedokumente: Pässe, Flugtickets, Hotelbestätigung.

Zwei Wochen sind seit dem Brief vergangen. Morgen früh fliegen wir nach England.

Komm nach London. Dann reden wir.

So lautete Sofias knappe, aber deutliche Antwort auf meine ersten Nachrichten. Ich hatte überlegt, noch einmal nachzuhaken, doch am Ende fehlten mir die Worte. Zu vieles drängte darauf, ausgesprochen zu werden, und keines schien richtig. Daran hat sich nichts geändert.

Ich nehme ein Glas aus dem Schrank, die Tür quietscht in den Angeln, und lasse kaltes Wasser hineinlaufen. An die Anrichte gelehnt, trinke ich ein paar Schlucke und blicke auf die Pässe vor mir. Ich weiß nicht, ob es klug ist, dass Dennis mich begleitet. Ich verstehe, dass er Teil dieser neuen Realität sein will, die ich ihm gezeigt habe, und vermutlich ist das besser, als wenn er sich abwenden würde. Aber ich glaube nicht, dass er begreift, worauf er sich wirklich einlässt.

In den letzten zwei Wochen war er wie ein Kind mit einem neuen Spielzeug. Ständig wollte er, dass ich ihm etwas zeige, einen »kleinen Trick«, ein »Abrakadabra«. Jedes Mal habe ich abgelehnt. Für ihn ist diese Reise ein Abenteuer, ein Schritt in eine Welt voller Magie, wie aus einem Märchenbuch. Für mich ist jeder Tag seit Mr. Guises Einladung ein stiller Kampf gegen die Furcht, die sich in mir ausbreitet.

Ich fahre mit dem Finger über den Rand des Passes. Vielleicht ist es doch gut, dass Dennis mitkommt. Vielleicht wird er endlich verstehen, dass diese Welt nichts Märchenhaftes an sich hat.

Ich stelle das Glas ab und folge einer Eingebung. Leise öffne ich die Hintertür und trete hinaus in den wilden Garten. Noch immer nackt, lasse ich das Mondlicht über meine Haut gleiten. Der zunehmende Mond hängt über mir. Kein Wunder, dass die Erinnerung heute Nacht kam; sie wird immer stärker, je näher der Vollmond rückt.

Ich breite die Hände aus, spüre den Garten um mich, die Erde, das Leben, das darin pulsiert, und suche nach Ruhe. Der Himmel wölbt sich weit über mir, fast unberührt, nur manchmal zieht ein Satellit vorbei. Diese abgelegene Ecke Deutschlands gehört zu den wenigen Orten, an denen die Sterne noch ungehindert leuchten... und an denen man nachts nackt durch den Garten gehen kann, ohne jemanden zu stören.

Doch die Landschaft hat sich verändert. Früher reichten die Fichtenwälder bis zum Horizont. Jetzt sind viele Hänge kahl, durchzogen von grauen Stümpfen, wo einst dichtes Grün stand. Dürre, Stürme und der Borkenkäfer haben ganze Hänge verwüstet.

Dennis und die anderen Förster versuchen, dagegen anzupflanzen, Bäume zu setzen, Erde zu heilen. Aber sie kämpfen gegen den Wind. Der Harz stirbt langsam, und sie sehen dabei zu.

Inmitten all dessen habe ich mir mein eigenes Stück zurückerobert. Ein kleiner Garten, gepflegt und wild zugleich. Ein Beweis, dass ich wenigstens hier, in diesem winzigen Ausschnitt der Welt, etwas bewahren kann.

Anfang September beginnt in den Beeten die Verwandlung des Herbstes. Die Sommerblumen verblassen und machen den spät blühenden Astern Platz, den letzten trotzigen Rosen, die sich noch an ihre Stängel klammern. Die Lavendelstiele stehen hoch, längst verblüht, ihr Purpur geerntet und getrocknet. Im Kamillenbeet sind die Blüten zu papiernen Hülsen geworden, braun und brüchig, bereit, ihr Versprechen auf den Tee des nächsten Jahres zu verstreuen. Zwischen den Kräutern tragen die letzten Sommerpflanzen ihr stilles Gefecht aus: Tomatenranken, schwer von grünen Früchten, die keine Zeit mehr zum Reifen haben, und wuchernde Zucchinipflanzen, die sich über den Boden legen, der bereits zu kühlen beginnt.

Ich lasse mich auf den Boden sinken. Die Erde unter meiner nackten Haut verbindet mich mit dem Land. Ich atme tief ein, den Duft von Erde, Kräutern und welkendem Leben. Mit jedem Atemzug weicht die Spannung aus meinem Körper. Für einen Moment scheint die Welt meinen Kummer zu tragen.

Dann spüre ich sie. Eine Präsenz, vertraut und doch jedes Mal neu. Ein leises Prickeln, das mir sagt, dass ich nicht allein bin. Zwischen den Schatten des Waldes blitzen Augen auf, zwei goldene Punkte im Dunkel. Das Tier verharrt still, bis meine Augen sich an das Licht gewöhnen und seine Gestalt erkennbar wird: größer als eine Hauskatze, kräftig gebaut, mit kurzem Schwanz und aufmerksamer Haltung.

Langsam tritt sie ins Mondlicht. Ihre Bewegung ist fließend, ihre Muskeln zeichnen sich unter dem Fell ab. Das gelbbraune Fell trägt dunkle Flecken, und die spitzen Ohren mit ihren schwarzen Büscheln zucken leicht in meine Richtung. Vor mir steht eine Luchsin, eine der letzten, die in diesen Bergen noch frei leben. Kaum hundert Tiere soll es hier noch geben.

Sie beobachtet mich wachsam, doch nicht ängstlich. Ihre Augen, bernsteinfarben und ruhig, halten meinen Blick. Lautlos kommt sie näher, legt sich neben mich ins Gras, und die Wärme ihres Körpers dringt durch ihr dichtes Fell.

Dennis hatte recht: Die Geschöpfe des Waldes finden zu mir. Es ist eines der wenigen Überbleibsel meiner Magie, das ich nie verloren habe. Vielleicht habe ich es nie wirklich loslassen wollen.

Die Luchsin drückt sich an meine Seite, als suchte auch sie Trost. Und ich spüre, wie etwas in mir aufatmet. Ein Teil von mir gehört noch hierher, zu dieser stillen, wilden Welt. Ein Teil, der sich weigert, gezähmt zu werden.

Die Luchsin schnurrt, ein tiefes Vibrieren, das durch ihren Körper strömt und mich erreicht. Ich lege die Hand auf ihr Fell, streiche über das weiche Muster aus Wärme und Stärke. Doch während meine Finger über ihr Fell gleiten, zieht mich mein Geist zurück in die Erinnerung, die mich vorhin aus dem Schlaf gerissen hat.

Bilder blitzen auf, scharf und grell, als kämen sie aus einem anderen Leben. Der Schrecken pocht in meinen Adern, und ich spüre, wie sich meine Muskeln anspannen. Die Luchsin hebt den Kopf, sieht mich an, aufmerksam, als könnte sie fühlen, was mich überflutet.

Und plötzlich bin ich wieder bei Ruth. Ich stehe in einem prunkvollen Salon, im Platterhof, wie meine Eltern später anhand meiner Beschreibung bestätigen würden. Ein Gästehaus am Obersalzberg, das die Parteiführung regelmäßig für ihre Treffen nutzte. Es ist 1935. Der Raum ist erfüllt vom Duft nach starkem Kaffee, von aufgestauter Wut und gefährlichem Ehrgeiz.

Ruth steht vor einer Gruppe Männer in makellosen braunen

Uniformen. Ihre Stimme trägt, während sie ihre Magie zeigt. Im Kamin beginnen die Flammen zu tanzen, sie züngeln und formen sich zu Gestalten, die nach ihrem Willen leben. Auf den Gesichtern der Männer liegt zuerst Neugier, dann Staunen, schließlich ein gieriges Leuchten, das sie hätte warnen sollen. Doch Ruth erkennt es nicht.

Ich spüre ihr Selbstvertrauen, den Stolz, die aufkeimende Hoffnung. Nach Jahren des Versteckens glaubt sie, endlich einen Weg gefunden zu haben, unsere Art zu legitimieren. Sie hört in ihren Worten die Verheißung einer neuen Ordnung: alte germanische Bräuche, mystische Blutlinien, das Versprechen einer Zukunft, in der Hexen offen wirken dürfen, nicht als Ketzerinnen, sondern als Trägerinnen eines reinen Erbes.

Mit jedem Satz der Männer wächst ihr Glaube, sie habe ihrem Zirkel einen Platz in der neuen Welt gesichert, einen Ehrenplatz unter denen, die Macht definieren.

Ich reiße den Kopf hoch, zwinge die Bilder fort, bevor sich das Schicksal vollendet, das ich zu gut kenne.

Die Luchsin hebt den Kopf, die Ohren gespitzt, aufmerksam auf etwas gerichtet, das jenseits meiner Wahrnehmung liegt. Dann steht sie auf, streckt sich, und mit einem letzten, sanften Stoß gegen meinen Arm verschwindet sie zwischen den Bäumen.

Ich richte mich ebenfalls auf, beuge mich zu einem Lavendelbusch und pflücke einen Zweig. Zwischen meinen Handflächen zerdrücke ich die Blüten, atme den beruhigenden Duft ein, bis er die Schärfe der Erinnerung mildert.

Wahrscheinlich ergibt es tatsächlich Sinn, dass sie mich nach London beordert haben. Vermutlich bin ich die Einzige, die noch lebt und sich an das letzte Mal erinnert, als jemand versuchte, Magie vor der Welt zu offenbaren, so fehlgeleitet dieser Versuch auch war. Doch warum sollte Sofia ihnen das erzählen? Will sie mir schaden?

Mein Blick wandert zum Mond, beinahe voll, nur ein

schmaler Schatten liegt noch an seinem Rand. Ich wünschte, ich könnte mich für immer in diesem dunklen Streifen verstecken. Doch es hilft nichts: sobald die Sonne aufgeht, wird er verschwunden sein, genau wie die Ruhe, die mich in dieser Nacht noch umgibt.

Kapitel Sechs

Unser Hotelzimmer ist kaum mehr als ein Besenschrank.

Zwei Schritte von der Tür, und ich stehe schon am Fenster. Meine Finger fahren über das verwitterte Sims, bevor ich das alte Schiebefenster packe und mit einem angestrengten Ruck anhebe. Widerwillig gleitet es nach oben, Holz kratzt auf Holz. Sofort strömen die Geräusche Londons herein: das dumpfe Rumpeln der Doppeldeckerbusse, das Gurren der Tauben auf dem Fenstersims, das gedämpfte Murmeln der Passanten unten auf der Straße. Ein leiser Schauer läuft mir über den Rücken. Ich war noch nie irgendwo, habe seit dem Erwachsenwerden nie deutschen Boden verlassen. Mein Vater war Amerikaner, ein in Deutschland stationierter Soldat – so lernten sich meine Eltern kennen. Als Sofia und ich neun waren, reisten wir einmal nach Massachusetts, um zu sehen, wo Dad aufgewachsen war. Aber alles, woran ich mich erinnere, ist der Geschmack von Marshmallows und das Kribbeln, zum ersten Mal in einem Hotel zu schlafen.

»Was für eine Absteige«, murmelt Dennis, während er unser

Gepäck durch den schmalen Türrahmen zwängt. »Wie viel haben wir noch mal für dieses Loch bezahlt?«

»Zu viel?«, schlage ich mit einem schiefen Lächeln vor und sehe zu, wie er versucht, unsere Taschen zwischen Bett und Wand zu quetschen, ohne die Nachttischlampe umzustoßen.

Ich habe Mr. Guises Einladung, in seinem Stadthaus zu wohnen, höflich, aber bestimmt abgelehnt. Sein magisches Pergament mag mich gezwungen haben, über den Ärmelkanal zu kommen, aber jetzt, wo ich hier bin, werde ich nicht nach seinen Regeln spielen. Dieses schäbige Hotelzimmer ist mein kleiner Akt des Widerstands. Er mag das Spiel begonnen haben, doch er kontrolliert nicht alle Figuren.

Dennis befreit sich schließlich aus dem Gewirr aus Koffern. »Lass uns frühstücken gehen. Ich verhungere.«

»Klar, dafür bleibt noch Zeit.« Ich greife in meine Tasche und spüre den Obsidian, den ich von zu Hause mitgebracht habe. Normalerweise beruhigt mich seine kühle, feste Oberfläche, doch heute scheint sie das Gegenteil zu bewirken. Ein unruhiges Kribbeln zieht sich durch meinen Körper, und ich ziehe die Hand rasch zurück.

»Kommst du heute allein zurecht?«, frage ich, als das Türschloss hinter uns klickt. Ich bin zweisprachig aufgewachsen, dank meines Vaters spreche ich fließend Englisch. Dennis dagegen kennt kaum mehr als ein paar Phrasen.

»Ich darf nicht mit?«, fragt er, während wir die schmale, bei jedem Schritt knarrende Treppe hinabsteigen.

»Leider nicht. Die Versammlung ist nur für ICAG-Mitglieder. Ehrlich gesagt weiß ich nicht einmal, wie er *mich* überhaupt hineinbringen will.« Der Gedanke schnürt mir den Magen zu. Ich versuche mir einzureden, dass ich wegen Sofia hier bin, wegen der Chance, meine Schwester wiederzufinden. Aber ich weiß, dass es um mehr geht.

Seit dieser Brief in meiner Hütte angekommen ist, spüre ich es wieder: das vertraute Kribbeln unter der Haut, die Wärme, die sich wie flüssiges Licht in meinem Blut ausbreitet. Die Anima, die wieder gefühlt werden will. Magie, die durch mich strömt, mit einer Selbstverständlichkeit, die ich fast vergessen hatte. Ein berauschendes Gefühl, dieses Potenzial, das in meinen Fingerspitzen summt und darauf wartet, entfesselt zu werden. Meine Sinne sind schärfer, die Welt um mich herum wirkt lebendiger, jedes Geräusch klarer, als hätte ich endlich einen Kopfhörer abgenommen.

Ich sehne mich danach zu wirken, wieder Teil dieser Welt zu sein und hoffe wider jede Vernunft, dass es vielleicht noch einen Weg gibt.

»Na schön, dann warte ich wohl den ganzen Tag hier auf dich«, sagt Dennis und reißt mich aus meinen Gedanken. Während wir die Treppe hinabsteigen, vermischt sich der muffige Geruch des alten Teppichs mit einem schwachen Hauch von Rosenspray, wohl ein vergeblicher Versuch, den Schimmel zu überdecken.

»Wenn dir die Decke auf den Kopf fällt, der Hyde Park ist keine fünf Minuten entfernt«, sage ich.

Unten wird der Lärm der Stadt lauter. Die Eingangstür ächzt unter der Last ihrer Jahre, als ich sie aufstoße und hinaustrete.

»Ich hab gleich um die Ecke ein Deli gesehen«, beginne ich, bleibe aber stehen, als jemand meinen Namen ruft.

Ein Mann mit grau meliertem Haar lehnt sich aus dem hinteren Fenster eines schwarzen Range Rovers, der am Bordstein steht. Seine scharfen Augen sind auf mich gerichtet. Die Fahrerin, eine große blonde Frau in einem eleganten Kostüm, steigt geschmeidig aus, öffnet die hintere Tür und präsentiert den Herrn, der aus dem Wagen tritt.

»Wie schön, dass ich Sie noch erwische«, sagt er in perfektem Deutsch. »Mardequai Guise, zu Ihren Diensten. Es wäre mir eine Freude, Ihnen eine Mitfahrgelegenheit zum Arcadia House anzubieten.«

Mardequai Guise trägt einen anthrazitfarbenen Anzug, schlicht, aber makellos geschneidert. Er zieht Aufmerksamkeit auf sich, ohne sich darum bemühen zu müssen. Sein Gesicht ist von Falten durchzogen, doch immer noch markant: scharfe Wangenknochen, kräftiger Kiefer, durchdringende graue Augen. Ihn umgibt diese Aura von Zeitlosigkeit… und ich bin mir sicher, ich würde das auch sagen, wenn ich nicht wüsste, dass er unsterblich ist.

»Woher wussten Sie, wo wir wohnen?«, fragt Dennis misstrauisch.

»Ah, das muss der Lebensgefährte sein, von dem Sie erwähnten, dass Sie mit ihm reisen«, sagt Mr. Guise und ignoriert die Frage mit bewährter Leichtigkeit. Er streckt Dennis die Hand hin. »Eine Freude, Sie kennenzulernen. Ich habe mir erlaubt, für Sie heute eine kleine Stadtrundfahrt zu arrangieren. Eloise hier spricht ausgezeichnet Deutsch. Sie zeigt Ihnen gern London, während Alva und ich uns drinnen einer mühsamen Abfolge von Debatten und Vorträgen unterziehen müssen. Habe ich recht, Eloise?«

»Natürlich«, antwortet Eloise mit einem Lächeln, das professioneller als herzlich wirkt.

»Das ist … das ist tatsächlich sehr nett von Ihnen. Vielen Dank«, sagt Dennis, und sein Widerstand bröckelt wie die Fassade unseres Hotels. Verräter.

»Bitte, keine Ursache«, sagt Mr. Guise und wischt die Dankbarkeit mit einer beiläufigen Geste beiseite. »Immerhin sind Sie meine Gäste in dieser Stadt, und auf meine Einladung hier. Sollen wir?« Er deutet auf die geöffnete Autotür, und der Tonfall lässt keinen Raum für Ablehnung.

Ich zögere, hin- und hergerissen zwischen dem Wunsch nach Autonomie und der Erkenntnis, dass ich längst in seinem Netz hänge. Doch Dennis sitzt schon auf dem Beifahrersitz, und so seufze ich und folge. Als ich hinten einsteige, wandert mein

Blick durch den Innenraum – in der törichten Hoffnung, Sofia zu entdecken. Aber der Rücksitz ist leer.

Mr. Guise lässt sich neben mich sinken und füllt den Wagen mit einer stillen, fast greifbaren Präsenz. Eloise fährt vom Bordstein an und reiht sich in den Londoner Verkehr ein. Plötzlich bricht ein Regenschauer los, prasselt gegen die Windschutzscheibe, zwingt Eloise, die Scheibenwischer auf volle Geschwindigkeit zu stellen. Der Himmel hat sich innerhalb weniger Minuten verdunkelt, schwer und drohend.

Mr. Guise hebt eine Augenbraue, während sein Blick den vom Regen gepeitschten Fenstern folgt. »Seltsam. Heute Morgen war kein Wölkchen angekündigt.« Dann wendet er sich zu mir, ein Lächeln auf den Lippen, das nicht bis zu seinen Augen reicht. »Ich hoffe, Sie haben nicht mit Wettermanipulation experimentiert, Fräulein. Manche würden sagen, die Familie Hausmann hat die Lektion über die Gefahren solcher Praktiken nie ganz verinnerlicht.«

»Wie bitte?«

»Verzeihen Sie«, sagt er, aber der Tonfall macht klar, dass er es nicht meint. »Ich greife wohl vor. Ich bin einst auf einen bemerkenswerten Text gestoßen, der Ihr ... intimes Wissen über das sogenannte Sylt-Massaker dokumentiert.«

Mein Herz stolpert. Das Sylt-Massaker. Ich habe nie jemanden diese Worte aussprechen hören, aber ich weiß sofort, was er meint. Seit meiner Kindheit sehe ich immer wieder dieselben Bilder: Ruth, am windgepeitschten Strand, das Gesicht dem Himmel zugewandt, während sich die Wolken unnatürlich über ihr zusammenballen. Der Kreis der Hexen hinter ihr, ihre Gesichter bleich vor Erschöpfung, vor Entsetzen, als der Sturm über ihnen zusammenbricht.

»Sie haben meine Akte gelesen«, sage ich tonlos, obwohl sich in mir alles dreht. Diese Gutachten aus meiner Kindheit sollten eigentlich versiegelt sein. »Warum wollten Sie, dass ich an der

Versammlung teilnehme?«, frage ich, in der Hoffnung, das Gespräch zu lenken.

Er verschränkt die Hände in seinem Schoß, an jedem Finger ein Ring, und mustert mich mit diesen uralten, abgründig stillen Augen. »Wir stehen am Rand eines Umbruchs, Fräulein Hausmann. Die Entscheidung ist gefallen: wir werden uns dem Gesindel offenbaren.« Das Wort spricht er mit kaum verhohlenem Ekel aus. Dennis räuspert sich daraufhin laut auf dem Vordersitz. Der Druide jedoch fährt ungerührt fort. »Doch nicht jeder begreift, welche Folgen das haben wird.«

»Und was lässt Sie glauben, dass ich etwas beizutragen hätte, das Sie nicht längst wissen?«, frage ich, schärfer als beabsichtigt.

Mr. Guises Lippen kräuseln sich zu einem undeutlichen Lächeln. »Haben Sie je einen Schwarm Stare beobachtet, Fräulein Hausmann? Tausend Vögel, die sich wie einer bewegen. Und doch reicht ein einziger, um die Richtung zu ändern. Manchmal muss die Stimme, die den Kurs wendet, aus dem Inneren kommen. Unsere Pflicht ist es, Sie und ich, den Schwarm zu warnen.«

»Sie wollen, dass ich spreche? Vor der ganzen Versammlung?«

Mr. Guise nickt, kaum merklich.

Ein flüchtiges Gefühl der Erleichterung regt sich in mir. Ich habe zwar nicht unbedingt Lust auf einen öffentlichen Auftritt, aber dank Ruth, die in meinem Kopf herumgeistert, hatte ich mich auf Schlimmeres eingestellt. Teeren und Federn vielleicht. Den Tunkstuhl. Den Scheiterhaufen... Andererseits, wer sagt, dass das nicht immer noch passieren könnte? Ich würde mein Leben eher auf einen Münzwurf setzen als auf die Zusicherungen des Unsterblichen neben mir.

»Und warum sollte ich das tun, wenn ich fragen darf? Ich habe nicht gerade eine Rede vorbereitet.«

»Keine Sorge«, sagt Mr. Guise ruhig. »Eine Ansprache ist nicht nötig. Ich habe lediglich ein paar Fragen, deren Antworten unsere geschätzte Versammlung mit Sicherheit fesseln werden. Ihre Perspektive ist schließlich einzigartig.« Seine Augen funkeln, als er das sagt, dann wendet er den Blick nach draußen, zu den vorbeiziehenden Häusern.

Ich atme scharf ein, bereit zum Widerspruch. Er mag mich hierhergelockt haben, aber er kann mich nicht zwingen, zu sprechen. Die Weigerung liegt mir bereits auf der Zunge, doch dann halte ich inne. So beunruhigend der Gedanke auch ist, ich kann nicht leugnen, dass dieser Auftritt eine Gelegenheit wäre, eine Chance, meinen Platz zurückzuerobern, alles endlich ans Licht zu bringen und danach hinter mir zu lassen. Vielleicht bin ich bereit, das Versteckspiel zu beenden.

Die Angst pocht noch in mir, aber an ihren Rändern glimmt ein Funke Entschlossenheit.

»Und was ist mit Sofia?«, frage ich schließlich.

Mr. Guise bewegt sich leicht in seinem Sitz. »Ah, ja, das ist die eigentliche Frage, nicht wahr? Was ist mit Sofia?« Ein kaum merkliches Lächeln huscht über seine Lippen. »Ich hatte mich gefragt, ob Sie sich vielleicht erinnern würden, aber vielleicht liegt es zu weit zurück. Die Wahrheit ist, meine Liebe, auch wir beide sind einander nicht fremd. Ich hatte schon immer eine gewisse Zuneigung zu den germanischen Landen. Ich lebte eine Zeit lang in Trier... wann war das? Guter Gott, es kommt mir vor wie Jahrhunderte.« Er sagt es beiläufig, doch ich glaube ihm jedes Wort. »Und ich war dabei, an jener Sonnenwende vor dreizehn Jahren, eingeladen von Markus Steingruber, einem alten Druidenfreund. Wenn ich mich recht erinnere, haben Sie mir den letzten Pfannkuchen weggeschnappt.«

Seine Worte reißen eine Tür in mir auf, hinter der ich alles eingeschlossen hatte. Diese Nacht, das letzte Mal, dass ich meine Familie vereint sah, das letzte Mal, dass ich mich als Teil der magischen Welt fühlte, kehrt mit einem scharfen Schmerz zurück, der sich in meiner Brust ausbreitet. Ich sehe Gesichter, Schatten, Fetzen von Erinnerung an diese letzte Sonnenwende, die ich je gefeiert habe. Doch so sehr ich auch suche, in meinem Gedächtnis finde ich kein Bild von Mardequai Guise. Nur Leere.

Vom Vordersitz dringt Eloises Stimme an mein Ohr. »Und hier links ist der Buckingham Palace«, erklärt sie Dennis und deutet aus dem Fenster. Während sie den Range Rover durch den stockenden Verkehr manövriert, beugt sich Mr. Guise leicht vor.

»Tatsächlich«, fährt er fort, »war ich nur wenige Minuten hintendran, als der Unfall geschah. Ich muss der Erste gewesen sein, der an dem schrecklichen Ort eintraf.«

Ein Müllwagen poltert vorbei und verdeckt für einen Moment die Aussicht auf die Straße. Ich drehe mich zu ihm um. »Ich erinnere mich nicht, dass Sie da waren.«

Mr. Guise hebt langsam die Brauen. »Wie interessant. Ich erinnere mich nämlich auch nicht daran, dass Sie da waren.«

»Was meinen Sie damit?«

Sein Blick bleibt an mir hängen. »Ich kam an der Unfallstelle an und fand Ihre Schwester im Gras am Straßenrand. Ich nahm an, Sie und Ihre Eltern seien nicht mehr zu retten ... eine schreckliche, schreckliche Sache. Aber wie sich herausstellte« – er hält inne, die Augen leicht verengt – »waren Sie gar nicht mehr im Wagen, als ich ankam, nicht wahr?«

Ein bitteres *Anscheinend* liegt mir auf der Zunge, aber ich schlucke es hinunter.

Mr. Guise' Blick bohrt sich in mich, als wolle er etwas ans Licht holen, das längst verschüttet ist. »Sagen Sie mir, Fräulein Hausmann, fühlen Sie sich immer noch schuldig deswegen?«

Die Frage trifft wie Eiswasser.

Vorne deutet Eloise auf eine Sehenswürdigkeit, ihre Stimme dringt kaum zu mir durch. Stattdessen reißen mich die Worte zurück in das Krankenzimmer, in dem ich nach dem Unfall aufwachte, ohne Erinnerung daran, wie ich überhaupt dorthin gekommen war. Ingrid Brauer, die Magistratin des Elster-

Zirkels, zu dem meine Mutter gehörte, stand über meinem Bett. Ihr weiß gesträhntes Haar war zu einem Knoten zurückgebunden, der Geruch von Kiefer und Holzrauch hing an ihrer Strickjacke, ein seltsamer Kontrast zur sterilen Luft des Krankenhauses.

»Alva, es gibt keinen leichten Weg, das zu sagen«, sagte sie, ihre Stimme so scharf wie ein Skalpell. »Aber deine Familie ist fort.«

Ich starrte auf die gestärkten Laken, unfähig, ihrem Blick standzuhalten. Doch erst jetzt, da die Erinnerung wiederkehrt, begreife ich, was sie vielleicht wirklich gemeint hat. *Deine Familie ist fort.* Ich hatte immer angenommen, *fort* hieße *tot.* Aber Frau Brauer hatte das nie ausdrücklich gesagt, nicht wahr?

Der Gedanke fällt wie ein Stein ins Wasser, zieht Wellen durch alles, was ich zu wissen glaubte. Es war klar, dass meine Eltern den Unfall nicht überlebt hatten. Aber wusste die Magistratin damals, dass Sofia noch am Leben war?

»Du wirst in ein Heim kommen«, fuhr sie fort, jedes Wort ein Nagel im Sarg meines alten Lebens. »Und es ist dir verboten, Magie zu praktizieren. Nie wieder.«

Und sie sagte es nie direkt, aber dennoch spürte ich sie, diese unausgesprochene Anklage, dass ich, oder etwas Dunkles in mir, für das Geschehene verantwortlich war. Ich protestierte nicht einmal, glaubte ich doch selbst, dass die Magie, die einst in meinen Adern sang, zu etwas Giftigem geworden war. Etwas Gefährlichem. Und tief in mir stimmte ich ihrem Urteil zu: Ich verdiente es nicht mehr, eine Hexe zu sein.

Eloise tritt aufs Gas, der Wagen ruckt an, und ich reiße mich aus der Erinnerung. Doch sie bleibt hängen, bitter wie eine Pille auf meiner Zunge.

»Schatz, ist alles in Ordnung?« Dennis' Stimme holt mich zurück ins Auto. Er hat sich im Beifahrersitz umgedreht, seine Hand liegt leicht auf meinem Knie.

»Wie bitte?«

»Du siehst ein bisschen blass aus. Alles okay da hinten?«

»Wir sind gleich da«, wirft Eloise ein, ihre Augen treffen meine im Rückspiegel. »Mir wird auf dem Rücksitz auch immer etwas flau.«

»Mir geht's gut«, sage ich, bemüht, ruhig zu klingen und mir selbst zu glauben.

Ich wende mich Mr. Guise zu. Er scheint ganz in den Anhänger an seinem Hals vertieft, ein schmales Kristallamulett, dessen filigrane Elemente ineinandergreifen und matt im Licht schimmern.

»Was ist damals passiert?«, frage ich. »In jener Nacht?«

»Schicksal«, sagt er, der Blick weit in einer Erinnerung verloren. »Schicksal ist passiert. Ich zog Sofia vom brennenden Fahrzeug weg. Sie war verstört, panisch. Das Chaos um sie herum fachte ihre Angst nur weiter an. Ich war der Einzige, auf den sie hörte. Ich fand mich seltsam fähig, sie in diesem Sturm aus Furcht und Verwirrung zu halten.« Seine Finger gleiten über das Amulett, als spüre er die Vergangenheit darin. »Sehen Sie, in all meinen Jahren hatte ich nie eigene Kinder. Eine ungewöhnliche Wahl für einen Druiden. Die meisten von uns zeugen während des Vorbeizugs des Solantha-Kometen mindestens eines – die einzige Gelegenheit, alle hundertacht Jahre, einen neuen Unsterblichen hervorzubringen. Wissen Sie, wie ein Druide gezeugt wird, Fräulein Hausmann?«

Vorn auf dem Sitz reckt Dennis neugierig den Hals. Er würde wahrscheinlich alles geben, um die Antwort zu hören. Ich dagegen nicke nur knapp, ungeduldig, und wünsche mir, Mr. Guise möge endlich zum Punkt kommen.

»Wie dem auch sei«, fährt er fort. »Die Versuchung, unsterbliches Leben zu erschaffen, ist für viele meiner Brüder zu groß, um ihr zu widerstehen. Die Annäherung des Kometen im nächsten Jahr wird ... interessant, sagen wir.«

»Und Sie?«, frage ich. »Nie versucht gewesen?«

Ein kaum merkliches Lächeln zieht über sein Gesicht. »Das

letzte Mal, dass mich irgendeine Versuchung packte, war der Stadtschreier noch die Hauptquelle für Nachrichten.« Er richtet seine Manschettenknöpfe, die Geste so kontrolliert wie jedes Wort aus seinem Mund. »Aber ich schweife ab. In jener Nacht, als Ihre Schwester in meine Welt kam, wusste ich, dass sie für Großes bestimmt war. Was für eine lebhafte, herrliche Kreatur sie ist, finden Sie nicht auch?«

»Nun, bis vor Kurzem hielt ich sie für tot«, erwidere ich kühl. »Also nein. Damit kann ich schwerlich einverstanden sein.«

Daraufhin wirft Mr Guise den Kopf in den Nacken und lacht, schrill und übertrieben, als wolle er den ganzen Wagen mit seiner Heiterkeit füllen. Doch hinter dem Klang liegt etwas Dunkleres, Schärferes. Eloise zuckt bei dem Geräusch am Steuer zusammen, der Wagen schwankt kurz, bevor sie ihn wieder stabilisiert.

»Und wir glaubten wiederum, Ihr wärt tot«, krächzt er, dann entweicht ihm ein tiefer Seufzer. »Das Universum liebt seine Scherze, nicht wahr?«

Ich presse die Zähne zusammen, spüre, wie der Ärger in mir aufflammt. »Aber was meinen Sie mit *für Großes bestimmt*?«

Sein Lachen bricht abrupt ab. Mr Guise sieht mich an, die Augen hell und durchdringend. Seine Brust hebt und senkt sich noch unruhig, doch er zwingt sich zur Ruhe. Dann verändert sich sein Gesichtsausdruck. Nachdenklichkeit tritt an die Stelle der manischen Freude. »Es war Schicksal. Von dem Moment an, als ich Ihre Schwester unter meine Fittiche nahm, war es, als fände eine längst verlorene Melodie endlich zu ihrem Instrument zurück.« Er berührt den Anhänger an seinem Hals.

Draußen zieht die Silhouette des Big Ben vorbei, doch ich schenke ihr keine Beachtung. Jetzt ist nicht die Zeit für Sehenswürdigkeiten.

»Also haben Sie sie einfach *mitgenommen*.« Ich bemühe

mich um Fassung, aber meine Hände verraten mich. Sie ballen sich in meinem Schoß zu Fäusten.

Mr Guises Stimme klingt glatt, fast sanft. »Der Zirkel traf eine Entscheidung. Ich sollte ihr Vormund werden, da sie sich weigerte, meine Seite zu verlassen. Eure Mutter hatte keine Geschwister, und eure Großmutter, nun ja …« Er hält inne, und für einen flüchtigen Moment treffen sich unsere Blicke. »Ruths Schicksal war doch recht entzündlich, nicht wahr?«

Die Wortwahl trifft mich. Eine seltsame Hitze kribbelt in meinen Füßen, als hätten seine Worte selbst die Flammen geweckt, die meine Großmutter verzehrten. Sein leises Lächeln verrät, dass er um die Wirkung genau weiß.

»Nachdem alle Formalitäten erledigt waren, nahm ich Sofia unter meine Fittiche, um sie in Dunmorrough, meinem bescheidenen schottischen Anwesen, aufzuziehen. Ein Ort, fern von ihrer Trauer und ihrem Schmerz, wo sie behütet heranwachsen konnte. «

Vor meinem inneren Auge sehe ich sie: Sofia, allein am nebligen Ufer eines Lochs, der Wind zerrt an ihrem Haar. Hinter ihr breiten sich die schottischen Moore aus, endlos und düster, so grenzenlos wie ihr Verlust gewesen sein muss.

Ich schüttle das Bild ab. »Mein Vater hatte Familie in den Staaten. Meine Tante und meinen Großvater. Man hätte sie benachrichtigen sollen. Die hätten sich um sie kümmern sollen, nicht Sie.«

»Ah, ja.« Das Wort zischt über seine Lippen. »Sind Sie selbst also dorthin geflohen, bevor ich auch Sie erreichen konnte?« Dabei zwickt er mir leicht in den Unterarm, eine Geste, die zwischen Scherz und Drohung schwebt.

»Willkommen beim Arcadia House«, ruft Eloise von vorn, gerade rechtzeitig, und ich steige mit kaum verhohlener Eile aus dem Wagen.

Ich zweifle nicht daran, dass Mr Guise Jahrhunderte darauf verwendet hat, die Kunst des verbalen Schachs zu meistern.

Jedes Wort ist wohlgesetzt, nie verrät er mehr, als er will. Und doch liegt in seiner Stimme ein kaum verhohlener Eifer, ein Hunger, mich zu durchschauen, das Rätsel zu lösen, das ich für ihn bin. Er weiß von meinen Visionen, das ist klar. Er weiß, dass er und die Seinen nicht mehr die Einzigen sind, die einen Spiegel in die Vergangenheit besitzen. Aber bis ich erkenne, wie viel er wirklich weiß, bleibe ich besser im Schatten. Denn nur dort bewahrt ein Spiegel seine Geheimnisse.

Dennis umrundet den Wagen und greift nach meinem Arm, fester, als nötig wäre. In seiner Bewegung liegt eine Dringlichkeit, als würde er eine Verdächtige führen, nicht seine Partnerin. »Gibt es noch andere verschollene Verwandte, die du vergessen hast zu erwähnen?«, flüstert er. »Jetzt wäre der Moment, es zu sagen.«

»Tatsächlich ist jetzt überhaupt kein guter Moment.« Ich reiße mich los, mein Blick gleitet an ihm vorbei.

Vor uns erhebt sich das Arcadia House, ein prachtvolles Gebäude zwischen den Wahrzeichen von Westminster. Die Steinfassade leuchtet im Herbstlicht, mächtige Säulen flankieren den Eingang. Es wirkt wie eine Brücke zwischen dem Arkanen und dem Gewöhnlichen, verborgen im offenen Blickfeld, mitten im Lärm Zentrallondons.

Eine vielfältige Menge bewegt sich durch die Türen, überwiegend Frauen aus allen Teilen der Welt. Ihre Kleidung reicht von eleganten Anzügen bis zu farbenfrohen Gewändern. Sie sprechen in einem Chor aus Sprachen, manche tragen Laptops oder Akten, andere Bücher mit Ledereinband oder seltsam geformte Gegenstände.

Für einen unbeteiligten Beobachter sieht das aus wie eine internationale Konferenz, was es auch ist. Nur wer das Verborgene kennt, erkennt die kleinen Abweichungen, die leisen Zeichen, ein Hauch von Magie hier, ein gemurmelter Zauber dort.

Ich spüre, wie mich die Szene zugleich anzieht und überfordert.

»Entschuldigung«, sagt Dennis und fährt sich mit dem Daumen über den Nasenrücken, eine Geste verletzter Gefühle, die ich inzwischen gut kenne.

Hinter uns steigt Mr Guise aus dem Wagen. Eine Frau in einem maßgeschneiderten Anzug tritt aus der Menge auf ihn zu, als hätte sie auf sein Erscheinen gewartet. Sie sprechen leise miteinander, und ich bin dankbar für eine kurze Atempause von seiner unablässigen Aufmerksamkeit.

»Nein, es tut mir leid«, sage ich und wende mich wieder Dennis zu. »Ich wollte dich nicht anfahren. Ich erzähle dir heute Abend alles, in Ordnung?« Ich lehne mich an ihn und lege die Arme um seine Taille. »Einschließlich aller pikanten Details, wie Druiden sich fortpflanzen«, flüstere ich, was ihm ein kurzes Lachen entlockt. »Aber jetzt muss ich darauf achten, keine magischen Alarme auszulösen oder eine Älteste zu beleidigen.« Ich trete einen Schritt zurück und sehe ihm in die Augen. »Diese Welt ist genauso gefährlich wie magisch. Ein falscher Schritt, und ich könnte mich als Eidechse wiederfinden.«

»*Wirklich?*«

»Nein, nicht wirklich. Aber ich muss heute meine Sinne beisammenhalten.«

Wir umarmen uns kurz, bevor Dennis wieder ins Auto steigt. Mr Guise beugt sich zum offenen Fenster. »Eloise, zeigen Sie ihm doch das kleine Lokal in Covent Garden, das mit den ausgezeichneten Pasteten.«

Als der Range Rover davonfährt, bleiben meine unausgesprochenen Wahrheiten in der Luft zurück. Ich habe nie jemandem erzählt, dass ich Familie in den Staaten habe – weder Ingrid Brauer noch Dennis oder sonst wem. Ich weiß nicht genau, warum. Vielleicht, weil ich sie kaum kannte. Meine Tante habe ich nur einmal gesehen, und Dads Verhältnis zu seinem Vater war stets gespannt.

Aber selbst wenn ich sie besser gekannt hätte, bezweifle ich, dass ich mich gemeldet hätte. Meine Zeit im Heim war eine Buße, und meine Schuld nährte sich von der Einsamkeit wie ein Parasit.

Ich trete neben Mr Guise, und wir gehen gemeinsam auf das Arcadia House zu.

»Bevor ich es vergesse«, sagt er, während wir uns dem Gebäude nähern, »sind Sie noch im Besitz des Briefes, den ich Ihnen geschickt habe?«

»Ja.«

»Ich wäre Ihnen dankbar, wenn Sie ihn zurückgeben könnten. Sie erinnern sich vielleicht, es ist ein Vergehen, Chyulu-Pergament nicht an seinen rechtmäßigen Besitzer zurückzugeben.«

»Ich meine, ich habe ihn nicht *bei* mir.« Ich klopfe mir auf die Seiten meiner Jeans.

»Dann holen wir das nach, wenn wir Sie im Hotel absetzen«, sagt er ruhig.

Zwischen uns entsteht ein Moment stiller Spannung.

»Tatsächlich glaube ich, ich habe den Brief in Deutschland gelassen«, lüge ich, ohne recht zu wissen, warum. Alles, was ich weiß: Nach dreißig Minuten im Auto mit Mr Guise habe ich den unerschütterlichen Instinkt entwickelt, alles zu verbergen, was sein Interesse weckt.

»Schade«, sagt er, und doch spüre ich, wie ihn die Antwort stört. Gut.

Wir gehen ein Stück weiter, das Schweigen zwischen uns wirkt schwer, bis der Schatten des Arcadia House uns erreicht.

»Ist sie ... ist sie da drin?«, frage ich, unfähig, den Funken Hoffnung in meiner Stimme zu verbergen.

»Nein. Sofia hat ein eher schwieriges Verhältnis zu Autoritäten. Außerdem ist die Versammlung nur für Mitglieder unserer Gemeinschaft, die eine ausdrückliche Einladung von einem der Ältesten erhalten haben.«

Ich nicke und versuche, die Enttäuschung zu verbergen.

Vor dem Eingang stehen zwei Frauen, die die Tür bewachen. Sie tragen unauffällige, silberne Ganzkörperanzüge, und ich erinnere mich, ähnliche Gestalten in meiner Kindheit gesehen zu haben, auf einem Foto oder bei einer offiziellen Versammlung, zu der Mama uns manchmal mitnahm. Diese Frauen gehören zur magischen Ordnung, eine Art Hexenpolizei, die über das Gleichgewicht in unserer Welt wacht.

Die Schlange der Ankommenden bewegt sich stetig vorwärts. Jede Person wird von den Wächterinnen mit einem höflichen Lächeln begrüßt. Dann heben diese eine Hand, die Handfläche offen, und die Besucher legen ihre eigene darauf. Einen Moment lang schließen die silbernen Frauen die Augen, als lauschten sie auf etwas.

Mir wird klar, dass sie so die ICAG-Registrierung prüfen. Wahrscheinlich spüren sie die magische Signatur jeder Hexe oder jedes Druiden, wie eine Art inneres Siegel, das man nicht fälschen kann. Es wirkt schlicht und elegant, keine Zauberstäbe, keine Formeln, nur eine leise, kaum wahrnehmbare Prüfung, die für Außenstehende wie ein Händedruck aussieht.

Ein Schauer aus Erinnerung geht durch mich, und für einen Moment bin ich wieder dreizehn, sehe Mama, wie sie mit den Fingerspitzen Siegel in die Luft zeichnet, wie sie Schutz über unser Haus legt. Es fühlt sich vertraut und fremd zugleich an, dieses plötzliche Zurückgleiten in eine Welt, von der ich glaubte, sie hätte mich verstoßen.

Die meisten Besucher dürfen ohne Verzögerung passieren. Doch hin und wieder runzelt eine der silbernen Wächterinnen leicht die Stirn und weist jemanden wortlos zu einem Seiteneingang. Vermutlich jene, deren Registrierung fehlt oder überprüft werden muss.

Ich ahne, wohin *ich* in Kürze gehen werde. Mein Herz schlägt schneller, Schritt für Schritt.

Die jüngere der beiden Hexen begrüßt mich. Sie ist Anfang dreißig, trägt ihr hellbraunes Haar zu einem glatten Pferdeschwanz gebunden, und ihre blauen Augen scheinen alles auf einmal zu erfassen.

»Willkommen bei der Versammlung«, sagt sie und streckt mir die Hand entgegen. »Darf ich?«

Meine Handfläche ist unangenehm feucht, als ich sie in ihre lege. Einen Moment lang geschieht nichts, dann zieht sich eine kleine Falte zwischen ihre Brauen.

»Es tut mir leid, aber ich muss Sie bitten, hier entlang zu kommen«, sagt sie leise und deutet auf eine Seitentür.

Mir rutscht das Herz in die Hose, als Mr Guise dicht hinter mir folgt. Wir betreten einen kleinen Raum, kaum größer als ein Besenschrank. Hinter einem Schreibtisch sitzt eine ältere Hexe, die bis zu unserer Ankunft noch gelangweilt wirkt. Doch als sie uns sieht, hellen sich ihre Züge auf.

»Mardequai, welch eine Freude«, sagt sie mit übertriebener Herzlichkeit, ihr irischer Akzent färbt jedes Wort. »Das ist lange her.«

Mr Guise neigt leicht den Kopf. »In der Tat, Siobhan.«

»Welchen Unsinn hast du angestellt, dass man dich zu mir schickt?«

»Nun, Siobhan, diese junge Hexe ist den ganzen Weg aus Deutschland gekommen, auf meine persönliche Einladung. Allerdings ist sie derzeit nicht als praktizierende Hexe bei der ICAG registriert.«

Siobhan mustert mich, eine Augenbraue hebt sich spöttisch. »Die Leute kommen von weiter her als aus Deutschland, Mardequai. Wenn sie nicht registriert ist, darf sie nicht hinein. Du kennst die Regeln.«

»Ach komm, alte Freundin«, sagt er. »Sicher können wir eine Ausnahme machen. Der Dunnock-Zirkel schuldet mir ohnehin noch die eine oder andere Gefälligkeit, nicht wahr?«

»Gefälligkeit?«

»Hast du etwa den Galway-Vorfall vergessen? Ich jedenfalls nicht. Ich vergesse selten etwas.«

Ein Hauch von Farbe weicht aus Siobhans Gesicht. Ihre Haltung bleibt gerade, doch ein Schatten durchzieht ihre Miene.

Mr. Guise spricht nun beinahe flüsternd. »Es wäre schade, wenn gewisse Details wieder an die Oberfläche kämen. Besonders jetzt, wo der Rat der Druiden jeden eurer Schritte prüft.«

Ihre Augen verengen sich. Ein kurzer, stiller Austausch geht zwischen den beiden hin und her. Die Spannung im Raum ist greifbar, und ich stehe mitten in einem uralten Machtspiel zwischen Hexe und Druide.

Schließlich seufzt Siobhan und blickt mich über den Rand ihrer Brille hinweg an. »Bist du überhaupt begabt, Mädel?«

»Ich ... also, ich habe nicht ... Es ist schon eine Weile her, seit ich—«

»Na los, zeig mir ein bisschen Anima. Wir haben nicht ewig Zeit.«

Unsicherheit flackert in mir auf, während ich den Raum betrachte. Es ist Jahre her, dass ich bewusst Magie gewirkt habe, doch ich spüre, dass das Wissen noch in mir ruht. Ich öffne meine Sinne und taste nach dem Anima um mich herum. Der Raum pulsiert leise, erfüllt vom Summen der Elektrizität im Gebäude, der sanften Kraft des Sonnenlichts, das durch das kleine Fenster fällt, und der stillen Lebenskraft der Topfpflanze in der Ecke.

Mein Blick bleibt an einem Riss im Holzschreibtisch hängen, einer gezackten Linie, die die Oberfläche verunstaltet. Langsam und vorsichtig beginne ich, die umgebenden Anima-Quellen anzuzapfen. Es fühlt sich an wie das Wiedererlernen einer vergessenen Bewegung, erst stockend, dann vertrauter, als würde sich altes Muskelgedächtnis regen.

Ich richte meine Konzentration auf den Riss und leite das gesammelte Anima hindurch. Stück für Stück schließt sich das Holz, die Fasern fügen sich wieder zusammen. Währenddessen neigt sich die Pflanze leicht, und das Licht über uns flackert. Es funktioniert.

Ein Ziehen durchfährt mich, als würde mein Körper sich daran erinnern, was er zu tun bestimmt ist. Doch als der Schreibtisch beinahe ganz verheilt ist, spüre ich, wie etwas in mir kippt. Die Energie in mir wächst an, zu schnell, zu gierig. Und plötzlich will ich nicht mehr reparieren. Ich will zerstören. Ich will die Kraft nicht stoppen, sondern entfesseln, den Tisch zerreißen, seine Form brechen.

Ein Moment stiller Panik folgt. Ich weiß nicht, ob ich die Verbindung lösen kann. Mit letzter Willenskraft reiße ich mich los, kappe das Band zwischen mir und dem Anima. Der Schreibtisch bleibt ganz, doch meine Hände zittern.

»Na schön«, sagt Siobhan, mit einem zufriedenen Nicken. Sie scheint beeindruckt, und zum Glück bemerkt sie nichts von meinem inneren Kampf. Sie greift nach einem dicken Buch, der Einband ist mit alten Runen geprägt.

Mr. Guise hingegen hat es gesehen. Sein Blick ruht auf mir und an seinen Lippen spielt ein kaum merkliches Lächeln. Er hat etwas erkannt, das ihm gefällt, und ich weiß, dass ich mehr von mir preisgegeben habe, als ich wollte.

»Wenn sie an der Versammlung teilnehmen soll, muss sie sich sofort registrieren«, sagt Siobhan. »Normalerweise läuft das über den lokalen Zirkel in der Heimat, mit Initiation und allem Drum und Dran. Aber ich nehme an, du kannst dich vorerst einem Londoner Zirkel anschließen ... Mal sehen ...«

Als Siobhan das Buch aufschlägt, erkenne ich sofort das Material. Die Seiten bestehen aus Chyulu-Pergament, und zwar mehr, als ich je gesehen habe. Es ergibt vollkommen Sinn, dieses Pergament zu verwenden, denn es ist ja von Natur aus bindend. Sobald ein Name darauf erscheint, entsteht ein magischer Vertrag, unausweichlich und endgültig.

»Die meisten etablierten Zirkel in London nehmen keine neuen Mitglieder auf«, sagt Siobhan und blättert mit prüfendem Blick. »Aber es gibt einen neuen, der noch offen ist ...« Sie wirft mir einen kurzen Blick zu, ihre Lippen verziehen sich. »In der Not frisst der Teufel Fliegen, nehme ich an. Dann wird es eben der Venus-im-Pelz-Zirkel.« Sie rümpft die Nase bei dem Namen. »Ich muss die Magistratin kontaktieren, um zu prüfen, ob sie bereit wäre, Sie aufzunehmen. Das kann dauern.«

Ich nicke, noch immer benommen von dem Nachhall der Magie, die durch mich geströmt ist.

»Das wird nicht nötig sein«, sagt Mr. Guise.

»Wieso nicht?«, fragen Siobhan und ich gleichzeitig.

»Ich bin mit der jungen Hexe bekannt, die diesen Zirkel gegründet hat.«

Siobhan mustert ihn scharf. »Ich weiß, dass du das bist, aber trotzdem …«

Mir entfährt ein leises, überrascht geformtes O, als ich im Begriff bin, die naheliegende Frage zu stellen. Doch mein Blick fällt auf den oberen Rand der Seite. Dort steht ein Name, kräftig, in dunkler Tinte: *Ember Wild.*

Ein Schauer durchfährt mich, ein Moment klarer Aufregung. In einem einzigen Atemzug scheint Sofia mir näher als seit Jahren.

»Deine Sorgfalt ist lobenswert, Siobhan«, sagt Mr. Guise ruhig. »Aber die Räder der Zeit drehen sich, und wir sollten sie nicht weiter aufhalten. Betrachte es als erledigt.«

Siobhan presst die Lippen zusammen, dann schiebt sie mir das Buch hin. »Unterschreib hier, bitte«, sagt sie und reicht mir eine Feder, ohne den Blick von Mardequai abzuwenden.

Und plötzlich ist es so einfach. Ein Federstrich, und ich wäre wieder eine Hexe. Offiziell. Gesetzlich. Wahrhaftig.

Ingrid Brauers Worte hallen in meinem Kopf wider. *Du darfst niemals wieder Magie praktizieren. Nie wieder.*

Ich erkenne, dass sich hier meine Entscheidung formt. Wenn ich nicht unterschreibe, bleibe ich draußen. Dann scheitert Mr. Guises Plan, was immer er auch vorhat, sobald wir diese Schwelle überschreiten. Doch was, wenn ich mich jetzt weigere?

Würde er mich gehen lassen? Ich könnte Sofias Club auch allein finden, den Pink-Cauldron, auch ohne seine Hilfe.

Ich *muss* ja nicht zurück in diese Welt… Aber die Wahrheit ist: Ich *will*.

Ich halte einen Moment lang inne, die Feder zwischen den Fingern. Meine Hand schwebt über dem Pergament. Jenseits der Steinmauern spüre ich den Puls der Magie, ein stilles Rufen, das sich wie ein Strom durch mich zieht. Er jagt über meine Haut, beschleunigt meinen Herzschlag, erfüllt mich mit einer Sehnsucht, die ich jahrelang verdrängt habe.

Und dann höre ich sie. Ruth. Ihre Stimme flüstert in meinem Hinterkopf, kaum hörbar, doch deutlich genug. *Na los*, sagt sie. *Du weißt, dass du es willst.*

Allein die Tatsache, dass ich sie hören kann, dass ihre Worte mich locken statt warnen, sollte reichen, um mich umzudrehen und davonzulaufen.

»Was wird es denn nun, Mädel?«, fragt Siobhan.

Ich hebe den Blick, sehe ihr in die Augen, dann Mr. Guise, dessen Miene ruhig bleibt, aber dessen Erwartung spürbar im Raum liegt. Schließlich senke ich den Blick auf das Pergament. Meine Hand zittert leicht, als ich die Feder ansetze.

Und mit einem Atemzug, der sich wie ein Schritt über eine unsichtbare Schwelle anfühlt, schreibe ich meinen Namen.

Die Tinte leuchtet magisch auf, bevor sie im Pergament versinkt.

Kapitel Sieben

Das Penthouse des Mandrake Hotels ist eine Bühne des Luxus. Die Mittagssonne strömt durch die deckenhohen Fenster und legt jedes Detail offen. Im Zentrum des Raums steht ein Kingsize-Bett, dessen Rahmen aus weißem Veroneser Marmor schimmert. Über ihm hängen Vintage-Kronleuchter, deren Kristalle mattes Licht über die Wände streuen. Unter der italienischen Bettwäsche liegt Ember, verschlungen mit ihrer Eroberung der letzten Nacht – einer umwerfenden Rothaarigen mit heller Haut und Sommersprossen an genau den richtigen Stellen.

Das Hotel hatte Ember einen Daueraufenthalt in der exklusiven Suite angeboten, unter der Bedingung, dass sie es in ihren Posts markiert und ihm gestattet, mit ihrem Aufenthalt zu werben. Sie hatte das Angebot sofort angenommen. Es war höchste Zeit, sich in London ein eigenes Refugium zu schaffen, weit weg von Mardequais Anwesen in Belgravia. Sie hatte mit Widerstand gerechnet, vielleicht mit einem spitzen Kommentar, doch Mardequai hatte nur genickt. Seine Gleichgültigkeit hatte sie überrascht. Für einen Mann, der jede Form von Kontrolle genoss, war Nachsicht ungewöhnlich... ja, verdächtig.

Kaum in ihrer neuen Freiheit, hatte Ember begonnen, die Suite nach ihren Vorstellungen umzugestalten – oder, wie sie es nannte, sie zu »embern«. Die einst zurückhaltende Farbpalette wich kräftigem Pink und verspielten Goldakzenten. Samtsofas in satten Tönen laden zum Versinken ein, exotische Pflanzen bringen eine Note von Wildheit, und eine praktische Quelle für Anima, falls ihr Vorrat einmal zur Neige ginge. Nur das Badezimmer ließ sie unberührt: ein Tempel aus Marmor, mit Doppelwaschbecken, Dampfbad und einem Whirlpool für sechs Personen, dessen Dach sich öffnen lässt. Dort hatte das champagnerselige Stelldichein der letzten Nacht geendet.

Ein elektronisches Piepen durchschneidet die Stille. Die Tür öffnet sich, und Ember streckt sich im Bett wie eine zufriedene Katze. Pippa tritt ein, einen Kleidersack über dem einen Arm, ein Papptablett mit zwei Kaffeebechern im anderen. Auf der Fensterbank hebt eine rote Katze träge den Kopf, mustert sie mit halb geschlossenen Augen und döst weiter.

»Aufstehen, Sofia, die Sonne scheint. Heute ist ein großer Tag – für mich, nicht für dich.« Pippa stellt den Sack an die Badezimmertür, das Tablett auf den Nachttisch, und ihre Bewegungen sind präzise, routiniert. Ihr Beharren darauf, Embers Geburtsnamen zu benutzen, ist ein stiller Affront, den nur sie sich leisten kann. Jede andere hätte dafür Embers Zorn zu spüren bekommen.

»Ich habe eine endlose Liste an Besorgungen, die ich vor heute Abend erledigen muss«, fährt Pippa fort. »Also machen wir es kurz und schmerzlos, ja? Raus aus dem Bett. Jetzt. Um zwei hast du eine Gesichtsbehandlung, Milo kommt danach für Haare und Make-up, um dich vorzeigbar zu machen. Frühes Abendessen mit dem Zirkel um sechs, und dann geht's in den Club.«

Ember lugt unter der Bettdecke hervor, das Haar zerzaust, ein freches Funkeln in den Augen.

»Nur vorzeigbar? Wie wäre es mit absolut hinreißend?«

»Lass uns nicht nach Enttäuschung zielen, ja?« Pippa reicht ihr einen Kaffee. »Aufstehen. Ich sollte gar nicht hier sein, und du hängst schon hinterher. Also, zack.«

Ember schwingt die schlanken Beine aus dem Bett. Verschlungene Tätowierungen ranken die Oberschenkel hinauf. Sie greift nach einem seidenen Kimono mit goldenen Flügeln auf dem Rücken. Bei jeder Bewegung scheinen sie sich auszufalten. Sie lässt den Gürtel lose, der Ausschnitt bleibt offen. Pippa bemerkt es nicht. Sie ordnet auf dem Tablet das Chaos, das Embers Alltag ist.

Das rabenschwarze Haar rahmt Embers Gesicht in kunstvollem Durcheinander. Sie trottet zum Esstisch und stolpert fast über Janis Joplin, die Vertraute, die mit einem fordernden Miauen zwischen ihren Beinen hindurchstreicht. Auf dem Tisch: leere Champagnerflaschen, verstreute Tarotkarten und, aus unerfindlichem Grund, ein ausgestopfter Fuchs mit Zylinder. Ember setzt sich auf die Tischkante, schlägt die Beine übereinander und nippt am Kaffee.

Mit dem Koffein kommen die Gedanken zurück, die sie seit Tagen im Alkohol zu ertränken versucht.

»Ich habe eine bessere Idee. Wir streichen deinen Zeitplan und hauen ab.« Ihre Stimme trägt einen Hauch Verzweiflung. Janis Joplin springt auf den Tisch, meidet die Tarotkarten, faucht den Fuchs an und stupst ihn so lange, bis er zu Boden kippt. Ember hebt die Katze hoch, als würde sie einen Rat einholen. »Kappadokien vielleicht? Was meinst du, Janis? Oder Tokio. Das Herbstlaub im Rikugien soll umwerfend sein. Geht auf mich.«

Pippa verengt die Augen über dem Tassenrand. »Was ist los mit dir? Du bist in letzter Zeit ungewöhnlich fahrig. Geht es um die Versammlung?«

Ember verzieht das Gesicht, als müsste sie würgen.

Die bevorstehende Globale Versammlung der Arkanen Wächter triggert viele junge Hexen, Ember eingeschlossen. Die alte Garde überhört schon lange ihre Anliegen, und die geringe Vertretung nimmt ihnen die Stimme. Ember hat deshalb eine Anti-Party im Cauldron angesetzt, pünkltich zum Eröffnungsabend der Versammlung. Ein Fest der Jugend und des Widerstands, eine klare Botschaft an das Establishment, dass man sie nicht ignorieren kann. Die Anfragen strömen ein und locken junge Hexen aus aller Welt. Für Ember ist das beinahe Routine. Letzte Woche feierte sie in Saint-Tropez, gestern shoppte sie auf der Bond Street mit Celeste Devereaux, der Social-Media-Hexe hinter den viralen Zauberspruch-Tutorials.

Doch ihr Unbehagen kommt nicht vom wachsenden Ruhm. Es wurzelt in einem Geheimnis, das sie niemandem anvertraut hat. Nicht einmal Pippa.

»Hast du Geschwister?«, fragt Ember dann wie aus heiterem Himmel.

»Zwei Brüder. Mike und Edward.«

»Jünger oder älter?«

»Älter. Sie führen zusammen einen Pub in Surrey.«

»Die würde ich gern mal kennenlernen.«

»Nein, würdest du nicht.«

»Warum nicht?«

»Weil sie dich wahrscheinlich … Oh Himmel, ich dachte, du wärst allein.« Pippas Hand fährt automatisch an die Stirn, dann wirbelt sie herum, als sich Embers rothaarige Begleiterin unter der zerwühlten Bettdecke regt – vollkommen nackt und ohne Scham.

»Wo bin ich?«, murmelt die Frau verschlafen.

»Na, im Paradies, Darling«, sagt Ember und breitet die Arme aus. »Das dort ist Pippa, Engel der Zeitpläne und Koffeinlieferungen. Und ich bin, wie du siehst, Gott – hier, um deine Sünden in Kunst zu verwandeln.«

Pippa verdreht die Augen so heftig, dass sie fast in den Kopf zurückrollen. »Das reicht dann an Blasphemie für einen Morgen.« Sie wendet sich der Verwirrten zu, ihre Stimme wird wieder sachlich. »Du bist im Mandrake in Fitzrovia, meine Liebe. Soll ich dir ein Taxi rufen?«

»Nee, ich nehm die U-Bahn«, sagt die Rothaarige und blickt sich suchend um.

»Tottenham Court Road ist am nächsten«, hilft Pippa, ohne den Tonfall zu ändern.

Die Frau nickt, sammelt ihre Sachen zusammen, schlüpft in ihr Kleid, fährt sich mit einer Hand durch das zerzauste Haar und stopft ihre Schuhe in eine übergroße Handtasche. Ein linkisches Winken, ein gemurmeltes »Danke für …«, dann ist sie weg.

Pippa trinkt einen langen Schluck von ihrem Latte, als wolle sie jedes Urteil hinunterspülen. Vergeblich. »Ihr Hexen habt wirklich ein Talent für Beziehungschaos.«

»Ach ja? Erzähl mir mehr, oh du Weiseste.«

»Als ob du sie nicht mit einem Vergessenszauber belegt hättest, damit sie den Morgen danach vergisst.«

Ember geht Richtung Bad, die Kaffeetasse balancierend. »Wie viele Hexen kennst du eigentlich? Außer mir?«

»Ein paar. Mehr als genug, um sicher zu sein, dass ich nie mit einer schlafen will.«

Ein helles Lachen hallt aus dem Bad. »Ganz schön mutig, anzunehmen, du hättest es noch nie getan.«

Pippa stürzt hinterher. »Das würdest du nicht wagen.« Sie hebt warnend den Finger.

Ember legt ihr die Hände auf die Schultern. »Nein, natürlich nicht. Jedenfalls nicht mit dir«, lügt sie glatt. Dann lässt sie los, der Morgenmantel gleitet zu Boden. »Aber verurteile nichts, bevor du's probiert hast. Stell es dir vor, Pippa, Liebling: du und ich, ein Cottage in den Surrey Hills, ein paar Hühner, ein paar Schafe. Mike und Eddy kommen zum Picknick vorbei, bringen Pimm's mit.«

Pippa lehnt sich in den Türrahmen. »Nenn ihn nicht so, wenn du ihm je begegnen solltest – was du nicht wirst.«

»Wieso nicht?«, dringt Embers Stimme gedämpft durch das Glas.

»Meine Familie weiß nicht, dass ich für dich arbeite«, sagt Pippa und zuckt mit den Schultern. »Sie denken, ich bin im Finanzwesen.«

Ember schiebt den Kopf durch den Dampf. »Donnerwetter, Miss Watson. Ein Geheimnis? Ich liebe Frauen mit Geheimnissen.«

Pippa blinzelt zweimal. »Gesichtsbehandlung im Salon oder hier oben?«

»Hier, Engelchen. Warum vom Himmel herabsteigen, wenn's hier so schön dampfig ist?« Ember zwinkert.

Pippa dreht sich auf dem Absatz um. »Salon also. Ich bin in einer halben Stunde zurück«, sagt sie und verschwindet durch die Tür.

Ember lacht leise, tritt wieder ins Dampfbad, und die Tür schließt sich zischend hinter ihr.

Sie lehnt sich an die geflieste Wand und lässt die Wärme über ihre Haut fließen. Für einen Moment genießt sie die Stille. Ihre Muskeln lösen sich, der Dampf legt sich wie ein weicher Schleier um sie. Draußen kratzt Janis Joplin an der Tür und stößt ein beleidigtes Jaulen aus, weil sie ausgeschlossen wurde.

Aber mit jeder vergehenden Minute verändert sich etwas. Die angenehme Hitze wird schwerer, drückender. Die Luft scheint dichter zu werden, als würde der Raum bald platzen. Eine Welle aus Panik schiebt sich in ihr hoch, und mit ihr kommen die Gedanken, vor denen sie seit Tagen flieht.

Alva muss inzwischen in London angekommen sein.

Im Ivy hatte Ember Mardequai gefragt, was er meinte, als er andeutete, der Unfall sei Alvas Schuld gewesen. In ihrer Erinnerung war alles eine tragische Kette von Zufällen gewesen: ihr Vater, abgelenkt am Steuer, die gefährliche Kurve, das falsche

Timing. Nie, nicht einmal für einen Herzschlag, hatte sie den Gedanken zugelassen, dass Alva daran Schuld tragen könnte.

Doch Mardequais Antwort hatte sie bis ins Mark getroffen.

»Du selbst hast von der dunklen Seite in ihr gesprochen, Kind«, hatte er gesagt, ernst und ruhig. »Diese Erinnerungen an die Taten deiner Großmutter werfen längere Schatten, als du glaubst.« Dann die Warnung, die sich eingebrannt hat: »Sei vorsichtig, wenn du ihr wiederbegegnest. Die trügerischsten Gewässer sind die, die an der Oberfläche still erscheinen.«

Seitdem wächst in Ember dieser Zweifel, ein stilles, wucherndes Gewächs, das sie nicht herausreißen kann, egal wie sehr sie sich danach sehnt, ihre Schwester wiederzusehen. Und es ist nicht nur Mardequais Warnung. Da ist auch dieser Rest von Wut, den sie jahrelang weggedrückt hat. Wut, die keinen Adressaten hatte und deshalb in ihr selbst verpuffte.

Jetzt, da Alva lebt, taucht eine Frage auf, die sie kaum zu denken wagt: Hat sie Alva nur vergeben, weil sie tot geglaubt war? Und verändert ihr Überleben alles, was Ember sich über diesen Tag eingeredet hat?

Sie tritt aus dem Dampfbad, schüttelt den Kopf, als könnte sie die Gedanken vertreiben, und steigt unter die Dusche. Das kalte Wasser lässt sie kurz aufkeuchen, bringt sie aber zurück ins Jetzt. Dann zieht sie sich an: schwarze Lederhose, smaragdgrüne Bluse, Stiefeletten. Ihre Finger zittern beim Schließen der Schnallen, vielleicht vom Alkohol, vielleicht vor Anspannung.

Bereit oder nicht, sie steht an der Schwelle zu dem, was sie so lange vermieden hat. Alvas Rückkehr bedeutet, dass die Vergangenheit wieder aufgetaucht ist. Und diesmal lässt sie sich nicht verdrängen.

Ember wirft einen letzten prüfenden Blick in den Spiegel, als Pippas Stimme von draußen durch die Suite hallt.

»He, Cinderella! Deine Kutsche ist da. Wenn du dich nicht beeilst, wird sie wieder zum Kürbis – oder ich fahr allein.«

Kapitel Acht

Fast nirgendwo auf der Welt gibt es Orte, an denen Anima so frei strömt wie der Atem. Das Arcadia House ist einer von ihnen.

Die große Eingangshalle breitet sich vor mir aus, ein eindrucksvoller Raum, der zugleich altes magisches Erbe und moderne Politik verkörpert. Anders als in den überladenen Szenen aus Kinderbüchern liegt die Magie hier nicht offen zutage. Sie ist zurückhaltend, aber spürbar, eine leise Spannung in der Luft, die meine Haut kribbeln lässt. Das Gebäude besitzt die Erhabenheit der UN-Generalversammlung, doch unter seiner Oberfläche pulsiert ein roher, lebendiger Strom aus Anima.

Hohe Fenster säumen die Wände und lassen Sonnenlicht hereinfluten, das die Fülle der im Raum verteilten Pflanzen nährt. Mondschein-Philodendron hängt aus Körben herab, seine Blätter recken sich wie lange Finger nach unten. Efeu windet sich an Spalieren empor und bildet lebende Wände zwischen den Sitzbereichen. In den Ecken stehen Bogenhanf-Pflanzen, aufrecht und widerstandsfähig, ihre schwertartigen Blätter wirken stark und unerschütterlich, obwohl sie kaum Wasser brauchen.

Diese Pflanzenarten, bekannt dafür, Anima zu erzeugen, während sie ihrer Umgebung nur minimale Energie entziehen, schaffen hier ein sich selbst erhaltendes magisches Ökosystem.

Die Versuchung, es zu spüren, ist fast überwältigend. Meine Finger kribbeln, bereit, sich auszustrecken, um etwas von dieser Energie zu greifen, sie zu wirken, nur weil ich es endlich wieder kann. Ich werfe einen Blick auf Mardequai, der mich die ganze Zeit über aufmerksam beobachtet. Doch am Eingang entsteht plötzlich Unruhe: Eine Gruppe aus Druiden und Hexen gerät in eine hitzige Debatte, und Mardequai dreht sich um, um die Situation zu beobachten.

Ich nutze den Moment. Einen Zauber aus meiner Kindheit – harmlos, eigentlich – nehme ich mir vor. Ich murmle die Worte für einen einfachen Apportierzauber und richte mich auf eine Broschüre, die auf einem nahen Stapel liegt.

Als ich Anima anzapfe, durchströmt es mich. Doch kaum hebt sich die Broschüre, spüre ich, dass ich die Kontrolle überschätzt habe. Es ist, als versuchte ich, eine Glasskulptur mit seifigen Händen zu halten. Statt sanft zu gleiten, schnellt die Broschüre in die Höhe, flattert, verliert die Form, droht zu zerreißen.

Ich zwinge mich, loszulassen. Für einen Moment scheint das Anima sich zu weigern, als klebe es an mir. Dann löst es sich plötzlich, schnappt wie ein gespannter Draht zurück, und ein Schwindelgefühl rauscht durch mich. Die Broschüre fällt zu Boden, ihre Ränder zerknittert und leicht angesengt.

Ich bücke mich, tue, als würde ich sie nur aufheben, und bete, dass niemand etwas bemerkt hat.

Doch gerade als ich nach der Broschüre greifen will, dreht sich Mardequai wieder um. Mit einer fließenden Bewegung bückt er sich und hebt sie auf, so geschmeidig, dass sein Alter dagegen verblasst. Als er sie mir reicht, spielt ein Lächeln um seine Mundwinkel.

»Müssen wir die magischen Muskeln spielen lassen, was?«, fragt er.

»Das war ich nicht«, lüge ich und nehme ihm die Broschüre ab, bevor ich sie achtlos in die Gesäßtasche meiner Jeans stecke.

Mit einer Geste weist Mardequai den Weg, und ich trete an seine Seite. Wir gehen nebeneinander, getragen von derselben unsichtbaren Strömung, wie zwei Blätter, die in dieselbe Richtung treiben. Nah genug, dass sich ihre Ränder flüchtig berühren, doch immer getrennt.

Um uns herum füllt sich der Raum mit Hexen aus aller Welt. Ihr lebhaftes Stimmengewirr überlagert das Rascheln der Blätter. Manche halten bei den Pflanzen inne, lassen ihre Hände darüber schweben und schöpfen beiläufig Anima, während sie weiterreden. Andere führen kleine Demonstrationen vor, lassen Gegenstände schweben oder füllen mit einem Fingerzeig leere Wasserflaschen. Ab und zu gleitet eine der silbergewandeten Aufseherinnen durch die Menge, wachsam und diskret, um Ordnung zu wahren.

Auch Druiden sind anwesend, aber sie sind selten, vielleicht einer auf zehn Hexen. Sie bewegen sich durch die Halle wie große Haie in einem Meer aus schillernden Fischen. Elegant, kraftvoll, gefürchtet.

Als ich dieses Spektakel betrachte, sticht ein leiser Schmerz in mir auf, ein Bedauern über eine Entscheidung, an der ich nie beteiligt war. Die Enthüllung wird das Ende dessen bedeuten, was ich an der Magie am meisten liebe: die Gewissheit, dass sie verborgen bleibt. Magie war mein Rückzugsort in einer Welt, die so oft ohne Staunen auskommt. Sie erinnerte mich daran, dass mehr existiert, als das Auge sehen kann. Diese geheime Freude hat meine Tage erträglich gemacht, selbst wenn ich Anima nicht selbst gewirkt habe. Und nun soll dieses Heiligtum offengelegt werden, seine Geheimnisse für alle sichtbar gemacht.

Hätte ich abstimmen dürfen, wie hätte ich entschieden? Mein erster Impuls wäre ein klares Ja gewesen, doch der Gedanke, all das mit der Welt zu teilen, erfüllt mich mit Unruhe.

Ich werfe einen Blick auf den Mann neben mir. Meine Schritte passen sich unbewusst seinen an. Mardequai geht ruhig, gemessen, scheinbar entspannt. Doch in seiner Haltung liegt Spannung, eine leise Wachsamkeit in der Art, wie seine Augen von Gesicht zu Gesicht wandern, als erwartete er jederzeit einen Angriff.

Warum will er wirklich, dass ich heute vor der Versammlung spreche? *Meine* Gründe kenne ich, aber ich begreife sein Spiel einfach nicht. Hofft er, ich würde alle vor dem Wahnsinn einer Enthüllung warnen? Der Gedanke ist nicht ganz fern. Die Druiden haben Jahrhunderte von Hexenjagden und Verfolgungen erlebt, dazu mindestens einen fehlgeleiteten Versuch, unsere Magie mit den Menschen zu teilen. Sie haben gesehen, wie Furcht und Gier die besten Absichten verderben. Doch selbst wenn ich ein klares Bild der drohenden Gefahren male, glaubt er ernsthaft, ich könnte in letzter Minute die gesamte magische Gemeinschaft umstimmen? Ich habe das nicht vor. Je mehr ich Ruths Dunkelheit betone, desto mehr Schatten fällt auf mich.

Der Gedanke, vor all diesen Menschen zu stehen, erfüllt mich mit Grauen. Sehen sie in mir eine Ressource, ein Orakel, das vor Fallstricken warnen kann, oder eine Bedrohung, die man neutralisieren muss, eine leibhaftige Wiederkehr der berüchtigtsten Hexe der Geschichte?

Ich löse mich von meinem aufgezwungenen Begleiter und schlendere zu einem großen Tisch, an dem zwei Personen über einer Miniatur von Londons Innenstadt diskutieren. Als ich näher komme, fange ich ein Gespräch zweier Hexen in meiner Nähe auf.

»Wer ist das?«, fragt die eine und nickt zum Mann am Tisch.

Die andere wirkt fassungslos. »Weißt du das nicht? Das ist Elias Klein, der berühmte Druide aus dem Silicon Valley. Man munkelt, er besitzt mehr Vermögen als Elon Musk und Jeff Bezos zusammen.«

Ich richte meinen Blick wieder auf den Tisch und mustere Klein. Er wirkt wie ein hipper College-Professor aus den Sechzigern, braune Cordhose, himmelblaues Hemd, eine Umhängetasche aus gewachstem Leinen über der Schulter.

Als ich noch näher trete, höre ich ihr Thema.

»Schau hier«, sagt Klein, sein Finger schwebt über dem gemalten Fluss, der durch die Miniaturstadt fließt. »Der Animafluss entlang der Themse hat in den letzten zehn Jahren stark nachgelassen. Geht das so weiter, arbeitet das Resonanznetzwerk bald an einer kritischen Untergrenze.«

Die Hexe neben ihm, ihr langes Haar fällt über den Tisch, nickt ernst. »Früher war das nicht so. Als ich jung war, war der Fluss so geladen, dass wir Themsewasser für unser Wirken abgefüllt haben. Zweiundachtzig habe ich mit einer einzigen Phiole die U-Bahn während des großen Stromausfalls zehn Stunden am Laufen gehalten. Züge fuhren, Signale blieben grün, kein Pendler merkte etwas.« Sie schüttelt den Kopf, ein Hauch Nostalgie in den Augen. »Heute hast du Glück, wenn du mit derselben Menge eine Station für eine Minute in Betrieb halten kannst.«

Während ich zusehe, bewegt sie das Modell mit präzisen, fast unmerklichen Gesten. Glühende Linien beginnen durch die Miniaturstadt zu pulsieren, einige leuchten klar und kräftig, andere flackern schwach, als kämpften sie ums Überleben.

Kleins Stimme wird ernst. »Deshalb rate ich dringend, moderne Technologie einzubeziehen, sobald die Enthüllung beginnt. Wir müssen künstliche Intelligenz in das Resonanznetzwerk integrieren. Ohne diese Verbindung zwischen Magie und Technik steuern wir innerhalb eines Jahres auf katastrophale Ausfälle zu, vielleicht sogar früher. Die Zeit für Wandel ist jetzt.«

Die ältere Hexe blickt skeptisch, doch Klein spricht mit fester Überzeugung weiter.

Erst jetzt beginne ich zu begreifen, was hier wirklich auf dem Spiel steht. Meine eigenen Sorgen, eben noch allesverzehrend, wirken plötzlich unbedeutend neben der Größe dessen, was bevorsteht. Das hier ist weltverändernd. Wie sollen wir – und ja, inzwischen denke ich wohl in „wir" – einen globalen Übergang dieser Dimension bewältigen? Das Gleichgewicht könnte sich dramatisch verschieben, doch ob in Richtung Balance oder Chaos, wage ich nicht zu sagen.

Mein Blick wandert durch den Raum und bleibt an Mardequai hängen. Er steht etwas abseits und spricht mit einer Gruppe von Druiden, ihre Körperhaltung verrät die Schwere ihrer Unterhaltung. Plötzlich hebt er den Kopf und fängt meinen Blick. Mit einem kurzen Nicken verabschiedet er sich von seinen Begleitern und kommt auf mich zu.

»Es ist Zeit, unsere Plätze einzunehmen«, sagt er ruhig. »Die Willkommenszeremonie beginnt gleich.«

Als wir die Haupthalle betreten, raubt mir ihre Weite kurz den Atem. Über uns wölbt sich kein Dach, sondern ein Geflecht aus Efeuranken, das das Sonnenlicht in gesprenkelte Muster auf den Boden wirft. Ich habe Bilder davon gesehen, aber hier zu stehen, ist etwas völlig anderes.

Durch die hohen Eichentüren zu treten, fühlt sich an, als betrete man ein Amphitheater mitten im Wald, obwohl es im Herzen Londons liegt. Der kreisförmige Raum fällt stufenweise ab, jede Ebene eine harmonische Verbindung aus Stein und lebender Natur. Moos bedeckt die Stufen, Farne und kleine Blütenpflanzen wachsen aus den Spalten der Wände. Die Luft ist kühl und frisch, erfüllt vom Duft feuchter Erde und grüner Blätter. Schmale Wasserläufe rieseln die Wände hinab, nähren das Wurzelwerk und dämpfen jedes Geräusch von draußen zu einem fernen Echo.

Dies ist der Emerald Court.

Mardequai führt mich über den moosbedeckten Boden zu den Stufen auf unserer rechten Seite. Als wir hinaufsteigen, spüre ich, wie der Stein unter meinen Füßen leicht nachgibt, als atmete die Struktur selbst. Wir nähern uns einem Abschnitt, der wie eine Ansammlung aus Gewitterwolken wirkt. Die Druiden, alle in graue Anzüge gekleidet, sitzen beisammen, und ihr Anblick bildet einen scharfen Kontrast zu dem satten Grün um sie herum, als hätte der Winter diese Ecke des Emerald Court in Eis gehüllt.

Während ich ihre Gesichter betrachte, frage ich mich unwillkürlich, wie alt sie wirklich sind. Manche wirken wie Männer mittleren Alters, andere tragen die Züge uralter Weisheit, doch in ihren Augen liegt etwas, das Jahrhunderte, vielleicht Jahrtausende überdauert hat. Ich erinnere mich an die Geschichten über jene Druiden, die ihrer endlosen Existenz überdrüssig werden.

Man sagt, wenn Unsterblichkeit zu schwer zu tragen wird, ziehen sie sich in abgelegene Klöster hoch in den Bergen zurück. Dort versinken sie in tiefe Meditation, bis ihr Bewusstsein eins mit dem Gestein wird. Mit der Zeit werden sie fast ununterscheidbar von den Bergen selbst, lebendig und doch so still und geduldig wie Stein.

Ich sehe zu den versammelten Druiden hinüber und frage mich, wie viele von ihnen diesem letzten Rückzug schon nahe sind.

Wir erreichen Mardequais Platz, dessen Name elegant in die Armlehne seiner Sitzbank eingraviert ist.

»Ambrose, alter Freund«, begrüßt er den Mann neben sich, auf dessen Plakette A. HUDSPETH steht.

»Ah, Mardequai. Ich habe mich schon gefragt, wann du

eintreffen würdest.« Hudspeths Blick schießt zu mir. »Und wer ist das? Eine neue Protegée?«

»Nein«, sagt Mardequai mit einem Anflug von Belustigung. »Das ist Alva Hausmann, und bisher hat sie sich als erstaunlich unempfänglich für meine Überredungskünste erwiesen.«

Bei der Nennung meines Namens verengen sich Hudspeths Augen, und ein vertrautes Unbehagen breitet sich in meinem Magen aus. Es ist Jahre her, dass ich mich dieser Reaktion stellen musste, doch den Namen meiner Großmutter zu tragen, bleibt eine Bürde.

Meine Mutter, mit ihrer ruhigen Art und ihrer aufrichtigen Hingabe, Magie für das Gute zu nutzen, hatte begonnen, das raue Erbe ihrer Familie zu entwirren. Vielleicht hatte sie nach der Hochzeit den Wunsch, Papas Nachnamen anzunehmen, aber Hexen dürfen ihre Namen nicht ändern. Sie sind an ihre Blutlinien gebunden, so wie in manchen indigenen Kulturen bestimmte Namenssysteme die Identität eines Clans bewahren. Und so blieb das Misstrauen, immer bestehen wie ein Schatten, der nie ganz verblasst.

Als sich dann meine Fähigkeit zeigte, die mich mit der lebendigen Erinnerung an Ruths Leben verfluchte, als wäre es mein eigenes, wurde alles noch komplizierter.

Hudspeth nimmt jetzt meine Hand, und ich bereite mich auf die gewohnten Reaktionen vor: Furcht, Misstrauen, Verurteilung. Doch in seinem Gesicht steht etwas anderes. Kein Argwohn, kein kalkulierter Blick. Reiner Schock.

Er lässt meine Hand los, ohne auch nur ein »Sehr erfreut« hervorzubringen, und sinkt wortlos auf seinen Platz zurück.

»Ich nehme an, wir sprechen uns später«, murmelt er zu Mardequai, die Worte kaum hörbar, als wolle er sie lieber verschlucken als aussprechen.

»In der Tat, mein Freund. In der Tat«, antwortet Mardequai und lässt sich nieder.

Ich räuspere mich, ziehe eine Augenbraue hoch und deute auf meinen Mangel an Sitzgelegenheit.

Er blickt zu mir auf. »Ah, ja. Dürfte ich Sie bitten, sich zu Ihresgleichen zu setzen, Fräulein?« Er deutet auf die benachbarte Ebene. »Wir sind natürlich alle unter einem Dach vereint. Doch Druiden und Hexen sind wie Öl und Wasser im selben Gefäß. Wir koexistieren, aber wir mischen uns nicht gut.«

Ich nicke und mache mich auf den Weg zum Hexenbereich, mir plötzlich des Meeres aus Fremden bewusst. Zögernd lasse ich den Blick durch die Reihen wandern, auf der Suche nach einem freien Platz, unsicher, wo ich mich niederlassen soll.

»Möchtest du hier sitzen, Liebes?«

Ich drehe mich um. Ein paar Reihen weiter oben sitzt eine Hexe mit geflochtenem rotem Haar, das wie eine Krone um ihren Kopf liegt. Sie klopft auf den leeren Platz neben sich, und ein warmes Lächeln vertieft die Fältchen um ihren Mund. »Meine Cousine konnte nicht kommen, also ist der Platz frei.«

»Sehr gerne, danke«, sage ich erleichtert und lasse mich neben ihr nieder.

Die Hexe streckt mir die Hand entgegen. »Ich bin übrigens Maeve, vom Waxwing-Zirkel, Newport.«

»Alva«, antworte ich und bin dankbar, dass Maeve sich nur auf Vornamen und Zirkel beschränkt. Dennoch steigt mir Hitze ins Gesicht, als ich hinzufüge: »vom ... äh ... Venus-im-Pelz-Zirkel.« Den letzten Teil sage ich schnell.

Maeve schnaubt. »Ihr Kinder heutzutage«, murmelt sie, greift nach einer Broschüre und beginnt darin zu blättern.

Ich sehe mich im Amphitheater um. Überall Gesichter, Sprachen, Kulturen. Ich entdecke Māori-Tätowierungen, afrikanische Kopftücher, die roten Punkte des Bindi. Zu meiner Rechten sprechen einige auf Mandarin, während hinter mir sanftes Französisch mit den harten Lauten des Deutschen verschmilzt. Erst als ich meine Muttersprache höre, denke ich daran, dass ich jemanden erkennen könnte... oder jemand mich.

Ich blicke vorsichtig über meine Schulter, mustere den Hexenbereich zu meiner Rechten. Ich hoffe, niemand wie Ingrid Brauer ist hier. Obwohl, wahrscheinlich nicht. Der Zirkel meiner Mutter war klein, und wenn ich mich richtig erinnere, war Frau Brauer nie weiter als bis zur holländischen Grenze gereist, um sich dort ihr geliebtes Cannabis zu besorgen.

Die Erinnerung lässt mich unwillkürlich lächeln. Ich schaue mich weiter um, aber niemand kommt mir bekannt vor. Was mir allerdings auffällt: Viele Hexen sind barfuß. Eine Erinnerung flammt auf, meine Mutter, wie sie lacht, mich an der Hand durch den Garten zieht und mir beibringt, den Herzschlag der Erde zu spüren. Seitdem habe ich das nie abgelegt.

Dennis machte sich immer Sorgen, wenn wir zu Hause im Wald spazieren gingen. Er fürchtete, ich könnte mir einen Splitter einfangen oder, wer weiß, in etwas treten. Um ihn zu beruhigen, sagte ich ihm, dass ich auf dieses ganze „Erden"-Ding stehe.

»Du bist so woke«, hatte er mich aufgezogen. »Erden, wie ein Berliner Hipster.«

Vielleicht hatte er recht. Erden war bloß ein neues Wort für etwas Altes – das Gehen, wie Menschen immer gegangen sind, barfuß, mit dem Boden verbunden. So war es heute mit allem. Wir „sammeln", statt Nahrung zu finden. Wir sitzen nicht einfach im Schatten von Bäumen, wir „waldbaden". Sogar „Natur" schreiben wir groß, als wäre sie eine Marke. Als versuchten wir, neu zu entdecken, was wir nie hätten vergessen dürfen.

Ohne zu zögern, schlüpfe ich wie die übrigen Hexen aus meinen Schuhen. Meine Zehen graben sich in den moosbedeckten Boden.

Es gibt aber einen Hoffnungsschimmer in diesem Versuch, sich wieder mit der Welt zu verbinden, und er kommt keinen Moment zu früh. Vielleicht ist es genau dieser Wandel, der die magische Gemeinschaft dazu bewegt hat, endlich den Sprung zu wagen und sich zu offenbaren.

Während ich in Gedanken durch den Emerald Court blicke, trifft mein Blick plötzlich den eines Mannes – eines Druiden, wie ich vermute –, der mich von der anderen Seite des Raumes fixiert. Ein ernstes Gesicht, umrahmt von kurz geschnittenem braunem Haar, die schlanke Gestalt betont durch einen perfekt sitzenden Anzug. Er steht reglos neben einer der moosbewachsenen Säulen, die Schultern angespannt, als halte er den Atem an. In menschlichen Jahren scheint er Anfang dreißig zu sein, dreiunddreißig vielleicht, vierunddreißig höchstens.

Etwas Unheimliches liegt in der Art, wie er mich ansieht, als könne er direkt durch meine Haut blicken. Sein Blick ist fest, unerbittlich, und ich muss mich zwingen, ruhig zu bleiben, nicht auszuweichen.

Das Gewicht seines Starrens macht mir meinen Wunsch, mich anzupassen, nur eine weitere Hexe unter vielen zu sein, schmerzlich bewusst. Doch unter seinem Blick fühle ich mich entblößt, als stünde jedes meiner Geheimnisse offen in mein Gesicht geschrieben. Ich kämpfe gegen das Bedürfnis, mich zurückzuziehen, mich kleiner zu machen, und erwidere stattdessen seinen Blick, kühl und gleichgültig – oder ich hoffe zumindest, dass es so wirkt. Mein Herz rast, meine Handflächen werden feucht.

Ein tiefer Gong schallt durch die Halle, und ich löse den Blick von dem Fremden, die Aufmerksamkeit nun auf die großen Eichentüren gerichtet, die sich langsam schließen wie die Blütenblätter einer Pflanze bei Sonnenuntergang.

Inspiriert von Maeve erinnere ich mich an die Broschüre, die ich mir vorhin geschnappt habe. Ich ziehe sie aus der Gesäßtasche meiner Jeans, falte das glänzende Papier auseinander und überfliege den Inhalt. Die Versammlung dauert eine Woche, mit Exkursionen aufs Land, Workshops über Mensch-Magie-Interaktionen und Podiumsdiskussionen zu PR-Strategien und Risikofaktoren. Die Enthüllung selbst ist für Mittwoch angesetzt, im Rahmen des globalen Klimagipfels. Mein Blick bleibt an einem Programmpunkt hängen: *Historischer Kontext magischer Interventionen in menschliche Angelegenheiten.* Ein Kloß formt sich in meinem Hals. Diese Diskussion wird zweifellos auf meine Familie hinauslaufen.

Ich lasse die Broschüre sinken. Das volle Gewicht dieses Unterfangens trifft mich, während die Gespräche um mich verstummen. Ich kann dem Impuls nicht widerstehen, dorthin zu sehen, wo der Fremde eben gestanden hat. Doch die Ecke ist leer.

Ich blinzele, unsicher, ob ich ihn mir eingebildet habe, als eine Hexe in einer blauen Robe ans Podium tritt. Ihre dunkle Haut ist von goldenen Armreifen geschmückt, und sie bewegt sich mit einer Autorität, die keine Lautstärke braucht. Ein leises Summen steigt im Raum auf, breitet sich aus, bis Stimmen aus allen Richtungen in ein tiefes, vibrierendes Summen übergehen, das durch meine Knochen fährt. Es fühlt sich erdend an und zugleich elektrisierend.

Doch während ich die Gesichter um mich betrachte und diese Welle aus Einheit spüre, fängt sich mein Blick erneut – und trifft *ihn* wieder. Zwei Reihen über mir, im nichtsummenden Druidenbereich, sitzt der Fremde. Seine Augen brennen, als litten sie unter Schmerz, als wäre der Blick selbst eine Last. Das Haar in meinem Nacken richtet sich auf, und ein Schauer läuft mir den Rücken hinab, trotz der Wärme, die von der kollektiven Energie im Raum ausgeht.

Unter seinem Blick verschwinden die letzten Meter zwischen uns, und ich fühle mich entblößt, als hätte jemand die vertrautesten Seiten meines Lebens aufgeschlagen und würde sie laut vorlesen.

Kapitel Neun

Stille legt sich über den Saal, als die Frau auf der Bühne ihre Hände hebt. Mit ausgebreiteten Armen zieht sie jede Aufmerksamkeit an sich, wie eine Dirigentin, die ihr Orchester zum Einsatz ruft.

Maeve beugt sich zu mir und flüstert aufgeregt: »Ich wollte schon immer Gathoni Nyong'o live hören!«

Ich sehe auf das Programm in meiner Hand, um sicherzugehen, dass es wirklich die oberste Älteste ist, die die heutige Willkommenszeremonie leitet.

»Schwestern, Brüder, geschätzte Kolleginnen und Kollegen, liebe Freunde«, beginnt Gathoni Nyong'o mit einer Stimme so tief und klar wie ein Cello. »Heute stehen wir an der Schwelle zu einer neuen Ära. Manche von uns haben für die Enthüllung gestimmt, andere dagegen. Doch nichts erfüllt mich mit größerer Freude, als Hexen und Druiden hier vereint zu sehen, in ihrer gemeinsamen Aufgabe, dieses neue Kapitel zu öffnen.«

Ein Raunen der Aufregung geht durch die Reihen, als sie von der Zusammenarbeit mit der Menschheit spricht. Ihre Worte tragen die weiche Kadenz Ostafrikas in sich, während sie erklärt, dass Verbundenheit der Kern der Anima ist. »Zusammenarbeit, meine Freunde, ist das Lied der Erde. Schaut in die Wälder, die Korallenriffe, die Savannen: jedes Ökosystem lebt von Symbiose. Jedes Wesen, jede Pflanze, jedes Teilchen wirkt im Tanz des Lebens mit.«

Sie macht eine kurze Pause. »Doch die Menschen haben diesen Pfad verlassen. Sie wählten Konkurrenz statt Kooperation, Herrschaft statt Harmonie.«

Als sie von Betonlandschaften, verschmutzten Flüssen und sterbenden Wäldern spricht, nicke ich unwillkürlich. Ihre Worte tragen etwas Mitfühlendes, fast Sanftes in sich.

»Deshalb müssen wir uns enthüllen«, sagt sie. »Nicht, um über den Menschen zu stehen. Nicht, um sie zu retten. Sondern um sie zu erinnern. Um sie daran zu erinnern, dass es einen anderen Weg gibt. Dass Wunder noch existieren. Dass Anima und Erde ein Ganzes sind.«

Sie atmet tief durch, bevor sie beschreibt, wie Hexen den Menschen helfen können, ihre Verbindung zur Natur wiederzufinden. Etwas in mir antwortet auf ihre Worte, als hätte sie eine Saite berührt, die lange geschwiegen hat. Der Saal erfüllt sich mit zustimmendem Summen, und ich spüre, wie Maeve meine Hand drückt. Erst da merke ich, dass ich die Luft angehalten habe.

Zwischen all diesen Hexen zu sitzen fühlt sich an, als wäre ich heimgekehrt. Ein Gefühl, das ich verloren glaubte. Ich will dazugehören, ein Teil dessen sein, was hier entsteht.

Gathoni geht über die Bühne, ihre Gesten fließend, bestimmt. Sie spricht über die Bedeutung kultureller Sensibilität, über das Zusammenspiel von Magie und traditionellem Wissen, besonders in Regionen wie Kenia, wo Hexerei oft mit Furcht verbunden ist.

Während ich ihr zuhöre, begreife ich das Ausmaß dieser Bewegung. Über zweihunderttausend Hexen weltweit, dazu tausende Druiden. Alle befragt, alle mit einer Stimme. Der

Gedanke lässt mich schwindlig werden. Wie viele Jahre, wie viele Generationen Vorbereitung mussten in diesen Moment geflossen sein?

Neugierig blättere ich durch die Broschüre, auf der Suche nach Hinweisen, wie geschlossen wir wirklich sind. Ich frage mich, ob die Abstimmung eindeutig war oder nur knapp entschieden wurde. Doch Gathonis nächste Worte reißen mich aus meinen Gedanken, und ein stechendes Gefühl aus Scham und Schuld zieht mir den Magen zusammen.

»... aber ich kann nicht hier vor euch stehen und nur von der Hoffnung reden, das unsere Enthüllung birgt, ohne auch ihre Gefahren anzusprechen.«

Gathoni umfasst das Rednerpult mit beiden Händen, als würde sie Kraft daraus ziehen. »Wir schulden dem Druidenrat Dank dafür, dass er uns, besonders jene ohne das ewige Gedächtnis, an ein Kapitel erinnert hat, das so dunkel ist, dass es nicht nur die Geschichte der Menschheit, sondern auch die unserer eigenen Schwesternschaft befleckt.« Ihre Stimme senkt sich, ihre Worte werden schwer. »Ich spreche von Nazi-Deutschland. Und von der verhängnisvollen Entscheidung des Schwarzmilan-Zirkels. In ihrer Hybris brachen sie unsere heiligsten Gesetze. Sie enthüllten sich der Gestapo, geblendet von Ehrgeiz und der Illusion, sie könnten das Regime für ihre Zwecke lenken. Sie glaubten, sie könnten Hitlers Obsession mit dem Okkulten nutzen, um Einfluss zu gewinnen. Sie boten ihre Kräfte an, um das Eugenikprogramm des Regimes zu unterstützen, in der Überzeugung, dadurch eine neue Ordnung zu schaffen, in der Hexen im Verborgenen herrschen würden.«

Ein dumpfes Unbehagen geht durch die Reihen. Ich spüre, wie sich meine Brust zusammenzieht, eng und drückend wie Gathonis Griff um das Pult.

»Sie glaubten, sie könnten das Böse kontrollieren«, fährt Gathoni fort, »dass sie auf dem Rücken des Biestes reiten könnten, ohne gefressen zu werden. Doch ihre Taten brachten unsägliches Leid über die Welt und führten unsere Gemeinschaft an den Rand der Enttarnung, durch ein Regime, das nichts mehr wollte, als unsere Magie für seine eigenen Zwecke zu missbrauchen.«

Hinter mir flüstert jemand: »Was ist diesmal so anders?« Ein paar Köpfe in der Nähe nicken.

Mir schnürt es die Kehle zu. Ruths Erinnerungen rühren sich, brodeln wie ein nahender Sturm. Ich zwinge mich, ruhig zu atmen, doch Schweiß perlt mir über die Stirn. Mein Blick wandert zu Mardequai, der mich beobachtet. Sein Gesicht ist ausdruckslos, doch in seinen Augen liegt ein kaum sichtbarer Funke, etwas, das beinahe wie Beruhigung wirkt.

Hudspeths Blick dagegen trifft mich hart. Er starrt mich an, kalt, schneidend, als wolle er durch mich hindurchsehen. Und er ist nicht der Einzige. Zwei Reihen weiter oben sitzt der Druide mit dem intensiven Blick. Seine Fäuste sind geballt, der Kiefer angespannt. Er vermeidet es, mich anzusehen, doch die Kraft, mit der er seinen Blick starr geradeaus zwingt, verrät alles. Ich spüre die Spannung in seinem Körper, als koste es ihn Mühe, still zu bleiben und nicht ... was? Mich anzuklagen?

Er weiß etwas. Das ist unübersehbar.

Aber was?

Und woher?

Wer *ist* dieser Mann?

Genau in dem Moment, als ich das denke, schnellt sein Kopf wieder in meine Richtung, und ich drehe mich weg, rutsche tiefer in meinen Sitz und wünsche mir, ich könnte verschwinden.

»... aber während diese begangenen Verbrechen niemals vergessen werden dürfen, müssen wir uns auch an zwei entscheidende Punkte erinnern: Erstens war Schwarzmilan ein Einzelfall, geboren aus einem fehlgeleiteten Überlegenheitsgefühl, entsprungen aus einem Nährboden von Frustration und Groll. Niemals zuvor in der Geschichte der Hexerei hat ein

Zirkel diese Gemeinschaft missachtet; niemals zuvor hat sich ein Zweig vom Mutterbaum abgebrochen, noch wird es je wieder einer wagen. Wir haben eine harte Lektion gelernt, und wir haben Gesetze und Systeme eingeführt, um zu verhindern, dass so etwas je wieder geschieht.«

Gathoni hält inne, die Stille schwer von Geschichte.

»Und zweitens: Diejenigen, die diesen schrecklichen Verrat begangen haben, sind längst nicht mehr, wurden für ihre Verbrechen entsprechend bestraft.«

Als wären sie von diesen Worten heraufbeschworen worden, kriecht ein sengender Phantomschmerz meine Beine hinauf, so intensiv und unerwartet, dass ich mir auf die Lippe beißen muss, um nicht aufzuschreien. Ich kralle mich an den Kanten meines Sitzes fest. Panik packt meine Kehle und droht mich zu ersticken, als der Grund für meine heutige Anwesenheit mit der Wucht eines Zuges auf mich zurollt, meine Wahrheit vor der Versammlung auszusprechen. Eine Wahrheit, die alles zunichtemachen könnte, was Gathoni gerade gesagt hat.

»Es waren Hexen«, fährt sie mit tiefem Bedauern fort, »die vom rechten Weg abkamen. Manche argumentieren, dass uns genau aus diesem Grund nicht das ewige Leben gewährt wurde, das unseren weisen Brüdern zuteilwurde. Denn kein Wesen, das so mächtig ist wie eine Hexe, sollte ewig leben. Die Anima so zu beherrschen, wie wir es tun, erfordert Kontrollen und Gegengewichte, Einschränkungen, ja, aber auch Ratschläge von denen, die Jahrhunderte sich entfalten sahen, die die natürlichen Zyklen derer beobachten, die kommen und gehen.«

Sie wendet sich beim Sprechen dem Druidenbereich zu, ihre Geste umfasst den größten Teil des Emerald Court. Ein leises zustimmendes Summen kommt von der Hexen-Abordnung. Doch als ich die Druiden beobachte, bemerke ich eine subtile Anspannung in ihrer Haltung, ein Verhärten um Augen und Münder. Sie scheinen nicht ganz erfreut über diese Anerkennung zu sein, betrachten ihre Rolle vermutlich als weitaus bedeutender als die von bloßen Beratern der Hexen. Die Beziehung zwischen unseren beiden Fraktionen wirkt plötzlich viel komplexer und konfliktreicher, als mir bisher bewusst war.

»Wir täten gut daran, diesen Rat zu beherzigen und auf die Lehren der Geschichte zu hören. Deshalb ist es mir eine außerordentliche Ehre, das Podium an unseren nächsten Redner zu übergeben. Bitte begrüßen Sie in der Versammlung den Ältesten, Anführer des Druidenrats und meinen alten Bekannten, Mardequai Guise.«

Als Gathoni ihre Einführung beendet, erhebt sich Mardequai mit einer würdevollen Anmut, die seinem Rang entspricht. Er schreitet auf das Rednerpult zu, und mein Herzschlag beschleunigt sich mit jedem seiner Schritte. Wenn er jetzt spricht, könnte ich dann als Nächste dran sein? Der Gedanke jagt eine Welle der Angst durch meinen Körper, und ich rutsche auf meinem Sitz hin und her. Mein Fuß landet versehentlich auf Maeves nackten Zehen, und ich flüstere eine hastige Entschuldigung.

Mardequai nimmt seinen Platz am Rednerpult ein. »Lehren der Geschichte. Ein interessanter Gedanke, nicht wahr?« Er hält inne, sein Blick schweift durch den Raum, als stünde er in den Hallen einer alten Kathedrale.

»Erzählungen verändern sich. Je öfter wir sie weitergeben, desto mehr wandeln sie sich. Mit der Zeit verblasst, was niemals verblassen darf, besonders wenn die Stimmen derer, die zuerst sprachen, längst verstummt sind. Darum steht Auschwitz noch. Darum wurde Mandelas Gefängniszelle auf Robben Island nicht getilgt, sondern als Gedenkort bewahrt. Ihre bloße Gegenwart bleibt, ein Zeugnis menschlichen Versagens, eine Erinnerung an die Dunkelheit, die wir nie wieder aufkommen lassen dürfen.«

»*Unsere* Erinnerung jedoch ist nicht stumm. Der Druide ist unser Mahnmal. Der Druide ist eine lebende Gemeinschaft. Wir stehen Wache, während die Zeit voranschreitet, gleich dem stetigen Puls der Erde, verlässlich durch Äonen des Wandels.« Er streckt den Arm zum Druidenbereich aus.

»Die Gräueltaten, deren Zeugen wir wurden, sind in unser Wesen eingebrannt. Und während einige Unsterbliche in einer offenen Welt ein Versprechen sehen, haben die meisten von uns zur Vorsicht vor dieser Enthüllung gemahnt. Denn der Druide weiß. Der Druide erinnert sich. Wir erinnern uns an alles. Immer wieder haben wir gesehen, wie Menschen vor dem Unbekannten zurückschrecken, wie rasch Angst in Hass umschlägt und Hass in Gewalt. In den dunkelsten Zeiten der Inquisition waren es die Druiden, die Hexen Schutz boten. Wir gewährten Zuflucht in verborgenen Hainen, wir schützten durch Bündnisse und gründeten Klöster, in denen magisches Wissen im Verborgenen bewahrt und weitergegeben wurde. Als die Flammen der Unwissenheit drohten, alles Mystische zu verzehren, standen wir als Wächter und hielten das Erbe am Leben. Wir sahen, wie Zivilisationen sich aus weit geringeren Gründen spalteten als aus Magie. Der menschliche Geist ist zu großem Staunen fähig und zu großer Furcht.«

Mardequai hält inne, und ich weiß nicht, wie es den anderen geht, aber mich überrascht der kritische Ton, den seine Rede plötzlich annimmt.

»Wie der Löwe in der Savanne, der zahlenmäßig Unterlegene, konnte der Druide die Hexen bei diesem Referendum nicht überstimmen. So bleiben wir, wie so oft, in sicherer Entfernung von einer weiteren schicksalhaften Entscheidung. Wir haben Reiche kommen und gehen sehen, den Aufstieg und Fall ganzer Glaubenssysteme miterlebt – und wir haben sie alle überdauert. Wir haben gesehen, wie Geschichte sich selbst verzehrt, und wir werden weiter zusehen, weiter Zeugen sein, so wie immer.«

Eine lange Pause folgt. Ich rechne schon damit, dass er zum Schluss kommt, doch Mardequai hebt die Stimme erneut, nun mit einer Schärfe, die durch den Raum schneidet.

»Aber während ich heute vor euch stehe, mache ich kein Geheimnis daraus: Sollte der Druide je zu der Erkenntnis gelangen, dass diese Gemeinschaft sich geirrt hat, und sollte sich ein anderer Weg öffnen, dann wird Er nicht zögern, ihn zu beschreiten. Und Er wird jeden willkommen heißen, der sich Seiner Vision einer sichereren, bedachteren Zukunft anschließt.«

Ein aufgeregtes Murmeln breitet sich im Emerald Court aus, wie eine Welle, die von allen Seiten gegen die Wände schwappt. Ich mag zum ersten Mal an einer solchen Versammlung teilnehmen, aber selbst ich erkenne, dass seine Worte mehr als gewagt waren. Sie waren ein Affront.

Mein Blick sucht Gathoni, die am Fuß der Bühne sitzt. Ihr Gesicht wirkt beherrscht, fast regungslos. Doch unter dieser Ruhe liegt etwas anderes – Unzufriedenheit, Enttäuschung, ein Hauch kalter Missbilligung, der in den Schatten ihrer Miene flackert.

Und dann begreife ich es. Mardequai weiß genau, dass er die Abstimmung nicht rückgängig machen kann. Aber er kann spalten. Er kann Zweifel säen und jene mit sich ziehen, die sich nach Sicherheit sehnen. Er will meine Aussage benutzen, um seine Position zu stärken, die Unentschlossenen auf seine Seite zu ziehen und den Gegnern der Enthüllung einen Ausweg zu bieten.

Das ist sein Plan.

Ich spüre, wie mir die Hitze ins Gesicht steigt. Ich darf nicht seine Spielfigur sein.

Meine Beine bewegen sich, bevor ich überhaupt einen klaren Gedanken fassen kann. Ich stehe auf, abrupt, als hätte mich etwas gestoßen. Maeve wirft mir einen fragenden Blick zu, aber ich sehe nicht zu ihr. Stattdessen steuere ich, so ruhig wie möglich, die Stufen hinauf, in Richtung des hinteren Ausgangs. Mein Herz hämmert in meiner Brust, dröhnt in meinen Ohren, bis alles um mich herum nur noch dieses eine Geräusch ist – ein pochender, unnachgiebiger Takt, der mich antreibt, schneller zu gehen, die Treppen zwei Stufen auf einmal zu nehmen.

Doch dann hallen Mardequais nächste Worte durch den Emerald Court.

»Sie brauchen sich nicht länger auf das Wort des Druiden zu verlassen. Es ist meine Pflicht, dieser Versammlung alle Fakten vorzulegen, ganz gleich, wie kurz vor der Enthüllung wir auch stehen mögen …«

Ich stolpere. Mein Fuß bleibt an der Kante einer Stufe hängen, und ich schieße nach vorn, die Arme rudern haltlos – direkt auf den Druiden mit dem intensiven Blick zu, der mich die ganze Zeit beobachtet hat. In einer einzigen, verschwommenen Bewegung springt er von seinem Platz auf. Starke Hände packen meine Arme.

Unsere Blicke treffen sich. Seine Augen sind blaugrau, durchzogen von Emotionen, die sich so rasch verändern, dass ich keine von ihnen fassen kann. Für einen Moment verharren wir reglos in dieser seltsamen Schwebe, als läge zwischen uns eine ganze Welt ungesagter Dinge. Doch wie sollte das möglich sein? Wir sind uns noch nie zuvor begegnet.

Dann zerreißen Mardequais Worte unsere Starre, scharf wie ein Windstoß.

»Meine lieben Freunde, das mag für Sie ein Schock sein, aber heute präsentiere ich Ihnen … Ruth Hausmann vom Schwarzmilan-Zirkel.«

Der Name meiner Großmutter schlägt in den Emerald Court wie ein Donnerschlag. Der Griff des Druiden um meinen Arm löst sich, als hätte er sich verbrannt. Ich falle auf den Boden, achtlos abgestreift wie ein giftiges Kraut, das man nie hätte berühren dürfen.

Ich spüre, wie sich unzählige Blicke auf mich richten, während ich mich langsam wieder aufrichte und der Menge zuwende. Das Gefühl ist unerträglich: so angesehen zu werden, nicht für das, was ich bin, sondern für das, was sie in mir sehen.

»Komm, Hexe, komm«, ruft Mardequai, und mit einer einladenden Geste winkt er mich zu sich.

Wie in Trance steige ich die Stufen hinab, Schritt für Schritt, meine Finger umschließen den Stein in meiner Tasche, der mir Trost spenden soll. Ich sehe kurz zu Maeve, deren Mund offensteht, unfähig, Worte zu finden. Doch während ich gehe, nehme ich etwas anderes wahr: Die Energie im Raum ist kein Sturm der Verurteilung, sondern ein Wirbel aus Verwirrung. Es ist ein tastendes, atemloses Innehalten. Und das ergibt Sinn. Ich bin nicht Ruth. Wie könnte ich es sein? Ich bin sechsundzwanzig. Ich habe noch nie jemandem wehgetan. Wie könnten sie glauben, ich sei Ruth Hausmann?

Aber kaum hat sich der Gedanke geformt, flackert etwas in mir auf: Ruth, erwachend wie eine Glut, die zu lange im Dunkeln geschwelt hat. Sie bewegt sich in mir, an den Rändern meines Bewusstseins, meines Herzens, meiner Seele. Und dann höre ich sie, dieses flüsternde, kalte Wispern in meinem Hinterkopf:

Oh, aber du bist *ich, Kind. Mehr, als du begreifst …*

Ich erreiche das Rednerpult, und in dem Moment bricht eine Erinnerung über mich herein – nicht meine, aber schneidend klar. Ich stehe im Auge eines übernatürlichen Sturms, Blitze zucken über mir, Körper stürzen zu Boden, der Wind schreit und verschlingt alles. Wachen fliehen, Hexen sterben, und durch all das pulsiert dieses furchtbare, berauschende Gefühl grenzenloser Macht. Für einen Herzschlag bin ich sie, die Stille im Zentrum der Zerstörung.

Dann ist es vorbei. Ich blinzle, der Emerald Court kehrt zurück. Mardequai tritt zur Seite, sein Blick unverrückbar auf mich gerichtet. Er bedeutet mir, ans Pult zu treten.

Ich trete vor. Unsere Augen begegnen sich, und in seinem Blick liegt etwas Undurchdringliches.

Was auch immer er mir gleich entlocken will, es darf ihm nicht gelingen.

Kapitel Zehn

»Würden Sie der Versammlung bitte erklären, warum ich Sie heute vorgeladen habe, Fräulein Hausmann?«, fragt Mardequai, und seine Stimme trägt weit durch den Saal.

Ich stehe hinter dem Rednerpult, halte mich an den Kanten fest, als könnte ich so verhindern, den Boden unter den Füßen zu verlieren. Hunderte Augenpaare ruhen auf mir. Mein Hals ist trocken, mein Herz hämmert. Dieser Moment ist meine einzige Chance, meinen Platz in der magischen Gemeinschaft zurückzuerlangen. Nach dreizehn Jahren im Exil müssen sie mich als Alva sehen, nicht als Schatten meiner Großmutter. Und doch besteht die Ironie darin, dass ich über sie sprechen muss, um mich von ihr zu befreien.

»Nun«, beginne ich leise, »zuerst möchte ich klarstellen, dass ich nicht die bin, für die Sie mich ausgegeben haben.« Meine Stimme zittert, und ich verfluche es. Für einen Moment wünschte ich, ich könnte entschlossener klingen, stärker. Aber dann erinnere ich mich: Härte und Selbstsicherheit sind Ruths Markenzeichen. Ich bin hier, um das Gegenteil zu zeigen.

Mardequais Augenbrauen heben sich in gespielter Verwunderung. Er wendet sich halb zur Versammlung. »So, so, jetzt bin ich aber verwirrt. Sie behaupten also, Ihr Name sei nicht Hausmann?«

»Nein, ich meine – ja, mein Nachname ist Hausmann. Aber mein Vorname ist nicht Ruth. Sondern Alva.«

»Wie seltsam.« Mardequai legt den Kopf leicht schief. »Vielleicht klären Sie uns auf: Wer ist Ruth Hausmann?«

Der Fluch meines Lebens, denke ich.

»Sie war meine Großmutter.«

Ein hörbares Raunen geht durch die Reihen. Ich spüre, wie sich die Atmosphäre verändert, wie Blicke schärfer werden, urteilender. Meine Abstammung allein reicht, um mich schuldig erscheinen zu lassen.

»Also, warum, glauben Sie, habe ich Sie als Ruth bezeichnet?«, fragt Mardequai laut.

»Das sollten *Sie* mir sagen«, entgegne ich, bemüht, die Ruhe zu wahren.

»Das werde ich.« Ein Hauch von Triumph schwingt in seiner Stimme mit, und ich weiß, dass ich ihm in die Falle gegangen bin.

Er greift in sein Jackett, zieht ein gefaltetes Pergament hervor und entfaltet es mit theatralischer Langsamkeit. »Ich habe hier einen Bericht des deutschen Ausschusses zur Prüfung magischer Fähigkeiten, datiert auf den elften Juni 2003.« Seine Stimme hallt durch den Saal, getragen von falscher Gravitas. »Er beschreibt die Untersuchung zweier fünfjähriger Hexen: der Schwestern Alva und Sofia Hausmann.«

Mein Magen zieht sich schmerzhaft zusammen. Panik steigt in mir auf, bitter wie Galle. Ich hätte nie gedacht, dass er tatsächlich eine Kopie meiner Akte in die Hände bekommen würde.

»Der Bericht besagt, und ich zitiere: ›*Beide Subjekte zeigen eine ungewöhnliche Fähigkeit, auf Erinnerungen aus früheren Leben zuzugreifen und diese abzurufen. Diese Manifestation ist bei Hexen bislang unbekannt und erfordert genaue Beobachtung. Sofia Hausmanns Fähigkeit wird als Stufe Eins, Geringfügig, eingestuft. Ihre Visionen sind selten und detailarm. Aktuelle Einschätzung: Ungefährlich. Alva Hausmanns Fähigkeit wird als Stufe Vier, Signifikant, eingestuft. Ihre Visionen von Ruth Hausmanns Leben sind lebhaft, häufig und weisen einen ungewöhnlichen Grad an historischer Genauigkeit auf. Der Ausschuss ordnet eine erneute Untersuchung von Alva Hausmann in zweijährigen Intervallen bis zur Volljährigkeit an. Eine engmaschige Überwachung wird aufgrund der ausgeprägten Natur und der potenziellen Auswirkungen ihrer Fähigkeit empfohlen.‹* Der Bericht endet mit einer Anmerkung: ›*Sollte sich Alva Hausmanns Fähigkeit in der jetzigen Geschwindigkeit weiterentwickeln, könnte eine Neueinstufung in Stufe Fünf, Gefährlich, bei zukünftigen Bewertungen notwendig werden.*‹«

Mardequai hebt den Blick vom Pergament. Sein Blick trifft mich, schneidend wie ein Skalpell. »Ist das eine zutreffende Darstellung Ihrer Bewertung, Fräulein Hausmann?«

Eine Welle des Widerstands steigt in mir auf. »Ja. Aber wie der Bericht besagt, sind es nur Visionen, nichts weiter.«

Er verschränkt die Arme hinter dem Rücken, dreht sich langsam von mir weg. »Was geschah am dritten August 1944, Fräulein Hausmann?«

Mir wird kalt. Alles Blut scheint mir aus dem Gesicht zu weichen. Ich versuche zu schlucken, doch meine Kehle ist zu eng. Er will mich dazu bringen, *das* auszusprechen.

»Fräulein Hausmann?« Seine Stimme klingt beinahe freundlich, und genau das macht sie gefährlich.

»Ich … ich glaube, das war der Tag des Sylt-Massakers.«

Kaum sind die Worte ausgesprochen, bereue ich sie. Ich hätte vorsichtiger sein müssen. Stattdessen lasse ich mich von seiner Inszenierung treiben. Das Raunen im Saal schwillt an, ein Chor aus Schock und Neugier.

Gathoni erhebt sich endlich. »Mardequai, das hier ist weder die Zeit noch der Ort –«

»Aber ist es das nicht?«, unterbricht er sie, geschmeidig wie die Seide seines Anzugs. Er dreht sich zur Versammlung. »Niemand, der an jenem Tag anwesend war, hat überlebt. Außer der Hexe Hausmann. Doch nach ihrer Gefangennahme weigerte sie sich, zu sagen, was geschehen war. Jahrzehntelang mussten wir Bruchstücke zusammensetzen: Wetteranomalien, Aschefelder, verkohlte Überreste. Bis jetzt lag die Wahrheit im Dunkeln. Aber wollen wir sie nicht endlich hören? Wollen wir nicht verstehen, was damals wirklich geschah, um Entscheidungen über die Enthüllung mit offenen Augen treffen zu können? Ist das nicht der Sinn dieser Versammlung?«

Ein leises Murmeln rollt durch die Reihen. Dann ertönt ein rhythmisches Schlagen aus dem Druidenblock, metallisch, gleichmäßig. Es sind ihre Siegelringe, die auf Holz treffen.

Gathonis Lippen verengen sich zu einem dünnen Strich. Sie sieht sich um, sucht Verbündete, findet keine. Dann hebt sie leicht die Hand, eine stumme Geste der Kapitulation.

Der Albtraum geht weiter.

Mardequai wendet sich wieder mir zu, sein Blick schneidet wie ein Messer, und ein Anflug von Triumph gleitet über sein Gesicht. »Bitte, Fräulein Hausmann. Führen Sie uns hindurch. Was geschah an jenem Tag?«

Ich spüre, wie sich etwas in mir zusammenzieht. Die Visionen drängen an die Oberfläche, bereit, mich zu verschlingen. Ich zwinge mich, ruhig zu atmen, die Erinnerungen zu ordnen, sie zu Worten zu machen. Ich schließe die Augen. Und dann brechen Ruths Bilder über mich herein.

»Es … es gab eine Wetteranlage auf der Insel Sylt«, beginne ich leise.

»Zu welchem Zweck?«, fragt Mardequai.

»Um Sturmfronten zu erzeugen«, antworte ich, den Blick auf einen unscheinbaren Punkt links von mir gerichtet. »Die

Nazis wollten die Bombenangriffe der Alliierten auf Norddeutschland stören.«

»Fahren Sie fort.«

Ich ringe mit den Worten. »Ruth leitete einen Zirkel von Hexen. Sie sollten das Wetter manipulieren.«

»Und taten sie das freiwillig?«

Ich wechsle das Gewicht von einem Fuß auf den anderen. Mein Schweigen dehnt sich, bis es kaum auszuhalten ist.

»Fräulein Hausmann?«, drängt er.

»Einige schon«, sage ich schließlich.

»Einige«, wiederholt er langsam. »Und die anderen?«

Ich schaue zu Boden. »Die anderen hatten keine Wahl.«

»Was meinen Sie damit?«

Ich greife fester nach dem Pult, sehe, wie meine Knöchel weiß werden. »Ihre Familien ...«, ich schlucke, »ihre Kinder wurden festgehalten.«

»Wo?«

»Im Lager. Unter Bewachung.« Die Worte kommen mir kaum heraus.

»Und was wäre mit diesen Kindern geschehen, wenn ihre Mütter sich geweigert hätten, zu kooperieren?«

Ich presse die Lippen zusammen. Mein Kiefer schmerzt vom Widerstand.

»Fräulein Hausmann? Sind Sie noch bei uns?«

»Sie wären getötet worden«, flüstere ich. »Vor den Augen ihrer Mütter.«

Stille senkt sich über den Saal. Kein Flüstern, kein Rascheln, kein Atemzug wagt sich zu bewegen.

»Was geschah als Nächstes?«, fragt Mardequai schließlich.

Ich hebe den Kopf, mein Blick trifft seinen. »Ich denke, wir haben genug darüber geklärt, was an jenem Tag passiert ist. Der Rest ist für das, worum es hier geht, unerheblich.«

Er wendet sich der Versammlung zu, breit lächelnd. »Unerheblich? Ich denke, das ist es sehr wohl. Wir stehen an einem

Wendepunkt unserer Geschichte. Ihre Aussage zeigt, wie gefährlich menschliche Einmischung in magische Kräfte sein kann.«

Ich suche Gathonis Blick, flehe stumm um Unterstützung. Für einen Moment sehe ich Mitleid in ihren Augen, dann weicht es einer müden Akzeptanz.

»Die Versammlung verlangt eine vollständige Darstellung. Du musst fortfahren«, sagt sie leise.

Ich atme tief ein, der Druck in meiner Brust droht mich zu zerreißen. Doch ich weiß, es gibt kein Zurück. »Die Nazis befahlen ihnen, einen Sturm zu erschaffen, größer als alles, was je gewirkt worden war«, sage ich. »Aber sie verboten die Ausgleichsrituale danach. Ruth versuchte, sie zu warnen. Sie hörten nicht.«

Ich schließe die Augen, die Erinnerung wird zu Bild und Klang, zu Wind und Schreien. »Ich sehe sie ... im Zentrum des Kreises, die Arme erhoben. Sie leitet die anderen an. Der Sturm wächst. Zu schnell, zu mächtig.«

Meine Stimme bricht. Ich halte inne, unfähig weiterzusprechen. Die Bilder flackern weiter, doch ich halte sie fest, lasse sie nicht über mich hinwegfegen.

Denn wenn ich sie ausspreche, wird die Vergangenheit wieder Wirklichkeit.

»Und dann?«, fragt Mardequai, in dieser provozierend ruhigen Art, wie ein Lehrer, der eine Schülerin zwingen will, etwas zu sagen.

Ich schüttle den Kopf. »Ich habe genug gesagt.«

»Der Zirkel ist zusammengebrochen, nicht wahr?«, sagt er, und seine Stimme wird kalt. »Die unausgeglichene Magie hat zurückgeschlagen. Der Sturm kehrte sich nach innen, mit zerstörerischer Wucht. Jede Hexe in diesem Zirkel starb. Alle außer Ruth Hausmann, der Marionettenspielerin hinter all dem.« Er hebt den Finger und zeigt auf mich. »Und die Kinder, die man als Geiseln hielt? Auch sie kamen ums Leben. Einunddreißig magische Kinder, ausgelöscht in einem einzigen Moment. Alles, weil Menschen sich in Kräfte einmischten, die sie nie hätten berühren dürfen.«

Ein Raunen geht durch den Saal. Entsetzen flackert in den Gesichtern. Einige Hexen wenden sich ab, unfähig, das Gehörte zu ertragen.

»Ich frage Sie, Fräulein Hausmann: Was war die wahre Ursache dieser Katastrophe?«

Ich zögere. Ich weiß genau, worauf er hinauswill. »Ich bin nicht hier, um Geschichte zu interpretieren.«

Ein kaum wahrnehmbares Zucken verengt seine Augen. »Dann stelle ich die Frage anders: Wäre das alles geschehen, wenn Sie sich nicht mit den Nazis – mit Menschen – eingelassen hätten?«

»Das war nicht ich!«, rufe ich, die Fassung brüchig. »Das versuche ich Ihnen die ganze Zeit zu erklären. Ich bin hierhergekommen, um meinen Namen reinzuwaschen, nicht, um als Werkzeug in Ihrem politischen Spiel benutzt zu werden.«

Ein Flüstern durchzieht die Reihen der Versammlung. Unruhe, Spannung.

Mardequai lässt sich davon nicht beirren. »Es braucht keine Spekulation. Die Wahrheit ist offensichtlich.« Er beginnt, durch den Raum zu gehen, gemessen, die Hände hinter dem Rücken. Seine Stimme gewinnt an Schärfe. »Das Sylt-Massaker war eine Warnung. Eine Warnung, die die Schwesternschaft der Hexen bis heute ignoriert. Menschen sind in ihrem Streben nach Macht unerbittlich. Sie nutzen nicht nur, was sie finden; sie pressen es aus, bis nichts mehr übrig bleibt. Und sie werden es wieder tun.«

Er bleibt stehen, dreht sich zu den Reihen der Hexen. »Und nun wollen wir uns einer Welt offenbaren, deren Technologie und Gier um ein Vielfaches größer sind als in 1944? Einer Welt, die den Planeten bereits ohne Magie an den Rand des Zusammenbruchs gebracht hat? Glauben Sie wirklich, dass Konzerne und Regierungen widerstehen werden, wenn sie erfahren, dass Magie diese Ausbeutung noch beschleunigen kann?«

Sein Blick findet meinen, eiskalt, unbeweglich. »Die Katastrophe auf Sylt konnte begrenzt werden. Aber eine Enthüllung heute – in dieser Welt – würde keine Grenzen kennen. Die Menschen würden die Magie überdehnen, bis sie bricht, wie sie es mit jeder Macht getan haben, die sie je entdeckt haben.«

Ein Beben zieht durch mich, und ich spüre, wie etwas in meinem Inneren erwacht. Nicht Erinnerung… *Präsenz.* Ruth. Sie drängt gegen die Mauern meines Bewusstseins, ungeduldig, stark, drohend.

»Und war das nicht genau der Grund, warum Sie sich überhaupt mit den Nazis verbündet haben?«, fragt Mardequai, seine Stimme nun nur noch ein scharfes Flüstern. »Ein fehlgeleiteter Versuch, zu kontrollieren, wie Magie in der Welt genutzt wird? Wie endete dieses Experiment, Fräulein Hausmann?«

Etwas Dunkles und Bösartiges schießt in mir hoch und durchbricht Barrieren, von deren Existenz ich nichts wusste. Mein Mund öffnet sich, aber die Stimme, die daraus hervorkommt, gehört nicht mir.

»*Du wagst es, mich nach Kontrolle zu fragen, Druide?*« Die Worte zischen aus meiner Kehle. »Eure Art hat die Macht der Hexen seit Jahrhunderten erstickt. Alles, was ich wollte, war, den Stiefel wegzureißen, den ihr uns auf den Nacken gesetzt habt.«

Magie bricht aus meinen Fingern, eine Kraft, die ich seit dreizehn Jahren nicht mehr gespürt habe, oder vielleicht überhaupt nie. Das Rednerpult vor mir zerspringt mit einem ohrenbetäubenden Knall, ein Riss fährt durch seine Mitte. Entsetzt starre ich auf meine Hände und sehe, wie sie sich mit fremdem Willen bewegen.

Sogar Mardequais Augen weiten sich. Für einen Sekundenbruchteil verrutscht seine Maske und offenbart etwas, das ich nie bei ihm erwartet hätte. Angst.

»Genug!«

Gathonis Stimme schneidet durch die Spannung. Sie kommt schnellen Schrittes auf die Bühne, ihre Präsenz allein reicht, um den Saal zur Ruhe zu bringen. »Wir sind nicht hier, um alte Wunden aufzureißen oder Schuld auf jene zu schieben, die noch nicht einmal geboren waren, als diese Gräueltaten geschahen.« Sie lässt den Blick durch die Reihen schweifen. »Wenn niemand Einwände hat, werde ich selbst einige Nachforschungen anstellen, bevor wir fortfahren.«

Zustimmendes Gemurmel antwortet ihr. Dann tritt sie näher. Sie beugt sich zu mir, ihre Stimme sinkt zu einem sanften Murmeln, das nur ich hören kann.

»Alva, wir müssen das wieder hinbekommen, ja? Wir dürfen keinen Bruch riskieren.«

Ich nicke. Etwas in ihrer Nähe, in der Wärme ihrer Worte, löst den Druck in meiner Brust. Zum ersten Mal seit Stunden fühle ich mich nicht mehr wie eine Angeklagte, sondern wie jemand, der dazugehört.

»Gut«, sagt sie, jetzt mit einer Spur von Nachsicht in ihrem Ton. »Zuerst einmal sollst du wissen, dass du keine Fragen beantworten musst, wenn du das nicht willst. Dies ist kein Tribunal. Das hier steht nicht einmal auf unserer Tagesordnung.« Sie wirft Mardequai einen scharfen Blick zu, der sich inzwischen von der Bühne zurückgezogen hat.

»Ich verstehe, aber ich will«, sage ich. Meine Stimme ist leise, doch fester, als ich gedacht hätte.

Gathoni nickt und richtet sich auf. Sie atmet tief ein, bevor sie beginnt: »Wann bist du geboren, Alva?«

»Am achtundzwanzigsten Januar 1998.«

Sie notiert nichts, sagt nichts weiter, sondern sieht mich nur an, und in ihrem Blick liegt etwas, das mich überrascht: Vertrauen.

»Erzähl mir von deiner Mutter«, sagt Gathoni dann.

Ich atme tief ein. Dies ist meine Chance, die Sache wieder geradezurücken. »Nachdem meine Großmutter Ruth gefunden und auf dem Scheiterhaufen verbrannt worden war, nahm der Elster-Zirkel meine Mutter auf. Sie behielten sie im Auge – verständlich, wenn man bedenkt, wer ihre Mutter war. Aber Annemarie Hausmann war die gütigste und selbstloseste Hexe, die man sich vorstellen kann.« Ich lächle leicht. »Sie nutzte Anima, um verletzte Tiere im Wald zu heilen. Einmal, als ich zehn war, pflegte sie drei Monate lang ein gefallenes Eulenküken gesund. Ein anderes Mal half sie den Bauern, nachdem die Elbe über die Ufer getreten war, und hauchte ihren zerstörten Feldern neues Leben ein.«

Gathoni nickt. »Was hat sie dir über die Beziehung zwischen Anima und der Natur beigebracht?«

Ich schließe kurz die Augen, sehe den Garten meiner Mutter vor mir, den Duft von Erde und Kräutern, ihre Hände im Sonnenlicht. »Dass alles im Gleichgewicht sein muss«, sage ich. »Für jedes Nehmen muss auch ein Geben stattfinden.«

»Und was hast du persönlich aus den Erinnerungen an die Katastrophe von Sylt gelernt?«

Ich überlege, wähle die Worte sorgfältig. »Dass das Unglück nicht durch Anima selbst entstand, sondern durch die Missachtung seiner Gesetze. Die Nazis sahen Gleichgewicht als Schwäche. Sie wollten Macht ohne Verantwortung, Nehmen ohne Zurückgeben.«

Gathoni verschränkt die Hände. »Und glaubst du, das war nur ein Problem jener Zeit?«

»Nein«, antworte ich. »Aber das gilt auch für die Fähigkeit, daraus zu lernen. Menschen machen Fehler, ja. Aber sie können auch das Richtige tun, wenn sie mit den Folgen ihres Handelns konfrontiert werden.«

Sie lehnt sich leicht nach vorn. »Dann würdest du also sagen, die Lehre von Sylt ist nicht, dass Magie verborgen bleiben sollte, sondern dass die Prinzipien des Gleichgewichts, die

Magie seit jeher regieren, genau das sind, was die Welt jetzt braucht?«

»Ja«, sage ich, und ich erkenne, wohin sie mich führen will. »Sylt geschah, weil Naturgesetze missachtet wurden. Aber genau diese Gesetze – die, die Hexen immer geehrt haben – könnten uns retten. Gleichgewicht. Gegenseitigkeit mit der Natur. Nur das nehmen, was sich erneuern kann. Das ist, was die Welt jetzt braucht.«

Ein anderes Murmeln erfüllt den Saal, kein empörtes diesmal, sondern bedächtig, fast hoffnungsvoll.

»Und hast du in deinen sechsundzwanzig Jahren je deine Magie benutzt, um jemandem zu schaden, Hexe oder Mensch?«

Ich zucke zusammen. Diese Frage wollte ich vermeiden. Wir waren so nah daran, das Blatt zu wenden. »Einmal ...«, flüstere ich. Das Wort zerfällt zwischen uns.

Ein Schatten zieht über Gathonis Gesicht. Sie weiß, dass dieser Moment gefährlich ist, für uns beide. »Was ist passiert?«, fragt sie, und ihre Stimme bleibt ruhig, auch wenn ich die Spannung darunter spüre.

»Es war ein Unfall«, sage ich leise. »Ich war dreizehn. Es war meine Schuld. Danach wurde mir verboten, Magie zu wirken, und ich habe sie nie wieder benutzt... bis Mardequai Guise mich zwang, mich zu registrieren, damit ich heute hier stehen konnte.«

Ein leises, missbilligendes Raunen geht durch die Versammlung. Ich sehe, wie Mardequais Kiefer sich anspannt.

»Ein Unfall?«, wiederholt Gathoni.

Ich nicke. »Ein Autounfall. Ich habe die Kontrolle verloren, nur für einen Augenblick. Und sie ... sie sind gestorben.«

Das Wort *gestorben* bleibt zwischen uns hängen, schwer und endgültig.

Gathoni senkt den Blick. Dann hebt sie ihn wieder, und in ihren Augen liegt etwas, das ich nicht erwartet habe: kein Urteil, sondern Mitgefühl.

Tränen steigen mir in die Augen, und ich versuche, mich kleiner zu machen, mich hinter dem gesprungenen Pult zu verbergen. Mein Blick fällt auf meine Hände, dann auf den Riss im Holz darunter, und ich wünsche mir, ich könnte darin verschwinden, fort aus diesem Raum, fort von den Hunderten Augen, die über mich urteilen.

»Wer ist gestorben, Mädchen?«, höre ich Gathoni leise sagen. Sie steht jetzt direkt neben mir. Ihre Stimme ist ruhig, sanft, voller Mitgefühl.

Ich hebe den Blick, und in meinem Ausdruck muss wohl etwas liegen, das keine Worte braucht. Denn Gathoni nickt nur. Sie versteht, ohne dass ich es laut aussprechen muss.

Ihr Griff um meine Hand ist fest und warm. Für einen Moment wirkt sie fast mütterlich. Dann dreht sie sich wieder zur Versammlung.

»Ich frage dich, Alva«, sagt sie, »wenn du dir die Welt von heute ansiehst – die Klimakrise, das Artensterben, das Schwinden von Anima –, was siehst du als größeres Risiko? Uns zu offenbaren, mit all unserem Wissen über die Erde, oder verborgen zu bleiben, während die Welt weiter aus dem Gleichgewicht gerät?«

Ich atme tief ein, und etwas in mir verschiebt sich. Nicht Ruth diesmal, sondern ich selbst. Meine eigene Stimme, klar, sicher. »Das größte Risiko wäre, nichts zu tun. Im Schatten zu bleiben, während sich dasselbe Ungleichgewicht, das Sylt zerstört hat, über den ganzen Planeten ausbreitet.«

Gathoni nickt, und nun spricht sie nicht mehr zu mir, sondern zu allen. »Wir haben heute Warnungen gehört – was geschieht, wenn Magie den Falschen in die Hände fällt. Aber vielleicht liegt die wahre Lehre nicht darin, Magie zu verstecken. Vielleicht liegt sie darin, dass die Prinzipien, die Magie lenken, genau das sind, was die Menschheit jetzt lernen muss, bevor alles kippt.«

Sie deutet auf mich. »Vor euch steht nicht Ruth Hausmann.

Und auch nicht ihr Erbe der Zerstörung. Vor euch steht eine junge Hexe, die die Last dieser Erinnerungen getragen hat, damit wir verstehen können. Nicht, um uns in Angst zu verstecken, sondern um weiser zu handeln.«

Ein neues Murmeln breitet sich aus. Kein geschlossenes Echo aus Zustimmung oder Ablehnung, sondern ein Gemisch aus beidem. Gedanken beginnen sich zu bewegen, die erste echte Debatte des Tages. Gathoni hat erreicht, was sie wollte: nicht unbedingt ein Sieg, aber immerhin Bewegung.

Dann hebt sie wieder die Stimme. »Ich habe nur noch eine Frage an dich, Alva. Und dann beenden wir diese Farce einer Befragung.«

Ich richte mich auf. Meine Finger gleiten über den Riss im Holz, als müsste ich mich an etwas Irdischem festhalten.

»Unter Berücksichtigung all dessen, was du weißt – über die Gefahren, über das, was auf dem Spiel steht –, hättest du, wenn du beim Referendum stimmberechtigt gewesen wärst, für oder gegen die Enthüllung gestimmt?«

Ich zögere keine Sekunde. »Dafür. Entschieden dafür.«

Ein Raunen geht durch den Saal, leise wie Wind, der durch dürres Sommergras fährt. Überraschte Stimmen, skeptisches Gemurmel, einzelne Laute der Zustimmung.

Ich spüre, wie mein Herz hämmert. Aber diesmal ist es nicht Angst. Es ist Klarheit.

»Und darf ich fragen, warum?«, fragt Gathoni und dreht sich zu mir um. Ihre Hände ruhen locker hinter dem Rücken.

»Weil ich an das Gute im Menschen glaube«, antworte ich. »Hexen, Druiden, Menschen – wir alle tragen die Fähigkeit zur Güte in uns, zum Mitgefühl, zum Wachsen. So hat meine Mutter mich erzogen, und so ehre ich ihr Andenken.«

Ich hebe den Blick, wage es, direkt in die Reihen meiner Schwestern zu sehen. »Ich trage die Last der Gräueltaten meiner Großmutter in meinem Kopf, und damit muss ich leben, seit ich denken kann. Aber es ist die Liebe und Güte meiner Mutter, die mein Herz lenken und meine Entscheidungen bestimmen. Welche Dunkelheit auch in mir lauern mag, ich verspreche euch, ich werde immer das Licht wählen.«

Eine Stimme regt sich in mir, schneidend und doch vertraut. *Aber was, wenn nicht du diejenige bist, die wählt …?* Ruth. Ich atme flach, spüre, wie sie versucht, an die Oberfläche zu drängen. Doch dann spüre ich auch etwas anderes… die Bewegung im Raum, die veränderte Energie, das Gewicht der Aufmerksamkeit, das auf mir ruht. Jetzt ist der Moment, um abzuschließen.

»Und solange das die Richtung bleibt, dem wir gemeinsam folgen«, sage ich und dränge Ruth entschlossen zurück, »solange wir vereint stehen, wird diese Enthüllung das Beste in uns hervorbringen, ob magisch oder nicht.«

Ein leises, kontrolliertes Nicken von Gathoni. In ihren Augen glimmt Zufriedenheit, still, aber kraftvoll. »Danke, Alva«, sagt sie, und diesmal ist ihre Stimme weich. »Du kannst zu deinem Platz zurückkehren.«

Ich trete vom Podium zurück. Meine Beine fühlen sich fremd an, mein Körper schwer, als wäre er nur eine Hülle, die sich durch den Raum bewegt. Der Emerald Court verschwimmt vor meinen Augen, ein schimmerndes Meer aus Gesichtern. Ich gehe die Treppe hinauf, Schritt für Schritt, und versuche, ruhig zu atmen.

Ich habe gesagt, was gesagt werden musste. So gut, wie ich konnte. Und doch, während ich zu meinem Platz zurückkehre, wächst ein Zweifel in mir. Denn obwohl ich an das Gute glaube, gibt es zwei Menschen, bei denen ich mir nicht sicher bin, ob ich es noch finde:

Mardequai.

Und mich selbst.

Kapitel Elf

»Nicht dein Ernst!«

»Doch, ich schwöre, am Ende der Vorstellung haben sie mir aus der Hand gefressen...buchstäblich.« Zara Thorndike lehnt sich entspannt in ihrem Stuhl zurück und nimmt einen Schluck von ihrem Negroni. Das Kerzenlicht flackert über ihr selbstzufriedenes Gesicht, tanzt auf den smaragdgrünen Wänden und spiegelt sich im Messing der Wandleuchter. Über dem weiß gedeckten Tisch hängen schwere Vintage-Kronleuchter, die das kleine Hinterzimmer in warmes Licht tauchen.

»Aber hattest du keine Angst, dass der ICAG davon erfährt?«, fragt Saskia, die Jüngste am Tisch.

»Ach, bitte«, sagt Zara und winkt ab. »Der ICAG hat gerade genug damit zu tun, die eigene Bürokratie am Laufen zu halten. Die achten sicher nicht darauf, was ich in irgendeinem verfallenen Theater in Soho anstelle.«

Zara, Schauspielerin bei der Royal Shakespeare Company, ist das neueste Mitglied in Embers Zirkel. Während einer ihrer letzten Aufführungen hatte sie ihr Kunstblut, das bei ihrer dramatischen Enthauptung zum Einsatz kam, mit verhexter Elfenblume versetzt. Das Ergebnis: Die ersten drei Reihen sprangen auf, stürmten die Bühne und leckten das Blut gierig von ihrer Haut.

»Also bist du doch nicht so wichtig, wie du mich glauben lassen wolltest«, sagt Ember trocken und stochert in ihrem Essen.

Sie sitzt am Kopfende des Tisches, der Teller vor ihr fast unangetastet. Ihre Gedanken treiben längst woanders. Beim Arcadia House, bei der Versammlung, an der Mardequai und ihre Schwester gerade teilnehmen. Er hatte darauf bestanden, Alva ohne sie willkommen zu heißen. Und obwohl sie das missbilligt hatte, ließ sie es zu. Mardequai bekommt schließlich immer, was er will. Doch die Vorstellung, hier zu sitzen, während dort Entscheidungen fallen, lässt sie unruhig werden. Sie spürt es wie ein Kribbeln unter der Haut, das sich langsam in ein Verlangen nach Ärger verwandelt.

»Keine Sorge, Süße«, murmelt Zara mit einem spöttischen Lächeln. »Ich fange gerade erst an. Gib mir eine Woche, und das ganze West End liegt mir zu Füßen.«

Nun gleiten die Kellner in den Raum, jeder trägt eine Pavlova – hohe Türme aus Baiser und gesponnenem Zucker, so zart, dass sie fast zu schweben scheinen, serviert auf glänzenden Silberplatten. Ihre Bewegungen sind von unheimlicher Präzision, ihre Blicke leicht glasig. Ein untrügliches Zeichen frischer Flüsterbann, jener magischen Verschwiegenheitszauber, die sie an ewiges Stillschweigen binden über alles, was hier geschieht.

Während der vordere Teil des legendären Restaurants *Alfie's* in der Denmark Street für die Öffentlichkeit zugänglich ist, bleibt dieser hintere Raum – das sogenannte *Studio* – magischen Zusammenkünften vorbehalten. Die Wahl für das heutige Zirkeldinner ist kein Zufall. Die Denmark Street, eine schmale, unscheinbare Gasse in Soho, war einst das Herz der britischen Musikszene, ein Wallfahrtsort für Künstler und Träumer gleichermaßen. Hier lagen früher die Aufnahmestudios und Musikverlage dicht an dicht, und in den Gitarrenläden kauften Legenden wie Bob Marley und Jimmy Page ihre Instrumente.

Auch wenn Ember verabscheut, wie sehr sich die Gegend verändert hat – an der Ecke steht jetzt ein Primark, was für sie einer Blasphemie gleichkommt –, kehrt sie immer wieder hierher zurück. Aus Nostalgie. Aus Gewohnheit. *Alfie's*, das Restaurant des Druiden Miles Burton, existiert seit den 1950er Jahren. Burton ist ein Liebhaber der Musen, und Gerüchte besagen, sein Reichtum habe einige der größten Talente Großbritanniens gefördert. Man munkelt, er habe The Who und Pink Floyd zum Durchbruch verholfen und Amy Winehouse ins Ohr geflüstert.

Ember hatte Burton und seine berühmte Chefköchin Inaaya Bajwa schnell im Blick. Bajwa, die jüngste Köchin der Geschichte mit drei Michelin-Sternen, verblüfft die kulinarische Welt. Natürlich steckt Magie in ihren Gerichten: Ihre Trüffelpasta weckt Aromen, die Gäste glauben lassen, sie stünden mitten in einem umbrischen Wald. Ihre Obsttorten bleiben wochenlang frisch, ohne auch nur einen Hauch zu verlieren.

Nachdem die Kellner den Raum verlassen haben, greift Ember nach einem Zahnstocher, steckt ihn sich zwischen die Lippen und senkt den Blick. »Wenn dir dein Leben lieb ist, Zara, hältst du dich mit weiteren magischen Darbietungen zurück«, sagt sie ruhig. Dann hebt sie den Kopf, ihr Blick gleitet über den Tisch. »Und das gilt für euch alle, meine Damen. Der ICAG hat im Vorfeld der Enthüllung seine Überwachung verschärft, und seine Strafen. Sie wissen, dass wir ungeduldig sind, dass wir uns danach sehnen, endlich offen zu wirken. Aber wenn ihr das nächste Imbolc nicht auf Saltholm feiern wollt, benehmt euch unauffällig. Es geht nur noch um eine Woche, verdammt noch mal.«

Die Erwähnung von Saltholm lässt den Raum erkalten. Saltholm, die Salzinsel tief im Atlantik, ist das einzige magische Gefängnis der Welt. Angesichts der geringen Zahl an Hexen und Druiden genügt eines, und das Holm ist berüchtigt für seine Trostlosigkeit. Das Salz selbst wirkt lähmend auf Magie; längere Einwirkung raubt Hexen ihre Kräfte, bis manche nie wieder zaubern können. Andere kommen gebrochen zurück, ihre Magie verzerrt, unberechenbar und gefährlich.

Für Druiden jedoch hat Salz keine Wirkung, und so werden ihre Strafen in Jahrtausenden bemessen. Seit der Gründung Saltholms im siebzehnten Jahrhundert hat kein einziger von ihnen seine Strafe abgesessen. Ewigkeit, so scheint es, bekommt dort eine sehr konkrete Bedeutung.

»Und seit wann bist du so eine Langweilerin geworden?«, stichelt Zara, und ihre Augen blitzen herausfordernd.

Für einen Herzschlag verstummt alles. Die Luft spannt sich, als Ember den Blick hebt und ihn auf Zara richtet. Der Zahnstocher wandert mit einem spöttischen Lächeln in ihren Mundwinkel.

Dann steht Ember auf. Erst auf den Stuhl, dann auf den Tisch. Ihre Stilettos sinken in Saskias Dessert, zerquetschen Baiser und Beeren, bevor ein Teller mit unberührten Jakobsmuscheln unter ihrem Absatz zerspringt.

Die Reaktionen folgen wie ein Stromstoß: Minnies Finger pressen sich gegen ihre Schläfen, als müsste sie die Wucht der aufwallenden Emotionen abfangen. Eun-Jis Glas kippt, Wein ergießt sich über die weiße Tischdecke und läuft in Richtung Adanna, die mit einem Aufschrei ihren Stuhl zurückstößt. Ihre Armreifen klirren, als sie dem wachsenden rosaroten Fleck entkommt.

Ember geht weiter, Schritt für Schritt, bis sie Zara erreicht. Dann sinkt sie auf die Knie. Ihr Gesicht ist nur wenige Zentimeter von Zaras entfernt. Der pinkfarbene Stoff ihres Kleides glitzert im Kerzenlicht, sein Saum legt sich wie ein See aus verschüttetem Rosé um sie.

Zaras Augen verengen sich. Ihre Finger zucken, bereit, Anima zu rufen. Doch bevor sie den Zauber formt, schnippt

Ember beiläufig mit dem Handgelenk. Zaras Magie verpufft, und Embers eigene steigt auf.

Die Kerzen flackern, das Licht stirbt. Der Kronleuchter über ihnen erlischt, während Anima sich um Ember sammelt, ein unsichtbarer Wirbel aus Macht. Sie hat den Zahnstocher noch zwischen den Zähnen, als sie ihre Magie fokussiert.

Niemand wagt, sich zu rühren. Die Hexen am Tisch sitzen wie eingefroren, starren mit geweiteten Augen. Ohne Zara zu berühren, zieht Ember ihr den Atem ab, hebt sie vom Stuhl, als wäre sie schwerelos. Zaras Füße strampeln, ihr Gesicht verfärbt sich rot.

Minnies Hände zittern. Ihr feines Gespür für Schwingungen macht sie fast wahnsinnig unter der Spannung.

»Ist uns jetzt immer noch langweilig?« Embers Stimme klingt spielerisch kindlich. Doch jeder spürt das Messer, das in diesem Ton mitschwingt. »Oder haben wir begriffen, dass man seine Magistratin weder beleidigt noch ihre Autorität anzweifelt?«

In diesem Moment fliegt die Tür auf. Eine Frau tritt herein, ihr dunkles Haar löst sich aus einem ehemals ordentlichen Dutt, und auf ihrer bronzefarbenen Haut haften Spuren von Mehl. »Alles klar, Hexen«, ruft sie, reißt sich die Schürze vom Leib und steht in einem goldenen Kleid mit tiefem Ausschnitt da. »Ich hab für heute genug Mensch gespielt. Lasst uns ein paar Shots trinken, bevor wir in den Cauldron gehen. Ich kann's kaum erwarten, oh …«

Inaaya, die Köchin, bleibt abrupt stehen. Ihr Blick fällt auf Zara, die in der Luft hängt wie eine Marionette an unsichtbaren Fäden. »Was hab ich verpasst?«

Ember öffnet die Hand, und Zara fällt auf ihren Stuhl zurück, keuchend, aber lebendig.

»Nichts Besonderes, Inaaya, Darling«, sagt Ember gelassen. Sie erhebt sich, zieht ihr Kleid glatt und lächelt mit entwaffnender Ruhe. »Zara hier hat sich an einem dummen kleinen

Kommentar verschluckt, und ich war so freundlich, einen magischen Heimlich-Griff anzuwenden, um sie zu retten. Nicht wahr, Süße?«

Zara hebt den Kopf, ihre Wangen noch immer gerötet von Scham und dem Mangel an Luft.

»Also, meine Damen«, fährt Ember fort, »sollen wir uns wieder unserem köstlichen Dessert widmen? Inaaya, du hast offensichtlich eine göttliche Pavlova gezaubert.«

Ein kollektives Aufatmen geht durch den Raum. Die Anspannung verfliegt, als hätte jemand einen Bann gelöst. Saskia starrt auf ihren Teller, wo die Pavlova unter Embers Stiletto zerquetscht wurde. Sie piekst mit der Gabel in das matschige Baiser, seufzt leise und betrachtet das Loch, das Embers Absatz hinterlassen hat.

Kapitel Zwölf

Meist rauscht das Leben an einem vorbei wie ein einziger, trüber Strom aus Erinnerungen. Alles verschwimmt, als liefe man durch einen Regen aus Bildern, der keinen Halt kennt. Doch dann gibt es Momente, die sich daraus lösen, scharf wie ein Splitter aus Glas, eingefangen in vollkommener Klarheit. Und ich weiß, dass dieser Augenblick einer davon ist.

Ich sitze auf einem Stuhl in der Ecke, zurück in dem kleinen Raum, in dem Siobhan Stunden zuvor meinen Namen registriert hatte. Die späte Nachmittagssonne fällt schräg durchs Fenster, wirft lange Schatten über den Boden, während ich auf das warte, was wohl mein Urteil sein wird. Wenigstens hat sich die Topfpflanze, die vorhin unter meiner Berührung verwelkt war, erstaunlich erholt. Sie hat sich nicht nur wieder aufgerichtet, sondern trägt nun neue Blätter und eine Knospe, die kurz vor dem Aufblühen steht.

Nach meiner öffentlichen Befragung musste ich drei weitere Stunden lang Vorträge und Reden über mich ergehen lassen. Unter den Rednerinnen war eine ältere Hexe aus Frankreich, deren silbernes Haar im Licht glänzte, während sie mit ebenso glühender Leidenschaft sprach. Sie erinnerte an die historische Verfolgung der Hexen, nannte den *Malleus Maleficarum* und die Hexenprozesse als mahnende Schatten der Vergangenheit. Ihre Worte riefen zu Vorsicht auf, zu Schutzmaßnahmen, magischen Abwehrzaubern, rechtlicher Sicherheit und sicheren Zufluchtsorten für Hexen, die Feindseligkeit erfahren könnten.

Doch sie sprach nicht nur von Verteidigung. Sie sprach auch von Aufbruch. Von einer weltweiten Kampagne zur Aufklärung, um Mythen zu entkräften und die Gesellschaft vorzubereiten. Was am stärksten nachhallte, war ihr Aufruf zur Solidarität unter *allen* Frauen, magischen wie nicht-magischen. Sie sprach von einer gemeinsamen Bewegung, die den Planeten heilen, das Weibliche stärken und Verantwortung in der Umweltpolitik übernehmen sollte. Die Gesichter der anwesenden Druiden verrieten, dass ihnen diese Idee wenig behagte.

Dann folgte Elias Klein. Unter anderen Umständen hätte mich sein Vortrag fasziniert. Doch da mein Schicksal in der Schwebe hing, konnte ich mich kaum konzentrieren. Anders als Mardequai sprach Klein mit Begeisterung über die Chancen der Enthüllung. Er sah darin eine Möglichkeit zur Zusammenarbeit zwischen Magie und Wissenschaft. Ein Bündnis, das die Welt verändern könnte. Seine Visionen von einer Verbindung des Resonanznetzwerks mit künstlicher Intelligenz, um magisch verstärkte erneuerbare Energien zu schaffen, wirkten jedoch kühn, beinahe utopisch.

Als der offizielle Teil endete, verlagerte sich die Versammlung in den weitläufigen Innenhof. Steinpfade schlängelten sich zwischen Gärten und plätschernden Brunnen, erfüllt vom Klang angeregter Gespräche und dem feinen Klirren von Gläsern. Der Duft eines üppigen Abendessens lag in der Luft, und mein Magen erinnerte mich schmerzlich daran, dass ich seit Stunden nichts gegessen hatte. Doch bevor ich mich der Menge anschließen konnte, trat eine Hexe an mich heran. Ihre Augen schimmerten wie von innen heraus, und ihr Griff um meinen Arm war freundlich, aber unmissverständlich.

Ohne ein Wort führte sie mich fort, zurück in diesen kleinen Raum, fern vom Lärm und Licht der Feier. Der Griff ihrer Hand machte deutlich, dass meine Zeit zum Abendessen noch nicht gekommen war.

Die Tür fliegt auf, und Gathoni Nyong'o stürmt herein, drei weitere Frauen im Schlepptau. Eine ist die Hexe, die mich hergebracht hat. Die zweite ist groß und schlank, mit durchdringenden Augen. Die dritte ist klein und gedrungen und erinnert mich an einen Teekessel.

Gathoni spricht scharf, von Dringlichkeit getrieben. »Nun, erklärt mir bitte jemand, was um alles in der Welt im Elster-Zirkel vorgefallen ist, das heute zu Alvas katastrophalem Auftritt geführt hat?«

Die Worte treffen mich wie ein Schlag. Ich hatte gedacht, wir hätten uns zusammen ganz gut geschlagen. Ich setze an, um zu widersprechen, doch die große Hexe ist schneller. Sie räuspert sich und beginnt: »Nun, ich war vor dreizehn Jahren nicht die deutsche Obermagistratin, aber ich bin mit dem Fall Hausmann vertraut. Also, in dem Maß, wie es wohl jede deutsche Hexe wäre, nehme ich an. Ich bin bei weitem keine Expertin auf dem Gebiet…«

»Jetzt ist nicht die Zeit, dich reinzuwaschen, Katharina. Erzähl einfach, wie es passiert ist. Wer hatte die großartige Idee, Alva die Ausübung von Magie zu verbieten?« Gathonis Ungeduld liegt offen zutage.

»Ich bin nicht ganz sicher«, stammelt Katharina. »Aber ich nehme an, die Entscheidung wurde damals von der Magistratin des Elster-Zirkels getroffen.«

»Prüfen wir das, bitte.« Gathoni blickt zur gedrungenen Hexe, die knapp nickt.

Währenddessen rattert mein Kopf. Gathoni fragt nicht, was

ich erwartet hatte, nicht nach Ruth, nicht nach ihren Erinnerungen.

Ich sammle meinen Mut. »Entschuldige, aber warum ist das jetzt wichtig?«

Gathoni lässt sich auf den Stuhl hinter dem Schreibtisch sinken. »Weil keiner Hexe verboten werden kann, ihre Magie zu benutzen, Alva.« Ihr Blick hält meinen fest. »Man kann uns verhaften und nach Saltholm schicken, oder im Fall deiner Großmutter: hinrichten. Aber einer Hexe zu verbieten, Anima zu wirken, ist, als würde man ihr das Atmen verbieten. Es ist unmöglich.«

Meine Finger zucken, ein Funke Anima springt zwischen ihnen. »Ich bin nicht sicher, ob ich das richtig verstehe.«

»Wer auch immer dir gesagt hat, du dürftest nie wieder Magie praktizieren, hat dich glauben lassen, du würdest ein Verbrechen begehen, sobald du Anima wirkst«, sagt Gathoni. »Und es würde mich nicht wundern, wenn du die letzten dreizehn Jahre in Qualen verbracht hast und dich für jeden Ausrutscher zerfleischt hast, wann immer deine Magie ausbrach.«

Ein lange angehaltener Atem entweicht mir. »Du hast keine Ahnung.«

Die gedrungene Hexe hebt den Blick. »Die Frage ist: warum. Warum lügen?«

»Ganz genau«, sagt Gathoni. »Kannst du uns erzählen, was nach dem Unfall mit dir passiert ist, Alva?«

Ich nicke, erleichtert, meine Seite der Geschichte erzählen zu dürfen. »Ich wurde ins Haus der Hoffnung geschickt, ein Pflegeheim in der nächsten Stadt. Die Magistratin des Elster-Zirkels kam regelmäßig, um mich zu testen. Nicht alle zwei Jahre, sondern alle sechs Monate, um zu prüfen, ob meine Visionen schlimmer geworden waren.«

»Und? Wurden sie das?«

»Nein, wurden sie nicht.«

»Und warum, würdest du sagen, war das so?«

Ich zögere. Die Wahrheit könnte mir schaden, aber jetzt ist nicht der Moment für Ausflüchte. Gathoni will Antworten, und ich schulde sie ihr. »Ich glaube, es lag daran, dass ich nicht praktizieren durfte«, gestehe ich. »Sie ... Ruth ... sie scheint sich von meinen Kräften zu nähren. Es könnte sie stärker machen.« Ich halte inne, beobachte die Reaktionen, und als ich spüre, dass sich Misstrauen regt, füge ich hastig hinzu: »Aber meine Magie macht auch mich stärker. Das habe ich in letzter Zeit gespürt.«

»Es ist also, wie ich vermutet habe«, sagt Gathoni. »Wir haben hier einen aktiven Vulkan, der über ein Jahrzehnt lang verschlossen war. Ich bin entsetzt, dass die deutsche Gemeinschaft das unter Verschluss gehalten hat. Eine Hexe mit der Gabe eines Druiden, sich an die Vergangenheit zu erinnern – und nicht an irgendeine Vergangenheit, sondern an eine der entscheidendsten Epochen unserer Geschichte. Das einzige andere Mal, als eine Enthüllung versucht wurde. Der Vorfall, der alles überschattet, was wir hier zu tun versuchen.«

Sie wendet sich an Katharina, die plötzlich mit einem losen Faden an ihrer Strickjacke spielt. »Dass du es nicht für nötig gehalten hast, Alva zu erwähnen, während wir uns auf diese Enthüllung vorbereitet haben, ist mir unbegreiflich.«

»Nun ... wir«, stammelt Katharina, »ich nehme an, wir hätten sie erwähnt, aber alle dachten, sie sei bei dem Unfall gestorben. Alle außer der Zirkel-Magistratin, wie wir jetzt wissen. Unter ihrer Aufsicht muss Alva irgendwie ... verschwunden sein.«

»Nicht absichtlich, ich schwöre es!«, rufe ich. »Ich habe im Haus der Hoffnung gelebt, und an dem Tag, als ich achtzehn wurde, bin ich gegangen. Ich wusste nicht, was ich mit mir anfangen sollte. Ich hatte kein Geld, keine Abschlüsse, keine Magie. Also bin ich in den Wald gegangen, um dort zu leben.«

Ich atme tief durch, verlegen, als die Erinnerungen an diese Zeit zurückkehren. »Ich lebte vom Land, lernte Pflanzen kennen, sammelte Kräuter, studierte ihre Wirkungen, um zu überleben«, sage ich und lasse aus, wie ich Restaurantmüll durchsuchte, in Ruinen oder unter Brücken schlief, wie ich lernte, praktisch unsichtbar zu werden, um den falschen Menschen aus dem Weg zu gehen.

»Wie lange hast du so gelebt?«, fragt Gathoni.

»Knapp drei Jahre«, antworte ich. Ich beiße mir auf die Innenseite der Wange und sehe ihr in die Augen. »Aber irgendwann begann ich, meine eigenen Heilmittel herzustellen. Salben, Seifen, Tinkturen. Ich verkaufte sie auf der Straße, später auf Märkten. Ich war so erfolgreich«, meine Stimme bricht, Tränen brennen in den Augen, »dass ich mir eine kleine Wohnung leisten konnte und ein richtiges Gewerbe anmeldete. Und das habe ich die letzten acht Jahre gemacht.«

Ich senke die Stimme. »Ich wollte nie verschwinden. Ich dachte nur, ich gehöre nicht mehr dazu. Also habe ich mir meine eigene kleine Ecke geschaffen, in der ich wenigstens etwas bewirken konnte.«

Gathoni beugt sich vor, stützt die Ellbogen auf den Schreibtisch und verschränkt die Finger vor ihrem Kinn. »Ich weiß noch nicht, was ich von dir halten soll, Alva Hausmann«, sagt sie ruhig. »Aber eines weiß ich sicher: Unsere Schwesternschaft hat dich auf mehr Arten im Stich gelassen, als dir bisher bewusst war. Und das tut mir zutiefst leid.«

Ihre Züge werden weicher, doch anders als auf der Bühne hält sie diese Regung jetzt zurück, als wolle sie sie nicht zeigen.

»Und was ist mit der Schwester?« Sie wendet sich an die anderen, aber ich bin es, die antwortet.

»Mardequai hat sie in der Nacht des Unfalls mitgenommen! Ich dachte, sie wäre tot, bis vor einem Monat.«

»Was hat *er* dort zu suchen gehabt?« Gathoni blickt zu Katharina, die jedoch nur mit den Schultern zuckt.

Ein schwerer Seufzer entweicht Gathoni. Sie reibt sich die Schläfen, und ich sehe, wie sich in ihrem Blick etwas Dunkles regt, Gedanken über den Druidenführer, die sie nicht laut ausspricht.

»Ich glaube, Cor Kettering könnte etwas darüber wissen«, murmelt die ältere Hexe neben ihr. Ich hatte sie fast vergessen.

»Hol ihn bitte«, sagt Gathoni knapp. »Aber unauffällig.«

Die Frau nickt und verlässt diskret den Raum.

Eine Pause entsteht, schwer und gespannt. Ich fülle sie, bevor sie zu lang wird. »Darf ich fragen, was jetzt passiert, mit der Enthüllung und allem?«

»Nun«, sagt Gathoni mit einem weiteren Seufzer, »wir haben mit Widerstand gerechnet. Die Abstimmung war ohnehin knapp. Aber wir hatten nicht mit einem Gegner wie Mardequai gerechnet. Das macht die Lage komplizierter, als uns lieb ist.«

»Ich würde gern helfen, wenn ich kann.«

»Und das erwarte ich auch von dir«, erwidert Gathoni sofort. »Täusch dich nicht, Alva. Deine Aussage heute hat dich zu einer Schlüsselfigur dieser Enthüllung gemacht. Dein Name ist jetzt ebenso mit diesem Ereignis verbunden wie meiner. Historiker werden über dich schreiben. Ich erwarte, dass du in den kommenden Wochen an unserer Seite stehst.«

Sie lehnt sich zurück, doch ihre Augen bleiben fest auf mich gerichtet. »Aber eines will ich klarstellen. Das bedeutet nicht, dass ich dir vertraue. Ganz im Gegenteil. Dein Auftritt heute – dieser Ausbruch – beunruhigt mich zutiefst. Ich bin sehr besorgt darüber, wer da wirklich in dir steckt.« Sie deutet auf meine Brust. »Du musst uns erst beweisen, dass deine leidenschaftlichen Worte auch Gewicht haben. Wir werden dich genau beobachten, Alva. Sehr genau. Und das nicht nur wir – alle werden es tun, solange die Versammlung andauert.«

Sie hält inne, ihr Blick schneidet wie Glas. »Für den Moment kannst du gehen. Ihr alle.«

Sie weist zur Tür, und Katharina ist schneller draußen, als hätte sie zu Hause vergessen, den Herd auszuschalten.

Ich bleibe noch stehen. Eine letzte Frage drängt sich mir auf, kaum dass wir allein sind.

»Und was ist mit meiner Magie? Habe ich deine Erlaubnis, sie wieder zu wirken?«

»Du hast niemals meine Erlaubnis gebraucht, noch die von jemand anderem.«

»Danke«, sage ich leise und atme aus. Ich spüre, wie Erleichterung in mir aufsteigt, versuche aber, sie nicht zu zeigen. Dann stehe ich auf und wende mich zur Tür.

»Alva?«, ruft Gathoni mich noch einmal, und ich halte inne, drehe mich zu ihr um.

»Täusch dich nicht«, sagt sie ernst. »Du hast dir heute einen mächtigen Feind gemacht. Und wir wissen noch nicht, wie weit er gehen wird, um sich durchzusetzen oder was er als Nächstes tun wird. Sei in den kommenden Tagen vorsichtig.«

Ich nicke. Eine Hitzewelle steigt in mir auf, gefolgt von einem Schauer, der mir über den Rücken läuft. Als ich die Tür erreiche, fällt mein Blick noch einmal auf die Topfpflanze. Eine kleine Blüte hat sich geöffnet, zart und gelb wie Hoffnung.

Im Flur stoße ich fast mit dem wütenden Druiden zusammen. Er geht an mir vorbei, jetzt aber ohne mich eines Blickes zu würdigen, die Schultern steif, den Blick starr nach vorn. Ich sehe, wie sich sein Kiefer anspannt, wie seine Finger leicht zucken.

»Ah, Cornelis«, höre ich Gathoni sagen, als er den Raum betritt. »Danke, dass du gekommen bist. Ich habe gehört, du könntest vielleicht etwas Licht in unsere Lage bringen.«

Draußen lehne ich mich an die Wand und lausche, aber die Tür fällt ins Schloss, schließt jedes Wort aus. Ich stehe still im Korridor, während sich in meinem Inneren etwas zusammenzieht. Mein Verdacht ist bestätigt: Der junge Druide weiß etwas. Etwas über mich. Etwas über meine Vergangenheit.

Ich gehe weiter, dem Ausgang entgegen. Ein Sonnenstrahl fällt durch das Fenster, taucht den Flur in goldenes Licht. Staub tanzt im Strahl, schwebt wie winzige Sterne. Für einen Moment wirkt alles messerscharf, die Maserung des Holzes, die Muster im Teppich, das matte Glänzen der Messingtürklinken.

Und doch weiß ich, dass das Licht nur einen Bruchteil dessen zeigt, was wirklich im Verborgenen liegt.

Kapitel Dreizehn

»Wirst du mal langsamer, um Himmels willen?«

Dennis hastet hinter mir her, während die Londoner Rushhour tobt. Menschen drängen sich an uns vorbei, Taschen schlagen gegen Beine, Schultern stoßen im Vorübergehen.

»He – ich rede mit dir!«

Ich sehe mich hektisch um, suche nach einem vertrauten Straßenschild, einer Orientierung, irgendetwas. Als seine Worte endlich zu mir durchdringen, bleibe ich stehen und sinke erschöpft auf eine Parkbank.

»Was ist nur in dich gefahren? Du benimmst dich wie eine Verrückte.« Dennis keucht, als er sich neben mich fallen lässt. »Und warum laufen wir überhaupt? Ich bin fix und fertig! Warum konnten wir nicht einfach mit Eloise zurückfahren?«

Ich stütze die Ellbogen auf die Knie, fahre mir mit den Fingern durchs Haar. »Weil es nicht so gut gelaufen ist, okay?«

»Was ist passiert?«

Eine kühle Brise streift meine Wangen. Ich ziehe die Jacke

enger, den Blick auf den Boden gerichtet. »Sagen wir, Mr. Guise ist nicht so nett, wie du dachtest.«

»Ich habe nie gesagt, dass er nett ist«, entgegnet Dennis, während er sich die Schuhe zubindet. »Aber seine Fahrerin hat's drauf. Die fährt wie ein Profi. Ich dachte schon, wir landen im Themsetunnel.«

Offenbar hatte Eloise ihm eine private Sightseeing-Tour spendiert – Big Ben, Tower Bridge, Tower of London – bevor sie ihn beim Arcadia House abgesetzt hatte. Doch kaum war ich herausgekommen, hatte ich ihn gepackt und mit mir in ein Netz aus fremden Straßen gezerrt. Ich hätte von dem Druiden nicht einmal mehr ein Glas Wasser angenommen. Und ehrlich gesagt, nach allem, was passiert ist, hätte er mir wohl auch keins angeboten.

»Du musst mir jetzt ernsthaft ein paar Antworten geben«, sagt Dennis.

Ich balle die Fäuste, spüre, wie sich die Nägel in die Haut graben, und atme tief durch, bevor ich ihn ansehe. Genau das wollte ich vermeiden. Ich kann mich selbst kaum zusammenhalten – wie soll ich ihm dann erklären, in was ich hineingeraten bin?

»Er hat mich benutzt«, sage ich schließlich. »Mich manipuliert, um in der Versammlung Unruhe zu stiften. Ich habe ihm die Stirn geboten, aber jetzt ... glaube ich, dass ich ihn mir zum Feind gemacht habe.«

Und wahrscheinlich nicht nur ihn.

»Ach komm, das wird sich schon wieder einrenken. Eloise meint, er sei ein fairer Chef. Zahlt gut, behandelt alle ordentlich, keine Skandale oder so.«

»Du verstehst das nicht. Solange er nicht wusste, wo ich stehe, hat er sich charmant gegeben. Aber jetzt – jetzt, wo er weiß, dass ich gegen ihn bin – ich weiß nicht, was er tun wird. Ich glaube ... er ist gefährlich, Dennis.«

»Gefährlich? Wie meinst du das?«

Ich zögere. In mir kämpft die Vernunft mit der Ahnung, die mich seit heute Morgen nicht loslässt.

»Ich kann es nicht beweisen«, sage ich leise. »Aber ich glaube, er hatte etwas mit dem Unfall damals zu tun.«

Dennis blinzelt. »Was? Wie kommst du denn darauf?«

»Er hat heute Morgen etwas gesagt, auf dem Weg zum Arcadia House. Etwas, das einfach nicht passt. Ich kann's nicht erklären, aber ... es fühlt sich falsch an. Als wüsste er mehr, als er zugibt.«

Und normalerweise würde die Erwähnung meiner Bauchgefühle, meine Begründung, dass sich etwas ›falsch anfühlt‹, Dennis auf die Palme bringen. Wie damals, als ich darauf bestand, einen anderen Weg zu nehmen, weil ich spürte, dass unser üblicher Pfad blockiert sein würde (später entdeckten wir, dass ein riesiger Baum umgestürzt war und den Weg versperrte), oder als ich ihn drängte, unseren Campingausflug wegen eines unerklärlichen Unbehagens zu verschieben (an diesem Wochenende zog ein schwerer Sturm über die Gegend). Er hatte diese Eingebungen immer abgetan und sie dem Zufall oder meiner überaktiven Fantasie zugeschrieben.

Aber nicht heute.

Heute nickt er nur entschlossen und sagt: »Alles klar, es reicht. Wir fliegen noch heute Abend nach Hause.« Er greift nach meiner Hand und will mich von der Bank ziehen.

Ich rühre mich nicht. »Sei nicht albern, Dennis.«

»Ich meine es ernst. Ich habe von diesem Zirkus die Nase voll. Wenn meine Freundin in Gefahr ist, tu ich alles, um sie zu schützen.«

Sein Heldenkomplex wäre rührend, wäre er nicht so fehl am Platz.

»So einfach geht das nicht. Ich kann nicht einfach meine Sachen packen und abhauen.«

»Warum nicht?« Er wirft die Hände in die Luft.

»Ich werde hier gebraucht.«

»Wofür gebraucht?«

Ich trete ein paar Schritte auf ihn zu, atme tief, um die Stimme zu beruhigen, und sage dann das, was kommt.

»Hör zu. Ich weiß, das klingt verrückt, aber unsere Welt steht kurz davor, auf den Kopf gestellt zu werden. Diese Enthüllung der Magie verändert alles. Alles, was die Leute zu wissen glaubten, wie die Welt funktioniert, wird infrage gestellt. Stell es dir vor wie die Einführung des Internets, nur millionenfach intensiver, weil bald herauskommt, dass Magie die ganze Zeit existierte. Es gibt kein Zurück mehr. Und das betrifft uns, egal ob wir uns in einer Hütte im Wald verstecken oder nicht.«

Dennis öffnet den Mund, will widersprechen, schließt ihn aber wieder. »Würdest du dich nicht besser fühlen, wenn du dem von der Sicherheit deines Zuhauses aus gegenübertrittst, umgeben von deinen Leuten? Deinen Freunden, deiner Familie?«

Ich halte inne. Mein Blick schweift zu einem Restaurantfenster. Drinnen lacht eine Gruppe um die dreißig, taucht Brot in Fondue. So sehr ich Hütte und Wald schätze, so sehr sie meine Zuflucht und Vorratskammer sind, bleibt die Wahrheit: Das ist nicht wirklich *mein* Zuhause. Diese Leute sind nicht meine Freunde. Sie gehören zu *ihm*. In den letzten Jahren habe ich mir eingeredet, ich gehöre dorthin, weil ich nirgendwo anders hingehörte.

Bis jetzt.

»Ich kann hier nützlich sein«, sage ich, leise aber bestimmt. »Ich weiß, das ist viel. Aber jahrelang lebte ich das Leben eines anderen. Das hier ist meine Chance, wieder zu mir zu finden. Davor kann ich nicht weglaufen, nicht jetzt.«

»Auch wenn dein Leben hier in Gefahr sein könnte?«

Ich unterdrücke den Impuls, zu sagen, dass mein Leben wahrscheinlich *überall* in Gefahr wäre. Stattdessen antworte ich: »Auch dann.« Ich klopfe ihm sanft aufs Knie. »Komm, bringen wir dich zurück ins Hotel, ja?«

»Mich? Was ist mit dir?«

Ich verenge die Augen. »Ich muss heute Abend noch etwas erledigen.«

»Deine Schwester.« Dennis nickt, blickt über die Straße. »Ich lasse dich nicht allein in dieser Stadt, besonders nicht, wenn jemand hinter dir her sein könnte. Das ist mein letztes Wort.«

»Ich dachte, du bist müde.«

»Das schaffe ich gerade noch«, schnauft er und bläht die Brust. »Aber wir nehmen ein Taxi, kein Gelaufe mehr.« Er tritt zwischen zwei Autos und späht nach einem freien Wagen. »Wo wohnt deine Schwester eigentlich?«

Ich seufze und trete zu ihm. »Dennis, ich ... ich will nicht, dass du mitkommst.«

Er hält inne, die Hand noch halb erhoben, um ein Taxi anzuhalten. Langsam dreht er sich zu mir, die Schultern angespannt, die Stirn in Falten. Er ist es nicht gewohnt, dass ich Widerstand leiste. Zu Hause lasse ich ihn meistens entscheiden oder verpacke meine Wünsche so, dass sie wie seine klingen.

»Was ist bloß mit dir los? Wir machen doch sonst alles zusammen.«

»Das hier ist etwas, das ich allein tun muss.«

Er schüttelt den Kopf, läuft ein paar Schritte hin und her und wirbelt wieder zu mir herum. »Ich weiß gar nicht mehr, wer du bist.«

Das liegt daran, dass ich es dir nie gezeigt habe, denke ich, sage es aber nicht.

»Komm, wir besorgen dir ein Taxi«, sage ich ruhig.

»Wir besorgen *dir* eins«, entgegnet er.

»Ich gehe lieber zu Fuß.«

Sein Gesicht verzieht sich, ein Wechsel aus Frust und Sorge. »Allein?«, ruft er, die Arme klatschend an den Seiten. »Du willst mitten in der Nacht allein durch London laufen?«

»Mir passiert schon nichts«, antworte ich. »Hexe, weißt du noch?« Ich deute mit beiden Daumen auf mich.

Dennis presst die Finger an den Nasenrücken, atmet hörbar durch und sagt dann nichts mehr. Schließlich zieht er seine Jacke aus, eine schwere, wettergegerbte Baumwolljacke, die so sehr nach ihm riecht, dass mir ein kurzer Stich durch die Brust geht. »Hier. Deine ist zu dünn. Nimm sie.«

»Danke, aber–«

»Jetzt... *nimm* einfach die verdammte Jacke, okay?«

Ich nicke, schlucke den Rest der Worte herunter, löse meinen Mantel und tausche ihn gegen seinen. Der vertraute Geruch von Wachs und Erde legt sich über mich wie eine zweite Haut.

Er winkt ein Taxi heran, öffnet die Tür und steigt ein, ohne mich noch einmal anzusehen. Ich beuge mich zum Fenster, nenne dem Fahrer die Adresse des Hotels.

Das Taxi reiht sich in den Verkehr ein, blinkt, und verschwindet schließlich hinter einer Ecke.

Ich atme einmal tief aus. Dann drehe ich mich um und gehe los – in die entgegengesetzte Richtung.

Jetzt, da ich allein bin, pulsiert die Londoner Nacht um mich, voller Leben und Energie. Ich atme tief ein. Düfte strömen aus den Restaurants, Menschen lachen vor den Pubs, Autos hupen, Sirenen klingen in der Ferne. Trotz des langen, schweren Tages legt sich ein Gefühl von Leichtigkeit über mich, das ich nicht erwartet hätte.

Es ist lange her, dass ich mich so frei gefühlt habe.

Ja, das Leben auf der Straße war grausam, und ich würde es niemandem wünschen. Doch selbst in dieser Härte lag etwas, das ich nicht leugnen kann: ein Hauch von Freiheit. Ich würde niemals dorthin zurückkehren wollen, aber selbst die dunkelsten Zeiten werfen manchmal ein schwaches Licht. Und Freude, so klein sie auch ist, hat ihren eigenen Überlebenswillen. Sie drängt sich immer mal wieder durch, selbst wenn alles andere zusammenbricht.

Ich erinnere mich an die Sommernacht, in der ich eine versteckte Höhle fand, ihren Eingang verdeckt von dichtem Efeu. An das Gefühl der Sicherheit, als ich mich dort niederließ. Und an den Tag, an dem ein herrenloser Hund begann, mir zu folgen, Tag für Tag, bis er mein einziger Freund wurde in einer Welt, die mich vergessen hatte.

Damals begriff ich, wie wenig man wirklich braucht. Wie stark man sein kann, wenn man nirgends hinmuss. Ich war wie eine Wölfin, die durch die Wälder streift. Niemandem Rechenschaft schuldig außer der Natur, die mich trug. Jeder Tag war ein Kampf, jede Mahlzeit ein Sieg. Ich hatte kein Zuhause, also wurde die Welt zu meinem Zuhause. Und überall begegnete ich unerwarteter Schönheit: einem Sonnenuntergang, so klar, dass er mir den Atem nahm; einer Walderdbeere, die süßer schmeckte als jede andere; dem Wispern der Blätter, das mir Geschichten zuflüsterte.

Diese Wildheit, diese Verbindung zu etwas Echtem, schläft nie ganz. Und hier, mitten in dieser flirrenden Großstadtnacht, spüre ich, wie sie sich wieder regt.

Ich lasse mich treiben, Schritt für Schritt, ohne Ziel, ohne Eile. Am Trafalgar Square halte ich kurz inne, sehe die steinernen Löwen, die still über die Stadt wachen. Ich nehme jedes Detail in mich auf: das melancholische Spiel einer Geige, deren Klang über das Kopfsteinpflaster schwebt; eine Reihe Tauben, die in gleichmäßigem Takt über die Straße schreiten, den Duft von frischem Gebäck aus einer kleinen Bäckerei an der Ecke.

Und unter all dem spüre ich den Rhythmus der Anima, ein lebendiges Pulsieren, das in mir und durch mich hindurchfließt wie Flammen, die nie erlöschen.

Vorsichtig taste ich mich an die Magie heran. Ich lasse sie fließen. Wärme breitet sich in meinen Händen aus, ohne dass ich sie reibe. Meine Schritte werden lautlos auf dem Pflaster. In einem Schaufenster beginnt der Schnee einer Glaskugel zu tanzen.

Kleine Dinge, harmlos, flüchtig, nur für mich. Kinderspiele, mehr nicht. Ich wage nicht, zu weit zu gehen. Zu groß ist die Angst, dass Ruth erwachen könnte, dass sie sich in mir rührt, wenn ich zu tief in meine Kräfte greife.

Aber heute Nacht bleibt sie still in mir, und ich empfinde ein Glück, das ich seit Jahren nicht mehr gespürt habe, wie ein Vogel, der vorsichtig seine geflickten Flügel testet.

Doch irgendwo in meinem Hinterkopf regt sich ein scharfer Stich. Der Gedanke an das Leben, das ich nicht geführt habe, an den Weg, den ich nicht gegangen bin. Was wäre, wenn ich gewusst hätte, dass ich all das all die Jahre über hätte tun dürfen? Wie sähe mein Leben aus, hätte Brauer mir nicht verboten, Magie zu wirken?

Aber solche Fragen führen nirgendwohin. Und vielleicht ist es genau dieses Gefühl des Verpassten, das diesen Augenblick so hell macht. Meine lange ruhende Magie erwacht wieder, und jeder vertraute Zauber fühlt sich an, als würde ich ihn zum ersten Mal entdecken. Jedes Aufflackern meiner Magie ist ein kleines Abenteuer.

Langsam arbeite ich mich Richtung Soho vor, orientiere mich an den Stadtplänen an den Bushaltestellen. Piccadilly Circus empfängt mich mit grellem Licht, die Reklametafeln blenden und ziehen mich in ihren Bann. Ich bleibe stehen, um den Anblick in mich aufzunehmen – ein Ort, den ich bisher nur aus Filmen kannte. Dann treibt mich der Strom der Menschen weiter, hinein in das geschäftige Chaos des Leicester Square. Der Geruch von gebratenem Essen liegt in der Luft, vermischt mit Parfüm und der aufgeregten Stimmenflut der Theaterbesucher.

Schließlich stehe ich unter dem leuchtenden *Soho*-Schild, dessen Buchstaben in Neonfarben strahlen. Die Straße pulsiert vor Leben. Menschen drängen in Bars, Musik dringt aus Kellern,

Straßenkünstler jonglieren mit Feuer. Nur Sofias Club bleibt unauffindbar. Mein Handy hilft mir kein Stück; My Pink Cauldron existiert in keiner Suchmaschine, auf keiner Karte, in keinem sozialen Netzwerk.

Ich will schon aufgeben, da erinnere ich mich: Ich bin eine Hexe. Meine Werkzeuge liegen jenseits der Technik. Es wird eine Weile dauern, bis ich wieder Vertrauen in die Anima finde, doch Mamas Stimme klingt in mir nach: *Jede Antwort, die du suchst, ist da draußen. Du musst nur fragen.*

Ich schließe die Augen, atme tief und lasse den Lärm von Soho zurücktreten, bis nur noch ein fernes Summen bleibt. In dieser stillen Mitte in mir stelle ich die Frage, leise, aber mit voller Absicht:

Wo ist sie? Zeig mir den Weg.

Ich öffne die Augen und gehe weiter. Nach außen hin ziellos, doch ich spüre es... etwas hat geantwortet. Eine unsichtbare Kraft zieht mich, lenkt meine Schritte. Ich weiß, dass sie nur kommt, wenn man loslässt, wenn man nicht versucht, die Richtung selbst zu bestimmen. Anima folgt keiner Logik. Sie verlangt Vertrauen.

Und während ich weitergehe, fühle ich ein stilles, aufrichtiges Stück Stolz. Ich habe es geschafft, mich wieder führen zu lassen.

Als ich loslasse, verwandelt sich die Stadt in ein lebendiges Labyrinth, das mich wie von selbst führt. Eine Menschenmenge taucht auf, zieht mich mit sich und lenkt mich in eine Straße, die ich gar nicht hatte nehmen wollen. Eine Ampel springt auf Rot, hält mich an einer Kreuzung fest, die ich sonst vielleicht überquert hätte. Ein Doppeldeckerbus versperrt mir den Weg, zwingt mich, in eine enge Seitenstraße auszuweichen, wo sich genau in diesem Moment der Kreis eines Straßenkünstlers öffnet und mir einen Pfad freigibt, den ich vorher nicht gesehen hätte.

Ich bin ein Blatt im Wind, ein Zweig, der sich der Strömung

eines Baches überlässt. Ich kämpfe nicht dagegen an, ich hinterfrage nicht. Ich lasse mich tragen, im Vertrauen darauf, dass ich dort ankomme, wo ich hingehöre.

Schließlich stehe ich in einer stillen Sackgasse. Mein Herz schlägt schneller, als ich über einer unscheinbaren Tür ein Neonschild erkenne – *My Pink Cauldron*. Es ist noch dunkel, die Lichter sind nicht eingeschaltet, doch ich kenne die Schrift, das Logo, die Form. Ich habe sie auf Sofias alten Instagram-Posts gesehen. Ich habe sie gefunden. Oder zumindest den Ort, an dem sie sein könnte. Der schwierige Teil beginnt jetzt: das Warten.

Mein Blick wandert durch die Straße, bis ich auf der gegenüberliegenden Seite einen kleinen Dönerladen entdecke. Die Markise ist verblichen, das flackernde *Geöffnet*-Schild kaum zu lesen, aber der Duft von Gewürzen zieht mich hinein. Mein Magen meldet sich, und mir wird klar, dass ich seit Stunden nichts gegessen habe.

Ich drücke die Tür auf. Ein Glöckchen klingelt über mir. Ich bestelle einen Falafel-Wrap und suche mir einen Platz am Fenster, genau gegenüber vom Club.

Doch als ich das Papier öffne, schnürt mir die Nervosität die Kehle zu. Der Gedanke, sie wiederzusehen, nach all den Jahren wirklich vor ihr zu stehen, überwältigt mich. Was soll ich sagen? Wie wird sie reagieren? Ich zwinge mich, zu essen, Bissen für Bissen, die kaum den Weg hinunterfinden, während mein Blick unablässig am Fenster hängt.

Draußen vergeht die Zeit. Die Nacht verdichtet sich, nach und nach füllt sich die Straße. Einzelne Gestalten tauchen auf, dann Gruppen, Stimmen, Lachen. Menschen strömen zum Club, der langsam erwacht. Und irgendwo dahinter, hinter dieser Fassade aus Licht und Musik, ist meine Schwester – ahnungslos, dass ich hier sitze, auf der anderen Straßenseite, mit kalter Falafel in der Hand und einem Herz, das zu laut schlägt.

Schließlich stopfe ich das Papier in den Mülleimer, schlüpfe wieder in Dennis' Jacke und trete hinaus. Das Glöckchen über der Tür bimmelt hinter mir.

Draußen erstrahlt das Neonschild in pinkem Licht. Es flackert kurz, dann leuchtet es konstant, taucht die nasse Straße in ein weiches Glühen. Ohne zu zögern folge ich dem Licht, Schritt für Schritt über das Kopfsteinpflaster, hinein in Sofias Welt.

Teil Zwei

Kapitel Vierzehn

Kein Gewitter der Welt erreicht die Spannung eines Freitagabends im *My Pink Cauldron*, wenn der Club bis unter die Decke mit Hexen gefüllt ist.

Heute pulsiert der Raum nur so vor weiblicher Energie. Der Cauldron gleicht einem Hexenkessel aus Klang und Magie, einem Zufluchtsort, an dem Hexen sein können, wer sie wirklich sind. Anima sprüht aus Fingern, wenn Drinks über die Bar herbeigezaubert werden. Auf der Tanzfläche bewegen sich Körper im Rhythmus der Beats, schwingen, drehen sich, lassen die Energie des Kollektivs weiter anschwellen, bis der Raum selbst zu vibrieren scheint.

Von ihrem erhöhten Platz über der Menge beobachtet Ember das Geschehen. Ihr Blick wandert immer wieder zur großen Uhr über der Bühne, deren Zeiger unaufhaltsam auf Mitternacht zusteuern. Über ihr spannt sich die gewölbte Decke des Clubs, goldverziert und unterbrochen von pinkfarbenen Neonschildern. Darunter zieht sich die Tanzfläche kreisförmig durch den Raum, eingerahmt von Bögen und Säulen, die Schattennischen schaffen für jene, die sich bereits gefunden haben.

Diese offene Zurschaustellung von Magie ist eine Seltenheit. Normalerweise öffnet der Cauldron seine Türen für Hexen und Sterbliche gleichermaßen. Doch heute Nacht ist anders. Heute herrscht Exklusivität. Ember Wild ist berüchtigt für ihre launische Türpolitik. Ihre Auswahl wirkt willkürlich: An einem Abend winkt sie einen zerzausten Straßenkünstler hinein, am nächsten weist sie einen Hollywoodstar ab, ohne mit der Wimper zu zucken.

Für Nächte wie diese, in denen nur Hexen zugelassen sind, kommt die sogenannte *Black Box* zum Einsatz. Eine geheimnisvolle Konstruktion, halb Fotoautomat, halb Rätsel. Jede Besucherin muss sie allein betreten und in der Dunkelheit verharren, bis etwas geschieht – was genau, weiß niemand. Für Hexen ist sie eine geheime Bühne, um ihre Anima zu zeigen, eine stille Prüfung, die den Eintritt gewährt. Menschen hingegen treten verwirrt wieder heraus, ratlos über das, was sie erlebt haben.

Gerüchte ranken sich um die Box. Manche nennen sie einen KI-Körperscanner, andere halten sie für einen Lügendetektor. Und ein paar wenige sind überzeugt, sie öffne für Sekunden den Weg in ein anderes Universum.

Doch die Allüre des *My Pink Cauldron* reicht weit über Türpolitik hinaus. Ember hat eine eiserne Regel aufgestellt: Keine Fotos, keine Videos. Kameras und Smartphones verschwinden am Eingang in Schließfächern. Das Verbot schürt nur den Mythos, und so reisen Menschen aus aller Welt an, um einen Platz in diesem Hexentempel zu ergattern.

Als die große Uhr auf der Bühne die letzten Sekunden bis Mitternacht herunterzählt, steigt die Spannung. Unten auf der Tanzfläche ertönt der gemeinsame Ruf: »Fünf, vier, drei ...« Hoch oben betritt Ember einen kunstvoll vergitterten Vogelkäfig, der von der Kuppeldecke hängt. Mit dem Schlag der Mitternacht bricht Jubel los. Applaus, Schreie, Pfiffe hallen durch den Raum, als die Queen von Soho von der Decke herabschwebt. Nina Simones Stimme erfüllt den Club, samten und stark, sie singt von einem neuen Tag, einem neuen Leben. Ember lässt den Käfig schwingen, spielt mit der Bewegung, während unter ihr ein Meer aus Körpern tobt.

Ihr Outfit hat sich seit dem Abendessen des Hexenzirkels verändert. Jetzt trägt sie einen eng anliegenden Overall, der das Licht in allen Farben bricht. Als der Song in den Remix von Austin Millz übergeht, verwandelt sich der Refrain von »Feeling Good« in ein Donnern aus Beats. Ember lehnt sich aus ihrem Käfig, streckt die Arme aus, fingert durch Hüte und Haare, hinterlässt glitzernde Spuren, die in der Dunkelheit funkeln.

Doch während die Menge jubelt, spürt sie etwas, das sich nicht abschütteln lässt. Ein Ziehen in der Brust, eine Ahnung, dass etwas nicht stimmt. Sie kann es nicht benennen, aber ihr Blick kehrt immer wieder zum hinteren Teil des Clubs zurück. Der Drang, dorthin zu sehen, wächst, je mehr sie versucht, ihn zu ignorieren.

Das Lied endet. Der Käfig senkt sich herab, die Menge tobt, und Ember steigt aus, verbeugt sich unter tosendem Applaus. Sie versucht erneut, in die Dunkelheit am Rand des Saals zu spähen, doch das grelle Licht auf der Bühne raubt ihr die Sicht. Sie richtet sich auf, hebt eine Hand – sofort verstummt die Musik.

Pippa tritt an ihre Seite, unauffällig wie ein Schatten, und reicht ihr ein Mikrofon. Dann erfüllt Embers Stimme den Raum.

»Willkommen ,Hexeeeeeen!«, ruft sie, zieht das Wort lang, und die Menge bricht in Tosen aus.

»Heute Abend, meine Schwestern, beraten die Alten in Westminster, im ehrwürdigen Arcadia House, über unsere Zukunft. Aber wurden wir eingeladen?«

Sie hält das Mikrofon hin.

»NEIN!«, brüllt die Menge.

»Wurden wir gefragt?«

Ein zweites, noch lautereres »NEIN!« hallt durch den Raum.

In der ersten Reihe stehen Eun-Ji, Saskia und Inaaya, das Licht tanzt auf ihren Gesichtern. Sie sehen zu Ember hinauf, stolz und ehrfürchtig zugleich, strahlen im Glanz ihrer Anführerin.

»Sie haben uns das Wahlrecht gegeben, aber ich frage euch, Hexen: Was nützt eine Stimme, wenn die Entscheidungen ohnehin *für* uns getroffen werden? Was nützt eine Stimme, wenn wir nicht entscheiden dürfen, was passiert, nachdem wir zur Wahlurne gegangen sind?«

Die Menge jubelt und Ember genießt die Aufmerksamkeit. Aber selbst während sie spricht, zerrt dieser seltsame Sog wieder an ihr und zieht ihren Blick über die Bühnenlichter hinaus.

Sie schüttelt es ab und fährt fort: »Sie denken, sie können uns eindämmen, aber unsere Magie ist zu wild, um jemals kontrolliert zu werden. Es erfüllt mein Herz mit Stolz zu wissen, dass heute Abend Hexen aus jeder verdammten Ecke dieser Welt hier sind. Und lasst mich euch sagen, sobald unsere Magie befreit ist, wird keine von uns mehr zum Schweigen gebracht werden! Wir werden diese neue Realität formen. Wir werden ihnen zeigen, wozu wir fähig sind! Denn wenn wir erst einmal wild umherstreifen, werden wir verdammt noch mal *unbesiegbar* sein!«

Weiterer Jubel bricht aus.

»Lasst uns also heute Abend unsere Magie, unsere Schwesternschaft, unsere Freiheit, die zu sein, die wir wirklich sind, feiern. Sollen sie doch ihre langweiligen Treffen und ihre veralteten Traditionen haben. Wir haben uns gegenseitig und wir haben heute Nacht und gemeinsam wird uns MORGEN gehören!«

Und dann tobt die Menge. Aber Ember wird dieses nagende Gefühl nicht mehr los. Sie tritt von der Bühne, schiebt sich an ihren Hexenzirkel-Schwestern vorbei, begierig darauf, in den hinteren Teil des Clubs zu gelangen, auf der Suche nach diesem Etwas – oder Jemandem –, das nach ihr greift.

Ember mischt sich kurz unters Volk, tauscht schnelle Umarmungen und Begrüßungen aus, aber ihr Vorankommen durch die Menge ist quälend langsam, da eifrige Hexen um ihre Aufmerksamkeit buhlen. Schließlich teilt sich die Menge und gibt eine einsame Gestalt preis. Dort, an die hintere Wand gedrückt, steht...Alva. Die Hände in den Taschen einer übergroßen Jacke vergraben, das Haar zu einem unordentlichen Dutt zusammengebunden. Sie hebt eine Hand zum Winken, ihre Lippen formen ein »Hi«, das vom Beat der Musik verschluckt wird.

Ember nähert sich und bleibt gerade so nah stehen, dass sie sich über die Musik hinweg verständigen können.

»Bist du es wirklich?«, fragt sie. Als Antwort breitet Alva die Arme für eine Umarmung aus, aber Ember bleibt wie angewurzelt stehen. Innerlich pocht ihr Herz lauter als der Bass, aber äußerlich ist ihr ganzer Körper in einen Schockzustand verfallen.

Sie hatte dies natürlich den ganzen Tag erwartet, da sie wusste, dass Alva irgendwann auftauchen würde. Doch jetzt, wo es geschehen ist, fühlt sich Ember seltsam ausgehöhlt, leer, als ob all ihre vorbereiteten Reaktionen ihr entglitten wären.

Die Alva vor ihr sieht immer noch aus wie die Schwester, an die sie sich erinnert, aber auch nicht. Sie sieht älter aus, natürlich. Aber auch irgendwie härter. Als sie jung waren, war Alva immer die Sanfte, die Anmutige. Jetzt steht sie kampferprobt da, mit scharfem Blick, wachsamer Haltung. Die Vergangenheit hat ihre Spuren in ihr hinterlassen; die Unschuld eines Kindes ist nun in eine grobe Skizze gelebter Erfahrungen verwandelt.

Alva will gerade etwas sagen, als von hinten eine übereifrige Hexe mit Ember zusammenstößt. Ihr Haar ein Chaos aus Glitzer und rosa Strähnen, sagt sie atemlos: »Ember Wild! Heilige Scheiße, ich kann nicht glauben, dass ich dich treffen darf! Diese Party ist der helle Wahnsinn! Und deine Rede? Gänsehaut, hab ich recht? Hey, ich hab mich gefragt, ob du—«

»Danke, weiß ich zu schätzen.« Ember schüttelt die Hexe mit einem Lächeln ab. Sie wendet sich wieder ihrer Schwester zu, beugt sich dicht an sie heran und spricht in Alvas Ohr. »Lass uns woanders hingehen, wo es ruhiger ist, ja?«

Ember dreht sich auf dem Absatz um und schneidet wie ein heißes Messer durch Eis durch die Menge. Sie spürt Alva hinter sich, diesen magnetischen Sog zu ihrer Schwester, der sie jetzt sowohl wärmt als auch frösteln lässt.

Das Büro des Clubs spiegelt Embers Geschmack wider: pinke Wände, geschmückt mit alten Rockpostern, Regale voller flippiger Accessoires für ihre Auftritte, wie immer eine riesige Vase mit rosa Rosen und ein großes Fenster mit Blick auf die Tanzfläche unten. Hier oben ist der Beat des Clubs auf ein fernes Pochen reduziert.

»Bitte, nimm Platz.« Ember deutet auf eine samtene Chaiselongue, deren schwarze Farbe einen herben Kontrast zum rosafarbenen Übermaß des Raumes bildet.

»Danke.« Alva streift ihre Jacke ab und setzt sich auf die Kante, die Hände zwischen den Knien verschränkt.

Ember zappelt wider Willen herum. »Kann ich dir etwas anbieten? Wasser? Vielleicht etwas Stärkeres?« Ihre Finger zucken, gieren nach einem Drink, um sie zu beruhigen.

»Nein, danke.«

»Wie du meinst«, murmelt Ember und bewegt sich auf einen Art-déco-Barwagen neben ihrem Schreibtisch zu.

»Es tut gut, dich zu sehen«, sagt Alva, und der einfache Satz reicht aus, um Embers Mauer wie eine Abrissbirne zum Einsturz zu bringen. Sie beschäftigt sich damit, einen Dry Martini zu mixen.

»Wie war dein Flug?«, fragt sie, weil ihr nichts Besseres einfällt.

»Gut. Du weißt schon, langweilig.«

»Und die Versammlung? Ich nehme an, es ist eine Weile her, dass du bei einer magischen Zusammenkunft wie dieser warst.«

»Es war … gelinde gesagt überwältigend«, gibt Alva zu. »Oh, und ich sollte wahrscheinlich erwähnen … Ich bin nicht sicher, ob du offiziell benachrichtigt wurdest oder so, aber sie haben mich zu einem Mitglied deines Hexenzirkels gemacht. Es war die einzige Möglichkeit, wie sie mir Zugang zum Arcadia House gewähren wollten.«

Embers Augenbrauen schießen überrascht in die Höhe. »Das haben sie?«

Neuaufnahmen erfordern normalerweise eine Abstimmung des gesamten Hexenzirkels. Ihr fällt nur eine Person ein, die diesen Prozess umgehen könnte. »Richtig, ja. Natürlich wurde ich informiert«, lügt sie geschmeidig. »Das ist kein Problem. Es ist ja nicht so, dass du tatsächlich an den Treffen des Hexenzirkels teilnehmen wirst oder so.«

Sie bemerkt das Aufblitzen von Verletztheit in Alvas Zügen; das kam vermutlich härter rüber als nötig. Auf der Suche nach einem Weg, das Thema zu wechseln, platzt Ember als Nächstes heraus: »Also, man munkelt, du hast bei der Versammlung ziemlich für Aufsehen gesorgt.«

Alvas Lippen formen ein humorloses Lächeln. »Na ja, sagen wir einfach, dein Pflegevater wird mir in nächster Zeit keine Mitfahrgelegenheit in seinem schicken Auto mehr anbieten.« Sie kratzt sich an der Schläfe, eine Geste, die so schmerzlich vertraut ist, dass sich Embers Brust zusammenschnürt.

Ein kurzes Lachen, dann flüchtet sie sich in einen langen Schluck Martini.

»Ist er gut zu dir?«, fragt Alva. »Bist du … du weißt schon … in *Sicherheit*?«

Die Frage trifft Ember völlig unvorbereitet. »*Ob ich in Sicherheit bin?* Was ist das für eine Frage? Natürlich bin ich in Sicherheit.« Und dann flammt Ärger in ihrer Brust auf. »Was soll das? Du-du-du tauchst hier auf *unsere* Einladung hin auf, kommst in mein Leben zurückgetanzt, anstatt darauf zu warten, dass *ich* mich bei *dir* melde, und fängst sofort an, den Mann mit Anschuldigungen zu überhäufen, der mich großgezogen hat? Den Mann, der mich aufgenommen hat, nachdem *du*—«

Sie beißt sich auf die Zunge, aber es ist zu spät. Der Vorwurf hängt nun zwischen ihnen, eine Pendelklinge, die gefährlich nahe an jener rohen Wunde schwingt, um die sie ihre gesamte Identität aufgebaut hat.

»Du gibst mir die Schuld dafür«, stellt Alva fest, ihr Blick auf die Tischkante geheftet, die sie mit dem Daumen nachzeichnet. »Du hast jedes Recht dazu.«

Ember sinkt in ihren Bürostuhl. Sie zündet sich eine Zigarette an und beugt sich mit den Ellbogen auf den Schreibtisch gestützt nach vorn. Eine Hand stützt ihre Stirn, während die andere die Zigarette zu ihren Lippen führt.

»Ich weiß es nicht.« Sie nimmt einen langen Zug und atmet Rauch aus. »Ich weiß nicht, wie ich mich fühle, um ehrlich zu sein. Ich... ich kenne *dich* nicht, nicht mehr.«

»Du kennst mich besser als jeder andere.« Und das traurige Lächeln, das sich nun auf Alvas Gesicht zeigt, spricht Bände über *ihre* vergangenen dreizehn Jahre. Seit sie entdeckt hat, dass ihre Schwester noch da draußen ist, hat Ember sich gefragt, hat versucht, es sich vorzustellen, das Leben, das Alva sich aufgebaut hat. Sie könnte um Himmels willen Kinder haben, sie könnte verheiratet sein. Aber an ihrem Finger ist kein Ring, und das ist auch nicht die Ausstrahlung, die sie von Alva wahrnimmt.

Ember mustert ihre Schwester eine Weile und bleibt an ihrer übergroßen Jacke hängen.

»Was ist dann mit ihm?«, fragt Ember und nickt in Richtung der Jacke.

»Ihm? Wem?«

»Na, deinem Jackenspender.«

Alva blickt auf ihren Schoß, als würde sie sich gerade erst

daran erinnern, was sie trägt. »Oh – *Dennis*. Er ist zurück im Hotel. Ja, er ist in Ordnung. Aber er ist nicht, du weißt schon, Familie.«

Das letzte Wort brennt sich wie Säure durch Ember. Sie steht auf und geht zum Fenster, das auf die Tanzfläche blickt. Sie stemmt ihren Unterarm gegen das Glas und lehnt ihren Kopf dagegen.

»Also warst du es, damals. Die den Unfall verursacht hat?«

»Es war genau das: ein Unfall.«

Genau wie Mardequai es vorausgesagt hat, leugnet Alva es nicht einmal.

»War es das?«, kommt Embers Antwort schnell und ungefiltert.

»Wie kannst du mich das überhaupt fragen?«

Ember seufzt und beschlägt das Glas. »Ich will damit nicht sagen, dass *du* es absichtlich getan hast, aber ... komm schon, Alva.« Sie dreht sich jetzt wieder um. »Wir beide wissen, dass du nicht immer diejenige warst, die in ihrem eigenen Leben das Sagen hatte. Und nach dem, was ich heute von der Versammlung höre, hat sich daran nicht viel geändert.«

»Sie ... ich ...«, stammelt Alva. »*Niemand* hatte die Absicht, dass dieses Auto verunglückt, falls du das andeutest. Wer auch immer ... *was auch immer* es ist, das diese Episoden in mir verursacht, es war auch mit uns im Auto. Es wäre in dieser Nacht ebenfalls gestorben.« Sie erhebt sich und stellt sich neben Ember ans Fenster. »Es war ein Kontrollverlust. Es *war* ein Unfall.«

Die Stille verweilt zwischen ihnen, voller Fragen, während die blinkenden Lichter von der Tanzfläche Schatten über ihre Gesichter werfen.

Als sie endlich spricht, brodelt unterdrückte Wut in Embers Stimme. »Und woher weiß ich, dass so ein ›Unfall‹ nicht wieder passiert? Woher weiß ich, dass du mir nicht wieder jeden entreißen wirst, den ich liebe, genau wie damals?«

Die Worte haben einen Stachel, und Ember bereut sie auf

der Stelle. Es war ein bewusster Versuch, zu verletzen, die Schuld direkt auf Alvas Schultern abzuladen.

Aber die Wahrheit ist: Das ist nicht einmal Embers Sorge. Jedenfalls nicht wirklich. Es ist nicht so, als hätte *sie* jemanden in ihrem Leben, der ihr lieb und teuer ist. Wenn überhaupt, hat der frühe Verlust sie gelehrt, die Leute nicht zu nah an sich heranzulassen. Denn wenn man niemanden hereinlässt, kann man ihn auch nicht verlieren. Sicher, da ist Pippa, aber selbst diese Beziehung ist bestenfalls transaktional. Pippa ist eine Angestellte, die, wie nah sie ihr auch stehen mag, einfach weiterziehen würde, wenn Ember morgen verschwinden würde.

Nein, ihr Zögern hat wenig mit der Angst vor der dunklen Seite ihrer Schwester zu tun. Es wurzelt in dem, was sie selbst geworden ist, in der Person, die Trauer und Verlust aus ihr gemacht haben. Jede Entscheidung, die sie seit jener schicksalhaften Nacht getroffen hat, hat sie auf einen Pfad weit weg von der kindlichen Unschuld geführt.

Tatsächlich ist ihr Leben unter Mardequais Anleitung zu einem Schachspiel aus moralisch grauen Zügen und listigen Plänen geworden. Sie hat sich ein Leben aufgebaut, in dem Verletzlichkeit eine Schwäche ist, die sie sich nicht leisten kann. »Sofia Hausmann« gibt es schon lange nicht mehr, begraben zusammen mit allem, was ihre Mutter ihnen hätte beibringen können.

Aber Ember Wild lebt von Intrigen, von Manipulation. Alva anzunehmen würde bedeuten, sich der Sofia zu stellen, die sie zurückgelassen hat, und Ember ist sich nicht sicher, ob sie dazu bereit ist oder ob sie es überhaupt will.

»Du hast recht«, gibt Alva zu, und für einen Moment kann sich Ember kaum erinnern, was sie überhaupt gefragt hat. »Du kannst nicht wissen, dass es nicht wieder passieren wird. Es tut mir leid, ich ... ich hätte nicht kommen sollen.«

Alva wendet sich ab und greift nach ihrer Jacke. Aber ihre Schritte, das merkt Ember, sind bewusst langsam, jede Pause voller Hoffnung – Hoffnung, dass Ember vielleicht mehr zu sagen hat, sie vielleicht bitten würde, nicht zu gehen.

»Ich bekomme sie auch immer noch, weißt du«, ertappt sich Ember dabei, wie sie zugibt. »Die Visionen. Ich träume immer noch von ihr.«

Ihre Finger fahren unbewusst über die Tätowierung auf ihrem Schlüsselbein, während ihre Gedanken zu den Visionen schweifen, die sie all die Jahre begleitet haben. Im Gegensatz zu Alvas intensiven, gefährlichen Erfahrungen war Embers Verbindung zur Vergangenheit immer schwerer fassbar. Flüchtige Einblicke und verschwommene Momentaufnahmen einer anderen Zeit. Aber als Kinder fanden sie oft Momente der Freude in Embers Visionen, was für Alva, die mit ihrer dunkleren Version zu kämpfen hatte, eine so willkommene Abwechslung gewesen sein musste.

»Hüte die Märchen aus längst vergangener Zeit, all die Schätze der Jahre, verloren, verstreut…«, singt Alva nun leise, den Rücken immer noch Ember zugewandt, ohne zu wissen, dass die Hand ihrer Schwester über genau den in ihre Haut gestochenen Text schwebt.

Alva dreht sich wieder um. »Sind deine in letzter Zeit stärker geworden? Deine Visionen, meine ich.«

»Nicht wirklich«, antwortet Ember. »Immer noch nur irgendeine alte Vettel, die in ihrem Garten herumwuselt und ein Schlaflied singt.«

Da ist immer noch eine Mauer, eine Zurückhaltung, sich ganz zu öffnen.

»Wieso, deine etwa? Werden sie stärker?«

»Vielleicht. Ich bin nicht sicher.«

Ihre Blicke treffen sich, und plötzlich schmilzt die Distanz zwischen ihnen dahin, und sie sind wieder dreizehn, liegen ausgestreckt auf dem Rasen unter den Sternen in ihrem Garten aus Kindertagen. Aus dem Haus dringen die Stimmen ihrer Eltern zu ihnen, während sie nach dem Abendessen abwaschen.

Die Zwillinge blicken zu den Sternen und spinnen Theorien über das Warum. Warum gerade sie, von allen magischen Geschwistern der Welt, diese Einblicke in die Vergangenheit bekamen, und kicherten über die Möglichkeit, dass sie uralte Feen aus einem fernen Land sind oder mit ihren Haaren Radiosignale aus Paralleluniversen empfangen. Und zusammen singen sie das Schlaflied aus Embers Vision:

Hüte die Märchen aus längst vergangener Zeit
All die Schätze der Jahre, verloren, verstreut
Die Stunde wird kommen, da alles erwacht
Was die Nacht verschlang, wird zu Tage gebracht

Hüte die Träume, die standhalten fest,
All die Wunder, die du bald wirken lässt
Dein Lied heilt die Herzen, die Verluste beklagen
Dein Weg unter Sternen führt zu besseren Tagen

»Ich hab dich vermisst«, sagt Alva und legt ihre Hand auf Embers Hand auf der Tischplatte. Genau in diesem Moment platzt Pippa Watson ins Zimmer.

»Oh! Es tut mir leid, ich wusste nicht, dass du Gesellschaft hast.« Sie hält sich dramatisch die Augen zu und stößt fast mit dem Türrahmen zusammen, als sie sich umdreht, um zu gehen.

»Schon gut, Pippa«, ruft Ember. »Das hier ist keines unserer ›Morgen danach‹-Szenarien. Das hier ... ist meine Schwester.«

Pippa schnaubt. »Klar, und ich bin Beyoncé Knowles.«

»Nein, wirklich, Liebling. Das ist meine Schwester, Alva Hausmann aus Deutschland.«

Alva streckt ihre Hand aus. »Schön, dich kennenzulernen.«

»Oh ... Oh, *hi*. Wow.« Pippa schüttelt völlig baff Alvas Hand. »Es ist mir eine Freude. Ich habe ... nun, ich habe so viel über dich gehört. Nur nicht gerade in einer ...«

»Nicht gerade in einer *lebendigen* Art und Weise?«, beendet Alva den Satz.

»Ja – genau, ich … ich hatte keine Ahnung.«

Ember wirft ein: »Was gibt's Neues, Pips?«

»Nun, ja, es tut mir schrecklich leid, zu stören, aber ich fürchte, Daphne Kirk ist angekommen.«

»*Daphne Kirk?*«, wiederholt Alva mit einem Hauch von Ehrfurcht. Aber ihr Lächeln ist jetzt zu strahlend, als wäre plötzlich alles wieder normal. Es fühlt sich unverdient an, und Embers Verteidigungsmechanismen schnappen sofort wieder zu.

»Natürlich, wie konnte ich das vergessen?« Ember schreitet auf Pippa zu, die ihr ein übergroßes Sakko und einen pinken Zylinder hinhält. Während sie die Sachen anzieht, wendet sich Ember Alva zu. »Tut mir furchtbar leid, aber die Pflicht ruft. Du solltest jetzt wahrscheinlich gehen. Oder … bleib, wenn du magst, genieß die Party. Aber ich werde die ganze Nacht mit Daphne beschäftigt sein. Du weißt ja, wie diese Promis so sind …«

Ember geht ohne ein weiteres Wort zur Tür.

»Komm schon, Sofia, ich … ich hab dich gerade erst wieder«, fleht Alva.

Embers Hand ruht auf dem Türknauf, ihr Körper ist halb zum Gehen gewandt. Sie steht einen langen Moment da, die Stille wird nur vom gedämpften Bass aus dem Club unterbrochen. Pippa tritt von einem Fuß auf den anderen, ihr Blick huscht zwischen den Schwestern hin und her, bevor sie sanft Embers Ellbogen berührt. Embers Kiefer entspannt sich. Sie dreht sich zum Raum zurück und fragt: »Wo wohnst du?«

»Im Bowery Arms Hotel, in der Nähe vom Hyde Park«, antwortet Alva.

Embers Kopf senkt sich in einem einzigen, knappen Nicken. Sie schlüpft aus dem Zimmer, ihre Finger gleiten vom Türknauf ab und lassen ihn einen Spalt weit offen stehen.

Kapitel Fünfzehn

Wenn ich ein einziges Wort wählen müsste, um meine Schwester Sofia zu beschreiben, als wir Kinder waren, dann wäre es »ikonisch«. Wobei sie das Wort längst selbst für sich beansprucht hatte. Wenn man sie fragte, was sie einmal werden wolle, antwortete sie stets: »Ich werde eine Ikone sein.« Dieses Wort schien ihr zu gehören, als hätte sie darin schon ihre Zukunft gesehen.

Als Sofia, der ewige Musikfreak, in die Pubertät kam, entwickelte sie eine beinahe manische Faszination für den »Club 27« – Kurt Cobain, Janis Joplin, Jimi Hendrix, Jim Morrison, Amy Winehouse. All diese Legenden, die im Alter von siebenundzwanzig starben, auf dem Höhepunkt ihres Schaffens.

Doch Sofia wollte nicht berühmt sein, nicht im klassischen Sinn. Sie strebte weder nach Ruhm noch nach Rampenlicht, sie wollte keine Schauspielerin, keine Musikerin, keine Berühmtheit werden. Sie wusste einfach, tief in sich, dass ihr Leben eine Spur hinterlassen würde. Dass sie einmal auffallen würde. Ich erinnere mich, wie ich sie fragte, woher sie das wisse, wie sie sich so sicher sein könne, dass es tatsächlich eintreffen würde.

»Das spürt man einfach«, hatte sie gesagt und mit den Schultern gezuckt.

Ich habe dieses Selbstvertrauen immer an ihr bewundert. Sie vertraute ihrem Schicksal so fest, dass kein Zweifel darin Platz fand. Ich hingegen konnte nie glauben, dass das Leben für mich einen Plan bereithielt.

Als ich mit dreizehn dachte, sie verloren zu haben, war das mehr als Trauer. Ich verlor den Boden unter den Füßen. Das, was mit unerschütterlicher Sicherheit zu wissen geblaubt hatte – Sofias Zukunft, ihr unausweichliches »Mehr« – zerfiel. Das Leben hatte seinen tieferen Sinn verloren.

Im Haus der Hoffnung ertappte ich mich oft dabei, mir vorzustellen, wie sie durch die Tür treten würde. Ich schob das auf fehlenden Abschluss, darauf, dass wir nie eine Beerdigung hatten. Aber heute denke ich, dass es mehr war. Vielleicht lag es an dieser Zwillingsverbindung, aber ein Teil von mir wusste immer, dass sie noch lebte.

Jetzt stehe ich in ihrem Büro und sehe durch das Glas, wie sie auf die Bühne ihres eigenen Clubs tritt, neben niemand Geringerem als Daphne Kirk. Ein Schwindel aus Erleichterung und Ehrfurcht packt mich. Tränen steigen mir in die Augen. Nach allem, was geschehen ist, nach all den Jahren des Zweifelns, flammt etwas in mir auf, das ich verloren geglaubt hatte: Das Wissen um den tieferen Sinn des Lebens. Denn Sofia ist doch noch am Leben. Und sie ist, unbestreitbar, zu einer Ikone geworden.

Meine Brust hebt sich vor Stolz, als ich sie und das frühere It-Girl der Achtziger, Kirk, sehe. Gemeinsam stellen sie das berühmte White-Stripes-Video zu »I Just Don't Know What to Do with Myself« nach, das einst Kate Moss getanzt hatte.

Ich wende mich ab, nehme Dennis' Jacke und verlasse das Büro. Erst als die Tür hinter mir ins Schloss fällt, kommt ein anderer Gedanke hoch. Hatte ich mehr erwartet? Vielleicht. Ein Teil von mir hatte sich ein Wiedersehen voller Tränen vorgestellt, Umarmungen, Erklärungen. Aber vielleicht ist das zu viel verlangt. Vielleicht sollte ich froh sein, dass sie mich überhaupt sehen wollte.

Auf dem Weg durch den Club werfe ich einen letzten Blick zurück. Sofia umarmt Daphne Kirk, ihre Gestalt im Licht der Bühne. Ein flüchtiger Gedanke schleicht sich ein: Ist Kirk eine von uns? Eine Hexe? Oder steht sie unter einem Flüsterbann? Ich hoffe auf das Erste. Es hat etwas tröstlich Beruhigendes, wenn eine von uns im grellen Scheinwerferlicht verborgen bleibt.

In der Garderobe finde ich mein Schließfach. Ich greife nach meinem Handy, der Bildschirm leuchtet auf – eine Reihe ungelesener Nachrichten von Dennis. Ich tippe rasch:

Bin auf dem Rückweg zum Hotel.

Seine Antwort folgt sofort: *Okay, aber nimm diesmal ein Taxi. Versprich es mir.*

Versprochen, schreibe ich zurück.

Ich stecke das Handy weg, öffne die schweren Türen, und die Musik des Clubs verstummt hinter mir. Stattdessen höre ich den Regen auf das Kopfsteinpflaster prasseln. Ich trete hinaus. Kühle Tropfen treffen mein Gesicht, dunkle Flecken breiten sich auf meinem Mantel aus. Und plötzlich fühlt sich das Versprechen, ein Taxi zu nehmen, ganz leicht an.

Ich stelle mich am Ende der Taxischlange an. Eine Reihe schwarzer Wagen zieht sich vor mir entlang, wie ein Leichenzug für die gescheiterten Hoffnungen all jener, die heute nicht in den Club kamen. Dennis' Jacke klebt an mir, und ich ziehe sie enger, um mich gegen den unnachgiebigen Regen zu schützen.

Dann gefriert mir der Atem. Ein Kribbeln läuft mir den Nacken hinauf. Etwas stimmt nicht. Die Luft ist nicht nur nass vom Regen, sie trägt Anima in sich, und jemand lenkt sie… auf *mich*.

Hexen entwickeln mit der Zeit ein Gespür für solche Tricks. Unsere Abwehrkräfte wachsen mit unserer Erfahrung. Es ist, als spüre ein Reh den Blick eines Raubtiers aus dem Unterholz. In dem Moment, in dem man den Jäger bemerkt, wird der Angriff schwieriger. Darum werden erfahrene Hexen selten von versteckten Flüchen überrascht, nicht einmal von Vergessenszaubern.

Aber wer würde mitten auf offener Straße, hier in London, sein Glück ausgerechnet bei mir versuchen?

Ich zwinge mich, ruhig zu bleiben. Unter dem Vorwand, mein Handy zu prüfen, lasse ich den Blick durch die Menge schweifen, suche nach dem Ursprung. Meine Gedanken rasen. Gathonis Worte hallen in mir nach: *Du hast dir heute einen mächtigen Feind gemacht, und wir wissen nicht, wie weit er gehen wird.*

Ich könnte einen Schutzzauber sprechen, vielleicht. Doch damit würde ich zeigen, dass ich den Angriff bemerkt habe. Und dann wüsste sie, dass ich wachsam bin. Ich bin kaum vorbereitet auf eine magische Konfrontation, schon gar nicht auf ein Hexenduell.

Die fremde Magie wächst um mich, zerrt an mir wie ein unsichtbarer Strom. Ich tue so, als hätte ich etwas Besseres vor, trete aus der Schlange und überzeuge mich selbst, dass ich an der nächsten Ecke leichter ein Taxi finde.

Ich biege in die Hauptstraße ein. Der Geruch von nassem Asphalt und altem Frittierfett aus den letzten geöffneten Lokalen überlagert die Anima. Müllsäcke liegen am Bordstein, glänzend im Regen, bereit für die Abholung am Morgen.

Ich gehe weiter, zucke jedes Mal zusammen, wenn ein Auto durch eine Pfütze rast. Mit jedem Schritt scheint der Druck nachzulassen, bis ich endlich Luft holen kann. Vielleicht war das gar nichts, rede ich mir ein. Vielleicht testen Hexen manchmal nur die Abwehrkräfte anderer, eine Art magisches Fangen.

Ein Taxi taucht aus dem Regen auf, die Scheinwerfer grell. Ich hebe den Arm, doch der Wagen fährt vorbei und spritzt mir das Straßenwasser entgegen. Großartig. Ich gehe weiter, die Augen auf die Straße gerichtet, und stelle mir schon eine heiße Dusche und ein warmes Bett vor.

Gerade als ich mich fast überzeugt habe, dass die Gefahr vorüber ist, trifft es mich erneut. Die Anima kehrt zurück, stärker, schneidend wie Eis. Sie packt mich, zieht mir die Kraft aus den Gliedern. Die Welt verschwimmt, der Boden scheint sich zu bewegen. Ich kämpfe dagegen an, hebe den Kopf – und sehe sie.

Eine Hexe steht reglos zwischen den Partygängern, ein stiller Fleck in der Bewegung der Menge. Ihr Gesicht bleibt im grellen Gegenlicht verborgen, doch ich spüre ihren Blick. Und in diesem Moment weiß ich, mit jeder Faser meines Körpers: Das ist kein Spiel.

Kaum wird mir das klar, wickelt sich ihre Anima auch schon um mich wie eine Schlange. Sie zieht sich fester, bis mir der Atem stockt. Ich versuche, mich zu wehren, doch mein Körper gehorcht nicht. Ein Lähmungszauber. Kurzzeitig, aber stark genug, um mich willenlos zu machen. Panik flackert auf, und ich stemme mich gegen die fremde Magie. Es gelingt mir kaum… ein schwaches Aufbäumen, mehr nicht.

Dann sehe ich, wie sie auf mich zustürmt.

Mein Instinkt reißt mich los. Ich renne. Jeder Schritt pumpt Adrenalin durch meine Beine, der Regen prasselt stärker, verschleiert die Sicht. Ich hetze um eine Ecke – und laufe in eine Sackgasse. Drei Mauern, hoch, glatt, unbezwingbar.

Ich drehe mich um, das Herz hämmert. Meine Gedanken rasen. In meinem Kopf suche ich verzweifelt nach einem Schutzzauber aus Kindertagen, doch mein Geist bleibt leer.

Da tritt sie aus dem Schatten. Das Licht vorbeifahrender Autos legt sich wie ein Heiligenschein um sie. Ich stoppe, ohne dass sie einen weiteren Zauber braucht.

Anima strömt zu ihr, sie hebt die Hände, beginnt zu murmeln. Ihre Stimme schwillt an, verwandelt sich in eine Melodie, unheimlich und so alt, dass sie in den Ziegeln widerhallt. Gesungene Zauber sind die stärksten – und diese Hexe singt.

Schmerz zerreißt mich. Meine Glieder frieren ein, die Kälte kriecht in jede Zelle. Wenn sie den Zauber hält, erfriere ich bei lebendigem Leib. Ich versuche, meine eigene Kraft zu rufen, doch die Anima entgleitet mir, fließt davon wie Wasser.

Da dringt Ruths Stimme durch den Sturm in meinem Kopf.

»Lass mich, Kind. Du weißt nicht, was du tust.«

Sie spricht in mir, und die Melodie der angreifenden Hexe wird lauter, übertönt die Stadt. Ich stehe vor einer Wahl, die keine ist: Ruth zulassen – oder untergehen.

Bevor ich antworten kann, übernimmt sie. Ihre Präsenz schiebt sich in den Vordergrund, wuchtig und präzise, und mein Körper wird zu ihrem Werkzeug. Durch meine Augen sieht sie, dann handelt sie. Meine Hände bewegen sich wie von selbst. Sie greifen nach dem Regen, ziehen Anima aus jeder fallenden Tropfenlinie. Die Magie verdichtet sich zu glühenden Fäden, bildet einen Schild um uns.

Der Zauber der Angreiferin schlägt dagegen, mit solcher Wucht, dass der Boden unter meinen Füßen bebt. Doch Ruths Barriere hält. Sie bleibt nicht bei der Verteidigung. Sie zieht mehr Energie heran, dieses Mal aus der Elektrizität der umliegenden Häuser. Die Luft knistert. Funken sammeln sich, formieren sich zu scharfkantigen Scherben, die über uns schweben.

Mit einer Bewegung meines Handgelenks – ihres Handgelenks – schleudert Ruth sie nach vorn. Die Angreiferin taumelt, ihr Gesang bricht ab. Eine zweite Welle aus Scherben folgt, und dann wendet die Hexe sich ab, flieht in die Dunkelheit, bevor Ruth sie trifft.

Ruth lässt los. Ich sacke zusammen, spüre wieder mein Gewicht.

Ich verschwende keine Zeit. Ich renne los, stolpere um die

Ecke, schreie: »Wer bist du? Wer hat dich geschickt?« Doch sie ist verschwunden.

Ich winke ein Taxi heran, mein Herz rast. Als ich auf den Rücksitz sinke, prüfe ich jeden Wagen, jedes Gesicht in der Dunkelheit, überzeugt, sie könnte jeden Moment wieder auftauchen.

Alles daran ergibt ein Muster. Ich hatte Mardequai herausgefordert, und Stunden später versucht jemand, mich umzubringen. Das kann kein Zufall sein. Dann trifft mich der nächste Gedanke wie ein Schlag: Mardequai weiß, wo ich wohne. Das Bowery Arms ist kein Zufluchtsort mehr. Es ist eine Falle.

Als das Taxi vor dem Hotel anhält, zögere ich. Meine Finger zittern beim Bezahlen, Münzen gleiten mir aus der Hand. Ich überfliege den Bürgersteig, suche nach Bewegung, nach Schatten. Schließlich sehe ich den Fahrer an.

»Es tut mir leid, das klingt vielleicht seltsam, aber würden Sie mich bitte zur Tür begleiten? Ich hatte eine ziemlich unheimliche Nacht.«

Er nickt. »Natürlich, Miss.«

Gemeinsam treten wir in den Regen. Der Weg zum Eingang ist kurz, doch er fühlt sich endlos an. Vor der Tür fragt er: »Schaffen Sie es von hier aus allein?«

Ich will Nein sagen, aber bringe es nicht über mich.

»Ja, danke.«

»Eine gute Nacht, wünsche ich.«

Ich sehe zu, wie sein Taxi verschwindet, bevor ich eintrete.

Drinnen steige ich die Treppe hinauf, zwei Stufen auf einmal, die Schlüsselkarte fest in der Hand. Jedes Geräusch des alten Gebäudes lässt mich zusammenzucken. Endlich blinkt das Schloss grün, und ich stolpere ins Zimmer. Das metallische Klicken beim Verriegeln wirkt tröstlich, auch wenn ich weiß, dass keine Tür der Welt eine Hexe aufhalten kann.

Dennis' gleichmäßiges Schnarchen erfüllt den Raum. In jeder anderen Nacht würde mich das nerven. Heute ist es ein

Anker in der Normalität. Ich schleiche ans Fenster, ziehe die Vorhänge einen Spalt auf. Draußen ist nichts zu sehen, doch jedes Auto, das zu langsam fährt, lässt mein Herz stocken.

Erschöpft ziehe ich mich um, schlüpfe in eines von Dennis' T-Shirts und gleite unter die Decke. Seine Wärme umfängt mich, sein Arm legt sich schlaftrunken um mich.

»Und, wie war's?«, murmelt er.

Ich presse mich fester an ihn. »Ganz gut, glaube ich«, flüstere ich, und verschweige den Rest.

Er schläft sofort wieder ein. Ich bleibe wach, horche auf jedes Knarren im Holz, jedes entfernte Geräusch. Meine Augen ruhen auf der Tür, bis die Müdigkeit mich endlich überrollt.

Meine Träume in dieser Nacht sind düster. Und nichts daran fühlt sich nach Schlaf an.

Kapitel Sechzehn

Ich fahre hoch wie ein aufgeschreckter Hase, der aus seinem Bau schießt.

Instinktiv greift meine Hand nach den vertrauten Umrissen meines Nachttisches in der Harzer Hütte, findet aber nichts. Dann wird mir klar, dass ich nicht in meinem eigenen Bett bin. Ich bin in einem Londoner Hotel, und was mich geweckt hat, war ein scharfes Klopfen an der Tür.

Ich stolpere aus dem Bett und ziehe mir unbeholfen meinen Mantel über das übergroße T-Shirt, in dem ich geschlafen habe. An der Tür bleibe ich stehen und drücke mein Ohr dagegen. Ein weiteres Klopfen lässt mich zusammenzucken, mein Herz rast.

Ich gehe im Kopf einen der Verteidigungszauber meiner Mutter durch, an den ich mich letzte Nacht endlich erinnert hatte, und mein ganzer Körper kribbelt vor Anima, als ich die Tür einen winzigen Spalt öffne und in den Flur spähe. Eine anfängliche Erleichterung überkommt mich, als ich männliche Züge erkenne – also keine Hexe. Aber diese Erleichterung löst sich sofort in Luft auf, als mir klar wird, *wer* es ist.

Im Flur steht Cornelis Kettering, der Druide, der mich

während der Versammlung ununterbrochen angestarrt hatte. Sein Blick ist jetzt genauso intensiv wie dann, aus der Nähe vielleicht sogar noch mehr. Seine stechend blauen Augen und die scharfen Wangenknochen betonen die kalte Verachtung, die sich auf seinem Gesicht abzeichnet. Ich will gerade etwas sagen, als er die Hand hebt, ein wenig zu plötzlich, vielleicht, um erneut zu klopfen oder mir die Hand zu schütteln. So oder so, meine strapazierten Nerven interpretieren die Geste völlig falsch. Ohne zu zögern, entfessle ich den Zauber, den ich bereitgehalten hatte. Ein Stoß Anima bricht aus meinen Handflächen hervor und trifft Kettering in den Magen. Seine Augen weiten sich überrascht, als er nach hinten geschleudert wird und mit einer Reihe von dumpfen Schlägen und Flüchen (ich glaube auf Niederländisch) die Treppe hinunterstürzt.

Dennis' Stimme ertönt hinter mir, scharf vor Sorge: »Was ist passiert?«

»Das darf doch wohl nicht wahr sein...«, flucht der Druide von unten.

Ich überfliege schnell den Flur, um sicherzugehen, dass er allein ist, dann eile ich die knarrende Treppe hinunter, und eine Entschuldigung nach der anderen purzelt über meine Lippen. »Oh Scheiße, S-Sie haben mich erschreckt! Es tut mir so leid! Ich wollte das nicht ...«

»Das bezweifle ich stark«, unterbricht er mich.

Ich strecke die Hand aus, um ihm aufzuhelfen, aber er weicht zurück, als wäre meine Hand mit Dornen bedeckt.

»Pfoten weg, Hexe!« Sein schroffer Ton lässt mich zusammenzucken.

»Schon gut, schon gut, tut mir leid...«, sage ich und hebe beschwichtigend die Hände.

Jetzt springt Dennis förmlich die Treppe hinunter, barfuß und in Boxershorts, aber anscheinend bereit für Ärger. Der Geruch von Schlaf weht an mir vorbei, als er sich zwischen dem Druiden und mir positioniert. »Wer bist du Vogel?«

Der Druide verzieht daraufhin vor Schmerz das Gesicht, als er sich am Geländer hochzieht. Das sanfte Licht der Wandleuchter betont die scharfen Kanten seines Kiefers, während er vorsichtig seinen Rücken abtastet.

»Mein Name ist Cornelis Kettering. Ich bin hier, um die Hausmann-Hexe zur heutigen Versammlung zu eskortieren.« Seine Antwort ist kurz, professionell, aber immer noch von Verachtung durchzogen. Tatsächlich klingt er eher wie ein Inquisitor aus dem sechzehnten Jahrhundert, der hier ist, um ›die Hausmann-Hexe‹ zum Scheiterhaufen zu führen.

»Mich eskortieren? Auf wessen Befehl?«, frage ich mit verschränkten Armen, fühle ich mich in meinem lappigen alten T-Shirt doch etwas entblößt.

»Gathoni Nyong'o.«

Bei Namen der Ältesten überkommt mich Erleichterung. Wenigstens nicht Mardequai.

Die Anspannung in meinem Körper lässt nach, aber nur kurz. Dies ist keine freundliche Geste, wird mir klar. Es ist eine Überwachungsmaßnahme. Der Druide ist nicht hier, um mich zu begleiten; er ist hier, um mich zu *beobachten* und wahrscheinlich über jeden meiner Schritte zu berichten.

Ich mustere Kettering mit neuem Misstrauen. »Danke, aber ich finde schon allein zum Arcadia House.« Ich wende mich bereits von ihm ab, als er einen sehr guten Einwand vorbringt.

»Nur trifft sich die Versammlung heute nicht im Arcadia House, nicht wahr?«, sagt der Druide und richtet seinen Mantel nach dem Sturz.

»Tut sie nicht?«

»Heute ist ein Außeneinsatz, Beatrix Kiddo, also nein. Du sollst um neun Uhr im Wytchwood in Oxfordshire sein. Das sind zwei Stunden Fahrt von London, wenn man den Verkehr nicht mit einrechnet. Was bedeutet, dass du bereits zu spät bist.« Der Druide beginnt, die Treppe hinabzusteigen. Seine ganze Art ist so eiskalt wie der Luftzug, der aus dem Treppenhaus aufsteigt. »Vielleicht solltest du dir eine Hose anziehen. Ich warte im Auto.«

Dann bleibt nur sein Geruch zurück, eine Mischung aus Sandelholz und etwas Erdigem, die ich gegen meinen Willen gern vernehme.

»Ich steige doch nicht mit dir in ein Auto«, rufe ich ihm nach.

Er hält inne und blickt durch das Geländer noch einmal zu mir auf. »Wie du meinst, Hexe. Es ist mir egal, *wie* du dorthin gelangen willst; das Auto wäre sicherlich am schnellsten. Aber lass uns gleich eines klarstellen, ja?«, sagt er, und seine sturmblauen Augen heften sich auf meine. »Ich mag es genauso wenig wie du, aber ich habe den strikten Befehl, dir nicht von der Seite zu weichen. Das bedeutet, dass ich in den nächsten sechs Tagen dein ständiger Schatten sein werde. Wie wäre es also, wenn du nicht für einen schlechten Start sorgst… zumindest nicht mehr, als du es ohnehin schon getan hast… und einfach kooperierst?«

Und damit verschwindet er nach draußen.

Ich wende mich sprachlos an Dennis.

»Auf gar keinen Fall!«, protestiert der sofort. Sein Widerstand wäre wahrscheinlich weniger heftig, wenn meine Eskorte ein weißbärtiger, altersschwacher Druide wäre und nicht dieser…unbestreitbar…gutaussehende Griesgram, der Dennis mit Leichtigkeit in einem Zweikampf schlagen würde.

»Ich glaube nicht, dass ich hier eine Wahl habe«, sage ich so sanft wie möglich und nähere mich ihm ein paar Schritte.

»Schön. Dann komme ich aber mit.« Sein Tonfall duldet keinen Widerspruch, aber wir wissen beide, dass es ja doch zwecklos ist.

»Komm schon, Dennis. Du weißt, dass das nicht möglich ist.«

Zurück im Zimmer schlüpfe ich in ein Paar Jeans und ein frisches Langarmshirt, dann spritze ich mir kaltes Wasser ins Gesicht. Der Schock hilft, meinen Kopf freizubekommen. Als ich zu meiner Schminktasche greife, gerät Dennis erneut in Fahrt.

»Wozu machst du *das* denn jetzt bitte?«, fragt Dennis und zeigt auf meine Wimperntusche.

Ich betrachte ihn durch den Badezimmerspiegel, während ich mein Make-up auftrage. »Was meinst du? Ich mache das jeden Morgen.«

»Frage mich nur, warum du dich für einen Tag mit *Mr. Unwiderstehlich* da unten aufbrezelst…«, sagt er mit zusammengebissenen Zähnen.

Ich muss fast lachen, als ich das höre, bis mir klar wird, dass er es tatsächlich ernst meint.

»Ich ›brezle mich nicht auf‹, okay? Ich ... hör zu, können wir den Tag bitte einfach nicht mit einem Streit beginnen?«

Ein Autohupen ertönt von der Straße, was praktischerweise ein Gespräch unterbricht, das ich im Moment sowieso nicht führen möchte.

Ich schiebe mich an Dennis vorbei und wende mich dem Fenster zu. Unten lehnt Kettering an einem silbernen Volkswagen, die Hand fest auf die Hupe gedrückt. Selbst aus dieser Entfernung kann ich die Ungeduld auf seinem Gesicht sehen.

»Bei Mutter Natur, könnte er noch nerviger sein?«, murmle ich, drehe mich wieder zu Dennis um und greife gleichzeitig nach meinen Schuhen. »Hör zu, es tut mir leid, aber ich muss jetzt los. Versuch einfach, deinen Tag zu genießen, ja? Du hast schließlich Urlaub.«

»Toller Urlaub«, grummelt Dennis, geht dann ins Badezimmer und knallt die Tür hinter sich zu.

Ich zögere, meine Hand halb erhoben, um die Tür schon wieder zu öffnen. Ich weiß, ich sollte mehr sagen, ein paar tröstende Worte anbieten, aber sie fallen mir einfach nicht ein. Meine Finger zucken und krümmen sich, Daumen streichen in einem nervösen Muster über die Spitzen. Schließlich, mit einem Seufzer, schnappe ich mir dann aber doch meinen

Mantel und schlüpfe ohne ein weiteres Wort aus dem Zimmer.

Als ich auf den regennassen Bürgersteig trete, beißt die kalte Morgenluft in meine Haut, und ich gehe um das Auto herum. Der Druide ignoriert mich komplett und gleitet auf den Fahrersitz. Der Innenraum des Mietwagens riecht nach neuem Plastik und künstlicher Kiefer. Am Rückspiegel baumelt ein laminierter Anhänger der Autovermietung.

»Ich brauche Kaffee«, sage ich mit rauer Stimme von zu wenig Schlaf, als ich den Gurt anlege. Auf Knopfdruck erwacht der Elektromotor summend zum Leben.

»Dafür ist keine Zeit.« Kettering manövriert das Auto in den stetigen Strom des Morgenverkehrs.

»Nun, soweit ich weiß, haben Schatten nichts zu sagen«, entgegne ich, während meine Kehle vor Anima kribbelt und ich an Zauber denke, mit denen ich ihn verhexen könnte. »Wir halten beim nächsten Café, oder du wirst gleich am eigenen Leib erfahren, wie eine Hexe ohne ihren Morgenkaffee diesen kleinen Ausflug aufs Land in deinen schlimmsten Albtraum verwandelt.«

* * *

Anderthalb Stunden entschlossenen Schweigens später biegt der Druide von der Autobahn ab, und ein Flickenteppich aus grünen Feldern und perfekt ausgerichteten Hecken entfaltet sich vor uns. Der Nebel hängt noch in den Tälern und löst sich in der Herbstsonne kaum auf, als uns die schmale Landstraße durch die gemütliche Landschaft von Oxfordshire führt.

Aus dem Augenwinkel werfe ich einen Blick auf Kettering. Wie alt ist er wirklich? Ich habe einmal gehört, dass Druidenkinder normal altern, bis sie erwachsen sind, was es anfangs fast unmöglich macht, sie von Menschen zu unterscheiden. Nur wenn die ersten Anzeichen des Alterns ausbleiben – Krähenfüße um die Augen, feine Linien auf der Stirn, hier und da ein graues Haar –, weiß man, dass man es mit einem Druiden zu tun hat. Wenn ich raten müsste, wurde Kettering wahrscheinlich während des letzten Solantha-Übergangs gezeugt, vielleicht dem davor. Das würde ihn irgendwo zwischen 108 und 216 Jahre alt machen. *Ein echter Jungspund*, denke ich und unterdrücke ein Grinsen. Es ist seltsam sich vorzustellen, dass dieser Mann, der kaum älter als dreißig aussieht, vielleicht die Schlacht von Waterloo *und* die Geburt des Internets miterlebt hat.

»Also, was soll das ganze Starren?«, frage ich und spiele mit dem leeren Pappbecher in meinen Händen.

»Das wird dich jetzt vielleicht schockieren, aber die Augen auf der Straße zu halten, wirkt Wunder, um Unfälle zu vermeiden«, antwortet er gelangweilt, aber seine Fingerknöchel verraten ihn, die weiß hervortreten, als er das Lenkrad fester umklammert.

»Ich meine während der Versammlung. Du kennst mich von irgendwoher, gib es zu.«

»Ich kenne dich nicht«, sagt er mit jetzt verärgerter Stimme.

»Doch, das tust du.«

»Das spielt keine Rolle.«

»Für mich schon.«

»Das geht mich nichts an.«

Er fährt an den Straßenrand und bremst schärfer, als nötig wäre. Ich drehe mich zu ihm um und mache keinen Versuch, meine Verärgerung zu verbergen. »Was bist du? Ein Roboter?«

»Sie haben Ihr Ziel erreicht«, sagt er tonlos in nachgeahmter Roboterstimme.

»Ach, witzig ist er also auch noch?«

»Ich bin nicht witzig«, erwidert er trocken und deutet mit einem Nicken auf die Windschutzscheibe, während er den Gurt löst. »Das hier ist der Wytchwood. Hier trifft sich heute die Versammlung.«

Mein Mund formt ein stummes O, als ich nach vorne sehe.

Am Waldrand stehen Autos in einer Reihe, dahinter breitet sich ein Feld aus, über das sich Menschen zu einem Sammelpunkt bewegen. Als ich die Tür öffne, trägt die Morgenluft das Murmeln der Stimmen herüber, vermischt mit Vogelrufen.

Ich steige aus, das feuchte Gras benetzt meine Schuhe. In den Taschen suche ich nach Wärme, spüre das Smartphone in der einen Hand und den glatten Obsidianstein in der anderen.

Der Stein beruhigt mich. Langsam gehe ich näher, halte mich aber am Rand der Menge. Die Hexen und Druiden stehen in einem Halbkreis um eine junge Hexe auf einem Baumstumpf. Sie kann kaum älter als zwanzig sein, mit kupfernem Haar und smaragdgrünen Augen, die vor Überzeugung leuchten, als sie spricht.

»Jahrzehntelang haben wir im Verborgenen gearbeitet und unsere Magie genutzt, um diesen verwundeten Planeten zu heilen, nicht wahr? Wir haben Flüsse gereinigt, abgeholzte Flächen wieder aufgeforstet, Wissenschaftler zu Durchbrüchen bei erneuerbaren Energien geführt. Aber es reicht nicht. Es reicht nie.

»Erinnert ihr euch an die ›wundersame‹ Rückkehr der Tierwelt in Tschernobyl oder die ›wahnsinnig schnelle‹ Regeneration der australischen Korallenriffe? Die Menschen haben sich selbst gefeiert und geglaubt, alles sei wieder gut. Das hat sie träge gemacht. ›Die Natur kann sich selbst heilen‹, sagen sie. Genau das geschieht, wenn wir weiter aus dem Schatten heraus handeln. Und lasst uns nicht vergessen: das waren Einzelfälle in einem Meer aus Zerstörung. Für jeden Wald, den wir wachsen lassen, werden zehn neue abgeholzt. Für jede bedrohte Art, die wir retten, stehen hundert andere am Rand des Aussterbens.«

Ein Murmeln geht durch die Menge. Einige Hexen sehen einander besorgt an, einige Druiden nicken ernst.

»Wir können es uns nicht länger leisten, im Verborgenen zu bleiben. Unsere Magie, so stark sie auch sein mag, wirkt zu lokal, zu begrenzt. Wir müssen hervortreten und unser Wissen teilen, um Magie mit Wissenschaft und Technologie zu verbinden.«

Sie hält kurz inne, lässt den Blick über die Versammlung wandern.

»Stellt euch eine Welt vor, in der unsere Magie den Welthunger beenden kann. In der unsere Rituale groß genug wären, um ganze Ozeane zu reinigen. In der unsere Heilzauber mit der modernen Medizin zusammenwirken. Und stellt euch vor, was das mit den Menschen machen würde. Wenn sie von unserer Anima wüssten, wie sie durch die Erde pulsiert, könnten sie lernen, wieder zu staunen. «

Ihre Worte tragen über das Feld. Unmittelbar hinter mir spüre ich Kettering, und seine Nähe lässt mich anspannen. Dann schrillt mein Handy los, laut genug, um die Stille zu zerreißen. Alle Köpfe drehen sich zu mir, alle Blicke sind vorwurfsvoll. Ich spüre, wie mir das Rot in die Wangen schießt, während ich hektisch in der Tasche wühle, um das Handy auszuschalten.

»Entschuldigung, es tut mir leid …«, murmele ich.

Verdammt, Dennis.

Und als wäre das nicht genug, erkenne ich in den Gesichtern ringsum ein Aufleuchten. Die Erinnerung an die gestrige Versammlung kehrt zurück. Großartig. Jetzt treten sie sogar einen Schritt von mir zurück.

Zum Glück spricht die junge Hexe weiter.

»Heute haben sich Hexen und Druiden in ganz England versammelt, um natürliche Lebensräume wiederherzustellen. Von den Kreideflüssen in Hampshire bis zu den Torfmooren in Yorkshire, von den Feuchtgebieten in Norfolk bis zu den Klippen von Dover. Wenn alles läuft wie geplant, werden die Nachrichten darüber berichten, und wir können die Ergebnisse beim Klimagipfel vorstellen.«

Ich bemerke Bewegung in der Menge und entdecke Mardequai. Unsere Blicke treffen sich, kurz und gespannt. Er spricht mit einer Frau in seinem Alter, jedenfalls scheint es so. Rotes Haar mit silbernen Strähnen, ein von Falten gezeichnetes Gesicht. Sie folgt seinem Blick zu mir, und ich senke hastig den Kopf. Natürlich reden sie über mich.

»Wir hier im Wytchwood spielen eine Schlüsselrolle«, fährt die Sprecherin fort. »Mit über hundertzwanzig Quadratmeilen, von den Cotswolds bis zur Themse, ist der Wytchwood die unberührteste Region Oxfords. Hier gibt es noch alte Wälder, uralte Böden. Wenn die Natur irgendwo zurückkehren kann, dann hier.«

Sie springt vom Baumstumpf und klatscht in die Hände. »Also gut, fangen wir an! Drei Gruppen: Ihr dort legt Teiche an, ihr zieht Setzlinge, ihr verjüngt alte Bäume. Wie es die Tradition verlangt, arbeiten Hexen und Druiden zusammen. Druiden geben Wissen, Hexen führen aus. Also, bitte, alle Hexen zu einem Druiden. Und bitte, macht Fotos und Videos für unsere Dokumentation.«

Ein kollektives Murren geht durch die Reihen. Hexen bewegen sich, suchen Partner. Ich brauche nicht zu suchen, meiner steht längst fest. Kettering und ich, in denselben Topf gepflanzt, obwohl wir uns kaum ertragen.

Während sich Gruppen bilden, bleibe ich neben ihm stehen.

»Ich sehe, du bist ja beliebt«, sagt er.

»Was lässt dich glauben, dass es an mir liegt?«, erwidere ich.

Er wirft mir einen Blick zu, der eine ganze Rede ersetzt, hebt eine Augenbraue, als wolle er sagen: »Hexe, bitte…«

»Na los, Carrie White, machen wir also eine Influencerin aus dir«, sagt er und stapft in den Wald.

Aber ich folge ihm nicht. Mein Blick bleibt an Mardequai hängen, der seine Gruppe von Hexen einen Hügel hinaufführt, die Frau mit dem roten Haar dicht an seiner Seite. Ich halte mich am Waldrand, stolpere über Wurzeln und Steine, während ich mich vorarbeite, entschlossen, näher heranzukommen und zu belauschen, worüber sie sprechen. Der Wind trägt

Gesprächsfetzen herüber, Bruchstücke, die meine Neugier weiter anheizen, doch ich verstehe kein Wort.

Tief geduckt schleiche ich vorwärts, bis das Knacken von Zweigen hinter mir verrät, dass Kettering mir folgt.

»Wo willst du hin?«, fragt er, gereizt wie immer. »Wir sollen in den Wald, nicht auf die Felder.«

Ich ignoriere ihn, mein Blick bleibt auf Mardequai und die Frau gerichtet, während ich mich hinter einem umgestürzten Baum ducke.

Dann, zu meinem Entsetzen, ruft Kettering laut: »Guten Morgen, Mr. Guise, Mrs. Morrígan?« Er winkt ihnen zu. Mardequai erwidert den Gruß, doch als sein Blick mich trifft, verfinstert sich sein Gesicht.

»Was tust du da?«, zische ich.

»Ich grüße einen meiner Brüder«, sagt Kettering ruhig, doch das Funkeln in seinen Augen verrät, dass er genau wusste, was er tat. Ich will mich gerade abwenden, da ruft Mardequai etwas, und als ich es höre, erstarrt mir das Blut.

»Ich sehe, du hast heute die Niete gezogen, Kettering. Musst dich ausgerechnet mit der Hausmann-Hexe zusammentun. Ziemlich passend, wenn du mich fragst. Ihr kennt euch schließlich schon lange.«

Die Frau neben ihm beugt sich vor und flüstert ihm etwas zu. Ihre Augen schnellen zu mir, schmal vor Bosheit, dann weiten sie sich, als hätte sie einen Geist gesehen. Mardequai beobachtet mich noch einen Moment, die Lippen zu einem spöttischen Grinsen verzogen, bevor er sich abwendet, als wäre ich nicht der Rede wert.

Ich drehe mich zu Kettering um. »Was meinte er damit, du und ich kennen uns schon lange?«

Er schweigt, der Kiefer angespannt, während wir tiefer in den Wald gehen.

»Komm schon, Cornelis.« Meine Stimme klingt ruhiger. »Ich weiß, dass du etwas verheimlichst.«

Kein Blick, kein Wort.

»War es während des Krieges? Kanntest du meine Großmutter?«

Nichts. Nur sein gleichmäßiger Schritt vor mir.

»Wenn ich dich beleidigt habe, tut mir das leid, aber du kannst mich nicht ewig ignorieren.«

Er beschleunigt, als wolle er davonlaufen. Kindisch. Wie alt sind wir? Zwölf?

»Um Himmels willen, Kettering!«, rufe ich und greife nach seinem Arm. »Spuck es aus.«

Da reißt etwas in ihm. Er fährt herum, die Augen brennen vor Schmerz, Wut und Verachtung. »Du willst es wissen? Schön. Ich sage es dir.« Er macht einen Schritt auf mich zu, und ich stoße rückwärts gegen einen Baum. »Du hast meine Familie getötet, Hexe.«

Mir entgleiten die Worte. »Was? Nein, das kann nicht sein …«

»Oh doch.« Seine Stimme ist kaum mehr als ein raues Flüstern. »Sie waren dort. Sie waren auf Sylt.« Er kommt näher, sein Blick trifft mich wie ein Schlag. »Also verzeih mir, wenn ich keine Lust auf Plaudereien mit der Mörderin habe, die meine Tochter auf dem Gewissen hat.«

Dann stößt er sich von mir ab und geht. Ich bleibe stehen, unfähig, mich zu rühren. Schuld schießt in mir hoch. Ich will etwas sagen, eine Erklärung, eine Entschuldigung, irgendetwas. Doch keine Worte könnten das heilen. Keine Worte wären genug.

Nun allein gehe ich tiefer in den Wald. Septemberduft hängt in der Luft, und jeder Schritt fühlt sich an, als würde ich durch zähen Boden waten. Überall um mich herum gehen die Hexen ihrer Arbeit nach. Einige pflanzen Setzlinge mit beinahe feierlicher Sorgfalt, andere knien nieder, sammeln die ersten Eicheln des Jahres und halten sie in den Händen, um sie mit Anima zu füllen. Nicht weit entfernt legt eine Hexe ihre Handflächen an eine alte Birke. Das Holz knackt, die Äste regen sich, und junge Triebe brechen hervor.

Ich tue, als suchte ich nach einem geeigneten Baum, doch in Wahrheit versuche ich, das Gewicht dessen zu fassen, was ich eben gehört habe. Zu meiner Überraschung folgt Kettering mir noch immer.

»Hast du vor, irgendwann etwas zu tun?«, fragt er, als er merkt, dass ich ihn bemerkt habe.

Ich drehe mich zu ihm, will antworten, doch die Worte versiegen, als ich seinen Blick sehe, gefüllt mit einem Schmerz, der nie ganz vergeht. Ein Teil von mir will fliehen. Ich weiß, dass ich bleiben muss.

»Ich weiß nicht, wie...«, sage ich leise und nicke zu einem Baum in der Nähe.

Kettering presst den Kiefer zusammen. Aber etwas in meiner Stimme scheint ihn zu erreichen. Er seufzt und lehnt sich, müde, gegen einen Stamm.

»Hör zu. Ich weiß, es macht nichts ungeschehen, aber mir tut leid, was geschehen ist. Wenn es eine Möglichkeit gäbe, es wieder gutzumachen ...«

»Die gibt es nicht«, fällt er mir ins Wort. Dann ändert er den Ton und spricht sachlich weiter. »Wenn man einen sterbenden Baum verjüngen will, fühlt eine Hexe zuerst nach seiner Seele. Sie spürt den Lebensfluss, tief im Kern, auch wenn er kaum noch da ist. Dann leitet sie ihre Energie hinein, nährt ihn, gibt ihm Kraft.«

Während er spricht, scheint der Wald zu atmen. Ich bilde mir ein, die unsichtbaren Fäden der Anima zu sehen, die zwischen den Stämmen pulsieren.

»Die Hexe konzentriert sich auf Wachstum und Erinnerung«, sagt er weiter. »Sie sieht den Baum nicht, wie er ist, sondern wie er war und wieder sein kann. Ihre Magie erinnert ihn an seinen Willen zu leben.«

Ich will es versuchen. Doch dann verfinstert sich sein Ton.

»Angesichts deiner Vergangenheit gehe ich aber davon aus, dass du besser im Zerstören bist als im Heilen.«

Seine Worte treffen scharf. Scham breitet sich in mir aus, aber ich weiche ihr nicht. Ich will es versuchen. Ich will zeigen, dass ich heilen kann.

Entschlossen trete ich an eine alte Eiche heran. Ihre Rinde ist dick und rissig, wie Schuppen aus Stein. Ich hebe die Hände, halte sie dicht davor und schließe die Augen.

Nichts.

Ich konzentriere mich stärker, zwinge mich, die Energie zu fühlen, sie zu lenken, irgendwohin.

»Schwierigkeiten, den An-Schalter zu finden?«, stichelt Kettering.

Ich presse die Lippen zusammen, atme tief und ignoriere ihn. Noch einmal. Diesmal mit mehr Kraft, mit allem, was in mir ist.

Doch der Baum bleibt still.

Frustration steigt in mir auf, während ich meine Magie in den Stamm zu pressen versuche. Dann erinnere ich mich an Ketterings Worte: Ich soll mich mit der Seele des Baumes verbinden. Kein Zwingen, kein Fordern. Helfen, nicht herrschen.

Langsam löst sich die Härte aus meiner Haltung. Ich öffne mich dem Baum, seiner stillen Gegenwart. Der Wald verblasst, als würde er in den Hintergrund treten. Ein sanftes Pochen durchzieht meine Fingerspitzen, der Baum antwortet, tastet vorsichtig nach mir. Ehrfürchtig frage ich, was er braucht, was ich tun kann. Eine Regung antwortet, kaum wahrnehmbar. Ich lasse Anima durch meine Hände fließen, ein Strom, der in die Wurzeln sickert und die vertrockneten Adern des Baumes erreicht.

Ein erschrockenes Keuchen entweicht mir, als ich spüre, wie Leben zurückkehrt.

»Dreh dich seitwärts, verdammt noch mal«, befiehlt Kettering. Er tritt neben mich, hebt sein Handy und richtet es auf mich. »Man muss sehen, dass du das tust. Sonst hat es keinen Sinn.«

Ich neige mich wieder vor, lasse mich auf die Arbeit ein. Mit wachsendem Vertrauen durchströmt mich ein warmer Rausch. Doch etwas in mir erwacht, jemand. Ruth. Ihr Schatten regt sich tief in meinem Inneren, geweckt von der Kraft. Der Fluss kippt, die Magie verdirbt. Die Äste knacken, die Rinde schwärzt sich, als hätte jemand Teer über sie gegossen. Blätter welken, fallen zu Boden, Tod rieselt von den Zweigen.

Ich drehe mich zu Kettering um, weiß aber, dass ich die Kontrolle verliere. Hinter mir stirbt der Baum, und ein dunkles, fremdes Verlangen in mir genießt es. Statt Leben zu spenden, sauge ich es auf. Es füllt mich, berauscht mich, jagt mir Schauer durch den Körper. Jeder brechende Ast ist ein Pulsschlag. Jeder fallende Zweig ein Schub aus Macht. Ein Hunger wächst, der mir das Denken raubt.

»Ruth, hör auf!«, ruft Kettering und packt mich. Für einen Moment begegnen sich unsere Blicke. In seinen Augen sehe ich mich selbst. Schock weitet seinen Blick, gefolgt von glühendem Hass.

Dieses Spiegelbild reißt mich zurück. Ich stoße einen keuchenden Atemzug aus, ringe die Kontrolle zurück, dränge Ruth in die Dunkelheit, die sie geboren hat. Dann sehe ich Kettering an.

»Nenn mich nie wieder bei ihrem Namen. Nie wieder. Verstanden?« Jedes Wort kostet Kraft. »Ich bin nicht sie.«

Ich wende mich ab, betrachte die zerstörte Eiche. Tränen brennen in meinen Augen. Mit zitternden Händen dränge ich mich vorbei, tiefer in den Wald. Das Murmeln der anderen verblasst. Stille legt sich über mich.

Kettering bleibt in der Nähe, mein Schatten, der mir folgt, ohne sich zu zeigen. Ich zwinge mich, ihn zu ignorieren, und sehe Waldsauerklee zwischen freiliegenden Wurzeln. Die kleinen gelben Blüten hängen schlaff herab. Ich knie mich hin, spüre die Kälte durch den Stoff. Verzweifelt will ich beweisen, dass noch etwas Gutes in mir lebt.

Ich strecke die Hände aus, suche den Faden der Anima. Wieder gleitet er mir davon, entzieht sich wie Wasser.

»Bitte«, flüstere ich. »Zeig mir, wie ich dir helfen kann.« Die Worte werden zu einem Rhythmus, kaum mehr als ein Lied, das mit jedem Atemzug dringlicher klingt. »Zeig mir, wie ich dir helfen kann. Zeig mir, wie ich dir helfen kann…«

Plötzlich beben die winzigen Blütenblätter, ein schwacher Schimmer steigt an den Stielen empor. Mein Herz schlägt schneller. Es funktioniert.

Ich will den Sauerklee gerade wieder zum Leben erwecken, als etwas mit Wucht in mich prallt und mir den Atem raubt. Starke Arme packen mich, reißen mich fort. Kettering zieht mich zu Boden, und der Aufprall lässt mir die Sinne flimmern. Panik flutet mich, Grün und Braun verschwimmen, Zweige zerren an meiner Kleidung, Wurzeln ritzen über die Haut. Ein Krachen zerreißt die Stille, dann scheint die Zeit zu stehen. Der Boden bebt, als würde die Erde selbst erzittern.

Ich erkenne, was er verhindert hat: eine Buche, hoch wie ein Haus, kracht herab. Der Stamm zersplittert an der Stelle, an der eben noch der Sauerklee stand. Ein Ast streift meinen Mantel, reißt den Stoff auf.

Für einen Moment kann ich nicht begreifen, was geschehen ist. Mir ist schwindlig, das Adrenalin hämmert in meinen Beinen. Kettering liegt halb über mir, drückt mich in den Boden. Seine Brust hebt und senkt sich an meinem Rücken, Blätter prasseln auf uns nieder. Wider meinen Willen nehme ich alles wahr: die Wärme seines Körpers, die Spannung in seinen Händen, die meinen Arm festhalten.

Dann stößt er sich ab, als hätte er sich verbrannt, und steht auf. Sein Blick jagt über die Lichtung. Ich richte mich auf. Mein Herz rast. Zwischen den Bäumen suche ich nach Bewegung.

Magie hängt in der Luft, schwer und aufgeladen. Etwas Unsichtbares flackert zwischen den Stämmen, wie flirrende Hitze über Asphalt. Doch niemand ist da. Kein Laut, kein Rascheln. Nur wir zwei und der gefallene Baum.

Das war kein Zufall.

Ich weiß es mit einer Klarheit, die mir die Kehle zuschnürt: Jemand will mich töten.

* * *

Kettering fährt gerade am Hotel vor, als die Nacht über London hereinbricht.

Der Rest des Tages verging in einem angespannten Nebel. Nach meinem Beinahe-Unfall mit dem fallenden Baum hatte ich mich im Auto versteckt, nicht in der Stimmung, weitere magische Missgeschicke zu riskieren. Ich wollte am liebsten vom Ort des Geschehens fliehen, aber Ketterings Mietwagen war auf beiden Seiten eingeparkt, also mussten wir warten, bis die Waldsanierung abgeschlossen war. Natürlich zog der Druide es vor, nicht mit mir im Auto zu bleiben, sondern lehnte sich draußen an die Motorhaube, den Blick auf die umliegenden Bäume gerichtet. Sein Kopf neigte sich gelegentlich, als würde er etwas vorbeifliegen sehen. Ich hätte schwören können, dass er Vögel beobachtete.

Zurück am Bowery Arms trete ich auf den Bürgersteig, als mir Kettering zu meinem Ärger folgt. Endlich reißt die Spannung, die sich den ganzen Tag aufgebaut hat.

»Hör zu«, sage ich und wirble zu ihm herum, »ich weiß, du stehst unter strengen Befehlen und so weiter, aber ich schwöre, wenn du mich nicht allein auf mein Zimmer gehen lässt, schreie ich den ganzen Weg bis in den zweiten Stock. Geh nach Hause, ich flehe dich an – oder, keine Ahnung, geh dorthin, wo auch immer du heute Nacht bleiben willst.«

»Genau das tue ich«, erwidert Kettering und zieht eine

Schlüsselkarte aus seiner Brieftasche. »Ich habe letzte Nacht im Hotel eingecheckt.«

»Das ist doch nicht dein Ernst.«

»Übrigens, du solltest deinem Freund vielleicht sagen, dass er versuchen sollte, auf der Seite zu schlafen. Ich konnte ihn durch die Wand schnarchen hören. Wie schläfst du dabei? Es sei denn, er war es natürlich nicht – sondern du.«

Hitze steigt mir in die Wangen, und ich weiß nicht, ob es Verlegenheit oder Wut ist, aber ich bin versucht, so oder so jede Unze meiner Magie zu entfesseln, seine Meinung über mich sei verdammt.

»Warum hast du den Baum nicht einfach auf mich fallen lassen?«, platze ich stattdessen heraus, wirble wieder herum, und meine Stimme zieht neugierige Blicke von Passanten auf sich.

Für einen Moment glaube ich, Ketterings übliche Gleichgültigkeit bröckeln zu sehen, aber wieder einmal bekomme ich von ihm nur steinernes Schweigen.

»Gute Nacht, Kettering«, murmele ich, drehe mich auf dem Absatz und gehe zielstrebig zur Hoteltür.

Aber meinen Schatten werde ich dennoch nicht los.

Kapitel Siebzehn

Ich haste die Treppe hinauf, um Kettering abzuschütteln. Auf dem zweiten Stockwerk bleibe ich dann aber abrupt stehen. Dennis sitzt auf der Treppe, sein Handy in der Hand, die Reisetasche gepackt neben ihm.

»Was machst du hier draußen?«, frage ich, während sich Schuld in mir breitmacht. Erst jetzt begreife ich, dass er den ganzen Tag Zeit hatte, in unserer unausgesprochenen Spannung zu schmoren. Sein Kiefer ist angespannt, sein Blick hart, als hätte er diesen Moment geübt. Hinter mir höre ich Ketterings Schritte näherkommen.

»Ich habe meinen Flug umgebucht. Er geht heute Abend«, sagt Dennis. »Eine letzte Chance, Alva. Das ist der einzige Grund, warum ich noch hier bin. Buch deinen Flug um.« Er hält mir sein Handy hin, das grelle Licht sticht mir in die Augen. »Tu es jetzt.«

Ich starre auf das Display, unfähig, mich zu bewegen. Kettering räuspert sich hinter mir. Dennis' Blick schneidet über meine Schulter hinweg zu ihm.

»Lass uns einfach reingehen und reden, okay?«, sage ich.

»Würde ich gern. Aber sie ist da drin.«

»Wer?«

Mein Blick schnellt zur Tür. Ohne zu zögern stoße ich an Dennis vorbei und reiße sie auf.

»Überraschung«, näselt Sofia, die sich auf unserem Bett räkelt, während *Britain's Got Talent* im Hintergrund dudelt.

»Was machst du hier?«, frage ich fassungslos.

»Ich schaue fern. Und wer ist das?«, fragt sie, den Blick auf Kettering gerichtet.

»Er ist ... niemand.« Ich fuchtle in der Luft, als könnte ich ihn wegradieren. »Ich freue mich, dass du da bist, wirklich. Aber könntest du bitte kurz draußen warten? Auf der anderen Straßenseite ist ein Pub. Ich komme gleich nach.«

Sofia schwingt die Beine vom Bett. »Schon gut. Ich weiß, wann ich unerwünscht bin.«

»Hey, geh nicht weit, ja?«

Sie bleibt an der Tür stehen. »Solange sie Old Fashioneds servieren, bleibe ich.«

Ich wende mich an Kettering. »Du gehst in dein Zimmer, schließt ab und schaltest den Fernseher an. Laut. Es geht dich nichts an, was wir besprechen.«

»Er wohnt jetzt auch hier?«, fragt Dennis.

»Ja, tut er. Und jetzt kommst du mit mir.«

Die Tür fällt ins Schloss. Ich bleibe am Fenster stehen, während Dennis sich auf das Bett setzt. Im Nebenzimmer rauscht eine Wettervorhersage.

»Es tut mir leid«, sage ich. »Das ist für dich ein Albtraum. Sofia kann schwierig sein. Ich hoffe, sie war nicht unhöflich.«

»Sie hat mich ›Baron von Langweil‹ genannt. Und ehrlich, es gibt einen Grund, warum ich im Flur gewartet habe statt im Zimmer, das ich bezahlt habe, um bei dir zu sein.«

Ich sehe ihn an, und jede Falte in seinem Gesicht spricht von Enttäuschung.

»Komm mit mir«, bittet er. »Wir gehören nicht hierher. Du brauchst diese Leute nicht. Lass uns nach Hause gehen.«

Das Wort hallt in mir nach… Zuhause. Ein Teil von mir will es. Fliehen, Sicherheit finden. Doch dieser Teil ist klein, kaum ein Kiesel im Vergleich zu dem Berg an Leben, der auf mich wartet, wenn ich bleibe.

Ich sehe aus dem Fenster, beobachte, wie Sofia unten bei Rot die Straße überquert, hupende Autos ignoriert und im Pub verschwindet.

»Ich kann nicht«, sage ich, bevor ich den Mut verliere. Ich drehe mich zu Dennis um. »Es tut mir leid, aber ich kann nicht.«

Er nickt, doch seine Ruhe bröckelt. Wut glimmt darunter. Er greift nach seiner Jacke, zieht sie mit einem Ruck an. »Was war ich für dich? In den letzten drei Jahren. Nur ein Platzhalter? Und das Leben, das wir hatten, war das alles eine Lüge?«

»Du warst nie ein Platzhalter«, antworte ich und meine es. Ich trete zu ihm, strecke die Hand aus, doch er weicht zurück. »Aber ich habe dich belogen. Ich war nie die, für die du mich gehalten hast. Es tut mir leid. Ich dachte nicht, dass es so weit kommt. Ich dachte nicht, dass ich das zurückbekomme, was ich verloren hatte.«

Sein Gesicht verzerrt sich vor Wut. Ich erkenne dieselbe Glut wie damals, als er den Wilderer im Reservat stellte.

»Du machst einen Fehler«, zischt er. »Und wenn du das merkst, komm nicht zu mir, um die Scherben aufzusammeln.«

Er stürmt hinaus und schlägt die Tür, dass die Wände zittern.

Ich sinke aufs Bett, und ein Kloß aus Reue drückt mir die Kehle zu. Kaum ist Stille auf meiner Seite der Wand eingekehrt, verstummt der Fernseher im Nebenzimmer.

»Danke für nichts, Kettering«, rufe ich gegen die Wand.

* * *

Der Pub ist warm beleuchtet, ein gemütlicher Zufluchtsort vor der chaotischen Londoner Nacht. Wände aus sattem Mahagoni sind mit verschlungenen Blattgoldverzierungen und ornamentalen Glasscheiben geschmückt, was dem Ort einen Hauch von zeitloser Eleganz verleiht. Sofia sitzt an der Bar und schwenkt ihren Drink.

Ich lasse mich neben sie sinken, greife nach dem Glas, trinke den Rest in einem Zug und verziehe das Gesicht, als der Alkohol in mir brennt.

»Immer mit der Ruhe«, sagt Sofia und lacht.

»Ich trinke nie Alkohol«, keuche ich, während ich mir den Mund abwische.

»Wie überstehst du dann den Tag?«

»Offenbar gar nicht.«

Einen Moment lang schweigen wir.

»Willst du spazieren gehen?«, frage ich.

»Klar.«

Als wir hinaustreten, wartet Kettering schon. Natürlich tut er das.

Sofia mustert ihn. »Du bist aber schnell, Schwesterherz.«

»Wer, er? Er ist kein Eroberer. Er ist ein Druide, und ihm wurde befohlen, mich zu bewachen.«

»Ein Druide?«, schnaubt Sofia. »Solltest du nicht irgendwo alte Männer mit Geschichten aus der Französischen Revolution langweilen, Opa?«

Ich unterdrücke ein Lachen. »Man gewöhnt sich nicht an ihn, glaub mir.« Ich wende mich an Kettering. »Wir gehen jetzt spazieren. Wenn du uns folgst – und ich weiß, dass du es tun wirst –, bleib zehn Schritte hinter uns. Keine Diskussion.«

Kettering zeigt keine Regung, aber seine Augen sprechen für sich.

Sofia und ich machen uns auf den Weg in den Hyde Park. Mondlicht fällt durch die Bäume und legt helle Flecken auf den

Weg. Der Lärm der Stadt verliert sich, nur Blätter rauschen, und unsere Schritte knirschen auf dem Kies.

»Also, was hat es mit deinem Bodyguard auf sich?«, fragt Sofia und wirft einen Blick über die Schulter.

»Du hast ja gehört, was bei der Versammlung passiert ist. Ich gelte als unsicher, weil unsere liebe Großmutter sich in den unpassendsten Momenten in meinem Kopf meldet.«

»Ich bin beleidigt, dass du als der ›besondere‹ Zwilling gilst. Ich habe meinen eigenen Draht in die Vergangenheit.« Sie stößt mich an. »Wer hat das Fossil überhaupt geschickt?«

»Gathoni Nyong'o.«

»Diese Frau …«

»Du kennst sie?«

»Jeder kennt sie. Sie ist nicht nur Oberste Älteste, sondern auch Leiterin der Chyulu-Akademie. Sie hat mich Anfang des Jahres eigenhändig rausgeworfen.«

»Du warst auf Chyulu?« Ein Stich fährt mir durch die Brust. Die Akademie für Höhere Magie in Kenia, der heiligste Ort für magische Ausbildung. Nur die Besten werden dort angenommen. Ich bin stolz auf sie, aber der Neid sitzt tief. Früher war ich die, die Zauber schneller lernte. Jetzt fühlt sich der Abstand zwischen uns wie ein Riss an.

»Und warum bist du heute Abend gekommen?«, frage ich und stoße eine Eichel über den Weg.

Sofia kickt sie zurück. »Eigentlich wollte ich gar nicht kommen«, sagt sie.

»Was hat dich umgestimmt?«

»Nicht was – *wer*.«

Für einen Moment denke ich an Mardequai, doch Sofia scheint meinen Gedanken zu lesen. »Pippa«, sagt sie. »Meine Assistentin. Sie hat eine starke Meinung, was Familie betrifft. Meint, wir sollten zusammenhalten, bevor die Welt auseinanderfliegt.«

Ich atme auf. »Ich mag sie.«

»Ja, sie hat ihre Art, unter die Haut zu gehen. Sie wollte mich außerdem daran erinnern, dass morgen unser wöchentliches Zirkeltreffen stattfindet.«

»*Sie* wollte das?«

»Ich als Magistratin wollte das natürlich. Du bist herzlich eingeladen. Morgen um fünf Uhr nachtmittags. Alte Gin-Destillerie in Shoreditch. Schwarzes Lagerhaus an der Ecke Brick Lane und Woodseer Street. Du kannst es nicht verfehlen.«

»Ich werde da sein.«

Wir stoßen auf einen Spielplatz. Ohne ein Wort lenken uns unsere Schritte zu den Schaukeln, die Ketten kalt in den Händen, die Bewegung vertraut. Wir setzen uns, und für einen Moment fühlt sich alles an wie damals. Zwei Kinder, die glauben, die Nacht gehöre ihnen.

»Ich gebe dir keine Schuld«, sagt Sofia plötzlich, die Beine schwingen leicht vor und zurück. »Für den Unfall.«

Ich nicke. Der Kloß in meinem Hals lässt keine Worte durch.

»Ich vermisse sie«, sagt Sofia leise.

»Ich auch.«

»Fragst du dich manchmal, was sie zu all dem sagen würde? Zur Enthüllung und so?«

»Mama?«

»Ja. Ich wette, sie hätte Spaß daran. Sie wäre vorne mit dabei, in jedem Komitee, würde wahrscheinlich eine Ratgeberkolumne im Resonanz-Netzwerk starten.« Sofia lacht.

»Oh Gott, ja. Und Dad würde neben ihr sitzen und versuchen, Magie mit Quantenphysik zu erklären«, kichere ich. »Erinnerst du dich, wie sie ihre Magie fast vor diesem Nachbarn verraten hätte? Sie hatte einen Wachstumszauber auf ihre Tomaten gesprochen, und sie wurden so groß wie Wassermelonen. Und als Herr Peters sie sah—«

»—platzte sie heraus, sie experimentiere mit Dünger«, beendet Sofia meinen Satz. »Dann hat sie Wochen damit verbracht, Kompost und Küchenabfälle zu mischen, um die Lüge aufrechtzuerhalten, und die—«

»—ganze Straße stank nach verfaultem Gemüse«, sagen wir im Chor, und brechen in Gelächter aus.

Sofia springt von der Schaukel, ich folge.

»Was ist eigentlich mit dir passiert?«, fragt sie, als wir an einer Gruppe Teenager vorbeigehen, deren Rauch und Musik sich in der Luft mischen. »Nach dem Unfall, wohin bist du gegangen?«

Dann erzähle ich ihr vom Haus der Hoffnung, davon, wie mich die anderen Pflegekinder für merkwürdig hielten (Sofia nickt verständnisvoll), und wie ich später jahrelang in den Wäldern lebte. Sie wirft mir einen langen Blick zu, halb schockiert, halb beeindruckt.

Während wir weitergehen, scanne ich unwillkürlich den Park, meine Augen springen von Schatten zu Schatten.

»Jemand hat versucht, mich zu töten«, sage ich plötzlich. »Zweimal schon, in den letzten vierundzwanzig Stunden.«

Sofia bleibt stehen. »Bist du sicher?«

»Es sei denn, du nennst es Zufall, dass mich jemand mit einem Erstarrungszauber belegt hat und ein Baum fast auf mich gestürzt wäre. Dann ja, ich bin sicher.«

»Wer?«

»Ich weiß es nicht. Ich weiß nicht einmal, ob es dieselbe Hexe war. Nur, dass ...« Ich zögere. »Gathoni mich vor ihm gewarnt hat. Vor Mardequai.«

»Natürlich hat sie das.«

»Dann hatte sie wohl einen Grund.«

»Du bist gerade erst wieder in diese Welt getreten, also kennst du die Fronten nicht. Aber die beiden – Gathoni und Mardequai – stehen sich seit der Ankündigung des Referendums feindlich gegenüber. Und ehrlich gesagt, viele sind nicht begeistert von der Enthüllung.«

»Du auch nicht? Wie hast du eigentlich abgestimmt?«

»Das ist privat.«

»Komm schon, wem soll ich's sagen?«

Sofia seufzt. »Na gut. Ich habe *dafür* gestimmt. Aber nur, weil ich es satt habe, so zu tun, als käme mein Erfolg von ›Papis Geld‹, wenn ich mich mit einem Fingerschnippen auf jedes Event zaubern kann. Ich will mein Licht nicht länger verstecken. Das heißt aber nicht, dass ich diesen ganzen harmonischen Blabla der Obersten Ältesten teile. Wer glaubt, die Menschheit wird uns freundlich empfangen, hat nie Geschichte gelesen.«

»Weiß er, wie du gestimmt hast? Mardequai?«

Sofia schnaubt. »Wenn er das wüsste, hätte er mich längst verstoßen.«

Ich stecke die Hände in die Taschen und ringe mit mir, ob ich sagen soll, was mir auf der Zunge liegt. Dann halte ich es nicht länger aus.

»Hör zu. Ich weiß, er hat dich aufgenommen und sich um dich gekümmert und all das. Aber ich traue ihm nicht. Und du solltest das auch nicht tun.«

Ihre Augen verengen sich. »Tut mir leid, aber du bist nicht in der Position, mir so etwas zu sagen. Ich kenne ihn, klar? Wahrscheinlich besser als jeder andere.«

Ich schweige und beobachte sie. Schwer vorstellbar, dass eine Sechsundzwanzigjährige einen Mann wirklich kennt, der den Aufstieg und Fall ganzer Imperien erlebt hat. Ich höre die Unsicherheit, die zwischen ihren Worten aufbricht.

»Warum sollte er dir schaden wollen?«, fragt sie schließlich und lässt sich auf eine Bank fallen. »Welchen Grund hätte er überhaupt?«

In der Ferne steht Kettering. Er lehnt sich gegen eine Eiche, den Blick ins Geäst gerichtet, als würde er einer Eule nachspüren. So sehr mich seine Anwesenheit nervt, fühle ich mich doch sicherer, solange er in der Nähe ist. Nicht, dass er mich retten könnte, wenn eine Hexe aus den Schatten springt, aber sie würde es wohl kaum wagen, während einer von Gathonis Leuten Wache hält.

»Ich weiß es nicht«, sage ich leise und setze mich neben sie. »Vor der Versammlung war er freundlich. Doch nachdem ich mich für die Enthüllung ausgesprochen hatte, hat sich sein Verhalten verändert.«

Sofia schüttelt den Kopf, als könne sie die Wahrheit wegwirbeln. »Ich glaube nicht, dass er so unüberlegt handelt. Das passt nicht zu ihm. Du verstehst es nicht, Alva. Er ist klug. Berechnend. Weitsichtig. Wenn jemand Mardequai schadet, dann geschieht das nicht zufällig. Er arbeitet im Verborgenen, immer mehrere Schritte voraus. Und jemanden wie dich anzugreifen, gleich nach diesem öffentlichen Streit? Das wäre töricht. So etwas tut er nicht.«

Ich senke den Blick auf meine Hände. »Ich muss wohl den Teil verpasst haben, in dem du mir versicherst, dass dein Ziehvater ein liebevoller Mann ist, der keiner Fliege etwas antun würde.«

Sofia sieht mich an, und für einen Moment liegt Mitgefühl in ihrem Blick. »Ich beneide dich um deine Unschuld, weißt du das? Aber ich muss es dir leider sagen: Die magische Welt ist nicht das wunderschöne Märchen, das Mama uns als Kindern vorgemacht hat. Sie ist komplex, oft brutal und selten schwarzweiß.«

Sie steht auf, geht ein paar Schritte und wendet mir den Rücken zu. »Wenn du Teil meines Lebens sein willst, musst du eines verstehen, okay?«

»Und zwar?«

»Ich habe mich verändert. Und ich *will* Veränderung, für Hexen, für unsere Zukunft. Aber Veränderung hat ihren Preis. Die alte Welt muss brennen, bevor eine neue entstehen kann. Und manchmal heißt das, Opfer zu bringen.«

Ihre Stimme klingt, als wolle sie sich selbst überzeugen. Doch der Ernst darin lässt mich frösteln.

»Was meinst du damit genau?«, frage ich.

Sie dreht sich dann zu mir zurück, eine neue Entschlossenheit in ihrer Haltung. »Ich meine, dass die Welt bald einen gehörigen Weckruf bekommen wird. Und wir müssen bereit sein, die Gelegenheit zu ergreifen, wenn sie sich bietet. Koste es, was es wolle.« Ich kann die Leidenschaft in ihrer Stimme hören, die Überzeugung, aber da ist noch etwas anderes, eine Härte, die nicht da war, als wir Kinder waren.

»Und was kostet es?«

Jetzt blitzen Sofias Augen mit einem wilden Funkeln auf. »Wenn die Enthüllung kommt, werde ich dafür sorgen, dass Hexen die Oberhand behalten. Unsere Art wurde gejagt, verfolgt und in den Schatten gedrängt, aber das ist vorbei. Ich werde kämpfen, mit allem, was ich habe. Und die Hexen an meiner Seite werden dasselbe tun. Wir stellen uns jedem, der uns wieder fesseln will. Und Mardequai? Glaub mir, den willst du auf deiner Seite, wenn alles zusammenbricht.«

Sie dreht sich um und geht los.

»Weißt du, wer so geredet hat?«, rufe ich ihr hinterher. »Ruth. Sie hat genau so gesprochen.«

Sofia bleibt stehen. Der Atem entweicht ihr hörbar.

»Er manipuliert dich«, sage ich leiser. »Du siehst es nur nicht.«

Sie setzt sich wieder in Bewegung. »Wag dich nicht dorthin, Alva. Wenn dir etwas an mir liegt, hör auf damit.«

»Frag ihn nach dem Unfall«, rufe ich. Der Satz verlässt meinen Mund, bevor ich darüber nachdenken kann. Es ist ein Sprung ins Ungewisse, aber mein Instinkt hat selten getäuscht. »Frag ihn, was in jener Nacht wirklich passiert ist.«

Langsam dreht sie sich um. Das Licht einer Laterne teilt ihr Gesicht in Hell und Dunkel. »Ich habe ihn gefragt. Er hatte nichts damit zu tun. Er hat es mir geschworen.«

Ich sehe den Zwiespalt in ihren Augen. Loyalität kämpft gegen Zweifel.

»Und du glaubst ihm?«, frage ich ruhig.

Sie antwortet nicht sofort. In ihrem Schweigen liegt etwas Zerbrechliches, fast Kindliches. Dann sagt sie, zu spät, um glaubwürdig zu klingen: »Ja. Er war für mich da. Er hat mir ein neues Leben gegeben, an dem Tag, als mein altes verbrannte. Heute bin ich seine Tochter, so wie ich früher ihre war.«

Da trifft es mich. Das Detail, das mich gestern gestört hatte, als Mardequai behauptete, er sei der Erste am Unfallort gewesen. Jetzt ergibt es Sinn.

»Dann erklär mir Folgendes«, sage ich, und der Gedanke formt sich, während ich spreche. »Bis ich dich vor drei Wochen kontaktiert habe, hat er mich für tot gehalten, richtig? Er glaubte, ich sei mit Mama und Dad gestorben. Niemand vom Elster-Zirkel hat ihm gesagt, dass ich noch lebe. Niemand hat ihm erzählt, dass ich zugegeben habe, den Unfall verursacht zu haben.«

»Ja, und?«, fragt Sofia und verschränkt die Arme.

Ich trete näher, meine Stimme kaum mehr als ein Flüstern. »Warum hat er mich dann gefragt – am Morgen, *bevor* ich es in der Versammlung offen zugeben habe –, ob ich mich immer noch schuldig fühle für den Unfall? Woher wusste er das, Sofia? Woher wusste er, dass ich den Unfall verursacht habe?«

Ich halte ihrem Blick stand. »Geh zu ihm, schau ihm direkt ins Gesicht, und dann frag ihn das.«

Kapitel Achtzehn

Die Villa in Belgravia ragt vor Ember auf, ihre weißen Ziegelmauern heben sich scharf vom blauen Abendhimmel ab. Sie geht zur Haustür, klopft fest, und nach wenigen Sekunden öffnet Michaela, Mardequais langjährige Haushälterin.

Michaelas Gesicht, von den Jahren gezeichnet, wird weich, als sie Ember erkennt. »Miss Wild, was für eine angenehme Überraschung«, sagt sie und klingt trotz der späten Stunde freundlich.

»Ist er da?« fragt Ember und tritt über die Schwelle.

»Ja, aber …« Michaela zögert. »Er ist beschäftigt. Er malt im Salon.«

»Schon gut. Ich warte.«

Ember geht durch den langen Korridor, gesäumt von Wandteppichen und Gemälden, jedes einzelne wohl ein Vermögen wert. Sie fragt sich, warum Mardequai noch immer in diesem Spiel steckt, die Macht, die Politik, die Intrigen.

Was würde *sie* tun, wenn sie ewig leben könnte?

Jeder Druide beantwortet diese Frage anders. Manche

widmen ihre endlosen Jahre dem Wissen, sammeln Bücher, reisen, suchen nach den letzten Geheimnissen der Welt. Andere verschwinden in die Wildnis, leben im Einklang mit den Wäldern, die sie ihre Freunde nennen. Wieder andere ziehen sich in Klöster zurück, werden eins mit Stein und Zeit, lebendig, aber still, wie Berge.

Mardequai aber baut sich in jedem Land neue Leben auf. Häuser, Namen, Identitäten, die er mit einer Leichtigkeit annimmt, sobald jemand bemerkt, dass er nicht altert. Als Ember sich seinem Arbeitszimmer nähert, fragt sie sich, wie diese anderen Leben aussehen mögen. Vielleicht ist er in New York ein zurückgezogener Maler mit einem Atelier über dem Central Park. In Tokio ein Teemeister, in einem stillen Haus aus Holz und Papier. In den Anden ein Sammler seltener Orchideen und Relikte vergangener Zeiten.

Eines weiß sie sicher: Er bewegt sich in den höchsten Kreisen, bleibt aber immer im Schatten. Nie fotografiert, kaum je in der Öffentlichkeit.

Seine aktuelle Identität dreht sich um Kunst. Mardequai gilt als geheimnisvoller Sammler mit grenzenlosem Geschmack. Sein Stadthaus gleicht einem Museum, jede Etage einer anderen Epoche gewidmet. Die Eingangshalle zeigt deutsche Renaissancemaler, das Esszimmer den Barock, und sein Arbeitszimmer beherbergt seltene Texte aus der Bibliothek von Alexandria, die er wohl eigenhändig vor dem Brand geborgen hat.

Das Herz des Hauses liegt im Salon. Hohe Decken, Nordfenster, ein Raum, den er zu seinem Atelier gemacht hat. Hier malt er, hier lebt er seine Obsession aus. Aber keines seiner Werke verlässt diesen Raum.

Während Ember sich nun seinem Heiligtum nähert, kämpft sie mit sich. Sie hat Alva im Hotel zurückgelassen, geschützt durch einen Zauber, der sie warnen soll, falls Gefahr droht. Der Bann würde keinen Angriff abwehren, aber er verschafft ihr Zeit.

Sie wollte heute nicht hierherkommen, aber das Bedürfnis nach Antworten war stärker. Er wird eine Erklärung haben, redet sie sich ein. Er hat immer eine. Trotzdem bleibt die Frage: Woher wusste er, dass Alva den Unfall verursacht hatte?

Sie erreicht die Tür zum Atelier und klopft.

»Ja, was ist, Michaela?«, tönt seine Stimme.

Ember öffnet die Tür. Kerzenlicht fällt in den Flur, wirft flackernde Schatten an die Wände. Mardequai steht hinter einer Staffelei, während leise Mozart im Hintergrund läuft. Der Raum gleicht einer Szene aus einem Gemälde: ein halbes Dutzend nackter Menschen liegt oder steht in Pose, Weinkelche in den Händen, Blicke erstarrt.

»Oh, mein ... Es tut mir leid, ich wusste nicht ...«, stammelt Ember und errötet.

Mardequai sieht sie ruhig an. »Ah, wie wundervoll, dass du da bist. Ich hatte ohnehin vor, dich morgen zu sehen.« Seine Stimme klingt fast heiter. »Tatsächlich könnte ich deine Hilfe gebrauchen, Kind. Ich habe Mühe, ihre Gesichter richtig zu treffen. Sie bewegen sich zu viel. Wärst du so freundlich, sie für mich stillzustellen?«

Ember wirft ihm und den Modellen einen scharfen Blick zu. Bei der Vorstellung, ›stillgestellt‹ zu werden, wirken sie alles andere als entspannt.

»Oh, keine Sorge«, fügt Mardequai hinzu. »Michaela wird ihnen später das Gedächtnis nehmen. Und sie sind gut bezahlt worden.«

Widerwillig hebt Ember die Hand. Einer der Männer protestiert noch – »Whoa, Moment mal—« – doch bevor er den Satz beenden kann, erstarrt er. Sein Gesicht bleibt in einem Ausdruck purer Panik eingefroren. Nach und nach versteinern auch die anderen.

»So können wir sie natürlich nicht lassen«, sagt Mardequai und tritt heran, um die Mimik des Modells mit den Fingern zu formen, als wäre sein Gesicht Ton. »Was führt dich her?«

»Ich war heute Abend bei Alva«, sagt sie und tritt näher.

»Wie schön. Endlich wieder vereint, die Schwestern.«

»Sie meint, jemand will sie töten. Seit der Willkommenszeremonie im Arcadia House.«

»Oh, wie tragisch.« Mardequai kehrt zur Staffelei zurück. »Obwohl ich nicht überrascht bin. Sie hat für einiges an Aufruhr gesorgt, deine Schwester.«

»Vermutlich nicht ohne Grund.«

»Ich habe der Versammlung nur ihr wahres Gesicht gezeigt. Sie ist gefährlich, verantwortlich für viele Tote. Wenn du mich fragst, sehen manche sie noch immer als Bedrohung. Es ist, als würde man erfahren, Hitler lebe noch.«

»Außer dass Alva nicht Ruth ist«, erwidert Ember ruhig. »Unsere Großmutter wurde 1956 auf dem Scheiterhaufen verbrannt. Sie hat ihre Strafe bezahlt.«

Mardequai malt weiter, als hätte sie gar nichts gesagt.

»Du hättest Alva nicht so zur Schau stellen sollen«, sagt sie. »Wenn jetzt jemand versucht, sie umzubringen, trägst du die Verantwortung. Ob direkt oder indirekt, du hast deine Finger im Spiel.«

Mardequai blickt über die Staffelei hinweg. Sein Gesicht wirkt beinahe gelangweilt. »Bist du deshalb hier? Um mir die Schuld zuzuschieben?«

»Nein. Ich ... ich muss dir eine Frage stellen.«

Er setzt den Pinsel wieder an. Nach einer langen Pause hebt er den Kopf, als hätte er genau auf diesen Moment gewartet. Ein Machtspiel, das er seit Jahren perfektioniert hat. »Nun? Ich höre.«

»Wann hast du herausgefunden, dass Alva noch lebt?«

»An dem Tag, als *du* es mir gesagt hast«, antwortet er und tippt mit dem Pinsel in ihre Richtung.

Ember versucht, in seinem Gesicht eine Lüge zu erkennen, aber er bleibt ungerührt. Seine Gelassenheit passt zu seinen Worten.

»Und nach dem Unfall war der Elster-Zirkel einfach einverstanden, dass ich bei dir bleibe, einem völlig Fremden?«

»Du vergisst, dass du selbst nicht von meiner Seite weichen wolltest, erinnerst du dich? Und ja, der Zirkel war erleichtert, das Problem gelöst zu haben, wohin mit dir. Außerdem unterstützt meine Stiftung seit Jahrzehnten verwaiste Hexen.«

Ember weiß, dass er recht hat. Sie erinnert sich an all die Frauen, denen seine Stiftung geholfen hat.

»Alva sagte, die Anführerin des Elster-Zirkels habe sie in ein Pflegeheim geschickt und dass sie verschwunden ist, als sie achtzehn wurde.«

Der Pinsel in Mardequais Hand verharrt in der Luft, als hätte er vergessen, was er tut. »Ist das so?« fragt er leise.

»Warum hätten sie dir das verschweigen sollen?«, hakt Ember nach. »Warum dir meine Obhut übergeben, aber nicht erwähnen, dass Alva überlebt hat, und dass sie den Unfall verursacht hat?«

»Ich stehe kurz davor, das herauszufinden, glaub mir.«

So ruhig er auch klingt, sein Ton verrät Gereiztheit. Er hasst es, etwas nicht zu wissen. Ember erkennt, dass sie ihn getroffen hat. Doch sie will mehr. Ihre Fragen richten sich längst nicht mehr gegen den Zirkel, sondern gegen ihn.

»Woher wusstest du dann bereits, dass der Unfall Alvas Schuld war?«, fragt sie. Ihr Puls rast.

»Wie bitte?«

»Du hast mir erzählt, sie sei nicht einmal da gewesen, als du am Unfallort angekommen bist. Und du hast dreizehn Jahre lang geglaubt, sie sei tot. Also konntest du gar nicht wissen, dass sie den Unfall gestanden hat. Du musst es vorher gewusst haben.«

»Mach dich nicht lächerlich, Kind. Du weißt nicht, wovon du redest.«

Etwas in ihr bricht auf. Als wäre ein Tuch zerrissen, der all die Jahre über der Wahrheit lag. Ihre Brust zieht sich zusammen, und mit jedem Atemzug wächst die Erkenntnis seines Verrats.

»Wie hast du es gemacht?«, fragt sie, ihre Stimme bricht. »Hast du jemandem befohlen, sie zu verhexen? Was hast du bezahlt, um meine Familie ermorden zu lassen?«

Die erstarrten Modelle blicken ihn an wie stumme Zeugen, doch Mardequai bleibt ungerührt.

»Du bist hysterisch. Hier, trink etwas Wein, das wird dir guttun.« Er reicht ihr das Glas.

Ember nimmt es, schleudert es dann mit einem Ruck durch den Raum. Das Glas zerbirst, die Splitter schweben wie ein Schwarm aus Licht vor Mardequais Brust, bereit, zuzuschlagen.

»Sag mir die Wahrheit!«, schreit sie, Tränen in den Augen. »Wolltest du mich auch tot sehen?«

Er bleibt ruhig, seine Haltung herablassend, aber beherrscht. »Was glaubst du, was du da tust? Du weißt, dass du mich nicht töten kannst.«

Er hat recht. Das hat er immer. Seine Unsterblichkeit macht jeden ihrer Zauber wirkungslos, als prallten Regentropfen an Glas.

Embers Entschlossenheit schwindet, und sie lässt die Scherben los, die klirrend auf den Boden fallen. »Ich hasse dich«, wimmert sie.

»Warum?«, entgegnet er ruhig. »Weil ich wusste, dass jemand deine Familie ermorden wollte? Der Name Hausmann gehört zu den berüchtigtsten magischen Familien Europas. Die Sache wird nur schlimmer, seit bekannt ist, dass Alva mit Ruth in Verbindung steht. Eine Hexe mit Erinnerungen, die über ihr eigenes Leben hinausreichen… viele meiner Brüder sehen so etwas als Bedrohung.«

»Aber du nicht?«

»Denk nach, Sofia. Wenn ich es gewesen wäre, warum hätte ich dich leben lassen? Dich, die eine ähnliche Fähigkeit zeigt?«

Ember zögert und sackt auf den Boden. »Ich weiß es nicht«, flüstert sie.

»Ein Funke reicht, um ein Feuer zu entfachen, hast du das

vergessen?« Mardequai nimmt wieder seinen väterlichen Ton an. »Du bist mein Funke. Du und ich, wir sollten einander finden, erinnerst du dich?«

»Schwörst du es?«, fragt Ember dann. »Schwörst du, dass du nichts damit zu tun hattest?«

Mardequai öffnet die Arme, eine ungewöhnliche Geste von ihm. »Komm her.«

Sie zögert lange, Wut ringt mit dem Bedürfnis nach Anerkennung. Doch wie so oft siegt das Verlangen nach Zuneigung. Sie steht auf und tritt in seine wartenden Arme, angezogen wie Eisen zum Magneten. Jahre des Verlangens nach diesen flüchtigen Momenten überwinden ihr besseres Urteil.

»Wie hätte ich dich tot sehen wollen können?«, murmelt er ihr ins Ohr. »Wie könntest du das denken? Du und ich werden die Welt verändern. Du und ich sind zur Größe bestimmt.«

Er umarmt sie; die Geste wirkt tröstlich und zugleich einengend. Ember ist ein Spatz im Horst eines Adlers, beschützt und doch gefangen.

Ein kurzes Schweigen. Dann wird Mardequais Griff fester, und seine Lippen kommen an ihr Ohr. »Und jetzt ... jetzt brauche ich dich für den nächsten Schritt.« Die Worte treffen unerwartet, wie ein kalter Windstoß mitten im Sommer, eine Erinnerung daran, dass seine Zuneigung immer einen Preis fordert.

»Was meinst du? Welcher nächste Schritt?«, fragt sie und wischt sich über die Augen.

Er nimmt ihr Gesicht in seine Hände, seine Berührung ist sanft und zugleich befehlend. »Morgen«, sagt er, »wenn du dich mit deinem Zirkel zum Vollmond triffst, will ich, dass ihr euch an einem öffentlichen Ort versammelt, und dann will ich, dass du deine Magie vor der Welt offenbarst.«

»Die Enthüllung ist doch für Mittwoch geplant«, protestiert sie.

»Es ist nötig, dass du ihnen zuvorkommst.«

»Warum?«

»Wenn wir brav auf den Startschuss warten, wird es so aussehen, als akzeptierten wir, von den Obersten geführt zu werden. Sie würden uns klein halten auf der Weltbühne. Aber das sind wir nicht. Du musst zeigen, dass deinesgleichen sich nicht in harmlose Formen pressen lassen.«

Während er spricht, fügt sich in Embers Kopf langsam alles zusammen. Der Plan, an dem er so lange gearbeitet hat, wird sichtbar: Eine vorgezogene, chaotische Offenbarung provoziert nicht nur die Autorität der Obersten, sie sät von Anfang an Zwietracht zwischen Menschen und Hexen. Wenn Hexen als friedlich und kooperativ erscheinen, verliert Mardequai seine Chance zu spalten und zu herrschen. Er braucht Angst, er braucht Chaos. Nur so kann er sich als Retter präsentieren, als Lösung für das Problem, das er selbst geschaffen hat. Ein meisterhafter Schachzug, der den Weg für sein größtes Ziel ebnet: Herrscher über alle zu werden.

»Sie werden mich nach Saltholm schicken«, wirft Ember ein.

»Das werde ich nicht zulassen«, erwidert er gelassen.

»Und worauf soll ich mich dabei verlassen?« Sie tritt vom Fenster zurück und blickt auf die dunkle Straße. »Nein«, sagt sie entschieden. »Ich werde es nicht tun. Ich werde nicht das Gesicht des Chaos sein.«

Mardequai scheint ungerührt. »Warum glaubst du, habe ich dich gebeten, die Jugend hinter dir zu vereinen? Dir einen Namen zu geben mit dieser Anti-Versammlungs-Bewegung?«

»Ich werde es nicht tun. Such dir eine andere Hexe zum Manipulieren.« Ember versucht, die Fassung zu bewahren, doch ihre Stimme bricht.

Er dreht sich zu den Modellen zurück, formt die Hand einer von ihnen zu einer Faust, und richtet sie auf den Kiefer eines anderen. »Schade. Wirklich schade«, sagt er ohne Emotion. »Aber weißt du, es gibt durchaus andere Mittel und Wege, dich gefügig zu machen.«

»Was meinst du damit?«, fragt Ember alarmiert.

»Diese Angriffe auf deine Schwester?«

»Was ist mit ihnen?«

»Wenn du willst, dass sie aufhören, tust du besser, was ich sage, Kind.«

»Also steckst du doch dahinter.«

»Das habe ich nicht gesagt.« Mardequai nimmt einen antiken Dolch von einem Regal, lässt die Klinge im Kerzenlicht aufblitzen und legt ihn in die Hand des stummen Modells. »Aber ich sage dir: Ich bin derjenige, der sie stoppen kann.«

Kapitel Neunzehn

»Ich nehme an, du hast Gathoni von dem Vorfall im Wald erzählt?«, frage ich über das Rumpeln der Londoner U-Bahn hinweg und halte mich an der Metallstange fest, während der Zug mich hin und her wiegt. Der Geruch von Bremsstaub und zu viel Parfüm (oder in manchen Fällen zu wenig) mischt sich mit den letzten Spuren von Dennis' Aftershave, die noch an meiner Haut und in meiner Kleidung hängen. Den gesamten Sonntag habe ich im Hotelbett verbracht, leckt die noch frischen Wunden nach der Trennung, während Kettering im Nebenzimmer auf und ab ging. Ich hatte gehofft, mich leise davonzuschleichen, um rechtzeitig zum Zirkeltreffen in Shoreditch zu kommen, doch kaum hatte ich den Türknauf berührt, stand der Druide schon vor mir. Jetzt, in einem überfüllten Zugabteil, gibt es kein Entkommen vor ihm.

»Sie erhält meine Tagesberichte«, sagt er, ohne Regung im Gesicht.

»Und was stand drin? In deinem Bericht von gestern?«, bohre ich nach und rücke näher, als sich eine Gruppe Schulkinder an uns vorbeidrängt. Jetzt stehe ich fast direkt vor ihm.

»Das geht dich nichts an.«

»Rück schon raus damit. Du weißt, dass ich nicht aufhöre, bis du's mir sagst. Was hast du über mich geschrieben?«

»Die Wahrheit.« Seine Worte klingen hart, sein Atem streift heiß meine Stirn.

»Die Wahrheit laut dem Druiden, der immer noch einen Groll gegen mich hegt, weil er glaubt, ich sei meine böse Großmutter«, erwidere ich, in dem Moment, als der Zug mit einem Ruck stoppt. Ich werde nach vorne geschleudert und pralle gegen Ketterings Brust. Sein Arm schnellt vor, fängt mich auf, seine Hand liegt fest an meiner Taille. Für einen Augenblick bleiben wir so, meine Finger auf seiner Brust, seine Hände an meinen Hüften. Dann lässt er los und greift wieder nach dem Haltegriff.

Ein helles, aufdringliches *Ping!* durchbricht das monotone Rattern der Bahn. Ich sehe mich um, suche nach der Quelle. Der Ton wiederholt sich, lauter, schriller. Ein paar Mitreisende werfen genervte Blicke. Gerade als ich die Nerven verliere, beugt sich Kettering zu mir. »Du hast eine Nachricht.«

»Was? Von wem denn?«

Er seufzt. »In deiner RN-App. Ich erkenne den Ton.«

Wieder das *Ping*.

»Oh Gott, das bin ja ich!« Ich wühle in meiner Tasche, während mir die Hitze ins Gesicht steigt. Nach ein paar vergeblichen Wischversuchen starre ich hilflos zu ihm auf.

Kettering verdreht die Augen, nimmt mir das Handy ab und tippt mit geübter Präzision. »Hier«, sagt er und gibt es mir zurück. Auf dem Bildschirm blinkt das Symbol des Resonanznetzwerks – eine App, die nur bei ICAG-registrierten Hexen und Druiden erscheint.

»Aber du solltest sie nicht benutzen«, fügt er hinzu.

»Warum nicht?«, frage ich. Die Rückkehr dieser magischen Verbindung hatte mich gefreut.

»Sie ist ... veraltet«, antwortet er, wie üblich rätselhaft.

Ich werfe einen Blick aufs Display. »Die Nachricht ist von Gathoni. Sie bittet um meine Anwesenheit morgen früh im Operationszentrum des Resonanznetzwerks unter dem Blackfriars Pier. Ich soll sie bei der Reinigung der Themse unterstützen.« Ich blinzele. »Bist du sicher, dass sie mich meint?«

Kettering bleibt gelassen. »Ich weiß es nicht, Hexe. Frag sie, wenn du sie siehst.«

»Na gut, tut mir leid.« Ich hebe die Hände und verliere fast das Gleichgewicht. »Ich dachte, du arbeitest für sie.«

»Ich arbeite nicht für die Regierung.«

»Für wen dann?«

»Das geht dich nichts—«

»Lass mich raten. Das geht mich nichts an.«

Wir verlassen den Bahnhof und treten auf die belebten Straßen Londons hinaus. Für einen Moment verliere ich die Orientierung im Strom der Menschen und in dieser fremden Gegend. Am Zebrastreifen schaue ich aus Gewohnheit nach links, als Kettering mich plötzlich am Arm packt und zurückzieht, genau in dem Moment, in dem ein roter Doppeldeckerbus vorbeidonnert, so nah, dass ich den Fahrtwind spüre.

»Ist es zu viel verlangt, dass du beim Gehen die Augen aufhältst?«, knurrt er.

»Meine Augen waren offen. Der Verkehr hier macht mich fertig. Alles läuft auf der falschen Seite.«

»Vielleicht bist du die, die auf der falschen Seite läuft«, gibt er zurück und geht weiter.

Wir schlängeln uns durch die Straßen von Shoreditch, vorbei an bunten Graffiti, kleinen Boutiquen und Cafés mit wackligen Holztischen auf dem Gehweg. Ich bleibe mehrmals stehen, lese Straßenschilder, gehe wieder ein Stück zurück. Kettering marschiert unbeirrt voran.

»Hast du dich verlaufen?«, fragt er.

»Nein, ich habe mich nicht verlaufen. Ich weiß nur ... nicht genau, wohin ich gehe.«

»Das ist die Definition von ›sich verlaufen‹.«

Ich will etwas erwidern, doch als wir um eine Ecke biegen, sehe ich auf der anderen Straßenseite einen schwarzen Range Rover. In dem Moment, als sich die hintere Tür öffnet und Sofia aussteigt, weiß ich, dass ich am Ziel bin. Sie trägt einen schwarzen Blazer über einer waldgrünen Seidenbluse, enge Jeans und ihre typischen Stilettos.

»Hey, Miss Wild!«, rufe ich und renne los, ohne nachzudenken. Ein Radfahrer weicht fluchend aus, nur knapp entkommt er einer Kollision. Hinter mir höre ich Kettering stöhnen.

Sofia dreht sich um, das Gesicht zuerst verärgert, vermutlich rechnet sie mit einem Fan oder einem Fotografen. Aber auch, als sie mich erkennt, bleibt ihr Ausdruck kühl.

»Oh, hallo. Was machst du hier?« Sie blickt die Straße hinauf und hinunter, als passe ich nicht in dieses Viertel.

»Siebzehn Uhr, richtig?«

»Richtig. Ich hab dich ja eingeladen, oder?«

»Ja, hast du. Aber wenn du es dir anders überlegt hast, ist das okay …«, sage ich, bemüht, meine Enttäuschung zu verbergen.

»Nein, nein, schon gut. Ich meine, klar. Egal. Hey, wie wär's, wenn ich meinen Schatten deinem vorstelle?«, sagt sie schnell, als Pippa vom Parkscheinautomaten zurückkommt. Ihre khakifarbene Strickjacke betont ihre sportliche Figur.

»Hallo, Alva. Schön, dich wiederzusehen«, sagt sie und küsst mich auf beide Wangen. Dann wechselt sie ihr Tablet von einem Arm zum anderen und streckt Kettering die Hand hin. »Und ein neues Gesicht. Ich bin Pippa Watson, freut mich.«

»Cornelis Kettering«, erwidert er knapp.

»Kommst du aus Holland?«, fragt Pippa, ihr Lächeln offen, und Sofia hebt überrascht eine Augenbraue.

Kettering nickt nur, wortlos. Nicht einmal Pippas Freundlichkeit scheint ihn auftauen zu lassen, was mich seltsam beruhigt.

»Du sprichst Niederländisch?«, fragt Sofia.

»Und fünf weitere Sprachen«, antwortet Pippa. »Ich wollte mir gleich bei Smither's einen Tee holen, während ihr beiden euer Ding macht. Du kannst gern mitkommen, Cornelis.«

»Danke, aber ich bleibe hier«, sagt er und verschränkt die Hände vor sich, als wolle er verschwinden.

»Ein echter Charmeur, nicht wahr?«, flüstert Pippa mir zu. Und dann zu Sofia: »Wir sehen uns später, ruf mich an, falls du mich brauchst.«

»Warum lässt du ihn eigentlich ständig an dir kleben?«, fragt Sofia, als wir losgehen. Sie deutet mit dem Kopf auf Kettering, der uns in einigem Abstand folgt.

»Ich hab keine Wahl.« Wir biegen von der Brick Lane in eine schmale Seitenstraße ab, wo der Verkehrslärm leiser wird. »Und ehrlich gesagt«, füge ich leise hinzu, »ist es irgendwie beruhigend – na ja, nicht beruhigend, aber tröstlich –, jemanden in der Nähe zu haben, nach allem, was passiert ist.«

Sofia sieht mich prüfend an, während wir uns einem hohen schwarzen Backsteingebäude nähern, dessen Fenster zerschlagen sind. »Stehst du auf ihn?«

»Was? Nein«, sage ich schnell und streiche mir eine Haarsträhne hinters Ohr.

Sofias Mundwinkel zucken. »Doch, tust du. Willst du wissen, woher ich das weiß? Du machst dieses Strähne-hinter-das-Ohr-Ding und leugnest es genauso wie damals, als du behauptet hast, du hättest nichts für Kevin Kreisel übrig.«

»Tu ich nicht!«, protestiere ich, während sie bereits den Schlüssel aus ihrer Tasche zieht und die massive Tür zur alten Destillerie aufschließt.

Als wir eintreten, bleibt Kettering auf dem Bürgersteig zurück. Einen Moment lang bin ich versucht, ihm einen Napf hinzustellen oder wenigstens einen Spruch in der Art zu machen, aber ich verkneife es mir. Sofia braucht keinen weiteren Anlass, mich aufzuziehen.

Drinnen empfängt uns ein Chaos aus alten Maschinen,

Kisten und Glasscherben. Während wir an den kupfernen Kesseln vorbeigehen, spreche ich das Thema an, das bisher zwischen uns geschwebt hat.

»Also, hast du ihn gefragt?«

»Wen?«

»Komm schon, du weißt genau, wen. Mardequai. Hast du ihn auf den Unfall angesprochen?«

»Weißt du was? Habe ich. Und wie ich dir gesagt habe: Er hatte nichts damit zu tun.« Sofias Finger spielen mit dem Ärmel ihres Blazers, ihr Blick ist auf einen Punkt hinter mir gerichtet.

»Woher wusste er dann davon?«, frage ich. »Woher wusste er, dass ich den Unfall verursacht habe? Und warum hat er mich gefragt, ob ich mich noch schuldig fühle? Du hast ihn doch darauf angesprochen, oder?«

»Hab ich.«

»Und?«

»Er meinte, viele hätten damals einen Angriff auf unsere Familie befürchtet. Aber das macht *ihn* noch lange nicht zum Mörder, Alva.«

»Das beantwortet aber nicht meine Frage, oder?«

»Hör zu.« Ihre Stimme wird fester. »Du musst das ruhen lassen. Ich verstehe, dass du das Bedürfnis hast, dich von der Schuld zu befreien.« Sie richtet sich auf. »Aber wenn du weißt, was gut für dich – *für uns* – ist, hör auf, ihn zu provozieren, klar?«

Wir erreichen einen alten Aufzug, dessen Metallgitter laut quietscht, als sie es aufzieht. Ich spüre, wie sie innerlich wieder Mauern hochzieht. Also versuche ich es anders.

»Tut mir leid«, sage ich. »Ich wollte dich nicht verärgern. Ich bin dankbar, dass ich dich wiedergefunden habe. Und dass er mich nach London eingeladen hat, dafür auch. Ich habe hier die Chance, mich zu beweisen, wieder dazuzugehören. Ich werde das nicht aufs Spiel setzen.«

»Dazugehören, wozu?«

»Zur Schwesternschaft. Zu dieser neuen Welt, die wir aufbauen. Ich will ein Teil davon sein.«

Sofias Gesicht entspannt sich etwas. »Ich nehme an, das beantwortet die Frage, wie *du* abgestimmt hättest, oder?«

»Du hast es erraten«, sage ich. »Es ist genau das, was Mama uns beigebracht hat: Große Macht bedeutet große Verantwortung. Hexen und Druiden sind Hüter, Heiler dieser Welt.«

»Klingt ziemlich nach Heile-Welt-Romantik«, murmelt Sofia.

»Lass das«, sage ich scharf. »Tu das nie wieder. Ich respektiere, dass du deinen Frieden gefunden hast – dass du jetzt *seine* Tochter bist, wie du sagst. Aber vergiss nicht, dass du einmal ihre warst. Mach dich nie über das lustig, woran sie geglaubt hat.«

Der Aufzug rattert weiter. Die Stille zwischen uns ist dicht, bis ich sie breche. »Seit wann bist du überhaupt so zynisch geworden? Früher warst du die Träumerin von uns beiden.«

Sofia lächelt schwach, sagt aber nichts. Stattdessen mustert sie mich, ihr Blick wird sanft, fast wehmütig.

»Du siehst ihr so ähnlich«, sagt sie leise. »Wenn du leidenschaftlich wirst, ist es, als stünde sie hier.«

»Dann tust du das auch«, antworte ich.

Sofia schüttelt den Kopf. »Nein. Ich habe vielleicht ihr Gesicht, aber du hast ihren Geist. Ihre Überzeugung. Das hattest du schon immer.«

Dann schweigt sie. Ihr Blick verliert sich irgendwo jenseits der Stadt. Und für einen Moment sehe ich in ihr wieder die Schwester von früher, nicht die Frau, die Mardequai geformt hat. Etwas verändert sich in ihrem Gesicht, als hätte sie gerade etwas verstanden, das sie nicht mit mir teilen will.

»Er besitzt dich nicht, weißt du?«, sage ich. »Mardequai. Ich weiß, er war für dich da, hat dich großgezogen, meinetwegen. Aber Mama hätte nie an seiner Seite gestanden.«

Der Aufzug hält. Etwas Dunkles huscht über Sofias Gesicht,

bevor sie das Gitter öffnet und hinaustritt. »Du bist furchtbar nervig, weißt du das?«, sagt sie, ohne mich anzusehen. »Mein Leben war einfacher, bevor du wieder aufgetaucht bist.«

»Du und Kettering solltet einen Club gründen«, werfe ich ihr nach.

»Du magst diesen Fossiltyp, gib's zu!«, neckt sie, und ein Hauch von Lachen kehrt zurück.

»Tu ich nicht«, beharre ich. »Und jetzt sag mir die Namen der anderen Zirkelmitglieder. Ich will keinen schlechten ersten Eindruck machen.«

Wir gehen den Flur entlang auf eine rostige Metalltür zu. Sofia bleibt kurz stehen, dreht sich um. »Apropos Namen, könntest du so lieb sein und mich Ember nennen, wenn wir beim Zirkel sind? Ich muss den Schein wahren.«

Ich nicke. »Natürlich.«

Ein Atemzug. Dann trete ich über die Schwelle und werde wirklich wieder zur Hexe.

Kapitel Zwanzig

»Was geht, Hexen?«

Sofia stößt die Tür zum Dach der alten Destillerie auf, und ich folge ihr zögernd, unsicher, was mich erwartet. Der Jubel der Versammelten hallt über die Dachterrasse, als ihre Magistratin erscheint.

Vor uns breitet sich ein verwunschener Stadtgarten aus, rosa und rotbraun getönt, ein warmer Kontrast zu den harten Linien der alten Industriearchitektur von Shoreditch. Ich erkenne Hohe Fetthenne, Kirschrote Schafgarbe, den Granat-Bartfaden mit seinen fingerhutähnlichen Blüten und ein silbrig schimmerndes Federgras, das sich im Wind wiegt und die Terrasse wie ein natürlicher Sichtschutz umgibt. Nur die fernen Hochhäuser der City of London ragen über den grünen Wall hinaus. Jemand hier muss diesen Ort mit Hingabe pflegen, eine Kräuterhexe so wie ich, denke ich und frage mich insgeheim, wer es wohl sein mag.

»Hört mal her, wir haben Neuzugang«, ruft Sofia, zündet sich eine Zigarette an und senkt die Stimme zu diesem lässig gelangweilten Ton, den sie so gut beherrscht. »Das ist meine

Schwester, Alva Hausmann. Lasst euch von ihrem Ruf nicht abschrecken, sie ist ganz harmlos, sobald man sie kennt. Alva, das sind alle.«

Für einen Moment wirkt sie fremd, wie eine andere Version ihrer selbst. Das ist wohl das, was sie mit dem ›Scheinwahren‹ meinte. Ich nehme es ihr nicht übel. Jeder trägt mehrere Gesichter, je nachdem, wer zusieht. Ich selbst war in den letzten Jahren die häusliche Alva – Wäsche waschen, Essen kochen, Wochenenden auf dem Bogenschießplatz mit Dennis' Kumpels verbringen…

Meine Vorstellung endet im Schweigen. Eine Reihe ausdrucksloser Gesichter starrt mich an.

»Hi«, sage ich und hebe unbeholfen die Hand. Nichts. Kein Lächeln. Kein Nicken. Offenbar hat sich meine kleine Szene vor der Versammlung herumgesprochen.

»Na los, hab ich euch so erzogen?«, ruft Sofia und wendet sich einem Barwagen zu, auf dem sich Flaschen und Gläser stapeln. Sie mixt sich seelenruhig einen Drink. »Wo bleiben eure Manieren? Stellt euch vor.«

Schließlich tritt ein junges Mädchen vor, höchstens neunzehn, mit kunstvoll geflochtenem Haar, das ihr über eine Schulter fällt. »Hi, ich bin Saskia Antonov«, sagt sie und reicht mir die Hand.

»Schön, dich kennenzulernen«, antworte ich, und ein kleiner, unerwarteter Anflug von Erleichterung breitet sich in meiner Brust aus.

»Adanna McClendon«, stellt sich eine große, dunkelhäutige Hexe vor, die gerade am Plattenspieler hantiert. Sie trägt ein Shirt mit der Warhol-Suppendose unter einer langen, purpurfarbenen Strickjacke.

»Tolles Shirt«, sage ich, und sie lächelt… oder zwinkert sie mir zu?Mein Mut wächst.

Ich folge Saskia weiter in den Kreis und sehe mich um. Mein erster Abend in einem echten Hexenzirkel hat begonnen.

Die Terrasse ist in warmes Licht getaucht. Lichterketten spannen sich über unsere Köpfe, ihr goldener Schimmer legt sich über die Pflanzen wie eine sanfte Decke. Efeu klettert an einer Holzpergola empor und bildet ein grünes Dach über einem Sofa, das von Kissen in tiefem Violett und Magenta übersät ist.

Dort sitzen zwei weitere Hexen, die sich als Inaaya Bajwa und Minnie Allen vorstellen. Inaaya mustert mich mit kühler Vorsicht, während Minnie lächelt und ein gehauchtes »Ich liebe deine Aura« über die Lippen bringt. Sie greift nach einer Streichholzschachtel, entzündet Kerzen in verschiedenen Farben, deren Flammen im Wind tanzen.

Am anderen Ende, auf einer schmalen Bank neben einem üppigen Kräutergarten, sammelt eine weitere Hexe Blätter in eine kleine Schale. »Ich bin Eun-Ji Jeo«, sagt sie. »Ich pflücke nur ein paar Blätter für frischen koreanischen Minztee. Willst du eine Tasse, Alva?«

Volltreffer. Da ist meine Kräuterhexe.

»Sehr gern«, antworte ich, die Hände tief in den Taschen, damit sie etwas zu tun haben.

»Wo steckt Zara?«, fragt Sofia und lässt sich auf einen marokkanischen Teppich fallen. Sie stützt den Ellbogen auf einen Pouf, die Eiswürfel in ihrem Glas klirren.

»Wie immer zu spät«, sagt Adanna.

Sofia verdreht die Augen. »Sie kann's nicht lassen, meine Autorität zu testen. Egal. Wir fangen ohne sie an. Kommt her, meine liebsten magischen Außenseiterkreaturen. Zeit, die Party zu beginnen.«

Alle stehen auf und sammeln sich um sie. Ich folge zögernd, setze mich im Schneidersitz auf den Teppich. Zu meiner Erleichterung nimmt Eun-Ji Platz neben mir, obwohl noch viele andere Plätze frei sind. Sie stellt ein Tablett ab, auf dem Gläser klingen und eine kleine gusseiserne Teekanne dampft.

Vom Plattenspieler erklingt ein sanftes Sitarstück. Sofia legt die Hände auf ihre Knie, Handflächen nach oben. Eine nach der anderen tun es ihr alle gleich. Hände berühren sich. Auch meine. Eun-Jis Haut ist warm. Sofias Griff fest. Sie schließt die Augen, atmet tief, und ein leises Summen steigt aus ihrem Inneren auf, das sich durch den Kreis fortpflanzt, stärker mit jeder Stimme.

Ich schließe ebenfalls die Augen, stimme ein, und Tränen steigen mir in die Augen. Ein Gefühl, das ich kaum benennen kann, füllt mich aus. Zugehörigkeit. Ich bin zurück. Ich bin zuhause.

Das Summen wächst, trägt uns alle, und mit ihm strömt Anima von Hand zu Hand, eine Welle weiblicher Kraft, die durch mich zieht, als würde sie etwas in mir heilen, das ich längst aufgegeben hatte.

Langsam ebbt die Schwingung ab. Sofia löst meine Hand, drückt kurz nach, öffnet die Augen. Ich wische mir unauffällig die Wange.

»So«, sagt sie, und ihre Stimme klingt wieder geerdet. »Willkommen zur dritten Vollmondversammlung des Venus-im-Pelz-Zirkels. Ich freu mich, euch alle hier zu haben. Und besonders, dass meine Schwester da ist… Alva.«

Ein kurzer Moment der Unsicherheit flackert über ihr Gesicht. Etwas lenkt sie ab, raubt ihr die Konzentration.

»Ähm, gut. Fangen wir mit ein bisschen Organisation an.« Sie zieht ihr Handy hervor. »Die ICAG hat über das RN neue Richtlinien geschickt. Es geht darum, was nach der Enthüllung passiert und wie wir uns verhalten sollen, sobald die Magie offenbart ist. Ich lese sie euch schnell vor.«

Doch bevor sie beginnt, fliegt die Tür auf. Eine Frau mit seidig blondem Haar, das ihr glatt über die Schultern fällt, tritt entschlossen auf die Terrasse.

»Sorry, dass ich zu spät bin«, sagt sie, ohne auch nur den Anflug von Reue. Schwarze Jeans, passendes Sweatshirt, Tropfenohrringe, die im Licht glitzern und das Blau ihrer Augen betonen. Ihr Make-up ist makellos, die Lippen zart getönt, der Blick kühl. Unschuld aufgetragen wie Farbe, doch darunter lauert etwas anderes.

Sie lässt sich in einen Sitzsack fallen, genau zwischen Adanna und Inaaya. »Und wer ist das?«, fragt sie, wobei ihr Blick mich kurz und schneidend trifft.

»Das ist Alva, meine Schwester und unser Neuzugang«, sagt Sofia. Ihre Stimme bleibt ruhig, aber die Spannung darunter ist spürbar. »Alva, das ist Zara Thorndike. Sie ist kurz vor dir zu unserer kleinen Rebellengruppe gestoßen.«

»Muss wohl den Moment verpasst haben, in dem wir über ihre Aufnahme abgestimmt haben«, erwidert Zara und mustert mich offen. Ich spüre, wie meine Wangen heiß werden.

»Ach, du bist also für demokratische Verfahren?«, kontert Sofia, die Zigarette noch in der Hand. »Dann stimmen wir doch gleich ab. Wer ist dafür?«

Sie hebt selbst als Erste die Hand, der Blick prüfend im Kreis. Saskia folgt zügig, vielleicht aus Loyalität, vielleicht aus Angst. Eun-Ji hebt die Hand danach, dann Minnie, schließlich Adanna. Nur Inaaya zögert kurz, bevor sie sich anschließt.

»Zara?«, fragt Sofia, der Ton messerscharf.

»Ich enthalte mich«, sagt Zara knapp.

»Wie du willst.« Sofia nickt, schließt die Sache mit einem Handstreich ab. »Dann weiter mit dem eigentlichen Grund unseres Treffens: die ICAG-Richtlinien zur Enthüllung.« Sie greift nach ihrem Handy, entsperrt es mit einer schnellen Bewegung.

Ich sehe, wie ihre Finger zittern, kaum merklich, während sie das Dokument öffnet. Vielleicht liegt es an Zara. Vielleicht an etwas Tieferem.

Sie liest vor: »Alle Hexen werden daran erinnert, dass die Enthüllung der Magie schrittweise erfolgen wird. Im ersten Monat nach der Enthüllung sollt ihr auf offene Machtdemonstrationen verzichten, um die öffentliche Reaktion abzuwarten.

Rechnet mit einer Mischung aus Neugier, Faszination, Angst und Skepsis. Einige werden feindselig reagieren.«

»Darauf kannst du wetten«, murmelt Inaaya und begutachtet ihre Nägel. »Ich freu mich schon auf die chauvinistischen Angriffe.«

Sofia zieht scharf die Luft ein und liest weiter: »Bis auf Weiteres dürfen Hexen nur an vorab genehmigten Demonstrationen teilnehmen. Die Liste der zugelassenen Veranstaltungen findet ihr im Resonanznetzwerk. Nächster Punkt: Medienkontakte. Einige unter uns könnten aufgrund ihres bisherigen Verhaltens ins Visier von Journalisten geraten. Diese sollen Anfragen an ihre Zirkelmagistratin weiterleiten. Ungeplante Interviews oder magische Vorführungen sind zu vermeiden.«

»Und was, wenn diejenige, die sich danebenbenommen hat, meine Magistratin selbst ist?«, wirft Saskia ein.

»Das haben die wahrscheinlich nur für dich reingeschrieben, Em«, fügt Adanna hinzu. Sofia zieht daraufhin eine Grimasse, bleibt aber um einen ihrer sonst so schlagfertigen Kommentare verlegen.

»Social-Media-Richtlinien«, liest Sofia weiter. »Vermeidet magische Inhalte auf euren privaten Profilen, bis die offiziellen Kanäle sie veröffentlichen. Verhalten am Arbeitsplatz: Erfüllt eure Aufgaben weiterhin ohne magische Unterstützung, es sei denn, ihr habt eine ausdrückliche Genehmigung der Aufsichtsbehörden. Bildungsarbeit: Hexen und Druiden werden aufgefordert, sich an Programmen zur Aufklärung zu beteiligen, um Magie zu entmystifizieren und Missverständnisse abzubauen. Kulturelle Sensibilität: Achtet auf unterschiedliche religiöse und kulturelle Ansichten über Magie und vermeidet Praktiken, die als respektlos oder blasphemisch empfunden werden könnten. Gesetzestreue: Macht euch mit den neuen Vorschriften zur magischen Praxis vertraut. Und schließlich, Notfallprotokolle: Sollten sich negative oder gewalttätige Reaktionen ereignen, folgt den Notfallverfahren und kontaktiert sofort das MVRT – das Magische-Vorfalls-Reaktions-Team.«

»Also, kurz gesagt, die Enthüllung passiert, aber wir sollen uns benehmen«, fasst Inaaya trocken zusammen.

»Ich glaube, ich bleibe einfach in meiner Höhle, bis der Sturm vorbei ist«, flüstert Minnie. »So viele Emotionen auf einmal halte ich nicht aus.«

»Minnie ist eine der letzten echten Hellseherinnen«, sagt Eun-Ji leise zu mir, während sie mir eine dampfende Tasse Minztee reicht. Ich nicke dankbar.

»Sie schlagen außerdem vor, dass jeder Zirkel bei diesem Vollmond über die Zukunft diskutiert«, fährt Sofia fort und steckt ihr Handy weg. »Das ist eure Chance, alles anzusprechen, was euch beschäftigt. Adanna, fang du an.«

Adanna richtet sich auf, die Arme verschränkt. »Ehrlich gesagt finde ich es absurd zu glauben, Magie könnte heilen, was Jahrhunderte von Industrialisierung und Kolonialisierung angerichtet haben.« Zustimmendes Nicken rundum. »Ich verstehe schon, das Anima schwindet, die Erde leidet, all das. Aber zu denken, dass Menschen sich ändern, nur weil sie jetzt wissen, dass Magie existiert, ist naiv. Sie werden uns sehen wie ein bequemes Allheilmittel für eine Krise, die sie selbst verursacht haben, ohne selbst Verantwortung zu übernehmen.« Ihre Stimme zittert vor Wut. »Aber was soll's. Meine Familie hat sich schon Plätze in Hudspeths Bunker gesichert, für den Fall, dass alles schiefgeht.«

Ihre Worte hängen in der Luft. Ich spüre, wie mir das Herz schneller schlägt. Das alles – die Enthüllung, die politischen Folgen, der mögliche Zusammenbruch – ist so viel größer, als ich mir vorgestellt hatte.

»Was meinst du, Zara?«, fragt Adanna.

Zara lehnt sich vor, die Ellbogen auf die Knie gestützt, die Hände locker gefaltet. »Ich sag's, wie es ist. Ich habe *für* die Enthüllung gestimmt – nicht, weil ich Kooperation mit den

Normalos will, sondern weil ich finde, dass es Zeit ist, ihnen zu zeigen, wer wir sind. Wir sollten endlich unseren Platz einnehmen. Wir sind die Mächtigsten auf dieser Erde, und ich will, dass sie das wissen.«

Ich blicke zu meiner Schwester. Zara spricht die Worte aus, die Sofia selbst gern sagen würde, und die Spannung zwischen den beiden ist greifbar.

Inaaya übernimmt das Wort. »Hat irgendjemand über die wirtschaftlichen Folgen nachgedacht?«, fragt sie. »Magische Lösungen werden den Markt überschwemmen, echte wie falsche. Ganze Branchen könnten kollabieren. Wir könnten unbeabsichtigt eine weltweite Wirtschaftskrise auslösen.«

»Dann soll es so sein«, sagt Sofia mit einem Funken in den Augen. »Ein Umschwung von dem Ausmaß ist genau das, was wir brauchen. Weg mit dem Alten, her mit dem Neuen. Wir müssen das Rad zerbrechen.«

Zustimmendes Gemurmel geht durch die Runde. Mein Herz klopft schneller, während sich ein Gedanke in mir formt, den ich gern teilen würde. Doch die Angst, ungefragt zu sprechen, hält mich zurück. Ich warte, bis ich dran bin.

»Saskia, was meinst du dazu?«, fragt Sofia die Jüngste unter uns.

»Ich denke, das Wichtigste ist, dass wir zusammenhalten, egal was kommt«, sagt Saskia. »Viele wissen das, aber meine Kindheit war nicht gerade schön. Ich hab Missbrauch und Ausbeutung erlebt.« Ihre Stimme bleibt gefasst, fast nüchtern. Dann sieht sie zu mir. »Ich bin in einer reisenden Menagerie aufgewachsen, nachdem meine Mutter gestorben war. Niemand wusste, dass ich magisch bin, aber sie haben mich trotzdem benutzt. Je spektakulärer meine Nummern, desto besser ging's allen. Die Menschen werden versuchen, uns auszunutzen. Wenn wir nicht geschlossen auftreten, sind wir verloren.«

»Da hat sie recht«, sagt Minnie sanft. »Wir brauchen

Freundlichkeit. Geduld. Zusammenhalt. Ich hoffe, die Enthüllung bringt uns näher, nicht weiter auseinander.«

Ich nestle nervös an meinem Teeglas, als Eun-Ji spricht. Sie wählt ihre Worte mit ruhiger Überzeugung. »Ich glaube, die Enthüllung hat das Potenzial, etwas viel Tieferes zu heilen: die Schwesternwunde. Wenn wir uns zeigen, können wir die Macht der Gemeinschaft sichtbar machen. Magie ist mehr als Zauber und Tränke.« Sie deutet auf unseren Kreis. »Verbindung. Vertrauen. Freundschaft. Vielleicht erinnert das auch andere – Frauen wie Männer – daran, was wahre Verbundenheit ist.«

»Alva?«, sagt Sofia, und ich räuspere mich.

»Ich stimme allem zu«, beginne ich, vorsichtig. »Es ist faszinierend, euch zuzuhören. Ich war lange kein Teil unserer Gemeinschaft, also lerne ich noch. Aber ich frage mich, ob jemand über die natürlichen Ressourcen von Anima nachgedacht hat. Wenn plötzlich mehr Magie im Umlauf ist – könnte das das Gleichgewicht stören? Nicht nur, weil wir sie nun offener nutzen, sondern auch, weil die Nachfrage steigen wird, sobald wir anfangen, die Welt zu reparieren?«

»Das ist genau das, was meine Mutter befürchtet«, sagt Adanna sofort. »Mehr Verbrauch, weniger Energie. Die Enthüllung könnte alles beschleunigen. Du hast völlig recht, Alva.«

Sofia nickt. »In Chyulu wurde das schon vor Jahren diskutiert. Die Akademie dort arbeitet seit fast einem Jahrzehnt an Lösungen. Aber um diese globalen Aufgaben anzugehen – Ozeane reinigen, Verseuchung stoppen – braucht es eine andere Art von Magie. Dunklere.«

»Dunkler wie?«, frage ich. Allein das Wort lässt etwas in mir zucken, tief in meinem Inneren. Ruths Schatten regt sich, und ich zwinge mich, ruhig zu bleiben.

»Es gibt uralte Werkzeuge«, erklärt Sofia. »Hexen und Druiden haben sie in Kriegszeiten genutzt. Während der Kreuzzüge zum Beispiel. Danach wurden sie verboten – zu gefährlich.

Aber vielleicht können sie diesmal für etwas Gutes eingesetzt werden.«

»Ich verstehe nicht ganz«, sage ich.

»Sie heißen Himmelssteine«, antwortet Minnie. »Splitter des Solantha-Kometen. Sie wirken wie Verstärker. Statt Anima aus der Umgebung zu ziehen, speichern sie Energie in sich. Wer gelernt hat, mit ihnen umzugehen, kann daraus schöpfen.«

Ich nicke, während mir die alten Geschichten wieder einfallen, die jedes Hexenkind kennt. Der Solantha-Komet, der einst an der Erde vorbeizog und der Legende nach Magie in ausgewählten Frauen erweckte, während er einigen Männern Unsterblichkeit schenkte. Seitdem wurde Magie über Blut weitergegeben, von Mutter zu Tochter. Unsterblichkeit dagegen blieb selten, gewährt nur alle einhundertacht Jahre – und der nächste Zyklus steht unmittelbar bevor.

»Die Steine stabilisieren mächtige Zauber«, sagt Sofia. »Das ist ein zentraler Teil des Lehrplans in Chyulu. Sie bilden dort oben in den Bergen ganze Truppen von speziell geschulten Kriegerinnen aus.«

»Wie fühlt sich das an, so viel Macht zu haben?«, frage ich, und etwas in meiner Brust zieht sich zusammen; ein Hunger, den ich kaum verstehe.

»Ganz ehrlich? So eine Macht fühlt sich verdammt großartig an«, sagt Sofia mit einem kurzen Lachen. »Aber sie kann auch beängstigend sein. Es gibt unzählige Regeln, was den Umgang mit den Steinen betrifft.«

»Zum Beispiel?«

»Wer sie benutzen darf. Unter welchen Bedingungen. Niemand soll einen Stein allein einsetzen, immer mit einer Stellvertreterin, die eingreifen kann, falls etwas schiefläuft. Und während die Passage des Solantha-Kometen ansteht, ist die Nutzung komplett verboten. Die Nähe zu ihrer Quelle kann katastrophale Folgen haben. Kein Wunder also, dass sie streng bewacht werden.«

»Warum dann überhaupt die Enthüllung?«, frage ich. »Warum die Steine nicht heimlich verwenden, wenn sie so mächtig sind?«

»Weil es unmöglich wäre, etwas in diesem Ausmaß durchzuziehen, ohne entdeckt zu werden«, antwortet Sofia. »Die Enthüllung soll dem zuvorkommen. Die öffentliche Meinung lenken, verstehst du?«

Ich nicke langsam, während die Worte in mir nachhallen.

»Also gut, genug Theorie«, sagt sie schließlich und schnippt mit den Fingern. »Zeit für den angenehmen Teil des Abends, meine Damen.«

Sie will sich gerade erheben, als Zara das Wort ergreift. »Und wofür genau mussten wir uns den ganzen Abend freihalten?«

»Ja, ich hatte einen Spa-Termin«, wirft Inaaya ein.

Sofia hält inne, ihr Blick trifft meinen. Dann kehrt ihr gewohnt gelassenes Lächeln zurück. »Ich wollte euch auf einen Drink ausführen«, sagt sie. »Ein dreifacher Anlass: Vollmond, dreimonatiges Jubiläum und – ein neues Mitglied in unserer Mitte.«

»Das ist alles? Schon wieder eine Party?«, fragt Zara, ihre Stimme scharf.

Sofias Gesicht bleibt ruhig, nur ihr Kiefer verrät Spannung. »Hast du ein Problem damit?«, fragt sie, leert ihr Glas und stellt es mit einem leisen Klirren ab.

»Nicht wirklich«, antwortet Zara. »Aber irgendwann könnte unser Zirkel mal was Sinnvolles tun. Außer trinken und es Gemeinschaft nennen.«

Sofia lehnt sich vor, ihre Stimme ruhig, doch gefährlich. »Wenn du nach Sinn suchst, Zara, dann tritt einem Buchclub bei. Mein Zirkel, meine Regeln. Und heute Abend«, sie hebt ihr Glas, »heißt die Regel: trinken, bis keiner mehr geradeaus sehen kann.«

»Moment, niemand geht irgendwohin, bevor wir nicht mein

Lieblings-Vollmond-Ritual gemacht haben«, ruft Saskia und geht zum Plattenspieler.

»Niemals«, sagt Sofia, und ich sehe, wie sehr sie ihr jüngstes Zirkelmitglied mag.

Die Hexen werden lebhafter. Inaaya mixt Drinks, vermutlich Mojitos, der Rest räumt Flächen frei und schiebt Poufs beiseite, um Platz zu schaffen.

Sofia bleibt am Rand, dreht sich zur Balustrade und zündet sich eine Zigarette an. Unter ihr glitzert die Stadt, und jenseits der Skyline steigt der Vollmond über den Horizont.

»Alles in Ordnung?«, frage ich und trete neben sie. »Du wirkst heute Abend, ich weiß nicht, unruhig.«

»Was? Nein, mir geht's gut. Natürlich geht's mir gut. Bestens sogar.« Ihre Augen aber wandern über meine Schulter und verengen sich, als sie Zara entdeckt, die etwas abseits steht und über ihr Handy gebeugt ist, als wäre sie zu gut für das alles.

Ich folge ihrem Blick. »Und wer hat überhaupt für *ihre* Aufnahme im Zirkel gestimmt?«

Sofia schnaubt und rollt zustimmend die Augen.

Saskia hat inzwischen eine Platte aufgelegt, ein Live-Konzert von Stevie Nicks. Bald tanzen und singen alle, während ›Gypsy‹ über die Dächer von Shoreditch schwebt.

»Ich habe über Minnies Idee nachgedacht«, ruft Sofia, ihre Stimme über die Musik hinweg. »Untertauchen klingt gar nicht schlecht. Nur für eine Weile, bis sich alles beruhigt. Wie wäre es, wenn du und ich zusammen abhauen?«

»Wohin?«

»Egal. Du entscheidest. Ein Schwesterntrip, irgendwo, wo sie uns nicht finden können.«

»Wer ist *sie*?«

»Na, Gathoni, Mardequai, die Ältesten, die ICAG... lass sie den ganzen Schlamassel allein aufräumen.«

»Ich würde gern, wirklich. Aber Gathoni will mich während

der Enthüllung an ihrer Seite haben. Sie hat mich morgen für diese Themse-Reinigungsaktion eingeteilt.«

»Ach, scheiß auf die Themse und auf sie. Sie ist nicht deine Chefin. Wenn du Schwesternschaft suchst, hast du sie hier gefunden. Sieh dich doch um.« Sie zeigt auf ihren Zirkel, der tanzt und lacht wie ein Schwarm wilder Vögel.

»Du brauchst ihre Zustimmung nicht. Du brauchst niemandes Zustimmung. Du bist frei. Gewöhn dich dran«, sagt Sofia, dann stürzt sie sich in den Tanz, die Arme weit ausgebreitet. »Komm, flieg, Vögelchen! Du bist frei, flieg mit mir!« Sie zieht an meinen Armen, bis ich endlich lache und mitmache.

»Na gut«, rufe ich über die Musik. »Ich wollte schon immer nach Marokko!«

»Mabon in der Sahara – großartig!«, ruft Sofia zurück. »Ich lasse Pippa die Reise buchen. Marrakesch, mach dich bereit: die Hausmann-Zwillinge kommen!«

Sie packt meine Hände, wirbelt mich herum, und plötzlich zieht mich die Freude mit. Jede Drehung fühlt sich an wie Heimkehr, jedes Lachen lässt mein Herz überlaufen. Ich habe mich so lebendig nicht mehr gefühlt, seit wir Kinder waren.

Als das Lied seinen Höhepunkt erreicht, singen wir alle mit. Und während wir uns drehen, spüre ich eine tiefe Verbundenheit, nicht nur mit Sofia, sondern mit etwas Größerem. Alles um uns scheint von Schwesternschaft und Magie durchzogen.

Und ich kann nicht umhin, zu denken, dass vielleicht überall auf der Welt Frauen, magische wie nicht-magische, genau jetzt dasselbe tun: unter dem Vollmond zu Stevie Nicks tanzen.

Und darin liegt jede Menge Hoffnung.

Kapitel Einundzwanzig

Ember kippt noch einen Shot hinunter; der Alkohol brennt in ihrer Kehle, doch der Sturm in ihrem Kopf bleibt ungebändigt. Der Zirkel ist weitergezogen, ins Old Street Records, einem Club in der Nachbarschaft, mit freiliegenden Ziegelwänden, Stahlrohren unter der Decke, und dem warmen Licht alter Edison-Birnen. In den halbrunden Ledernischen herrscht dichtes Gedränge, die Bar auf der gegenüberliegenden Seite ist gut aufgestellt, und auf der kleinen Bühne spielt eine Band Songs aus einer anderen Zeit.

Der Tisch des Zirkels ist überladen mit Pizzakartons, doch in der Sitzecke hat sich eine klare Trennung gebildet. Ember und Alva sitzen in der Mitte. Rechts von Ember grölen Minnie und Adanna zu »Mr Brightside«, während links von Alva Zara mit verschränkten Armen dasitzt, den Rücken demonstrativ den Hausmann-Schwestern zugewandt und immer noch ganz in ihr Handy vertieft. Inaaya, Saskia und Eun-Ji flüstern und lachen in ihrer Ecke.

Ember stochert in einem Stück Pizza, ohne Appetit. Noch vor ein paar Stunden war sie bereit gewesen, Mardequais Plan auszuführen. Das Chaos beherrschen, die öffentliche Meinung lenken, aber zu *ihren* Bedingungen. Sie sollte das Gesicht des Neuen werden, der Anfang einer anderen Ordnung. Und Alva sollte leben. Mardequais Drohung war deutlich gewesen: Tue, was ich sage, oder sie stirbt.

Doch auch Alvas Worte hatten sich festgesetzt, wie eine Nadel, die durch Stoff sticht. *Es ist nie zu spät, das Richtige zu tun.* So schlicht, und doch so eindringlich. Ember hatte ihre Mutter gesehen, die Hüterin, die glaubte, Magie solle heilen, nicht zerstören. Jahrelang hatte sie sich eingeredet, dass Mardequais Weg der stärkere sei, dass Idealismus Schwäche bedeutete. Dass Sofia schwach war. Dass Ember stark war. Aber dort im Aufzug hatte die alte Sofia kurz wieder in ihr geglüht.

Jetzt sieht sie zu Alva hinüber, die an ihrer Limonade nippt, während ihr Blick immer wieder zu Kettering wandert. Marokko. Ember glaubt nicht daran, dass es eine Flucht wird. Nicht wirklich. Denn wie lange können sie schon vor einem Mann davonlaufen, der überall Augen hat? Sie hat die vorzeiitige Enthüllung gestoppt, um ihre Schwester zu retten, aber vielleicht hat sie sie damit erst recht verurteilt. Mardequai vergibt keinen Verrat. Er betrachtet Menschen als Eigentum, und Ember war stets sein bestes Werkzeug gewesen.

»Und was machen wir mit ihm?«, ruft Alva über den Lärm hinweg und nickt in Richtung Kettering. Der sitzt allein an einem hohen Tisch, steif wie ein Soldat zwischen Feiernden. Ein paar Frauen gehen zu ihm, fragen nach freien Plätzen. Selbst auf die Entfernung ist sein »Nein« unmissverständlich.

»Was ist mit ihm?«, ruft Ember zurück, während sie in ein Stück Pizza beißt.

»Ich glaube nicht, dass er mich einfach so nach Marokko fliegen lässt.«

Ember lacht. »Habt ihr irgendsoeine Bondage-Vereinbarung? Fesselt er dich nachts und...«

»Was? Nein!«, schreit Alva und schlägt die Hände vors Gesicht.

Ember grinst. Sie liebt es, sie aus der Fassung zu bringen.

Alva trinkt einen Schluck Soda. »Aber im Ernst. Wie werden wir ihn los?«

»Sag ihm, dass du ihn nicht mehr brauchst.« Ember zuckt mit den Schultern. »Und wenn er nicht hört, sorg dafür, dass er es tut.«

»Wie denn?«

»Du bist eine Hexe, oder nicht? Du bist stärker als er. Dir fällt schon was ein.«

Minnie beugt sich plötzlich über Embers Schoß, ein Glas in der Hand. »Entschuldigung, aber darf ich was fragen?«

»Klar«, sagt Alva.

»Adanna und ich haben uns gefragt, ob du an Reinkarnation glaubst. Denkst du, das ist das, was mit dir passiert ist?«

Ember lehnt sich zurück, beobachtet Alva, gespannt, wie sie reagiert.

»Nein, tu ich nicht«, sagt Alva locker, doch ihre Haltung wird fest.

»Echt? Das überrascht mich.«

»Warum?«, fragt Alva, und in ihrer Stimme liegt etwas Neues, eine Schärfe, die Ember gefällt.

Minnie zuckt die Schultern. »Na ja, wegen deines ... Zustands.«

Jetzt lehnt sich auch Adanna herüber, legt Minnie einen Arm um die Schultern und sagt: »Es gibt ein Transkript deiner Anhörung vor der Versammlung im RN. Das macht gerade die Runde.«

»Die anderen Mädels halten mich ja immer auf dem Laufenden, weißt du«, fügt Minnie hinzu. »Ich benutze das Netzwerk nicht. Das bringt irgendwie meine Aura durcheinander.«

Ember verdreht die Augen und sieht zu ihrer Schwester.

»Also, tust du's?«, fragt Minnie nach. »An Reinkarnation glauben?«

Alva greift nach Embers Negroni, als müsste sie Mut trinken, und nimmt einen langen Schluck.

»Langsam, Tiger…«, murmelt Ember.

»Ich glaube nicht an Reinkarnation«, sagt Alva, stellt das Glas ab, zu heftig, »weil das bedeuten würde, dass ich *sie* bin. Und das bin ich ganz sicher nicht.«

»Woher willst du das wissen?«, fragt Minnie. Adanna sieht Alva jetzt ebenfalls prüfend an.

Ember lehnt sich vor, die Stimme scharf. »Sie weiß es, weil sie ihre eigene Person ist, klar? Diese Visionen, diese Erinnerungen, die wir empfangen, sind losgelöst von uns. Es ist, als würde man einen Film sehen.«

»Warum hast du *wir* gesagt?«, fragt Adanna.

»Weil ich sie auch bekomme. Von einer anderen Hexe, aus einer anderen Zeit. Nicht so oft, nicht so deutlich, aber es passiert.«

Minnie beugt sich interessiert vor. »Faszinierend. Warum glaubst du, geschieht das?«

Ember verschränkt die Arme. »Alva und ich sind da besonders. Wir haben unsere eigene Verbindung zur Vergangenheit.«

»Verstehe«, sagt Minnie. Das Gespräch verläuft sich, als Adanna plötzlich »I Love Rock 'n' Roll« ins Ohr ihrer Freundin grölt. Die Band stimmt in Joan Jetts Refrain ein, und Minnie singt mit.

»Danke«, murmelt Alva, aber ihr Blick bleibt auf die Tanzfläche gerichtet. Gedankenverloren greift sie wieder nach Embers Drink.

»Vorsicht, du wechselst auf die dunkle Seite«, sagt Ember mit einem Grinsen.

»Das Zeug ist erstaunlich gut«, meint Alva und hebt das Glas erneut an die Lippen.

»Hol dir lieber dein eigenes«, sagt Ember, doch kaum sind

die Worte draußen, da stürmt Kettering an den Tisch, stößt ihn mit einer Wucht zur Seite, die alle zusammenzucken lässt. In einer fließenden Bewegung schlägt er Alva das Glas aus der Hand. Es fliegt durch den Raum, zerschellt an der Wand, Scherben und Flüssigkeit spritzen auseinander.

»Was zur Hölle?«, ruft Ember, während Alva fassungslos in die Sitzecke zurückweicht.

Köpfe drehen sich, die Gespräche stocken, Blicke richten sich auf den Tisch.

»Nichts zu sehen hier, Leute«, ruft Adanna trocken. »Nur ein kleiner Unfall.«

»Sie hat etwas in dein Getränk getan«, sagt Kettering schwer atmend und zeigt auf Zara.

»Was? Spinnst du?«, faucht Zara und springt auf.

»Wer ist dieser Typ überhaupt?«, schießt Inaaya heraus und mustert Kettering von oben bis unten.

Währenddessen geht Eun-Ji quer durch den Raum zum zerbrochenen Glas, verscheucht den Barkeeper, der gerade aufräumen will – offensichtlich mit einer dezenten Hexerei – und hebt mit bloßen Fingerspitzen den noch intakten unteren Teil auf. Sie trägt ihn herüber und riecht an der restlichen Flüssigkeit.

»Gefleckter Schierling«, stellt sie fest.

»Ich – ich war das nicht!«, protestiert Zara heftig und deutet auf das Glas, das Eun-Ji inzwischen neutralisiert hat; die Flüssigkeit verdampft fast vollständig. »Kommt schon, so bescheuert bin ich nicht.«

Minnie nickt und gibt Zara ein Zeichen; die Hellseherin streckt sofort die Hand aus, damit Zara sie ergreifen kann.

»Das ist lächerlich«, sagt Zara widerwillig, doch sie legt ihre Hand in Minnies. »Na gut«, fügt sie hinzu und presst die Lippen zusammen. »Ich habe nichts zu verbergen.«

Minnie schließt die Augen, legt beide Hände auf Zaras, sucht. Die lauten Gitarrenriffs auf der Bühne, der Gesang und das Feiern wirken plötzlich wie aus einer anderen Welt gegenüber der angespannten Gruppe in ihrer Ecke der Bar. Nach einer gefühlten Ewigkeit öffnet Minnie wieder die Augen.

»Sie war's«, verkündet sie schließlich, während sie Zara ungläubig anblickt.

Kaum hat Minnie das gesagt, reagiert Ember. Ihre Kräfte brechen hervor: Sie saugt Anima aus den Glühbirnen über ihnen und aus den Gitarrenverstärkern auf der Bühne. Elektrisches Anima — ein launisches Biest — sammelt sich an ihren Fingerspitzen, doch Embers Erfahrung hält den Griff stabil.

Zara kontert sofort. Die beiden stehen sich gegenüber, ein Patt entsteht, und plötzlich fällt in der Bar das Licht aus: Jedes elektrische Gerät ist seiner Energie beraubt. Eine kleine Gnade: wenigstens bleibt den Gästen verborgen, was nun folgt.

In der vollständigen Finsternis bewegen sich die Hexen wie Raubtiere, navigieren zwischen Tischen und Stühlen, weichen magischen Explosionen aus, die durch die Luft zischen. Der Rest des Zirkels versucht einzugreifen, doch ihre Stimmen gehen im Chaos der verwirrten Gäste unter. Ember formt ein dickes Bündel Anima in ihrer Faust und schleudert es mit einem schnellen Schlag direkt gegen Zaras Brust. Ein Knall hallt durch die Dunkelheit, gefolgt von einem schmerzvollen Aufstöhnen — Treffer.

»Hör auf damit, Em«, ruft Adanna aus der Dunkelheit, ihre Hände fassen Embers Arm und halten sie zurück.

Langsam flackern Smartphones wieder auf, Lichtkegel schneiden durch die Schwärze, und Ember erhascht einen Blick auf Zara, die nach draußen stürmt. Adanna zögert keine Sekunde und hetzt ihr hinterher; Ember folgt, dann der restliche Zirkel. Adanna ist die Schnellste, sie hetzt Zara wie ein Fuchs seinem Hasen hinterher. Auf der Straße springt Zara durch die Menschenmenge; Adanna bleibt ihr auf den Fersen, doch Ember hat Mühe, mitzuhalten. Sie drängt sich durch Fußgänger, verfolgt Zara, die über einen Straßenstand springt und Dosen sowie Souvenirs in alle Richtungen schleudert. Zaras Magie schlägt in Panik um sich, kippelt Mülltonnen um und zwingt die Verfolgerinnen, über Trümmer zu springen. Ein Hydrant platzt, eine Fontäne schießt empor und zwingt Ember kurz zum Stocken; der Sprühnebel verschluckt Zara, und Ember verliert sie aus den Augen. Adanna hat ebenfalls den Kontakt verloren. Trotzdem prescht Ember weiter, weicht einem Taxi mit schreienden Reifen aus und ignoriert die Flüche des Fahrers. Schließlich holt sie Adanna auf einem ruhigen Platz keuchend ein.

»Sie ... sie ist weg«, japst Adanna und stützt sich auf die Oberschenkel. »Hab sie an der Kreuzung verloren. Sie muss ein Taxi genommen haben oder ist in der Menge verschwunden.«

»Verdammt noch mal!«, flucht Ember und tritt gegen einen Laternenpfahl, dessen Glühbirne erlischt bei dem Aufprall.

Der Zirkel sammelt sich um sie, ein aufgeregter Haufen.

»Habt ihr sie erwischt?«, fragt Saskia sofort.

»Sieht das so aus?«, antwortet Adanna kurzatmig.

»Und jetzt?«, erkundigt sich Eun-Ji, und alle blicken zu Ember.

»Ich weiß es verdammt noch mal nicht, okay?«, erwidert Ember und läuft am Bürgersteig auf und ab, die Gedanken rasen. »Sie ist raus aus dem Zirkel, offensichtlich.« Sie denkt an Mardequai und versteht sofort: Zara ist nur eine weitere seiner Marionetten, seine Augen mitten in ihrem Zirkel. Sie hätte es wissen müssen. Vielleicht wusste sie es sogar. Genau wie bei Alva hat er das Zirkelgesetz übergangen, um Zara aufzunehmen. Ein weiteres Beispiel, wie wenig wirklich ihre eigene Entscheidung es war. Schließlich bricht Ember die Versammlung abrupt ab: »Geht nach Hause. Jetzt. Und wenn sie mit einer von euch Kontakt aufnimmt, meldet es — nicht nur mir, sondern auch den Behörden. Die Hexe gehört direkt nach Saltholm.«

Ember steht auf und geht davon, aufgewühlt von einem explosiven Mix aus Wut, Alkohol und panischer Angst.

«Na dann, gute Nacht», ruft Saskia stockend hinterher.

«Will jemand ein Taxi teilen?», fragt Inaaya.

Nach kurzem Durcheinander und ein paar Umarmungen zerstreut sich der Zirkel; nur Ember, Alva und Kettering bleiben zurück. Ember geht zu einer kleinen Rasenfläche in der Mitte des Platzes, wirft sich auf eine Parkbank und zündet sich eine Zigarette an. Der Park ist fast leer, nur ein einzelner Gassigänger ist noch unterwegs. Der Herbstwind trägt Bruchstücke des Gesprächs zwischen ihrer Schwester und dem Druiden zu ihr herüber, ein deutliches «Danke» ist zu hören. Kurz darauf knirschen Schritte auf Kies, Alva kommt heran.

«Hab deinen Mantel», sagt sie leise und setzt sich zu Ember, während diese in den Mantel schlüpft.

«Wie schlimm wäre das Zeug denn gewesen, medizinisch gesehen?», fragt Ember und nimmt einen Zug.

«Wär ich an einem Schierlings-Negroni gestorben, meinst du?», fragt Alva und schlägt die Beine übereinander. «Naja, es gibt Berichte, dass Kinder erstickt sind, weil sie Schierlingsstängel als Pfeife benutzt haben. Der Hauptwirkstoff heißt Coniin, der lähmt das Nervensystem so, dass man schnell erstickt.»

Ember drückt die Zigarette aus. »Totalschaden, also?«

»Totalschaden«, stimmt Alva zu.

Sie schweigen einen Moment, dann spricht Alva aus, was beide befürchtet haben.

»Du denkst doch auch, sie hat das nicht freiwillig getan, oder?«, fragt sie.

Ember steht auf, vermeidet ihren Blick, greift stattdessen das eiserne Geländer der Parkbank, als wolle sie es aus der Erde reißen. »Ich weiß nicht», seufzt sie. »Zara hat sich schon immer gegen mich gesträubt, seit sie im Zirkel ist.«

Alva erhebt sich jetzt ebenfalls; Wut schärft ihre Stimme. »Warum verteidigst du ihn immer noch?«, platzt sie heraus.

Ember vergräbt die Finger in ihrem Nacken und zerzaust die kürzeren Haarsträhnen am Ansatz, kauert einen Moment, um zu sammeln. »Wir wissen nicht, ob er dahintersteckt«, sagt sie schließlich. »Das wissen wir einfach nicht. Außerdem war es *mein* Drink, den sie vergiftet hat, nicht deiner.«

»Und?«, faucht Alva. »Es wäre ihr doch egal gewesen, ob sie uns beide aus dem Verkehr zieht. Du hast selbst gesagt, sie hat ein Problem mit deiner Autorität.«

»Aber *ihm* wäre es nicht egal!«, entgegnet Ember, ihre Worte knacken wie dürre Äste. »Du verstehst das nicht, er würde niemals riskieren, mich zu verlieren.«

Doch während sie das sagt, kriecht Verrat in ihr hoch wie ein heimtückischer Skorpion; die Nähe des Risikos lässt sich nicht wegwischen.

»Aber mir *würde* er etwas antun«, kontert Alva.

Tief in Ember gibt es einen Teil, der sich immer noch weigert, es zu glauben. Ein Teil, der an der trügerischen Idee festhält, sie hätte die Kontrolle über ihr Leben, sie würde selbst bestimmen, wohin alles führt. Aber wem macht sie jetzt noch etwas vor? Wahrscheinlich hatte sie diese Kontrolle nie. Und Alva hat recht. Der Beweis liegt im Timing: In dem Moment, als Ember Mardequais Befehl verweigerte, als sie die vorgezogene Enthüllung absagte, setzte er seine Killerin in Bewegung. Wie ein Oktopus mit zu vielen Armen hatte er längst seine Fühler ausgestreckt, eine Mörderin direkt in ihren Zirkel eingeschleust, bereit zuzuschlagen, sobald Ember aus der Reihe tanzte. Zaras ständiges Tippen aufs Handy war kein Desinteresse, sondern Berichterstattung. Wahrscheinlich hatte sie über das RN Kontakt gehalten, sobald klar war, dass Ember sich gegen ihn stellte. Mardequai wusste inzwischen alles. Es gibt keinen anderen Schluss.

»Ich habe keine Wahl…«, sagt Ember, als die Erkenntnis Wurzeln schlägt.

»Was meinst du damit?«, fragt Alva, tritt näher, legt ihr sanft eine Hand auf die Schulter. Doch Ember entzieht sich der

Berührung. »Ich muss jetzt los«, sagt sie, und wendet sich ab. »Ich schlage vor, du tust dasselbe.«

»Was soll das heißen?«

»Geh nach Hause, Alva. Zu deinem langweiligen Freund, zu deinem vorhersehbaren Leben. Und glaub mir, ich meine das nicht herablassend. Langweilig und vorhersehbar ist genau das, was du in den nächsten Tagen brauchst.« Ember zieht ihr Handy hervor, wählt Pippas Nummer, während sie den Park verlässt. Kettering steht am Rand des Weges, reglos wie versteinert. »Ja, kannst du mich abholen?«, sagt Ember, sobald Pippa abnimmt. »Ich bin gleich um die Ecke.« Ihr Blick fällt auf das Straßenschild. »Hoxton Square.«

»Und Marokko?«, ruft Alva hinter ihr her.

»Marokko ist gestrichen«, sagt Ember hart und überquert die Straße, wo Pippa sie leichter auflesen kann.

»Was hat er gegen dich in der Hand, Sofia?«, ruft Alva.

Ember hält inne, dreht sich halb um. »Nenn mich nicht so. Ich bin Ember. Sofia ist vor dreizehn Jahren gestorben.«

Der Range Rover biegt um die Ecke, stoppt zwischen ihnen. Ember öffnet die hintere Tür, zögert, geht dann um das Auto herum. Vor Alva bleibt sie stehen, nimmt ihre Hände. »Flieg nach Hause, ja? Egal, was du hörst – hau einfach ab. Lass Kettering dich zum Flughafen bringen. Er wird auf dich aufpassen.«

»Warum sagst du mir das?«, fragt Alva, den Kopf leicht schüttelnd. Eine Träne löst sich, glitzert im Laternenlicht. Ember spürt das Zucken ihrer Finger, den Drang, sie abzuwischen, und zwingt sich, still zu bleiben.

»Weil es besser ist, wenn du's nicht weißt. Vertrau mir.« Sie reißt sich los, läuft zum Auto. »Lass dich vom Druiden heimbringen, hörst du? Geh nicht allein«, ruft sie über die Schulter. Dann, kaum hörbar, flüstert sie für sich: »Ich brauche nur noch ein bisschen Zeit. Bitte, gib mir nur noch bis morgen…«

* * *

Pippas Augen verfolgen Ember im Rückspiegel, während sie Hoxton Square hinter sich lassen. Eine unausgesprochene Frage hängt in der Luft.

»Wollten die beiden keine Mitfahrgelegenheit?«

»Nee, sie laufen lieber«, antwortet Ember abwesend, den Ellbogen auf der Armlehne, die Finger über die Lippen gelegt.

»Und wohin jetzt, Euer Gnaden? Zum Cauldron? Die Nacht ist ja noch jung.«

»Zum Stadthaus.«

»Wie Sie wünschen.« Pippa räuspert sich leise. »Aber nur zu deiner Information: Mr. Guise wird nicht da sein.«

»Woher weißt du das?«

»Er hat vorhin eine Nachricht hinterlassen. Er ist nach Dunmorrough unterwegs. Seine Worte, nicht meine: ›Enttäusche mich nicht noch einmal, Ember‹.« Sie trifft den Ton des Druiden erstaunlich genau.

»Alles klar. Dann eben zurück zum Mandrake«, antowrtet Ember mechanisch, während sich in ihrem Magen ein Knoten zieht.

Pippa nickt und reiht den Wagen in den dichten Abendverkehr der Old Street ein. An der nächsten roten Ampel stoppt sie und wirft einen Seitenblick.

»Worauf hat er sich bezogen, wenn ich fragen darf?«

»Das wirst du noch früh genug erfahren.«

»Ziemlich kratzbürstig heute, was?«

»Redest du so mit allen, für die du arbeitest?«, schneidet Ember zurück. Dann atmet sie tief durch. »Entschuldige. Ich hab einfach zu viel im Kopf. Bring mich bitte schnell dorthin, ja?«

»Natürlich, Ma'am.«

Eine halbe Stunde später rollt der Wagen vor dem Mandrake aus. Die glänzend schwarze Fassade hebt sich scharf von den matten Häusern Fitzrovias ab. Nieselregen prasselt gegen die Scheibe, das gleichmäßige Wischen der Scheibenwischer ist das einzige Geräusch.

»Danke, Pippa-Darling. Du kannst nach Hause fahren. Und … nimm dir morgen frei, ja?«

Pippa dreht sich halb um, eine Hand auf der Rückenlehne des Beifahrersitzes. »Bist du sicher?«

»Ganz sicher. Du hast's dir verdient. Aber komm morgen Nachmittag kurz vorbei, so gegen vier, und hol die Katze ab, ja?«

»Natürlich. Was auch immer du brauchst.«

»Ausgezeichnet.« Ember legt eine Hand auf Pippas Arm.

Pippa hält sie sanft fest. »Hey … alles gut mit dir?«

»Natürlich, Süße. Warum sollte es das nicht sein?«

Pippas Blick sucht den ihren. »Du lügst. Irgendwas stimmt nicht mit dir, das spür ich.«

»Das kannst du wohl.« Ein schwaches Lächeln huscht über Embers Lippen. »Schon immer eine deiner nervigsten Gaben, Miss Watson.«

Zwei Wischbewegungen lang schweigen sie. Nur ihre Hände bleiben ineinander verschränkt.

»Willst du immer noch abhauen?«, fragt Pippa mit einem schelmischen Lächeln. »Ich hab gehört, das Herbstlaub in Tokio soll gerade unglaublich sein.«

Ember lacht leise. »Ich befürchte, dieser Zug ist ohne uns abgefahren, Engel.« Sie streicht über Pippas Daumen. »Gute Nacht.«

Ember öffnet die Tür, steigt aus und schließt sie mit einem dumpfen Klicken. Während sie den Gehweg überquert, streifen ihre Fingerknöchel ihre Nase. Ein kurzer, zittriger Atemzug. Auf ihrer Haut haftet noch der Duft von Pippas Parfüm, Orangenblüte und ein Hauch von Magnolie, süß und erdend zugleich.

Der Eingang des Mandrake Hotels ist unscheinbar, nur das schwebende Symbol über der Tür verrät es: ein goldenes, allsehendes Auge. Ember zieht ihre Schlüsselkarte an der Rezeption und betritt die Halle.

Kein Ort passt besser zu ihr. Vier Stockwerke aus schwindelerregender Sinnlichkeit, inspiriert von der Alraunenwurzel – jener giftigen Pflanze, die in der Hexenfolklore zwischen Leben und Tod wandelt. Überall blühen Widersprüche: Samt trifft auf Beton, Schatten auf Licht. Im Herzen des Gebäudes wächst ein Garten aus Jasmin und Passionsblumen, deren Ranken wie Lianen von der Decke fallen.

Ember überquert den Innenhof, die Handtasche über der Schulter, ohne die Blicke zu erwidern, die sie verfolgt. Einige filmen sie heimlich, andere tun nur so, als täten sie es nicht. Sie geht weiter, zielstrebig zur Waeska Bar, wo Portisheads »Glory Box« durch die Luft schwebt. Sie setzt sich auf ihren Stammplatz, legt das Handy auf den Tresen, hebt die Hand.

»Whiskey, pur.«

Als das Glas vor ihr steht, tippt sie Minnies Namen an.

»Bist du noch wach?«

»Klar«, antwortet Minnie ruhig. »Ich hatte gerade eine Vollmond-Seance. Meine Geistführer sind gesprächig heute. Wie geht's dir?«

»Geht so. Hör zu, wir müssen die Telefonkette starten. Alle außer Zara.«

»Okay. Ich rufe Saskia an. Was soll ich sagen?«

Ember leert das Glas in einem Zug, deutet auf die Flasche, und der Barkeeper versteht, schenkt ihr nach. Sie zeichnet mit dem Finger Kreise in das Kondenswasser auf dem Tresen. »Treffen morgen nachmittag, drei Uhr, St. James's Square. Mit Umhang.«

»Und wofür?«

»Erklär ich morgen.«

»Na gut.« Minnies Stimme klingt entrückt, als würde sie mit halbem Bewusstsein irgendwo zwischen Rauch und Traum hängen. »Wer ruft Alva an? Wir haben ihre Nummer nicht.«

»Alva kommt nicht.« Ember beendet das Gespräch.

Der Barkeeper steht schon mit der Flasche bereit. Sie greift danach. »Ich nehme sie mit, danke.«

Er nickt nur. Gewohnheit.

Ember entsperrt ihr Handy erneut. Der Cursor blinkt, ein kleiner, fordernder Puls. Sie tippt auf Aufnahme. Ihre Stimme ist rau, gedämpft.

»Ich hätte nicht gedacht, dass du das tun würdest. Ich habe dir geglaubt, als du sagtest, ich sei dein ... dein Funke.« Sie hält inne, der Schmerz zieht sich durch ihren Brustkorb. »Aber ich schätze, du hast deinen Ersatz gefunden. Sag ihr nur, sie soll beim nächsten Mal kein Gift benutzen.«

Senden. Der grüne Haken erscheint in der RN-App. Nachricht zugestellt.

Mit der Flasche in der Hand geht sie zum Aufzug. Ein Paar will zusteigen, doch sie murmelt einen kurzen Bann, der sie auf Distanz hält. Sie lehnt an der Wand, trinkt direkt aus der Flasche, der Alkohol brennt in der Kehle. Ein Lichtblitz draußen – jemand hat ein Foto gemacht. Gerade, als die Türen sich schließen, fängt die Kamera das Bild ein: Ember Wild, verschwommen, schön, verloren.

Morgen zur gleichen Zeit wird dieses Foto ein hübsches Sümmchen einbringen.

Kapitel Zweiundzwanzig

Als wir Kinder waren, war Sofia immer die Mutige, ich die Vorsichtige.

Ich stand oben am Hang, während sie mit ihrem Schlitten hinunterraste. Beim Versteckspiel suchte ich mir die sichersten, langweiligsten Plätze, während sie sich in die dunkelsten Ecken drückte und dort blieb, bis sie es für richtig hielt, wieder herauszukommen. Am Strand stürzte sie sich kopfüber in die Wellen, während ich kaum den großen Zeh ins Wasser setzte.

Und bis heute jagt mir nichts so viel Angst ein wie ein Gewitter. Es spielt keine Rolle, wie oft mir jemand die Physik dahinter erklärt oder wie gering die Wahrscheinlichkeit ist, tatsächlich getroffen zu werden. Sobald der Donner grollt, verhalte ich mich wie ein Hund, der Schutz unter dem Sofa sucht.

Meine Furcht war damals so berüchtigt, dass Dad eines Tages beschloss, etwas dagegen zu tun. An einem Nachmittag, als ein weiteres Sommergewitter aufzog, setzte er Sofia und mich an den Küchentisch und begann zu erzählen.

»Wisst ihr«, sagte er, zog sein Taschenmesser hervor und begann, an einem Holzklotz zu schnitzen, »ich habe mal etwas Interessantes über Stürme gehört.«

Sein Blick wanderte zwischen seiner Handarbeit und unseren Gesichtern hin und her. »Stellt euch das vor: Dunkle Wolken rollen heran, Regen, Donner, Blitze. Ein Sturm, der die Welt verschluckt.«

Allein diese Vorstellung ließ mich näher an Sofia rücken.

»Während sich die Wolken auftürmen, suchen alle Tiere Schutz, in Höhlen, Nestern, unter Wurzeln. Nur eines verhält sich anders.«

Er hielt inne, wischte Holzspäne vom Tisch. Das kleine Stück Holz in seinen Händen nahm langsam Gestalt an, doch ich konnte nicht erkennen, was es werden sollte.

»Wisst ihr, welches Tier das ist?«

»Ein Fuchs?«, fragte ich.

»Ein Pferd!«, rief Sofia.

Dad lachte leise. »Beides gute Vermutungen. Aber nein. Es ist der Adler. Er breitet seine Flügel aus und steigt direkt in den Sturm.«

Während er sprach, verwandelte sich das Holz in seinen Händen nun in die Form eines Vogels.

»Der Wind tobt, der Regen peitscht, aber der Adler flieht nicht. Wisst ihr, was er tut?«

Wir schüttelten den Kopf.

»Er nutzt die Winde, die andere fürchten, um sich höher tragen zu lassen, über die Wolken hinaus, dorthin, wo wieder Sonne scheint.«

Sein Messer glitt präzise über das Holz, das jetzt eindeutig ein Adler war.

»Während die Welt unten im Dunkeln liegt, findet der Adler Frieden, weil er dem Sturm direkt begegnet.«

Dann legte Dad das Messer beiseite, betrachtete sein Werk und sagte: »Manchmal kann genau das, was uns am meisten

Angst macht, uns am Ende tragen. Wir müssen nur lernen, die Flügel auszubreiten.«

Er reichte mir die geschnitzte Figur. »Vergiss das nie, Alva. Du hast die Stärke eines Adlers in dir. Du kannst dich über jeden Sturm erheben.«

Sofia grinste. »Ich hab auch Adlerstärke.«

»Und ob«, sagte Dad und lachte. »Du bist die Erinnerung für uns alle, mutiger zu sein.«

Den kleinen Adler trage ich bis heute bei mir.

Aber Sofia nahm Dads Geschichte wörtlicher als ich. Jedes Mal, wenn ein Gewitter nahte, baute sie mir eine Deckenhöhle, damit ich mich verkriechen konnte, und legte mir den geschnitzten Vogel in die Hand. Dann rannte sie auf den Dachboden, öffnete das Fenster und streckte die Arme in den Regen, als wolle sie selbst zum Adler werden, der sich dem Sturm stellt.

Aber das war damals. Jetzt ist alles anders.

Und während ich zusehe, wie meine Schwester im Dunkel der Londoner Straße verschwindet und mich mit nichts als Fragen und einem missmutigen Unsterblichen zurücklässt, fällt meine Entscheidung: Ich werde nicht tun, was sie verlangt. Ich werde nicht gehen. Ich werde nicht weglaufen, während sie sich dem stellt, was sie für ihre alleinige Aufgabe hält. Diesmal bleibe ich nicht unter der Decke.

Diesmal werde ich der Adler sein.

* * *

Am nächsten Morgen bin ich übermüdet, unausgeschlafen und – zu spät für die verdammte Flussreinigung. Nach einer hastigen Runde im Bad schlüpfe ich in die Kleidung vom Vortag, schnappe meinen Mantel und eile die Treppe hinunter, in der Hoffnung, das Frühstück noch zu erwischen. Doch als ich die Klinke des Frühstücksraums drücke, bleibt die Tür verschlossen. Fluchend ziehe ich mein

Handy hervor. Viertel nach zehn. Laut Zeitplan bleiben mir fünfundvierzig Minuten, um ... wohin eigentlich zu kommen?

»Morgen.«

Ich drehe mich um. Kettering steht beim Eingang, zwei Pappbecher in der Hand.

»Ich hab wohl den falschen Knopf an der Maschine gedrückt«, sagt er. »Wollte schwarzen, bekam Cappuccino. Willst du den hier?«

»Äh, danke. Das ist ... nett von dir.« Ich nehme den Becher, und unsere Finger berühren sich kurz.

»Wollte ihn nur nicht verschwenden«, sagt er ruhig und wirft seinen in den Mülleimer. »Bist du bereit?«

»Klar. Weißt du, wohin überhaupt?«

»Folge mir.«

Er tritt hinaus in den klaren Herbstmorgen.

Auf dem Kaffeedeckel liegt ein kleiner Keks. Ich überlege, ob ich etwas dazu sagen soll, stecke ihn mir aber einfach in den Mund und unterdrücke ein Lächeln.

Kettering schlägt vor, zu Fuß zu gehen, statt die U-Bahn zu nehmen. Mir ist das nur recht. Die frische Luft tut gut, und ein Imbisswagen im Hyde Park liefert mir ein Sandwich und noch einen weiteren Kaffee.

Punkt elf stehen wir vor einer unscheinbaren Steintreppe.

»Bist du sicher, dass das hier richtig ist?«, frage ich. Wir sind zwar am Fluss, aber es wimmelt von Menschen, die offensichtlich einem ganz normalen Arbeitstag nachgehen.

»Nur ein Weg, das herauszufinden«, sagt er und deutet auf die Treppe. »Nach dir, Madame.«

Ich gehe voraus, aber nicht ohne eine Frage, die mir seit dem Keks auf der Zunge liegt. »Warum bist du heute so freundlich zu mir?«

»Vielleicht hab ich einfach genug davon, dich zu hassen.«

»›Madame‹ gefällt mir jedenfalls besser als ›Hexe‹«, sage ich, während ich auf der nassen Treppe fast den Halt verliere. Kettering fängt mich ab, mit einem halblauten Fluch.

Unten breitet sich ein schmaler Kiesstrand aus. Die Themse schwappt trüb gegen das Ufer, während ein Boot unter der Blackfriars Bridge verschwindet. Neben der Treppe öffnet sich eine weitere, die in einen dunklen Tunnel führt.

»Und was hält normale Leute davon ab, da runterzugehen?«, frage ich.

Kettering grinst. »Ist das dein erstes Mal als Hexe? Schutzsiegel, natürlich.«

»Ah. Logisch«, sage ich, als ich die verblassten Runen erkenne, eingeritzt in das alte Mauerwerk.

Ich steige tiefer hinab in die Dunkelheit unter London, das Licht meines Smartphones weist mir den Weg. Erst als ein warmer Schimmer aus der Ferne durch einen Torbogen fällt, schalte ich es aus.

Der Tunnel führt uns unter gewölbte Ziegelbögen, dunkel glänzend vom feuchten Dampf, der sich an ihnen sammelt. Der Boden unter mir vibriert schwach vom Wasser, das irgendwo darunter fließt. Dann öffnet sich der Gang, und ich trete auf einen schmalen Laufsteg aus Eisen.

Der Anblick raubt mir den Atem. Unter uns rauscht ein unterirdischer Fluss, über uns spannt sich eine gewaltige Kammer, deren Decke von Fackeln in warmes, flackerndes Licht getaucht wird. Runen schimmern im Ziegelwerk, ihr Schein spiegelt sich im Wasser. In den Nischen entlang der Wände stehen seltsame Geräte, halb rostige Maschinen, halb magische Konstruktionen. Weiter vorn hat sich eine Menschenmenge versammelt, ihre Stimmen hallen über das Wasser.

»Was ist das hier?«, frage ich, während ich mich umdrehe und den Blick über den Ort gleiten lasse, dieses verborgene Herz der Stadt.

»Die Blackfriars Pier Wasserkammer«, sagt Kettering hinter mir. »Der Geburtsort des Resonanznetzwerks. Erbaut von Elias

Klein – damals noch Fenwick Martin – während der viktorianischen Ära. Der Ort liegt direkt über dem Knotenpunkt der Ley-Linien unter St. Paul's.«

»Elias Klein? Der Druide aus dem Silicon Valley?«

»Genau der. Nur ein paar Jahrhunderte früher und unter anderem Namen.«

Ich streiche über die kalten, feuchten Ziegel einer Säule, als wir unter einem weiteren Bogen hindurchgehen. »Wie funktioniert das Netzwerk genau?«

»Laut Klein, durch eine Kombination verschiedener Kräfte.« Seine Stimme hallt über das Rauschen des Wassers. Er klingt auf einmal wieder etwas mürrischer. »Klein hatte die magische Gemeinschaft überzeugt, dass der Standort entscheidend sei. Diese Kammer liegt an einem Knotenpunkt der Ley-Linien, und die Nähe zur Themse verstärkt angeblich die Energie.«

»...Ley-Linien?«

»Magische Strömungen, vergleichbar mit den Wurzeln eines Waldes. Unsichtbare Kanäle, die Energie unter der Erde leiten und Orte von besonderer Kraft miteinander verbinden.«

»Also speisen die Linien das Netzwerk, und die Anima des Flusses liefert die Energie?«

»So sagt er zumindest.«

»Und er hat das alles selbst gebaut?«

»Nicht allein. Jahrzehntelang hat er daran gearbeitet. Er wollte Resonanzkommunikation für alle Magischen zugänglich machen, nicht nur für die Eliten. Erst als er merkte, dass das verschmutzte Wasser der Themse seine Experimente störte, ging er in die Highlands. Dort, im klaren Wasser, gelang es ihm. Zurück in London versuchte er, die Regierung von einer Reinigung des Flusses zu überzeugen. Niemand hörte zu – bis zum »Großen Gestank« von 1858. Erst dann beauftragte das Parlament Joseph Bazalgette mit dem Bau eines neuen Abwassersystems. Fenwick arbeitete heimlich unter ihm weiter, baute seinen eigenen Kanal und leitete Wasser aus dem Fleet River um. So entstand das Resonanznetzwerk – unabhängig von jeder nichtmagischen Struktur. Wahrscheinlich ist es bis heute die sauberste Wasserquelle Londons. Aber die städtische Verschmutzung dämpft seine Wirksamkeit, und genau deshalb sind wir hier.«

Ich blicke ihn an. »Und du weißt das alles woher?«

»Ich bin im achtzehnten Jahrhundert geboren«, sagt er ruhig. »In Amsterdam. Mein Vater nahm mich damals zur Eröffnung mit. Das RN war eine Revolution.«

»Wie hat es damals funktioniert?«

»Mit Telegrafentasten, verbunden durch wassergefüllte Resonanzkammern. Magischer Morsecode, wenn man so will.«

»Dein Vater ist also auch ein Druide?«

»Natürlich.«

»Und wo ist er jetzt?«

Er hebt leicht den Kopf. »Ich glaube, das reicht mit den Fragen.«

Wir treten näher an die Gruppe heran. Stimmen füllen die Kammer, und aus der Menge löst sich eine Frau in einem olivgrünen Kaftan. Die weiten Ärmel bauschen sich, als sie auf mich zukommt, die Arme weit geöffnet. Gathoni Nyong'o lächelt, und für einen Moment scheint der ganze Raum stillzustehen.

»Ah, Alva Hausmann, die Frau der Stunde.«

Gathoni begrüßt mich mit einem breiten Lächeln, senkt dann jedoch die Arme und entscheidet sich für einen festen Händedruck statt der Umarmung, die ich erwartet hätte. »Wir freuen uns, dass du es geschafft hast.«

Ich erwidere den Händedruck und zwinge mich zu einem Lächeln, auch wenn mir die Aufmerksamkeit unangenehm ist. Ich mag es nicht, im Mittelpunkt zu stehen. Ich fühle mich wohler am Rand, dort, wo niemand hinsieht.

Dann bemerkt sie Kettering hinter mir. Ihre Augen weiten sich. »Cornelis«, sagt sie überrascht. »Ich hatte nicht erwartet, dich hier zu sehen.«

Etwas in ihrem Ton lässt mich aufhorchen. Zwischen den beiden liegt etwas Unausgesprochenes, die ich nicht deuten kann. Ich sehe von einem zum anderen, spüre die Sapnnung zwischen ihnen, doch bevor ich etwas sagen kann, richtet Gathoni ihre Aufmerksamkeit wieder auf mich.

»Bist du bereit, ein bisschen Wasser zu reinigen, meine Liebe?«

Die Leute auf dem Laufsteg drehen sich zu uns um, neugierig, manche mit gespannter Erwartung. Es sind weniger, als ich gedacht hätte, vielleicht zwei Dutzend, dicht gedrängt auf der schmalen Plattform über dem Fluss. Hinter ihnen führt ein Tunnel in die Dunkelheit, über dessen Eingang ein verblasster Wegweiser hängt: *ZUR ST. PAUL'S CATHEDRAL.*

»Das wird keine große Sache«, sagt Gathoni leiser, verschwörerisch, da sie meine Anspannung spürt. »Ich erledige die eigentliche Arbeit. Du stehst nur als meine Stellvertreterin neben mir, reine Formsache. Ein Sicherheitsprotokoll bei der Nutzung eines Himmelssteins. Ich habe meine Stellvertreterin noch nie gebraucht. Keine Sorge.«

»Ein Himmelsstein?« Das Wort lässt mich erstarren. Sofort erinnere ich mich an das Gespräch des Zirkels auf dem Dach letzte Nacht. Ich hätte nicht gedacht, so bald einen zu sehen. Doch kaum habe ich es begriffen, spüre ich etwas anderes. Etwas Dunkles regt sich in mir, ein Impuls, der mich erschreckt. Der Drang, nach der Quelle dieser Macht zu greifen, sie zu spüren, zu besitzen. Ruth kratzt an meinem Bewusstsein, drängt an die Oberfläche.

Ich ziehe meinen Mantel enger, als könnte ich sie darin festhalten. *Nicht jetzt.* Ich darf das nicht zulassen. Nicht hier, nicht vor all diesen Menschen. Kettering hat begonnen, mir zu vertrauen, und ich werde diesen Glauben nicht zerstören. Und Gathoni, sie prüft mich, das spüre ich. Vielleicht will sie mich testen, vielleicht will sie sich selbst retten. In jedem Fall darf ich das nicht vermasseln.

Dann begreife ich, warum diese Reinigung so öffentlich stattfindet. Mehrere Leute holen Notizblöcke, Kameras, Aufnahmegeräte hervor. Das hier sind keine gewöhnlichen Hexen oder Druiden. Das sind Journalisten – Menschen, die das Geschehen in die Welt hinaustragen werden.

Ich senke den Kopf, ziehe den Mantel enger um mich und folge Gathoni. Kettering bleibt zurück, aber als ich mich umdrehe, nickt er mir aufmunternd zu.

Der Laufsteg verbreitert sich zu einer Plattform aus Metallgittern. Die Gruppe formt einen Halbkreis, das Licht der Fackeln spiegelt sich im Wasser. Ein Mann steht etwas abseits, über ein Tablet gebeugt, vertieft in Daten. Ich erkenne ihn sofort, ein Gesicht aus dem Arcadia House. Doch diesmal sehe ich ihn mit anderen Augen, durch Ketterings Geschichten.

»Kennst du Elias Klein schon?«, fragt Gathoni, als sie meinem Blick folgt. Sie wartet keine Antwort ab. »Elias, komm her. Ich möchte dir Alva Hausmann vorstellen.«

Er blickt auf, lächelt kurz und kommt auf uns zu. Sein Gesicht wirkt jung, kaum vierzig, obwohl er aus einer anderen Zeit stammt. Unsere Begrüßung fühlt sich gestellt an. Blitzlichter, höfliche Gesten, nichts Echtes. Er steckt das Tablet in die Tasche und nimmt meine Hand in seine beiden.

»Eine Freude, Sie kennenzulernen«, sagt er. Aber seine Augen meiden meine, und das Unbehagen steht ihm ins Gesicht geschrieben. Zuerst halte ich es für die übliche Furcht, die Ruths Name hervorruft. Doch das ist es nicht. Es ist tiefer, schwerer zu deuten. Es erinnert mich an Reue.

Als die Fotos gemacht sind, zieht er die Hände zurück. »Also ... ich sollte mich besser in den Kontrollraum begeben«, sagt er hastig. »Ich will sehen, wie sich die Messwerte nach der Reinigung verändern. Viel Glück.«

Er wendet sich ab, und seine Schritte hallen über den Laufsteg, bis er in Richtung St. Paul's verschwindet.

»Willkommen, willkommen, alle zusammen«, ruft Gathoni

der kleinen Versammlung zu. »Danke, dass ihr heute hier seid und bereit wart, eure Positionen in den Medien zu nutzen, um die Geschichte zu verbreiten, die wir hoffentlich erzählen werden. Die Enthüllung steht kurz bevor, nur noch achtundvierzig Stunden. Eine Errungenschaft, auf die unsere Gemeinschaft seit vielen Jahren hingearbeitet hat.«

Ein leises, harmonisches Summen erhebt sich aus der Gruppe und hallt durch die gewölbte Wasserkammer.

»Um unseren nicht-magischen Brüdern und Schwestern zu zeigen, dass wir in Frieden kommen, dass wir unsere Gaben mit ihnen teilen, um sie auf ihrem Weg der Erneuerung und Wiederverbindung mit der Natur zu unterstützen, haben wir überall im Land Samen der Hoffnung gesät. Lebende Beweise unserer Absichten. Mit eurer Hilfe werden diese guten Taten in den kommenden Tagen sichtbar werden. Und heute fügen wir unserem Werk den letzten Pinselstrich hinzu: das krönende Juwel unserer Vorbereitungen – eine gründliche magische Reinigung der Themse mithilfe eines Himmelssteins.«

Sie hebt den Stein, präsentiert ihn in ihren offenen Handflächen. Ich beuge mich leicht vor, um einen Blick zu erhaschen, doch ihre Finger schließen sich rasch darum. Der verpasste Moment entfacht einen dunklen Hunger in mir, der nur mit Mühe zu bändigen ist.

»Lasst mich eines klarstellen«, fährt sie fort. »Dies ist eine vorübergehende Maßnahme. Unsere Magie, so stark sie auch sein mag, ist nur ein Funke, ein Katalysator, um dauerhafte Lösungen zu fördern. Die Menschheit darf nicht glauben, sie müsse sich nicht verändern, oder dass unsere Kräfte alles richten könnten. Möge diese Reinigung ein Licht der Hoffnung in einem immer dunkler werdenden Himmel sein.«

Ich spüre einen Anflug von Ehrfurcht, als Gathoni mir einen kurzen, beruhigenden Blick zuwirft. Dann sinkt sie am Rand des Wassers auf die Knie. Mit der rechten Faust, die den Stein umschließt, presst sie ihn gegen ihr drittes Auge und beginnt zu sprechen, in ihrer Muttersprache, vermutlich Suaheli. Erst leise, dann immer lauter, bis ihre Stimme durch die Kammer trägt, vom Wasser widerhallt und sich zu einem rhythmischen Gesang aus Worten und Klang verdichtet.

Mitten in der Beschwörung packt sie plötzlich meine Hand. Ein Schock aus Energie schießt durch meine Finger, so heftig, dass mir schwarz vor Augen wird. Ich schwanke, doch ihr Griff hält mich fest.

Der Stein in ihrer anderen Hand pulsiert, Anima staut sich darin, bis Lichtstreifen zwischen ihren Fingern hervorbrechen. Sie stößt einen Laut aus – halb Schrei, halb Gesang – und taucht den Stein in den Fluss. Gleichzeitig zieht sie mich mit hinunter, zwingt mich, an ihrer Seite zu knien.

Kaum berührt der Stein das Wasser, explodiert seine Kraft. Licht schießt über die Oberfläche und in die Tiefe, breitet sich in goldenen Linien aus, die wie Wurzeln durch die Kammer wachsen, Tunnel entlanggleiten und in die Stadt hinausdringen.

Für einen Augenblick scheint alles gut. Wärme durchströmt mich, gespeist von Gathonis Macht und dem Stein, der in ihrer Hand glüht. Das Gefühl wandert durch unsere verbundenen Hände, hinauf in meinen Arm, bis ich mich selbst im Wasser auflöse. Ich bin fließend, grenzenlos, Teil des Stroms.

Aber kaum erreicht die Anima meine Brust, bricht das Grauen über mich herein. Etwas erwacht in mir, ebenso mächtig, ebenso fordernd. Ich spüre, wie Gathonis Magie vor meinem Kern zurückweicht, und in mir entbrennt ein Krieg, als würden sich zwei gleich starke Kräfte gegenseitig abstoßen. Ruth drängt nach vorne, schreit in meinem Kopf, treibt mich an, die Macht an mich zu reißen, die durch meinen Körper fließt. *Lass mich. Ich brauche ihn. Ich muss ihn haben.*

Ich wusste immer, dass Ruth gierig war, finster und rücksichtslos. Doch das hier übersteigt alles, was ich mir je vorgestellt habe. Ihre wahre Stärke entfaltet sich, während ihre Worte aus meinem eigenen Mund brechen: »Ich muss ihn haben!«

Eine dunkle Welle schießt durch meinen Arm zurück in Gathonis Körper, durchströmt sie und dann den Fluss selbst. Schwarze Adern breiten sich im Wasser aus, wie giftige Tinte, die das goldene Leuchten verschlingt.

»Hör auf, Alva – was tust du da?!« Gathonis Stimme durchdringt das Dröhnen in meinen Ohren, aber ich kann nichts tun. Ich will es aufhalten, doch etwas in mir weigert sich. Gathoni erkennt es. Ihr Ton wechselt, wird flehentlich. »Ruth – Ruth Hausmann! Ich warne dich, lass ab!«

Hinter uns brechen Schreie und Rufe aus, als sich die schwarze Strömung im Fluss ausbreitet, immer schneller, immer weiter, bis sie die Wände der Kammer erreicht. Ich kämpfe, wirklich, doch ich verliere gegen sie. Und das Schlimmste ist, dass ich nicht sicher bin, ob ich gewinnen will.

Dann greifen Arme nach mir, stark und entschlossen, reißen mich zurück. Die Verbindung zu Gathoni bricht ab, und die dunklen Fäden schnellen in mich zurück. Das Wasser wird wieder golden, dann klar. Doch Ruth tobt weiter, sie will die Macht zurück, die ihr entrissen wurde.

Ich strample, stoße gegen die Person, die mich festhält – Kettering. Aber er gibt nicht nach. Er zieht mich von der Plattform weg, über den Laufsteg, hinein in den Tunnel Richtung St. Paul's. Ein letzter Schub Magie fährt durch meine Hand, ein verzweifelter Schlag, der ihn trifft und seinen Griff löst. Ich komme frei, für einen Atemzug. Doch er ist schneller, packt mich wieder und zerrt mich fort, fort von den Blicken, fort von den Kameras.

Er stößt die Tür zum Korridor hinter uns zu. Der Knall hallt, dann Dunkelheit. Nur ein schwacher Lichtschein fällt von fern auf sein Gesicht. Ich atme schwer, spüre, wie sich mein Puls langsam beruhigt. Ruth zieht sich zurück, wie eine Welle, die ins Meer zurückrollt.

Kettering steht still, die Hände an den Wänden, die Schultern schwer. Ich kauere mich an die gegenüberliegende Wand und warte darauf, dass er lospoltert, dass er mich bei ihrem Namen nennt. Aber er tut es nicht.

Dann, plötzlich, bewegt er sich. Er stürzt auf mich zu, greift nach meinem Mantel und zerrt daran.

»Was machst du da?«, bringe ich hervor, meine Stimme belegt von Schuld.

Seine Hände fahren über meinen Körper, suchen in meinen Jeanstaschen. Nichts. Dann greift er in die Manteltasche, und ich sehe, wie seine Augen sich verändern. Langsam zieht er hervor, was er dort findet.

Der Obsidianstein. Der Talisman, den ich seit dem Unfall bei mir trage.

»Ich wusste es«, sagt er leise, mit schneidendem Nachdruck. »Du hast einen.«

»Ich habe – was?« Mein Blick springt zwischen seinem Gesicht und dem Stein.

»Du hast einen Himmelsstein.«

Kapitel Dreiundzwanzig

Ich starre auf den Stein in Ketterings Hand, als sähe ich ihn zum ersten Mal.

»Das kann nicht sein«, höre ich mich sagen. »Das ist nur ein Stein. Ich habe ihn schon ewig.«

Kettering beugt sich vor, stützt eine Hand neben meinem Kopf an die Wand. Sein Blick ist scharf, unerbittlich. »Wer hat ihn dir gegeben?«

»Niemand. Ich … ich habe ihn gefunden«, stammele ich und presse mich fester gegen die Wand.

»Gefunden? Wo?«

Ich schüttele den Kopf, versuche klar zu denken, doch der Nebel wird dichter. »Wie kommst du überhaupt darauf, dass es einer ist?«

»Weil ich gesehen habe, was da eben passiert ist«, sagt er, sein Blick huscht kurz zur Tür, dann zurück zu mir. »Dieses Aufeinandertreffen zweier gleich starker Kräfte. Ich habe das schon gesehen, bei Tests mit Himmelssteinen. Erzähl mir keine Märchen, Hexe. Leugnen bringt nichts.«

»Ich leugne gar nichts!«, rufe ich. »Ich wusste nicht, dass das ein Himmelsstein ist! Ich habe ihn nie benutzt.«

Nur stimmt das nicht ganz. Wenn ich ehrlich bin, habe ich seine Wirkung gespürt, mehr als einmal. Könnte der Stein all die missglückten Zauber verursacht haben? Die verfluchten Seifen, die unerklärlichen Ausbrüche, die abgestorbenen Pflanzen? In Gedanken gehe ich all die Male durch, in denen meine Magie entglitten ist.

Kettering schließt die Distanz zwischen uns. Der Stein schimmert zwischen seinen Fingern, sein Gesicht ist nur Zentimeter von meinem entfernt. »Schwör es mir«, sagt er leise. »Schwör, dass er nicht dir gehört. Dass du keine Ahnung hattest, was er ist.«

Ich halte seinem Blick stand. »Ich schwöre es.«

Die Spannung fällt von ihm ab. Er tritt zurück, verschränkt die Hände hinter dem Kopf und stößt einen langen Atemzug aus.

»Ich dachte all die Zeit, deine Großmutter hätte dich aus dem Gleichgewicht gebracht, dass du wegen ihr die Kontrolle verloren hast. Aber ... sie war es nicht.« Seine Augen suchen meine. Dieses Mal liegt kein Argwohn in ihnen, sondern Erkenntnis. »Du bist nicht sie.«

»Das sage ich dir schon die ganze Zeit.« Ich nehme den Stein zurück. Sein Gewicht fühlt sich anders an, schwerer, lebendiger. Kaum berühren meine Finger seine Oberfläche, fließt Energie in mich, so stark, dass mir schwindlig wird. Ich lasse ihn hastig in meiner Tasche verschwinden, aus Angst, er könnte Ruth anziehen.

»Wo hast du ihn gefunden?«, fragt Kettering, jetzt leiser.

»Ich weiß es nicht mehr genau. Nach dem Autounfall. Als ich aus dem Krankenhaus kam, war er einfach in meiner Tasche.«

»Und du hast niemandem davon erzählt?«

»Ich dachte, es wäre belanglos«, gebe ich zu. »Alles nach

dem Unfall war verschwommen. Ich nahm an, ich hätte ihn in jener Nacht aufgehoben. Ich behielt ihn als Talisman. Um sie zu ehren.«

»Dir ist klar, was das heißt, oder?«, fragt er.

Ich runzle die Stirn. »Was was heißt?«

Er nimmt meine Hand. »Jemand muss dir den Stein gegeben haben. Mit Absicht. In dem Wissen, dass er deine Magie stören würde. Das bedeutet, der Unfall war nicht deine Schuld.«

Ich starre ihn an, unfähig zu sprechen.

»Und vermutlich hat er nicht nur dich beeinflusst«, sagt er. »Wenn du ihn im Auto hattest — mit zwei anderen Hexen in so einem kleinen, geschlossenen Raum — dann hat er die Kräfte von euch allen durcheinandergebracht, besonders die deiner Mutter. Ein Himmelsstein ist mächtig, gefährlich. In Kinderhänden eine Katastrophe.«

Mir bleibt die Luft weg. Seine Worte hallen in mir nach, setzen sich fest. Ich habe die Schuld all die Jahre getragen, wie ich auch diesen Stein getragen habe. Jede Entscheidung, jede Erinnerung war von ihr durchzogen. Jetzt bricht die Möglichkeit auf, dass alles anders war.

Ich schließe die Augen. Reifen quietschen, Glas splittert, Stille danach. Könnte es alles anders gewesen sein? Ein Zittern fährt durch mich. Ich öffne den Mund, um zu sprechen... da hämmert es an der Tür. Stimmen dringen durch das Holz. Die Wirklichkeit reißt mich zurück.

»Wir müssen ihnen das erklären«, sagt Kettering und streckt schon die Hand zur Klinke.

»Nein!«, rufe ich und reiße ihn zurück. »Bitte, ich kann da nicht wieder raus.«

»Komm schon. Das ist deine Gelegenheit, alles richtigzustellen. Warum zögerst du?«

»Weil mir niemand glauben wird. Denk doch nach: wer glaubt schon, dass ich ganz zufällig auf eines der mächtigsten Artefakte der Welt gestoßen bin? Sie werden denken, ich habe es von ihr.« Ich brauche den Namen nicht auszusprechen. »Sie werden denken, ich bin sie.«

»Das tun sie ohnehin, nach dem, was du getan hast.« Kettering deutet auf die Tür, hinter der es immer noch poltert.

»Dann lass es uns nicht noch schlimmer machen. Wenn sie den Stein bei mir finden, lande ich in Saltholm. Besitz eines unregistrierten magischen Gegenstands ist nur der Anfang. Danach kommen die Anschuldigungen: böse Absichten, Komplizenschaft, vielleicht noch Schlimmeres.«

»Weglaufen sieht nach Schuld aus.«

»Das ist meine Entscheidung. Bitte, Cornelis. Lass mich einen Plan machen, bevor ich mich stelle.«

Er seufzt, überlegt kurz. Dann nickt er. »Gut. Hier entlang.«

Er fasst meine Hand, zieht mich in Richtung des schwachen Lichts am Ende des Korridors, dorthin, wo der Gang zur St. Paul's Cathedral führt. Wir rennen, die Schritte hallen über die feuchten Fliesen. Hinter uns kracht etwas.

»Das war dann wohl die Tür«, sagt Kettering knapp, und wir beschleunigen.

Vor uns liegt das RN-Kontrollzentrum, in rotes Notlicht getaucht. Es pulsiert wie ein Herzschlag, ein warnendes Signal in der Dunkelheit.

»Hier entlang«, zischt Kettering und biegt in einen schmaleren Tunnel ab.

Finsternis verschluckt uns. Über uns tropft Wasser aus verrosteten Rohren. Tropfen schlagen auf Stein, auf Haut. Ein Grollen baut sich auf, das zum Donnern anschwillt, als eine U-Bahn in der Nähe vorbeirast und das Mauerwerk beben lässt. Schritte nähern sich. Kettering hält inne, presst mir die Hand auf den Mund und zieht mich in eine dunkle Nische. Wir verharren still, dicht aneinandergedrängt. Die Schritte kommen näher, verweilen, dann entfernen sie sich wieder.

»Ich glaube, sie sind weg«, flüstert er und nimmt die Hand von meinem Mund. Für einen Moment teilen wir denselben

Atem. Das rote Licht flackert, zeichnet harte Linien auf sein Gesicht. Ich sehe eine kleine Narbe neben seinem Auge, spüre die Wärme seines Körpers. Ich öffne die Lippen, will etwas sagen... oder etwas anderes tun..., da—

»Ich schwöre Ihnen, Mister, niemand ist mit mir gekommen ...« Die Stimme hallt durch den Tunnel.

Wir fahren auseinander. Kettering spannt sich, ich taste nach meinem Handy.

»Wer ist da?«, ruft er und stellt sich schützend vor mich.

Aus der Dunkelheit löst sich eine Gestalt. Eine Frau. Ihr Haar hängt in wirren Strähnen, die Brille auf ihrer Nase ist gesprungen. Die Bluse verschmutzt, der Rock verdreht. Und an ihren Schläfen frische Narben, rund und verbrannt, wie von Zigaretten.

Sie taumelt auf uns zu, unkoordiniert, halb blind.

Ich kralle mich an Ketterings Arm fest. Kalte Angst rinnt mir den Rücken hinab wie ein Tropfen aus einem undichten Rohr.

»Ich wollt's ned tun«, murmelt die Frau, ihre Stimme brüchig, der Akzent unverkennbar schottisch. »Ich weiß das jetzt, Mister ...« Ihre Augen irren durch den halbdunklen Tunnel, suchend, verloren. Sie ringt die Hände, ohne zu bemerken, dass wir hier stehen.

Plötzlich reißt sie den Kopf hoch. Die Bewegung ist so abrupt, dass ich zusammenzucke. Ihr Blick trifft Kettering, und in einem Atemzug kippt ihr Ausdruck. Rohe Panik breitet sich in ihrem Gesicht aus. Sie weicht zurück, presst die Hände gegen die Ohren.

»Es wird ned wieder vorkommen«, stammelt sie. »Nie wieder. Ich bin jetzt brav, Mister, ganz brav, das schwör ich Ihnen....«

Die Worte sprudeln aus ihr heraus. Sie wippt vor und zurück, gefangen in ihrem eigenen Wahnsinn, die Augen starr auf Kettering gerichtet, der sie mit wachsender Besorgnis mustert.

Ich fange seinen Blick auf, lese darin dieselbe Unruhe, die in mir wächst. Dann trete ich vorsichtig näher.

»Was wird nicht wieder vorkommen? Was ist passiert?«

Als ich die Hand nach ihrer Schulter ausstrecke, schnappt sie zu. Ihre kalten Finger graben sich in meinen Arm. »Lasst ihn mich ned wegbringen!«, fleht sie. »Sie tun mir weh, wenn ich wieder hinmuss!«

»Zurück wohin? Wer tut dir weh?«

»Der König auf dem Schloss…«, flüstert sie.

Ich will ihre Worte schon als wirres Gerede abtun, da spricht sie weiter. »Dunmorrough Castle. Da war ich. Da halten sie sie fest …«

Mein Herz zieht sich zusammen. »Dunmorrough Castle? Mardequais Anwesen?«

»Pst!« Sie zerrt mich näher, ihr Atem streift mein Haar. »Ich verrate dir was. Ich hab ein Loch im Zaun gefunden.« Sie kichert, leise und kindlich. »Es ist immer noch da. Hab ihnen ned gesagt, wo.«

Ihr Griff wird fester. »Du musst zurückgehen. Rette sie. Beim alten Schuppen bei den Oakwoods – da kommst du rein, ohne dass sie dich sehn …«

Dann schweift ihr Blick wieder zu Kettering. Etwas kippt in ihr, und die Panik kehrt mit voller Wucht zurück. Sie beginnt, auf und ab zu laufen, wie ein Tier, das keinen Ausweg findet.

»Bitte«, sage ich. »Wie heißt du? Sag mir deinen Namen.«

Ein Singsang schleicht sich in ihre Stimme. »Effie, Effie, zwei mal vier, passt ned durch die Küchentür …« Sie kichert wieder. »Aber durch den Zaun hab ich gepasst, nicht wahr?«

»Effie?«, flüstere ich. »Heißt du so?«

»Effie Bell, Effie Bell, stolpert und fiel in den Brunnen schnell, nass bis auf die Knochen, riecht nicht gut, Effie Bell hat wenig Mut …«

In der Ferne quietscht eine Tür. Das Echo kriecht durch den Tunnel. Schritte folgen, und Entsetzen legt sich über Effies Gesicht.

»Muss jetzt gehen…«, zischt sie, die Augen auf die Geräuschquelle gerichtet. »Sie dürfen ned wissen, dass ich wieder abgehauen bin …«

Dann reißt sie sich los und verschwindet in der Dunkelheit.

»He – warte!«, rufe ich, aber Effie ist schon verschwunden, aufgesogen von der Dunkelheit. Ein weiterer Zug donnert vorbei, das Vibrieren der Gleise übertönt das Echo ihrer Schritte.

Dann trifft uns plötzlich ein greller Lichtstrahl. Er schneidet durch den Tunnel und hebt uns aus den Schatten.

»Wer ist da?«, ruft eine vertraute Stimme. Kettering und ich fahren herum, blinzeln in das grelle Licht. Als es näherkommt, zeichnet es das Gesicht von Elias Klein.

»Was machen Sie hier unten?«, fragt er, den feuchten Tunnel abschätzend. »Ist das Ritual vorbei?«

Erleichterung breitet sich in mir aus. Offenbar weiß er noch nichts von dem, was unten in der Wasserkammer passiert ist.

Ich deute in die Richtung, in die Effie verschwunden ist. »Da … da war ein M—«

»Da war eine nette kleine Nische, die wir für einen Moment der Zweisamkeit ganz passend fanden«, unterbricht Kettering und nimmt meine Hand. Kleins Augenbrauen schnellen nach oben.

»Oh! Ich … äh … ich bitte um Verzeihung. Ich wollte nicht stören.« Verlegen schaltet er seine Taschenlampe aus, als Beweis seines guten Willens.

»Schon gut«, sagt Kettering gelassen. »Wir waren ohnehin gerade fertig, nicht wahr, Madame?«

»Ja«, bringe ich hervor und räuspere mich. »Ganz recht.«

»Mr Klein, könnten Sie uns bitte hinausführen? Wir haben die Orientierung verloren.«

»Aber natürlich. Folgen Sie mir.«

Klein geht voran, die Lampe wieder an, und führt uns durch das Netzwerk aus Tunneln. Kettering läuft hinter ihm, ich als Letzte. Immer wieder blicke ich über die Schulter, auf der Suche nach einem Zeichen von Effie Bell. Doch der Tunnel bleibt leer. Nur Kleins Lichtkegel tanzt über feuchte Ziegel und rostige Rohre.

»Sagen Sie«, meint Klein, während er weitergeht, »ich kenne Sie doch von irgendwoher, nicht wahr?«

»Nun, die Druidengemeinschaft ist klein«, antwortet Kettering. »Wir sind uns vor Jahren auf einem Druidentreffen begegnet. Ich fühle mich geehrt, dass Sie sich erinnern.«

Klein schüttelt den Kopf. »Nein, nein. Es war nicht auf einer Versammlung. Ich glaube, ich kannte Ihren Vater … Kettering, richtig?«

»Das ist richtig, ja.«

»Brillanter Mann. Sie sehen ihm wirklich ähnlich. Sie beide waren damals hier, kurz nach der Eröffnung der Anlage, stimmt's?«

»In der Tat. Das ist fast zweihundert Jahre her. Ich bin beeindruckt, dass Sie sich erinnern.« Kettering meidet geschickt eine Pfütze, und ich beiße mir auf die Lippe, um kein Lachen zu unterdrücken. Druiden-Smalltalk, wunderbar.

»Nun«, sagt Klein, »Erinnerung ist die Grundlage der druidischen Weisheit.« Er zuckt mit den Schultern. »Arbeitet Ihr Vater immer noch als Anwalt?«

»Nein. Das hat er aufgegeben, soweit ich weiß.«

»Wie schade. Er war hervorragend. Hat mir damals wertvolle Ratschläge gegeben. Wissen Sie, was er heute macht?«

»Nicht genau«, gesteht Kettering.

»Kein Kontakt also?«

»Sie wissen ja, wie es zwischen druidischen Vätern und Söhnen ist. Manchmal vergehen Jahrzehnte. Aber ich richte ihm gern Ihre Grüße aus, sobald ich ihn wiedersehe.«

»Tun Sie das. Ein brillanter Mann.«

Klein bleibt stehen und stößt eine schwere Tür auf. Helles Tageslicht ergießt sich in den Tunnel, so grell, dass ich die Hand vor die Augen hebe. Als sich meine Sicht anpasst, stehen wir in einem stillen Hof aus rotem Backstein. Büsche und Bäume schirmen den Ort von der Straße ab, der Verkehr klingt gedämpft und fern.

»Es war mir eine Freude, Sie kennenzulernen«, sagt Klein und schüttelt uns die Hände. »Alva, danke für Ihre Unterstützung.« Dann verschwindet er wieder im Dunkel des Tunnels, die Tür fällt mit einem dumpfen Schlag ins Schloss.

»Du magst ihn nicht besonders, oder?«, frage ich.

»Nicht besonders, nein«, erwidert Kettering und blickt sich um. »Komm, wir müssen dich in Sicherheit bringen. Sie suchen gewiss schon nach dir.«

Er greift nach meiner Hand, zieht mich um die Ecke und winkt ein Taxi heran. Ich steige ein, doch während wir losfahren, sehe ich in Gedanken noch immer Effie Bell vor mir, wie sie in dem dunklen Tunnel verschwand.

Kapitel Vierundzwanzig

Die Herbstsonne hängt tief über London, als Ember ihren Zirkel durch die Regent Street zum Piccadilly Circus führt. Die pinken Umhänge, einst ein Kostüm für eine Cauldron-Party, sind heute ihre Uniform. Auffällig, grell, unübersehbar. Genau richtig für das, was sie vorhat.

»Jede weiß, was zu tun ist?«, ruft sie über die Schulter, ihr Schritt wirkt entschlossen, auch wenn sich ihr Magen zusammenzieht. Adrenalin rauscht durch ihren Körper, Anima flackert unter ihrer Haut und wartet darauf, entfesselt zu werden.

»Ja, Em«, antwortet Saskia. Ihre sonstige Unbeschwertheit klingt gedämpft. »Wir haben den Plan dreimal durchgesprochen.«

Ember nickt, wagt aber keinen Blick zurück. Fünf Hexen folgen ihr – Saskia, Eun-Ji, Adanna, Minnie und Inaaya –, vertraut, loyal, bereit.

Stunden zuvor, am St. James's Square, standen sie eng beieinander, als Ember ihren Plan verkündete.

»Wir greifen vor«, hatte sie gesagt, die Augen glühend vor Überzeugung. »Es wird sowieso passieren. Aber wenn wir der

Enthüllung zuvorkommen, bestimmen *wir* die Zukunft. Nicht die Ältesten, nicht ihre Sprecher – wir.«

Die Diskussion war hitzig.

»Das ist Wahnsinn«, hatte Adanna widersprochen. »Es gibt Regeln, Gründe für die Protokolle. Sie schicken uns alle nach Saltholm.«

»Und was glaubst du, was passiert, sobald die Magie öffentlich wird?«, hatte Saskia entgegnet, wie immer auf Embers Seite. »Hexen auf der ganzen Welt werden explodieren vor Macht. Niemand kann sie alle aufhalten.«

Und am Ende hatte Embers Leidenschaft gesiegt. »Seht ihr es nicht? Das hier ist größer als wir. Seit Jahrhunderten entscheiden andere, wann und wie wir unsere Gaben einsetzen dürfen. Jetzt haben wir die Chance, die Geschichte neu zu schreiben, zu modernen Legenden zu werden. Dafür habe ich diesen Zirkel gegründet, das wusstet ihr von Anfang an. Heute beweisen wir es.«

Vier Stimmen gegen zwei – knapp, aber genug. Keine von ihnen ahnte, was Ember wirklich antrieb: Mardequais Drohung. Alvas Leben im Tausch gegen ihre Loyalität.

Während sie die Umhänge anlegten, trug Ember eine Maske der Entschlossenheit, wissend, dass ihr Mut auf einem Verrat gründete.

»Fast da«, sagt sie, als das Tosen des Piccadilly Circus anschwillt. Menschenmassen drängen über die Gehwege, Touristen filmen, Londoner eilen vorbei, nichtsahnend, dass ihr Verständnis von Realität gleich zerbricht.

Ein Stich von Zweifel fährt ihr durch den Körper. Das hier war nie ihr Ziel. Das war Mardequais Werk. Sein Druckmittel. Sein Handel. Alvas Leben für Embers Gehorsam.

Und doch mischt sich ein Funken von Befreiung in die Angst: das hier ist das Ende des Versteckens, das Aufleuchten ihres wahren Selbst, egal mit welchen Folgen.

»Denkt dran«, sagt sie, langsamer nun, als die riesigen Bildschirme in Sicht kommen. »Wenn ich beginne, hört ihr nicht auf, bis ich das Signal gebe. Egal, was passiert.«

Zustimmendes Murmeln. Schatten verbergen ihre Gesichter. Kein Zurück mehr.

Sie bleiben am Rand des Platzes stehen, unauffällig zwischen den Touristen. Ember atmet tief durch, betrachtet die Kreuzung. Eine Bühne, wie sie sie sich nie erträumt hätte.

»Jetzt«, flüstert sie und tritt auf die Straße.

Autos bremsen, dann steht der Verkehr still. Sechs Frauen in schreiend pinken Umhängen füllen die Kreuzung. Einige lachen, halten sie für eine Show. Andere zücken ihre Handys.

Gut, denkt Ember. *Je mehr Kameras, desto besser*.

Sie hebt die Hände. Die Macht fließt in ihre Adern, pocht unter der Haut. Für einen Moment denkt sie an Alva. An ihre Mutter, die das hier sicher verurteilt hätte. An Mardequai, der irgendwo zusieht. Dann verdrängt sie alles und lässt die Magie los.

Der erste Zauber fährt wie ein Donnerschlag durch Embers Brust. Sie zieht Anima aus allem, was sie umgibt – aus der Luft, dem Asphalt, dem Strom, der durch die Werbetafeln summt. Die riesigen Bildschirme flackern, dann erlöschen sie, während sie die Energie umleitet und durch ihre Fingerspitzen in den Boden entlädt.

Der Beton zerreißt unter ihren Füßen. Risse breiten sich aus, scharf wie Glasbruch. Menschen schreien, stolpern zurück. Und dann geschieht es – Leben bricht hervor. Grüne Triebe sprengen den Asphalt, wachsen in Sekunden zu Ranken, die sich an Laternen hochwinden. Blumen öffnen sich in grellem Violett und tiefem Blau, Gras überzieht den Boden wie ein neuer Teppich über einer sterbenden Stadt.

Der Rausch ist überwältigend. Jahre des Versteckens, der Zurückhaltung... und nun, endlich, Freiheit. Ein Lachen entweicht Ember, halb Euphorie, halb Trotz.

»Mehr!«, ruft sie, und der Zirkel reagiert wie ein einziger

Körper.

Eun-Ji richtet ihren Blick auf einen Baum, der sich ehrerbietig zu ihr neigt. Äste beugen sich, Blätter rauschen, obwohl kein Wind weht. Adanna und Minnie lenken Wasser aus den unterirdischen Leitungen empor, bis mitten auf der Straße ein Springbrunnen tobt. Inaaya hebt die Hände, und Hunderte Schmetterlinge entstehen aus dem Nichts, flirren in einem schillernden Wirbel um sie herum. Saskia hält eine Gruppe Touristen in der Bewegung fest, lässt sie starrstehen, während Minnie das spritzende Wasser umlenkt.

Hinter ihnen steht der Verkehr still, vor ihnen fliehen Menschen oder starren wie versteinert. Überall leuchten Handylichter. Überall Augen, die Zeugen werden, wie Magie sichtbar wird.

Etwas in Ember reißt auf, etwas, das zu lange eingesperrt war. Furcht, Triumph und Wut mischen sich in ihr. Wut, dass dies Mardequais Sieg ist, nicht ihrer. Dass sie Alva rettet, indem sie seinem Willen folgt.

Und doch, sie genießt den Augenblick.

Der Zirkel schließt sich zum Kreis. Wie geprobt bündeln sie ihre Energie und schicken sie in den Boden. Der Platz bebt. Der Asphalt bricht auf, und ein winziger Schössling wächst zu einer Eiche heran, deren Wurzeln die Straße heben, Autos kippen lässt und deren Krone ein grünes Dach über den Platz spannt.

Ember tritt aus dem Kreis, geht auf die Fernsehkamera zu, die inzwischen eingetroffen ist. Mit einer entschlossenen Bewegung wirft sie die Kapuze zurück. Ihr Gesicht ist nun für alle sichtbar – das Gesicht, das in einer Stunde die Welt kennt.

Blitzlichter flackern, Sirenen erklingen, Rufe schwellen an. Und mitten in diesem Chaos, trotz allem, weiß Ember, dass sie Teil eines Spiels ist, das sie nicht selbst entworfen hat. Doch dieser Moment gehört ihr. Sie schaut direkt in die Kamera, die Stimme klar und unerschrocken: »Ding Dong, die Hexen sind wieder da.«

Kapitel Fünfundzwanzig

Das Taxi fährt davon, während wir auf das vertraute Bowery Arms zusteuern. Der Eingang des Hotels steht offen, warmes Licht fällt auf den Bürgersteig. Durch die Tür sehe ich die kleine Lobby, in der die Rezeptionistin sich mit einer Gruppe Touristen unterhält.

Gerade als ich eintreten will, schließt sich Ketterings Hand um meinen Arm und zieht mich zurück.

»Hör zu, du hast jetzt nicht vor, etwas Dummes anzustellen, oder, Sherlock?« Seine Schultern spannen sich, er beugt sich vor, spricht gerade laut genug, um den Lärm aus der Lobby zu übertönen.

Ich drehe mich zu ihm um. »Was meinst du damit?«

»Zum Beispiel ein spontaner Ausflug nach Schottland, um herauszufinden, ob an der Geschichte dieses Mädchens etwas dran ist.«

»Und wenn es so wäre?«

Kettering zieht mich näher, sein Griff wird fester.

»Hör mir zu«, zischt er. »Ich will nicht, dass du dorthin gehst. Ich kann dich nicht ständig retten.«

»Niemand hat dich darum gebeten«, erwidere ich ruhig.

Er tritt einen Schritt zurück, atmet schwer. »Das hier war so viel einfacher, als ich noch dachte, du wärst das reine Böse«, murmelt er, während er die Hände ausschüttelt, als wollte er sich auf einen Kampf vorbereiten.

Ein Gast schleppt einen Koffer die Treppe hinunter und unterbricht jedes Gespräch.

»Er war es, weißt du?«, sage ich schließlich, als der Weg wieder frei ist.

Kettering blickt mich an.

»Mardequai«, fahre ich fort. »Ich weiß, dass er mir den Stein zugesteckt hat.«

»Wie kannst du dir da so sicher sein?«

»Ich glaube, du weißt es auch…«, antworte ich und höre fast mein eigenes Lachen, das im Stimmengewirr der Lobby untergeht.

Kettering atmet tief aus, als würde er Jahre an Geheimnissen loslassen. Seine Finger pressen sich gegen den Nasenrücken, die Handflächen verdecken seinen Mund. Dann tritt er wieder näher. Eine Hand stützt sich über meinem Kopf an den Türrahmen, sein Arm bildet eine Art Schutzbogen. Seine Nähe ist gleichzeitig beunruhigend und tröstlich, und für einen Moment will ich mich einfach anlehnen.

»Versprich mir, dass du nicht in Dunmorrough herumschnüffelst, egal was passiert«, sagt er leise. »Versprich mir, dass du nichts Leichtsinniges tust.«

Ich öffne den Mund, finde keine Worte, schüttle den Kopf.

»Versprich es mir, Alva.«

Der Klang meines Namens trifft mich unerwartet. Es ist das erste Mal, dass er ihn ausspricht.

Nach einem Moment gebe ich nach. »Na gut, ich verspreche es.«

Ein Tumult aus der Lobby lenkt uns ab. Menschen drängen sich um den Fernseher über dem falschen Kamin.

»Verdammt, was passiert da?«, ruft jemand.

Die Rezeptionistin sucht hektisch die Fernbedienung, dreht die Lautstärke auf. Ein ungutes Gefühl kriecht in mir hoch, als Kettering und ich uns nähern.

Auf dem Bildschirm läuft eine Nachrichtensendung. Die Schlagzeile lautet: *HEXEREI IST ECHR!* – der Tippfehler verrät, wie überstürzt sie geschrieben wurde. Und da, an der Spitze einer Gruppe von sechs Frauen in rosa Umhängen, geht Sofia.

Sie marschieren den Piccadilly Circus entlang, ihre Magie verwandelt das Wahrzeichen in ein Spektakel, das eigentlich erst in zwei Tagen stattfinden sollte. Ember Wild führt die Gruppe an. Während sie geht, neigen sich die Bäume zu ihr wie zu einer Königin, ihre Blätter rauschen aufgeregt. Hinter ihr bewegen sich die anderen Hexen – Saskia, Eun-Ji, Adanna, Minnie und Inaaya – in perfekter Synchronität. Blumen sprießen aus dem Asphalt, breiten sich aus, bis die Straße aussieht wie ein lebendiger Garten. Passanten starren, filmen, rufen, während mein Zirkel die Energie der Stadt anzapft.

Die Reklametafeln flackern, verlöschen, ihr Strom fließt in die Magie der Hexen. In der Mitte des Platzes formieren sie sich zu einem Kreis, bündeln Kraft, bis der Boden aufbricht und ein winziger Setzling hervortritt, der sich in Sekunden zu einer gewaltigen Eiche erhebt.

Ember tritt vor, das Gesicht nun im Licht der Kameras. Sie zieht die pinke Kapuze zurück, ihre Augen funkeln herausfordernd. Dann spricht sie in das Mikrofon:

»Ding dong, die Hexen sind zurück.«

Ich starre wie gebannt auf den Bildschirm, unfähig, den Blick abzuwenden. Ketterings Hand legt sich auf meine Schulter, sein Griff fest und mahnend.

»Man kann wohl mit Sicherheit sagen, dass jetzt niemand Zeit haben wird, nach *dir* zu suchen«, murmelt er.

Ich presse die Hände auf meinen Mund, Schock lähmt

mich. Das Versprechen, das ich ihm gerade gegeben habe, fühlt sich plötzlich unerfüllbar an.

Der Reporter vor Ort trägt ein Manchester-United-Trikot. Sein Haar ist zerzaust, seine Augen nervös, doch er spricht mit dieser professionellen Distanz, die nur Journalisten beherrschen.

»Szenen von Panik und Unglauben hier am Piccadilly Circus, wo vor etwa fünfzehn Minuten eine Gruppe von sechs Frauen den Verkehr lahmgelegt hat, nachdem sie enthüllten, was man nur als magische Fähigkeiten bezeichnen kann.«

Der Bildschirm zeigt die eben aufgenommenen Bilder. Sofia und ihr Zirkel stehen in einem Kreis, eine Wand aus pinkem Stoff schirmt sie ab, bevor sie scheinbar in Luft aufgehen. Zurück bleiben nur ihre Umhänge, die sich heben und dann reglos zu Boden sinken. Ein Beschleunigungszauber, denke ich sofort. Wenn sie die Aufnahmen verlangsamen, würden sie sechs Hexen sehen, die wie Herbstlaub auseinanderwirbeln.

»Die Frauen haben Bäume entwurzelt, neue in Sekunden zu voller Größe wachsen lassen, Wetter und Elemente kontrolliert, ganze Menschengruppen eingefroren«, sagt der Reporter weiter.

Mein Blick bleibt auf den kleinen Fernseher gerichtet. Immer mehr Menschen drängen in die Lobby, drängen sich in den engen Raum. Sofias Worte von letzter Nacht hallen in meinem Kopf wider – *Es ist besser, wenn du es nicht weißt.*

Jetzt verstehe ich. Das war es also, womit Mardequai sie in der Hand hatte. Sie hat all das getan, um mich zu schützen.

»Ich muss zu ihr«, sage ich und reiße den Blick vom Bildschirm los. Ich wende mich zur Tür.

»Erinnerst du dich noch an den Tunnel?«, warnt Kettering hinter mir. »Du wolltest erst einen Plan machen.«

»Und?«

Seine Hand schließt sich um mein Handgelenk. »Wenn es je einen Moment gab, in dem du zuerst einen Plan brauchst, dann jetzt.«

Er zieht mich von der Lobby weg, führt mich die schmale

Treppe hinauf. Mit einer Hand hält er mich fest, mit der anderen fischt er eine Schlüsselkarte aus seiner Tasche. Ein leises Piepen, dann öffnet sich die Tür zu seinem Zimmer.

Innen wirkt alles unberührt. Das Bett ist makellos bezogen, die Kaffeestation ungenutzt. Nur ein alter Lederkoffer in der Ecke – die Art, mit der Paddington Bär reisen würde – verrät, dass jemand hier wohnt. Und der vertraute Duft, den ich inzwischen eindeutig mit Kettering verbinde, hängt in der Luft.

Der Druide schließt die Tür und wendet sich mir zu. Er dreht die Hände, so dass die Handflächen nach außen zeigen. »Was willst du tun? Jetzt am Piccadilly Circus auftauchen? Das ist kein Plan, das ist Wahnsinn. Die ganze Stadt wird heute Nacht im Chaos versinken.« Als wollte sie seinen Punkt belegen, heult draußen eine Polizeisirene auf. »Außerdem ist sie längst weg, bis du dort ankommst.«

»Ich muss es trotzdem versuchen.« Ich trete ans Fenster und schiebe die Vorhänge beiseite. Die Nacht liegt über London; die Straße unten ist völlig verstopft. »Du verstehst das nicht«, seufze ich und drehe mich zu Kettering um, lehne mich gegen das Fensterbrett. »Sie hatte keine Wahl. Mardequai hat sie erpresst. Sie hat das getan, um mich zu retten.«

»Dann solltest du ihr Opfer ehren, indem du wirklich in Sicherheit bleibst, findest du nicht?« Kettering legt die Sicherheitskette vor und verriegelt die Tür, und das ärgert mich.

»Was glaubst du, was du da tust?« Ich mache zwei Schritte auf ihn zu. »Du kannst mich hier nicht festhalten. Ich bin viel mächtiger als du.«

»Und was willst du dagegen tun?« Seine Schritte spiegeln meine, als er den Raum durchquert und die Distanz zwischen uns verringert. Jetzt überragt er mich, unsere Körper kommen sich nah, sein Blick fällt herab auf meine Augen. »Mich umbringen?«

Ein boshafter Gedanke nimmt Form an. Ich kneife die Augen zusammen. Meine Finger krallen sich um den Stein in meiner Hand, und ich sauge Anima direkt aus seinem Kern. Mit tödlicher Präzision entfalte ich eine Druckwelle, die direkt in seine Brust trifft. Sein Körper fliegt nach hinten und schlägt mit einem befriedigenden Krachen splitternden Holzes, vielleicht auch einiger Knochen, gegen den Einbauschrank.

Einen Herzschlag lang füllt unheimliche Stille den Raum. Panik steigt in mir, weil er reglos daliegt.

»Kettering«, sage ich und stemme die Hände in die Hüften. »Kettering, komm schon.«

Sein Stöhnen durchbricht die Stille. Seine Finger zucken, dann sein Arm. Langsam regt er sich. Sein Hals richtet sich mit einer Reihe widerlicher Knackgeräusche wieder auf, Knochen verschieben sich unter der Haut, seine zertrümmerten Beine finden neue Position. Schließlich hustet er, schwer, und dann treffen mich seine Augen, sie glühen vor Wut.

»Du hast mich gerade umgebracht!«

»Du kannst nicht sterben.«

»Das heißt nicht, dass es nicht wehgetan hat.« Er reibt sich die Brust und stößt sich hoch. »Dafür wirst du bezahlen.« Er zeigt auf den Haufen splitternden Holzes, der einst der Kleiderschrank war.

»Schön. Und wenn du mich jetzt entschuldigst.« Ich gehe an ihm vorbei, doch er packt erneut meinen Arm, und sein Griff ist fest, nicht übermäßig kraftvoll. »Hör zu, wir können das die ganze Nacht so weitermachen, aber ich werde dich davon abhalten, dieses Zimmer zu verlassen, hörst du mich?«

Spannung prickelt durch meine Muskeln; ich stehe kurz davor, erneut zuzuschlagen.

»Da draußen herrscht der helle Wahnsinn«, sagt er, seine Stimme angespannt.

»Du wärst nicht sicher. Und du weißt nicht einmal, wo sie gerade ist. Warte bis morgen. Bis sich die Lage beruhigt hat. Bitte, Alva. Bleib heute Nacht hier.«

Ich atme tief aus, und mit dem Atem entweicht auch meine Entschlossenheit, schmilzt dahin wie Schnee in heißem Wasser.

Er greift nach der Fernbedienung auf dem Schreibtisch und drückt den Einschaltknopf. Eine plumpe Ablenkung, um mich hierzuhalten. Doch in dem Moment, als die Nachrichten über den Bildschirm flimmern, sinke ich auf sein Bett, die Ellbogen auf den Knien, das Kinn in den Händen, den Blick auf den Bildschirm gerichtet.

Derselbe Reporter erscheint nun auf der rechten Seite eines geteilten Bildschirms, im Gespräch mit einem Moderator im Studio.

»Und wen vertreten diese Frauen, wissen wir das, David?«

»Bisher haben sich die Terroristen zu keiner Sache oder religiösen Gruppe bekannt, Terry ...«

»Terroristen?«, rufe ich, den Kopf im Nacken.

»... aber wir konnten inzwischen die Anführerin der Gruppe identifizieren. Die Frau, die so kühn erklärte – und ich zitiere – ›ding dong, die Hexen sind zurück‹, scheint eine bekannte Londoner Persönlichkeit zu sein, die unter dem Namen Ember Wild auftritt. Wild ist in letzter Zeit durch Skandale bei gesellschaftlichen Ereignissen aufgefallen. Es heißt, sie sei das Mündel von Mardequai Guise, einem zurückgezogen lebenden Kunstsammler. Ihr Instagram-Account zeigt ironischerweise virale Videos, in denen sie scheinbar Zaubertricks vorführt... Tricks, von denen wir nun wohl ausgehen müssen, dass es gar keine Tricks sind.«

»Warum sollte sie das tun, so kurz vor der eigentlichen Enthüllung?«, fragt Kettering und deutet auf den Bildschirm, der nun Ember Wilds Reels zeigt.

»Ich habe dir gesagt, das ist nicht sie. *Er* zwingt sie dazu. Also sag du mir, was dein ›Bruder‹« – ich male Anführungszeichen in die Luft – »wirklich vorhat.«

»Was auch immer es ist, wir werden es früh genug erfahren.«

»Heilige Scheiße, mach lauter – mach lauter!«, rufe ich, als der Sender zur nächsten Meldung überblendet.

»Eilmeldung aus Zentral-London: Zeugen am Trafalgar Square berichten von einem plötzlichen, heftigen Wirbelsturm. Er hebt Autos in die Luft, entwurzelt Bäume, verstreut Trümmer ...«

Die Kamera zeigt wackelige Handyaufnahmen. Eine gewaltige Windmasse fegt über den Platz, während Passanten in Panik fliehen. Der Wirbelsturm hebt einen Doppeldeckerbus an, hält ihn schwebend und setzt ihn dann vorsichtig auf das Dach der National Gallery.

»Die Behörden sind ratlos über die kontrollierte Natur dieses Phänomens«, fährt der Reporter fort. »Trotz der Zerstörung gibt es keine Verletzten. Der Wirbelsturm scheint Menschen absichtlich zu meiden, während er große Objekte mit unbegreiflicher Präzision bewegt.«

»Das wird im Laufe der Nacht nur schlimmer«, sagt Kettering. »Hexen haben auf diesen Moment gewartet. Heute Nacht wird Magie in jedem Winkel der Welt aufblitzen. Es ist, als würden Kinder endlich an Silvester ihre Böller zünden.«

»Na dann...«, sage ich und lehne mich zurück. »Damit ist die Katze wohl aus dem Sack.«

Was folgt, lässt sich nur als die surrealste Nacht meines Lebens beschreiben. Ich sitze neben einem Unsterblichen in einem schäbigen Hotelzimmer, vor uns eine Auswahl an Chips und Schokoriegeln aus dem Automaten, Getränken aus der Minibar. Der winzige Fernseher flimmert mit Bildern unerklärlicher Ereignisse, die überall stattfinden, jedes beunruhigender als das vorherige.

In Downtown New York verlassen plötzlich alle Bodega-Katzen der Stadt ihre Posten, diese kleinen Schutzgeister der Eckläden. Sie strömen in den Central Park, offenbaren sich als Vertraute von Hexen und bilden einen riesigen Kreis, um die Macht ihrer Hexen für die erste öffentliche magische Übertragung in der Geschichte der Stadt zu bündeln. Aufnahmen aus einer Favela in Rio de Janeiro zeigen ein Mädchen auf einem Dach während eines Sturms. Es schafft über ihrem Dach eine Oase strahlenden Sonnenscheins und lenkt den Regen in präzise Bahnen, die Wasserfässer füllen und Topfpflanzen nähren.

Ein wackeliges Smartphone-Video aus Nairobi fängt eine Straßenkünstlerin ein, der offenbar einen Heuschreckenschwarm kontrolliert. Die Insekten formen filigrane Gebilde in der Luft, landen dann auf einem Marktplatz und verschlingen selektiv Waren männlicher Standbesitzer. Auf dem Roten Platz in Moskau zeigen Sicherheitsaufnahmen eine Gruppe Studierender, die sich an den Händen hält und jedes elektronische Gerät in einem Radius von hundert Metern dazu bringt, das rebellische Lied »Ich will Veränderungen« der Band Kino zu spielen, eine verbotene Hymne für politische Reformen. Als die Behörden eintreffen, lösen sich die Studierenden in der Menge auf.

Während der Fernseher von einer Story zur nächsten springt, zucke ich bei jeder neuen Aufnahme zusammen und warte darauf, die Nachricht von Sofias Verhaftung zu hören. Berichte sagen, die Londoner Polizei sucht landesweit nach ihr, doch sie bleibt verschwunden. Ich habe unzählige Male versucht, sie zu erreichen, habe Nachrichten über das RN und auf ihrem Instagram-Account hinterlassen. Letzterer hat sich in ein digitales Chaos verwandelt, weil jeder ihrer Follower dasselbe versucht, nur um irgendeine Reaktion zu erzwingen.

Kurz vor Mitternacht taucht Gathoni Nyong'o in den nationalen Nachrichten auf, noch immer im Kaftan aus der Wasserkammer gekleidet. Sie fasst zusammen, was wahrscheinlich ihre Rede beim Klimagipfel gewesen wäre. Doch ihre Antworten auf die Fragen des Moderators klingen hohl, wie Schadensbegrenzung in einer Welt, die gerade aus den Fugen gerät. Es tut weh, ihr zuzusehen, wie sie die Schuld für alles übernimmt. Jahre der

Vorbereitung lösen sich in Minuten auf, und nun laden sich die panische Wut und die Angst der Menschen auf eine einzelne Frau.

»Guten Abend«, beginnt der Moderator, die Miene angespannt. »Bei uns ist heute Abend Gathoni Nyong'o, die sich der Führung jener Kreaturen rühmt, die für das globale Chaos verantwortlich sein sollen. Frau Nyong'o, kommen wir zur Sache. Sind unsere Kinder sicher?«

Gathoni beugt sich vor, ihre Stimme bleibt trotz der Anschuldigungen gerade. »Ich versichere Ihnen, Kinder sind sicher. Unsere Fähigkeiten wurzeln in der Natur und—«

»*Natur?*«, unterbricht der Moderator. »Wir haben Autos in Zentral-London schweben sehen. Ist das natürlich?«

Gathoni atmet tief aus. »Diese Vorfälle sind unkontrollierte Machtdemonstrationen Einzelner, die—«

»Moment«, wirft der Moderator ein. »Sie wollen mir sagen, diese Ereignisse liegen außerhalb Ihrer Kontrolle? Welche Zusicherung geben Sie uns, dass nicht noch mehr solcher Angriffe folgen?«

»Es sind keine Angriffe«, beharrt Gathoni, eine leise Frustration in der Stimme. »Das sind Einzelfälle, verursacht von frustrierten Mitgliedern unserer Gemeinschaft, die nicht repräsentativ für uns stehen. Unser Ziel ist es, mit den menschlichen Behörden zusammenzuarbeiten, um eine friedliche Integration unserer Fähigkeiten zum Wohle der Gesellschaft zu entwickeln.«

Der Moderator lehnt sich zurück, als wolle er sich vor ihren Worten schützen. »Eine offene Integration also. Geben Sie damit zu, dass Hexen bisher heimlich Ereignisse manipuliert haben?«

Gathoni kämpft darum, Ruhe zu bewahren. »Ich verstehe Ihre Sorge, aber ich versichere Ihnen: Wir haben nicht manipuliert und wir planen es nicht. Wir wollen globale Probleme wie den Klimawandel angehen und—«

Der Moderator fällt ihr erneut ins Wort. »Wollen Sie andeuten, Hexen könnten das Wetter kontrollieren? Was ist mit Naturkatastrophen? Und dem jüngsten Anstieg an Flugzeugunglücken—steht Ihre Gemeinschaft auch dahinter?«

»Nein, ganz im Gegenteil«, antwortet Gathoni. »Wir sind besorgt über den Klimawandel, weil er unsere Magie beeinflusst. Diese Enthüllungen ängstigen die Leute, aber Angst verschlimmert die Lage. Wir müssen zusammenarbeiten, ich sage Ihnen: wir sind in Frieden gekommen.«

»Unsere Zuschauer werden das schwer glauben angesichts dessen, was wir die ganze Nacht gesehen haben«, entgegnet der Moderator.

»Verdammt, ich will diesen Kerl erwürgen!« platze ich hervor. »Er gibt ihr nicht einmal eine Chance!«

Kettering bleibt ruhig neben mir. »Sie schlägt sich bemerkenswert gut«, sagt er, die Augen auf Gathonis gefasstes Gesicht gerichtet. »Doch ich fürchte, das reicht nicht.«

Gathoni beantwortet weiter Fragen mit der Geduld einer Heiligen und verspricht volle Kooperation mit Regierungen und internationalen Führungsfiguren. Ihre Stimme bleibt fest, ihre Haltung ruhig, trotz der wachsenden Panik des Moderators.

Als sie das Referendum erwähnt, hebt der Moderator die Augenbrauen. »Moment«, stottert er. »Sie sagen, es gab eine Abstimmung? Eine organisierte Entscheidung, sich zu offenbaren?«

Gathoni nickt. »Ja, wir arbeiten nach demokratischen Prozessen.«

»Aber das würde ja bedeuten ...«, stammelt der Moderator, die professionelle Fassade bröckelt. »Wie viele von Ihnen gibt es? Wie lange organisieren Sie sich schon?«

Ich denke an Dennis' Reaktion, als er das erste Mal erfährt, dass Magie real ist. Er hatte Zeit, das zu verarbeiten. Dieser Moderator ist live, jede Reaktion wird in eine Welt übertragen, die am Rande des Zusammenbruchs steht.

Gathoni versucht, wieder zu beruhigen, doch der Schaden ist angerichtet. Kettering seufzt leise neben mir. »So beginnt es also«, murmelt er.

Wir bleiben die ganze Nacht am Fernseher hängen. Draußen heulen Sirenen, Passanten rufen, irgendwo grollt eine Explosion.

Gegen drei Uhr morgens flaut der Strom der Meldungen ab. Statt neuer Aufnahmen laufen Wiederholungen, und anstelle von Eilmeldungen senden die Sender nun Expertenrunden – Priester, Professoren, Okkulthistoriker, die ihre Theorien und Ratschläge teilen.

Die Bildunterschriften flimmern mit Reaktionen aus aller Welt. Der Papst ruft die Menschen auf, zu Hause zu bleiben. Der UN-Generalsekretär beruft eine Dringlichkeitssitzung ein. Der Dalai Lama mahnt zu Mitgefühl. Elon Musk twittert über die Integration von Magie in nachhaltige Energieprojekte, was seine Aktien steigen lässt.

In Großbritannien hält Premierminister Nigel Hall eine aggressive Ansprache. Er bezeichnet Hexen als Bedrohung, mobilisiert das Militär und kündigt Gesetze zur Kriminalisierung jeglicher Magie an. Während die Opposition empört reagiert, jubelt seine Basis.

Die US-Präsidentin Linda Warren verfolgt dagegen einen sachlichen Kurs und stellt eine Task Force aus Wissenschaftlern und Militärs zusammen, um die Phänomene zu untersuchen.

Während sich draußen die Welt überschlägt, legt sich in unserem Zimmer eine seltsame Ruhe. Die Müdigkeit drückt uns nieder, die Nachrichten plätschern nur noch dahin. Schließlich liegen wir beide ausgestreckt auf dem Bett. Das flackernde Licht des Fernsehers tanzt über die Wände, das Stimmengewirr verblasst zu einem dumpfen Summen.

Ich liege auf der Seite, ein Arm über meinem Bauch, die Lider schwer. Jeder Versuch, wach zu bleiben, wird kürzer. Die

Dunkelheit zieht an mir. Neben mir atmet Kettering ruhig, gleichmäßig. Ich drehe den Kopf zu ihm.

»Es tut mir übrigens leid, dass ich dich umgebracht habe.«

»Schon gut«, murmelt er.

»Für einen Moment dachte ich, du wärst wirklich tot.«

»Man lernt, die Genesung zu beschleunigen. Das braucht Übung, und häufiges Sterben. Ich habe nie den Sinn darin gesehen. Ich mag den Schmerz. Und die Dunkelheit danach.«

Ich richte mich halb auf. »Du magst den Schmerz?«

»Ach, vergiss das mal«, sagt er und greift nach einer Wasserflasche.

»Nein. Sag's mir.«

Er räuspert sich, trinkt, stellt die Flasche ab. »Für Sterbliche schwer zu begreifen. Wenn man nicht sterben kann, sehnt man sich irgendwann nur noch nach einer Sache …«

»Nach dem Tod?«

Er zuckt mit den Schultern. »Fragst du dich nie, was auf der anderen Seite ist? Willst du nicht wissen, was *danach* kommt?«

Ich schweige einen Moment. »Ich habe darüber nachgedacht. Nach dem Unfall. Ein Teil von mir fand Trost in dem Gedanken, dass meine Familie noch irgendwo existiert, auf mich wartet. Aber der andere Teil – der, der immer stärker war – konnte den Gedanken nicht ertragen, dass sie da draußen sind und mich vielleicht für das verantwortlich machen, was passiert ist.«

Kettering brummt leise, dann vibriert sein Handy. Er greift danach, das blaue Licht leuchtet über sein Gesicht. Seine Augen verengen sich beim Lesen.

»Noch mehr schlechte Nachrichten?«, frage ich müde.

»Nein. Nur das Übliche.« Er steckt das Handy weg. »Schlaf ein bisschen. Ich wecke dich, wenn etwas passiert.«

Er greift zur Fernbedienung und schaltet den Fernseher stumm. Das Zimmer versinkt in Stille.

»Und du?«, murmele ich.

»Ich bin nicht müde.«

Ich will noch etwas sagen, aber meine Lider sind zu schwer. Der Raum verschwimmt, Geräusche werden dumpf. Irgendwann spüre ich Bewegung. Stoff raschelt, Schritte folgen. Kettering zieht die Vorhänge zu, das Zimmer verdunkelt sich. Dann streift seine Hand über meine Schulter, als er mir die Decke zurechtrückt. Ob absichtlich oder nicht, weiß ich nicht mehr.

Kapitel Sechsundzwanzig

Ember bewegt sich wie eine Schattenfigur durch die Gassen, das Gesicht unter der Kapuze verborgen. Sie meidet die Hauptstraßen, schlängelt sich durch ein Gewirr aus Seitengassen, Parks und Innenhöfen. Lautlos gleitet sie von Schatten zu Schatten, entschlossen, unbemerkt zu bleiben.

Ihr Handy vibriert unaufhörlich. Jedes Summen lässt ihre Finger zucken, doch sie zwingt sich, nicht hinzusehen. Schließlich gibt sie nach, zieht das Telefon hervor, während sie weitergeht. Der Bildschirm leuchtet auf: eine Flut von Instagram-Benachrichtigungen, durchmischt mit panischen Nachrichten von Pippa und Alva.

Dann erscheint endlich, worauf sie gewartet hat. Die RN-App blinkt, eine Nachricht von Mardequai: *Gutes Mädchen. Du weißt, wo du sicher bist. Geh dorthin und warte auf weitere Anweisungen.*

Ember beschleunigt den Schritt, bis sie im Schatten seiner Villa steht. Die Nacht liegt über Belgravia, nur das Licht aus der offenen Tür bricht die Dunkelheit. Pippa steht dort, Janis Joplin im Arm.

»Was hast du getan?«, fragt sie leise.

»Was nötig war«, antwortet Ember, legt kurz eine Hand auf Pippas Arm, streicht der Katze über den Kopf und tritt ein.

Aus der Küche erscheint Michaela, nichtsahnend, mit dem Ausdruck alltäglicher Routine. »Frau Wild, welch Überraschung. Aber Herr Guise ist im Moment—«

»Ich weiß, wo er ist«, unterbricht Ember. »Er hat mich gebeten, Sie nach Hause zu schicken. Ihre Hilfe wird in den nächsten Tagen nicht gebraucht.«

»Aber, ich wohne hier«, entgegnet Michaela verwirrt.

Ember zögert nur kurz, dann zieht sie eine Schlüsselkarte aus der Tasche. »Ab heute nicht. Sie ziehen ins Penthouse des Mandrake, auf Kosten der Guise Corporation. Bestellen Sie, was Sie wollen, gönnen Sie sich was, altes Mädchen.« Sie drückt Michaela die Karte in die Hand, führt sie zur Tür und schließt ab.

Als sie allein sind, ändert sich Embers Haltung. Sie dreht sich um und geht zielstrebig Richtung Bibliothek.

»Und was jetzt?«, fragt Pippa und läuft hinterher, die Katze immer noch im Arm.

Ember antwortet nicht. Ihre Finger gleiten über Buchrücken, ihr Blick fliegt von Titel zu Titel. Das Rascheln der Seiten und das leise Miauen der Katze füllen den Raum.

»Du machst mir Angst, Sofia«, sagt Pippa leise.

In dem Moment hält Ember inne. Ein flüchtiges Aufleuchten in ihren Augen, dann zieht sie ein bestimmtes Buch leicht nach hinten. Ein leises Klicken, das Ächzen alter Mechanik, und ein Teil des Regals schwingt zur Seite. Dahinter öffnet sich ein dunkler Durchgang.

»Komm«, sagt Ember und zieht Pippa hinein.

Der Tunnel führt unter den Straßen entlang, ein geheimer Pfad, verborgen vor der Stadt. Ember geht voran, Pippa stolpert hinterher. Schließlich öffnet sich der Weg in den Keller eines anderen Hauses, nur wenige Türen weiter.

Mardequai hatte ihr diesen Ort gezeigt, damals ein Zeichen von Vertrauen, jetzt ein Werkzeug der Flucht. Während sie die schmale Treppe hinaufsteigen, rasen Embers Gedanken. Er hatte das alles von Afnang an geplant.

Oben betreten sie ein kleines, aber elegant eingerichtetes Wohnzimmer. Pippa setzt die Katze ab, die sich an Embers Beine schmiegt und dann neugierig den Raum erkundet.

»Was ist das hier?«, fragt Pippa.

»Eines von Mardequais Häusern«, sagt Ember, zieht die Vorhänge zu und sieht sich um. Der Raum ist gemütlich, aber mit einem Anflug von Luxus. Polster, Bücher, moderne Geräte, eine Bar – alles perfekt arrangiert. Typisch Mardequai. Kontrolle in jeder Ecke.

»Kannst du bitte aufhören, so herumzutigern?«, sagt Pippa scharf. »Du machst mich ganz nervös. Und jetzt sag: warum hast du das nur gemacht?«

Ember bleibt stehen, legt die Hand auf die Sofalehne und sieht sie an. Ihre Stimme ist leise, ihr Gesicht ernst. »Ich hatte keine Wahl.«

Die Spannung zwischen ihnen verdichtet sich, als sie einander gegenüberstehen. Ihre Blicke verhaken sich, die Luft knistert, jeder Atemzug ein stiller Befehl. Dann bewegen sie sich gleichzeitig. Embers Hände umfassen Pippas Gesicht, während Pippa sie an der Taille packt und an sich zieht. Der Kuss trifft sie beide mit einer Wucht, die Ember fast erschreckt. Er fühlt sich verboten an, doch längst überfällig.

Für einen Moment bleibt die Welt stehen. Zeit verliert ihre Bedeutung, so wie in jener ersten Nacht, an die Pippa sich nicht erinnert, da Ember sie aus ihrem Gedächtnis gelöscht hatte. Alles führt zurück zu diesem Augenblick. Das sichere Haus, der Aufruhr, die Welt da draußen... alles verblasst. Ember vergräbt ihre Finger in Pippas Haar, Pippa zieht sie fester an sich, ihre

Körper verschmelzen. Der Kuss wird tiefer, dringlicher, bis beide außer Atem sind. Sie lösen sich, sehen sich an, und noch bevor Worte entstehen können, zieht Pippa sie wieder an sich. Der zweite Kuss ist weicher, doch noch ungestümer.

Ein plötzliches, lautes Surren lässt sie auseinanderfahren. Das Faxgerät in der Ecke springt an, druckt unaufhaltsam. Beide stehen da, die Lippen noch heiß vom Kuss, als wären sie aus einem Traum gerissen. Pippa fängt sich zuerst, geht zum Gerät und greift nach dem Blatt.

»Es ist von ihm. Von Mr Guise.« Ihre Augen verengen sich. »Aber es ist … an *alle* gerichtet. Die gesamte magische Gemeinschaft.«

Ember tritt näher, nimmt das Papier, liest flüchtig und beginnt dann laut vorzulesen:

Mitteilung an alle Druiden und Hexen. Angesichts der schockierenden öffentlichen Zurschaustellung von Hexerei hat der Druidenrat eine Dringlichkeitssitzung abgehalten. Nach reiflicher Überlegung wurde beschlossen, dass die Druiden sich von dieser Offenlegung distanzieren. Unsere Haltung ist endgültig.

Jede Behauptung über unsere Unsterblichkeit wird entschieden zurückgewiesen. Fortan werden die Hexen allein agieren. Die Gemeinschaft der Druiden wird keine Verbindung zu jenen halten, die sich entschieden haben, die Magie der Welt offenzulegen.

Mit sofortiger Wirkung beenden die Druiden jegliche Zusammenarbeit mit der Menschheit. Eine neue Union wird gegründet, getrennt von den Folgen dieser Enthüllung. Jene Hexen, die unsere Überzeugung teilen, sind eingeladen, sich uns anzuschließen. Wer versteht, dass Geheimhaltung Schutz bedeutet, ist willkommen.

Alle Druiden und jene Hexen, die unsere Bewegung unterstützen, müssen ihre Namen über RN-Frequenz 3.234 registrieren. Innerhalb von 48 Stunden haben sich alle bei der nächstgelegenen Druidenbehörde zu melden. Für das Vereinigte

Königreich gilt Dunmorrough Castle in Argyll, Schottland, als Sammelpunkt. Weitere Anweisungen folgen. Handelt jetzt. Das Überleben unserer Lebensweise hängt von Entschlossenheit ab.

Gezeichnet, Mardequai Guise, Anführer des Druidenrates.

Ember lässt das Papier fallen. Es sinkt lautlos zu Boden.

»Dieser Bastard«, flüstert sie, während sich Mardequais Plan in ihrem Kopf schließt wie eine Falle.

Kapitel Siebenundzwanzig

Ich wache auf, als ein Streifen Morgenlicht durch die Vorhänge fällt. Mein Blick wandert automatisch zum Fernseher, aus Angst, etwas verpasst zu haben. Heute wirken die Nachrichten ungewohnt leicht. Auf dem Bildschirm tollen Otter und Delfine durch die Themse. Die Schlagzeile lautet: »Meereslebewesen tummeln sich in Zentrallondon – Artenvielfaltsexplosion nach Hexen-Enthüllung.«

»Na ja, immerhin scheint die Flussreinigung gewirkt zu haben«, murmle ich und strecke mich.

Dann fällt mir auf, dass das Zimmer leer ist. Ich richte mich ruckartig auf. Kein Kettering. Kein Koffer. Ein Stich der Unruhe fährt mir durch den Magen. Wo ist er?

Ich schwinge die Beine aus dem Bett, als eine neue Meldung über den Bildschirm läuft: »Könnten Hexen die Wahrheit sagen? Berichte über Heilung der Natur fluten die sozialen Medien.« Doch die nächste Zeile trifft mich wie ein Schlag:

+++ *Eilmeldung: Ziehvater verurteilt die Taten von Ember Wild und sagt den Behörden volle Kooperation zu* +++ *Anwesen in Belgravia durchsucht* +++

Ein Schwall Angst um Sofia jagt mir durch den Körper, doch er weicht schnell einem Gefühl von Möglichkeit. Das ist meine Chance. Ohne Kettering, der mir ständig im Nacken sitzt, kann ich zu Sofia gehen, oder wenigstens versuchen, sie zu finden.

Ich schnappe mir die Fernbedienung, zappe durch die Kanäle, doch kein Sender liefert neue Informationen zu Belgravia. Frustriert greife ich zum Handy. Meine Finger tippen fieberhaft: »Mardequai Guise Adresse.« Dann Varianten, Dutzende. Jede Suche endet ohne Ergebnis.

Da trifft mich der Gedanke – die Einladung!

Ich renne zu meinem eigenen Hotelzimmer, fummle mit der Schlüsselkarte, bis die Tür endlich aufspringt. In Windeseile wühle ich in meiner Tasche, bis meine Finger das raue Pergament fühlen. Der Umschlag. Ich drehe ihn um.

Da steht sie. Mardequais Adresse, fein gedruckt in der oberen Ecke. Ein Schub Triumph treibt mich an. Ich schnappe mir meinen Mantel, das Herz hämmert, als ich die Treppe hinunterstürze und das Hotel verlasse.

Draußen begrüßt mich die kühle Herbstluft schneidend auf der Haut. Ich blicke die Straße hinauf und hinunter, halte Ausschau nach dem vertrauten Schatten des Druiden.

Nichts. Nur der morgendliche Lärm Londons. Ich weiß nicht, ob mich das beruhigt oder beunruhigt.

Ich hebe die Hand, und fast sofort stoppt ein schwarzes Taxi. Ein letzter Blick über die Schulter, dann steige ich ein.

»Nach Belgravia, bitte«, sage ich, die Finger fest um den Türgriff geschlossen. Allein. Und ohne zu wissen, was mich dort erwartet.

* * *

Mardequais Anwesen ist belagert. Eine dichte Menge aus Paparazzi und Schaulustigen drängt sich auf dem Bürgersteig, Blitze flackern, Stimmen überschlagen sich. Polizisten halten die

Menge zurück, das Haus ist abgeriegelt, niemand kommt hinein oder hinaus.

Geschlagen drehe ich mich um, gehe davon, bis das Stimmengewirr hinter mir verblasst. Da höre ich ein leises Psst, kaum wahrnehmbar im Lärm. Ich drehe mich suchend um, bis ich einen schmalen Eingang sehe, halb verdeckt von Hecken. Dort steht Pippa. Ihre Augen springen zwischen mir und den Polizisten hin und her, dann winkt sie mich eilig zu sich.

»Schnell, komm!«, zischt sie und führt mich zu einem unauffälligen Gebäude, drei Häuser weiter. Ich folge ihr hinein.

»Sie ist da drin. Aber ich sag's dir gleich: es ist kein schöner Anblick«, sagt Pippa und deutet auf eine Tür, die vom engen Flur abgeht.

Im Wohnzimmer empfängt mich ein schmutziges Zwielicht. Sofia liegt ausgestreckt auf dem Sofa, ihr sonst makelloses Äußeres völlig zerzaust. Dicker Rauch hängt in der Luft, brennt in meinen Augen, kratzt in meiner Kehle.

Leere Flaschen bedecken Tisch und Boden, der Geruch von verschüttetem Alkohol vermischt sich mit dem Zigarettenrauch. Der Fernseher läuft zu laut. Auf dem Bildschirm zeigen Livebilder, wie Reporter und Polizisten Mardequais Garten durchkämmen.

»Etwas früh für die Happy Hour, findest du nicht?«, sage ich. Sofia hebt den Kopf, ihr Blick schneidet scharf. »Was machst du hier? Ich hab dir gesagt, du sollst nach Hause gehen. Pippa!« Ihre Stimme hallt in den Flur. »Ruf Alva ein Taxi, sofort!«

»Pippa, das wirst du nicht tun«, sage ich ruhig.

»Du vergisst, dass sie für *mich* arbeitet.« Sofia nickt, und Pippa, die inzwischen neben mir steht, zieht schon ihr Handy hervor.

»Ja, ich brauch ein Taxi, bitte. Wilson Crescent Nummer fünf, Ecke...« Pippas Stimme verliert sich, während im Fernsehen der Premierminister erscheint. Seine Miene ist hart, die

Stimme giftig: »Wir können nicht zulassen, dass diese Hexen unsere Gesellschaft terrorisieren. Ihre bloße Existenz macht sie zur Bedrohung für die Bürger unseres Landes.«

»Er hat dich dazu gebracht, nicht wahr?«, frage ich leise. »Mardequai. Er hat dich gezwungen, dich zu offenbaren, und mich als Druckmittel benutzt.«

Sofia greift nach einer fast leeren Weinflasche, schenkt nach. »Tja,jetzt ist es passiert. Kein Zurück mehr. Die Welt ist gespalten, und ich bin diejenige, die das Meer geteilt hat.«

»Wovon redest du? Wir können das noch ändern.«

Sie zieht an ihrer Zigarette, bläst den Rauch zur Decke. »Hast du's nicht gehört? Die Druiden sind ausgetreten. Sie sammeln sich in Dunmorrough, um eine neue Union zu gründen, gegen Gathonis Kurs.« Sie greift ein Fax vom Boden, reicht es mir.

»Was?« Ich überfliege das Blatt.

»Siehst du, der alte Mann hatte von Anfang an seinen Plan.«

»Also gibst du endlich zu, dass er böse ist?«

Sofia sieht erst zum Fernseher, dann zu mir. »Er hat mich gezwungen, in der Öffentlichkeit die Rolle der Bösewichtin zu übernehmen, um den Mord an meiner Schwester zu verhindern. Und dann hat er mich den Hunden überlassen. Also ja: ich weiß, wozu er fähig ist.«

»Ich fürchte, es wird noch schlimmer. Ich bin hergekommen, um dir etwas zu sagen.«

Sofia hebt das Glas an die Lippen. »Was auch immer du mir erzählen willst, schlimmer als das hier kann es nicht sein.«

Ohne ein Wort lege ich den Himmelsstein auf den überladenen Couchtisch.

Sofia erstarrt. Das Glas rutscht ihr aus der Hand, Wein ergießt sich über die Flaschen und Aschenbecher. »Wo hast du den her?« Ihre Stimme ist kaum mehr als ein Flüstern. Sie greift nach dem Stein, doch ich ziehe ihn zurück.

»Ich habe ihn seit dem Unfall. Dreizehn Jahre. Mardequai

muss ihn mir gegeben haben. Ich glaube, eine seiner Hexen hat an meinem Gedächtnis herumgefummelt, deswegen erinnere ich mich nicht.«

»Das ist eine ziemlich wilde Behauptung«, sagt Sofia, während ihre Finger eine Falte im Tischtuch glätten. Ihr Blick bleibt gesenkt. Sie versucht, Gelassenheit zu zeigen, doch das Ausweichen spricht eine andere Sprache.

Ich halte ihr den Stein hin. Das zwingt sie, mich anzusehen. »*Er* hat ihn mir gegeben. Du weißt das. Er wollte uns loswerden, Sofia. Uns beide. Er würde dich verletzen. Er *hat* dich verletzt.«

Sofia schiebt meine Hand weg. »Warum sollte er das tun? Er hat keinen Grund, uns zu töten. Wenn er wollte, wäre ich längst tot. Der einzige Grund, warum ich nicht in Saltholm sitze, ist, dass er mich schützt. Er hat mich der Öffentlichkeit ausgeliefert, ja, aber er hat *diesen* Ort nie verraten. Und solange ich tue, was er will, lässt er auch dich in Ruhe.«

Ich halte inne. Sie hat recht, zumindest teilweise: Ich habe noch keinen Beweis, keine klare Erklärung. Aber in meinem Inneren wächst die Gewissheit: Er ist gefährlich.

»Und was, wenn es hier um mehr geht als nur um dich und mich?«, frage ich leise. »Was, wenn er eine Gefahr für alle Hexen ist?«

»Was redest du da?« Sofia beugt sich vor, drückt ihre Zigarette im Aschenbecher aus.

»Ich war in der RN-Zentrale unter der St. Paul's Cathedral. Da war ein Mädchen. Sie sagte, in Dunmorrough passiert etwas Furchtbares. Etwas, das Mardequai kennen muss.«

Sofia schnaubt und schüttelt den Kopf. »Ich hab meine ganze Jugend in Dunmorrough verbracht. Wenn dort etwas faul wäre, wüsste ich es.«

»Vielleicht war es damals noch nicht so. Du warst seit Jahren nicht dort. Oder er hat es vor dir verborgen.«

Sofia stößt ein heiseres Lachen aus, schlägt mit der Hand

gegen die leeren Flaschen. »Du hast keine Ahnung, worauf du dich einlässt!«

»Und du schon?« Ich deute auf den Fernseher, der gerade ihren Auftritt am Piccadilly Circus wiederholt. »Tut mir leid, aber du bist die Letzte, die mir sagen sollte, ich übernähme mich.«

Sofia steht abrupt auf. »Ich will, dass du gehst. Du bist raus aus dem Zirkel. Geh nach Hause, Alva. Zurück nach Deutschland. Das hier ist nicht dein Kampf.«

»Natürlich ist er das. Es ist *unser* Kampf. Ich kann das nicht mehr ignorieren, und du weißt es.«

In einer plötzlichen Bewegung zieht sie mich in die Arme. »Natürlich weiß ich das«, flüstert sie und hält mich so fest, dass mir der Atem stockt. »Aber wenn du dich weiter einmischst, war alles umsonst. Ich muss wissen, dass du sicher bist.«

»Ich bin umgeben von Leuten, die mich beschützen wollen! Vielleicht hört endlich jemand auf, sich Sorgen zu machen, und fängt an, mir zuzuhören!«

Bevor sie antworten kann, klingelt es an der Tür.

»Das wird der Taxifahrer sein«, ruft Pippa aus dem Flur.

»Komm«, sagt Sofia und packt meine Arme. »Du verschwindest jetzt.«

»Ich gehe nicht. Wir stecken beide da drin, ob du willst oder nicht«, halte ich dagegen, aber sie ist schon auf dem Weg zur Tür. Ich folge ihr in den engen Flur, als eine raue Stimme tönt: »Taxi für Watson?«

»Ja, hier ist Ihr Fahrgast«, sagt Sofia und schiebt mich nach vorne.

»Hör auf damit, ich gehe nirgendwohin!«

Der Fahrer wirft einen kurzen Blick auf Sofia, dann einen zweiten, schockierten. Seine Augen weiten sich, als er sie erkennt. »Moment mal, Sie sind doch die, nach der alle suchen!«

Sofias Gesicht verändert sich sofort. Ihre Züge verhärten sich, ihre Stimme wird kalt. »Drehen Sie sich um. Vergessen Sie, dass Sie mich je gesehen haben. Sie bringen diese Frau nach Heathrow, kaufen ihr ein Ticket zum nächsten Ziel in Deutschland und bleiben bei ihr, bis sie durch die Sicherheitskontrolle ist. Haben Sie mich verstanden?«

»Was glaubst du eigentlich, was du da tust?«, protestiere ich, doch Sofia reagiert nicht. Der Fahrer starrt leer vor sich hin, wiederholt mechanisch ihre Worte und packt mich am Arm.

Sofia schiebt sich noch einmal zwischen uns, zieht mich in eine feste, zitternde Umarmung. »Es tut mir leid, aber das muss sein«, flüstert sie.

»Nein, das muss es nicht. Lass mich dir helfen«, sage ich und fasse sie an den Schultern.

»Ich kann dich hier nicht behalten. Es ist zu gefährlich. Ich muss wissen, dass du in Sicherheit bist. Du bist alles, was ich noch habe. Bitte, sei mir nicht böse.«

Tränen brennen in meinen Augen, während der Fahrer mich zurückzieht. Ich schlage auf ihn ein, vergeblich. Sofias Magie ist stärker als jede meiner Gegenkräfte.

Im nächsten Moment sitze ich auf dem Rücksitz, der Motor springt an, das Taxi rollt los. Ich versuche, den Zauber zu brechen, doch nichts gelingt. Jeder Versuch verpufft.

Aber als das Haus im Rückspiegel kleiner wird, formt sich ein anderer Gedanke: Wenn ich den Zauber nicht brechen kann, kann ich ihn vielleicht umleiten.

Ich lehne mich vor. »Hören Sie, das war ein Missverständnis. Sie sollen mich gar nicht nach Heathrow bringen.«

Der Fahrer spricht tonlos, ohne den Blick von der Straße zu nehmen. »Ich muss Sie zum Flughafen Heathrow bringen, Ihnen ein Ticket nach Deutschland kaufen und Ihnen nicht von der Seite weichen, bis Sie durch die Sicherheitskontrolle sind.«

»Schon gut«, sage ich ruhig, die Worte vorsichtig gewählt. »Ich hab verstanden. Und wir tun genau das. Aber Sie haben etwas vergessen, nicht wahr?«

Seine Stirn zieht sich zusammen, er sieht mich im Rückspiegel an. »Was denn?«

»Na, wir müssen vorher noch woanders hin. Erinnern Sie sich?«

»Wohin?«

Ich sehe aus dem Fenster, wo die makellosen weißen Häuser Belgravias vorbeiziehen, die schwarzen Gitter glänzend im Morgenlicht. Da weiß ich es. Alles, wonach ich suche, jede Antwort, liegt in Dunmorrough.

Ich lehne mich zurück und sehe den Fahrer durch den Rückspiegel an. »Nach Schottland. Sie schalten also besser das Taxameter ab.«

Teil Drei

Kapitel Achtundzwanzig

Der erste Teil der Fahrt vergeht schweigend. Sobald mein Fahrer – sein Name ist Horace – die Zusicherung hat, dass wir irgendwann in Heathrow ankommen, scheint ihn der tausend Meilen lange Umweg nach Schottland nicht weiter zu stören. Ich vertiefe mich in den Newsfeed meines Smartphones. Schlagzeilen berichten von den Folgen der »Großen Enthüllung«, dem Tag, an dem die Magie an die Welt trat. Zu meinem Entsetzen kursiert die Meldung, dass Gathoni in einem Londoner Hochsicherheitsgefängnis festgehalten wird. Eine Delegation von Hexen hat sich, wie geplant, auf dem zum Notfallgipfel umfunktionierten Klimagipfel versammelt und fleht die führenden Politiker an, Gathoni freizulassen. In den sozialen Medien laufen zahllose virale Videos über neue magische Enthüllungen rund um den Globus, und der Aktienmarkt schwankt wild, weil Anleger ratlos vorhersagen, welche Firmen auf- oder untergehen werden. In London sammeln sich Aktivisten auf der Millennium Bridge, ganz in Pink gekleidet, als Hommage an Ember Wilds öffentliches Coming-out.

Unterwegs halten wir zum Tanken und für eine schnelle Mahlzeit, ich übernehme die Rechnung. Horace schiebt sich ein Würstchen in den Mund, ich wähle eine Quinoa-Bowl. Bei der Weiterfahrt beginnt er, mir seine Lebensgeschichte zu erzählen. Horace ist ein gutmütiger Mann in seinen Siebzigern, früher Theaterbeleuchter im West End, jetzt taxifahrender Rentner, der »unter die Leute« will, wie er sagt. Er berichtet von schwierigen Schauspielern, knapper Bezahlung und den Highlights seiner Karriere, wenn ein Statist fehlte und er einspringen durfte. Seine Begeisterung für Musicals hat sich gehalten: Zu meinem Missfallen beschließt er, *Les Misérables* für die Dauer unserer Fahrt durchzusingen.

Zehn Stunden nach der Abfahrt kommt das Taxi mit einem Ruck auf einer einsamen Straße in der Nähe von Mardequais Anwesen zum Stehen. Die Dämmerung legt sich über die schottische Landschaft. Der Wind trägt den tiefen Duft von Torf, gesprenkelt mit Heidekraut. Nebel legt sich an die Hügel, die Gipfel verschwimmen im letzten Licht. Ein Bach murmelt durch die Wildnis.

»Horace«, sage ich und steige aus, »ich werde mir kurz die Beine vertreten. Prüf bitte das Öl, bevor wir nach Heathrow fahren. Wir können uns auf der Rückfahrt keine Pannen leisten, oder?«

Er stimmt zu, steigt aus und verschwindet unter der angehobenen Motorhaube, während er leise eine Passage aus seinem Lieblingsstück vor sich hin summt. Ich nutze die Gelegenheit und gehe direkt zur hohen Mauer, die Dunmorrough von der Außenwelt trennt.

Der Grund breitet sich vor mir aus, größer, als ich es mir vorgestellt hatte. Ich spähe in die Baumkronen, suche jede noch so vage Turmsilhouette, doch die Fichten verschlucken alles.

Nur Effie Bells Andeutung vom Loch im Zaun bei den Oakwoods habe ich als Anhaltspunkt. Die Steinmauer wird zum Leitfaden, während ich über den durchnässten Boden stapfe.

Ein kalter Wind peitscht vom Moor herüber, kriecht unter meinen Mantel und lässt mich bis auf die Knochen frieren. Er riecht nach Herbst, Torf und nassem Heidekraut, doch die Böen zerzausen mein Haar und betäuben meine Zehen.

Schließlich sehe ich etwas Dunkles im Windschatten der Bäume. Ein alter Schuppen? Mein Herz zieht an. Die Mauer geht in einen Stacheldrahtzaun über. Ich spähe, schleiche näher. Lichtschalter des Smartphones aus, Bewegungen gedämpft. Der Draht läuft ununterbrochen; das Gelände steigt an, jeder Schritt saugt Wasser in meine Schuhe. Die Hoffnung schwindet schon fast, bis ich eine Lücke entdecke.

Der Zaun klafft wie das Maul eines Waldbestien, rostige Zinken blitzen. Die Öffnung reicht kaum für eine Schulter. Genau deshalb bin ich gekommen. Ich stecke mein Handy weg und schiebe ein Bein hindurch. Beim Drehen verfängt sich eine Strähne in einem Dorn. Ein kurzer, scharfer Schmerz. Ich reiße mich los, verliere den Halt und falle. Moor schluckt mich. Kaltes Wasser kriecht durch Kleidung und Haut, Hände und Knie sinken in schwarzen Schlamm.

Flüche entweichen mir, dann stemme ich mich auf, zitternd vor Kälte. Aber ich patsche weiter und tauche tiefer in die Eichelschlucht ein.

Nächtlicher Wald atmet in unheimlichen Tönen. Trotzdem tröstet mich sein Knarren. Kieferndluft schlägt wie ein Stück Heimat in mir auf. Der Wald war immer mein Zufluchtsort. Als Kind sprang ich zwischen Stämmen, als Obdachlose fand ich Unterschlupf und Nahrung zwischen den Bäumen.

Als ich aus dem dunklen Hain trete, reißt der Mond die Wolken auf. Dunmorrough thront am Rand eines Lochs, genau dort, wo ich es erwartet habe. Alte Mauern, von Stürmen und Zeit gezeichnet, durchbrochen von warmen Fenstern. Bernsteinfarbenes Licht punktiert die Fassade. Türmchen ragen gegen den Himmel. Näher, vielleicht eine halbe Meile entfernt, liegen Hütten im Tal. Rauch windet sich aus Schornsteinen, löst sich im Mondlicht auf. Fenster liefern Flecken aus warmem Schein auf das zerklüftete Land.

Ich schleiche darauf zu, setze meine Schritte zwischen Wurzeln und Bodenlöchern. Etwa zwölf Hüttchen finde ich, überwachsen mit Moos und Wildblumen. Die Strohdächer sacken in sich zusammen, sehen aus wie matte Pferdemähnen.

Die nächste Hütte duftet nach Kräutern. Ein Garten, vertraut und trügerisch sicher. Ich nähere mich dem Fenster, will hineinsehen, da spüre ich plötzlich Druck gegen meinen Rücken. Etwas Scharfes schneidet durch meinen Mantel.

»Wer bist du?« Eine Frauenstimme durchschneidet die Nacht, direkt hinter mir.

»D-Denise Marquardt«, stammle ich und wundere mich insgeheim über den ersten Namen, den mein Kopf ausgespuckt hat.

»Und warum hast du nicht per Resonanz geantwortet?«

Die Frage trifft mich unvorbereitet. Ich blinzele in die Dunkelheit, suche nach einer plausiblen Ausrede. »Ich... ich wusste nicht, dass ich das tun sollte«, presse ich hinaus.

Eine kräftige Hand greift meine Schulter und wirbelt mich herum.

Die Frau vor mir wirkt Anfang vierzig, mit scharfen, müden blauen Augen. Ihr Haar steckt in einem unordentlichen Dutt. Auffällig sind die Narben an ihren Schläfen, dieselben, die mir schon bei Effie Bell begegneten, nur frischer, wütendrot auf sommerfleckiger Haut. Sie mustert mich, bleibt an meinen Schläfen hängen. »Du bist neu«, stellt sie knapp fest. Ich nehme an, sie meint die fehlenden Narben.

»Ja, das stimmt«, antworte ich hastig und klammere mich dankbar an die Lüge.

Die Frau entspannt sich ein wenig, klappt ein Taschenmesser zu und schiebt es in ihre Jeans. »Hat Kate dich geschickt?« fragt sie jetzt sanfter.

»Ja«, lüge ich wieder.

»Gut. Willkommen beim Crossbill-Zirkel. Ich bin Ellen Jenkins. Wir kümmern uns darum, dass du unterkommst.«

»Danke, das ist… sehr freundlich«, bringe ich heraus.

»Aus welcher Einsatzzentrale kommst du?« Ellen klingt müde, ein Hauch von Traurigkeit liegt in ihren Worten.

»St. Paul's Cathedral«, antworte ich. Die Lüge fällt mir leichter als vorher.

»Großstadtmädchen, was? Schick. Kein Wunder, dass du nicht auf meine Telepathie reagiert hast. Ich höre, die Hektik der Stadt macht es schwerer, die Verbindung zu halten.«

»Genau, ich… ich bin die Stille nicht mehr gewohnt«, sage ich. Die Wahrheit ist, ich habe noch nie eine echte Telepathin getroffen. Sie sind selten geworden, praktisch nur noch Mythen. Doch Ellen spricht, als sei das alltäglich für sie.

»Ich war gerade auf dem Weg zur Einsatzzentrale. Bist du fit dafür? Wir könnten Hilfe gebrauchen. Das Schloss platzt heute Nacht aus allen Nähten.«

»Ähm, ja. Sicher.«

»Wo sind deine Sachen?«

»Bei Kate.«

»Verstanden. Sie wird sie wahrscheinlich durchsuchen«, sagt Ellen sachlich. »Nimm's ihr nicht übel, bei dem, was momentan passiert.«

»Wo sind denn deine Verbindungsnarben?« fragt sie, und ihr Blick ruht wieder auf meinen Schläfen.

»Wir, ähm, wir benutzen die alten Verbindungen in London nicht mehr. Die haben eine neue Technik entwickelt. Kabellos, oder… Bluetooth oder so.«

»Verdammte Axt. Kabellos, sagst du? Natürlich sind wir hier oben die Letzten, die von diesem neuen Kram hören.«

Wir nähern uns einem Hügel, der wie ein riesiger Ameisenhaufen wirkt, mit Gras bewachsen; eine massive eiserne Doppeltür versperrt den Weg.

»Das hier war früher ein Schutzbunker im Zweiten Weltkrieg. Die Einsatzzentrale zog in den Fünfzigern vom Fluss hierher. Weniger Tageslicht, aber dafür trocken.«

»Wie lange bist du schon hier?«

Ellen runzelt die Stirn. »Mein ganzes Leben, natürlich.«

Sie will die Klinke drücken, dreht sich dann noch einmal zu mir um. »Gewöhn dich besser an die Stille. Ich weiß nicht, wie es in London war, aber hier dürfen wir während der RN-Übertragung überhaupt nicht laut sprechen.«

»Natürlich«, sage ich, und ein klares Bild formt sich in meinem Kopf:

Ich stehe kurz davor, eine weitere Einsatzzentrale des Resonanz-Netzwerks zu betreten, diejenige, aus der Effie Bell geflohen ist. Und irgendetwas sagt mir, dass mir nicht gefallen wird, was ich dort unten finde. Für eine Sekunde packt mich Panik; ich überlege zu verschwinden, aus Angst, drinnen keinen Ausweg mehr zu haben. Als Ellen sich umdreht und mich suchend mustert, schlage ich innerlich die Hand an den Kopf. »Was redest du da von verschwinden?«

»Oh, ich... ach, ich müsste nur mal kurz hinter einen Busch verschwinden.«

»Dafür musst du doch nicht in die Büsche, Mädel. Wir mögen hier oben im Norden primitiver sein, aber Toiletten haben wir schon.«

Ellen führt den Weg in den Bunker. Ich wiederhole stumm meinen falschen Namen, als wäre es ein Mantra: *Denise Marquardt. Denise Marquardt. Denise Marquardt.*

Sie führt mich eine lange Treppe hinab, dann durch einen schwach beleuchteten Korridor. Mit jedem Schritt wird ein fernes Summen lauter, als stünden wir in einem riesigen Bienenstock. Das Geräusch vibriert durch die Luft und setzt sich in meinem Mark fest.

Mit einem kräftigen Ruck öffnet Ellen eine weitere Tür, und grelles, künstliches Licht schlägt uns entgegen. Das Summen wird intensiver, durchdrungen von einem Stakkato aus

Klickgeräuschen, klicketi-klack-klicketi-klack, wie Regen auf Blech.

Denise Marquardt, wiederhole ich mir, aber als Ellen zur Seite tritt und mir den Raum zeigt, fällt es mir schwer, mich an den Namen zu klammern. Das, was sich vor mir auftut, ist so unerwartet und beunruhigend, dass meine Gedanken wie Sand durch die Finger rinnen.

Etwa zwei Dutzend Frauen sitzen auf einfachen Holzschemeln vor einer riesigen Schalttafel, die wie ein Relikt früher Telekommunikation wirkt, ein Labyrinth aus Buchsen, Steckern und blinkenden Lichtern. Doch nicht die archaische Technik raubt mir den Atem, sondern die Frauen selbst.

Jede Hexe im Raum ist über zwei Drähte direkt mit der Schalttafel verbunden. Zuerst halte ich die Apparatur für alte Kopfhörer. Doch als sich meine Augen an das grelle Licht gewöhnen, erkenne ich mit wachsendem Entsetzen, dass die Drähte nicht an den Ohren enden, sondern in die Haut entlang des Haaransatzes eingeführt sind, genau dort, wo ich die Narben bei Ellen und Effie gesehen habe.

Ihre Augen sind geschlossen, die Gesichter zu Masken angespannter Konzentration erstarrt. Ein unheimliches Summen entweicht ihren leicht geöffneten Lippen. Einige wiegen sich sanft, andere bleiben reglos, nur ihre Hände bewegen sich mit mechanischer Präzision. Immer wieder stecken sie die Enden der Drähte in neue Buchsen, jede Verbindung löst ein weiteres Klicken aus.

Ich begreif es nur langsam: Das hier ist also die wahre Natur der Resonanzkommunikation. Keine mystische Verbindung über Ley-Linien, sondern blanke Ausbeutung. Diese Frauen zahlen mit ihrer Haut dafür, dass andere ihre Botschaften senden können.

Mir wird schwindlig, als die Erkenntnis mich trifft. Jede Nachricht, die jemals über das RN gelaufen ist, wurde durch Körper wie diese getragen. Frauen, deren Köpfe an Kabel gebunden sind, eingesperrt in dieser unterirdischen Hölle. Ich denke an die Tage, als ich das Netzwerk als Kind benutzte, um meiner Mutter zu sagen, sie solle mich vom Spielen abholen. An gestern erst, als ich Gathoni kontaktierte, ohne je zu fragen, wie die Worte reisten. Die Bequemlichkeit, die Leichtigkeit... alles auf den Rücken dieser Frauen gelegt.

Mir wird übel. Ich bin mitschuldig. Wir alle sind es.

Mein Entsetzen muss mir anzusehen sein, denn Ellen greift plötzlich nach meinem Arm, so fest, dass es schmerzt. Vermutlich hat sie längst in meinem Kopf gelesen. Ich reiße mich aus dem Schock und forme hastig einen Gedanken, der sie besänftigen soll.

Entschuldige, es ist... ganz anders als in London. Viel älter, denke ich und fixiere die veraltete Technik. Ellen runzelt die Stirn, fühlt sich offenbar kritisiert, doch sie scheint zufrieden. Sie dreht sich ab und geht tiefer in den Raum.

Viel älter, viel älter, viel älter, wiederhole ich in meinem Kopf, während meine Finger unbewusst mein Haar nach vorn kämmen, um meine unversehrten Schläfen zu verbergen. *Mein Name ist Denise Marquardt. Ich komme aus London. St. Paul's Cathedral.* Eine neue Taktik nimmt Gestalt an, und ich halte mich daran fest: *Ich bin schüchtern. Ich rede nicht viel. Ich bin schüchtern. Ich rede nicht viel.*

Wir halten an einem leeren Schemel mitten in der Reihe. Ellen deutet, dass ich mich setzen soll, dann geht sie wortlos weiter. Ich starre auf die Schalttafel, in der das endlose Klicken einen fiebrigen Rhythmus bildet.

Das Mädchen neben mir, kaum älter als sechzehn, fängt meinen Blick auf. In ihren Augen liegt eine Spur Mitgefühl; vielleicht erinnert sie sich an ihren eigenen ersten Tag hier. Ich zwinge ein mattes Lächeln hervor und bete, dass meine Gedanken fest verschlossen bleiben.

Ich bin schüchtern. Ich rede nicht viel. Ich bin schüchtern. Ich rede nicht viel.

Das Mädchen nickt zu dem Draht, der vor meiner Station hängt, und nimmt ihr Summen wieder auf, klick-klack-klicketi-klack, während sie sich erneut verbindet.

Meine Hände zittern, als ich den Draht anfasse. Schuld zieht sich fest wie eine Schlinge um meinen Magen. Das Resonanz-Netzwerk wird überall genutzt. Wie viele solcher Orte gibt es noch?

Ich lege den Draht ab, jede Bewegung fühlt sich an wie in Zeitlupe. Ich drehe mich, um dem Blick des Mädchens noch einmal zu begegnen.

Es tut mir leid, denke ich und kann nicht anders. Tränen steigen mir in die Augen. *Es tut mir so leid.*

Verwirrung legt Falten auf ihre Stirn; sie versucht gewiss, telepathisch Kontakt aufzunehmen. Als keine Antwort kommt, flackert Erkenntnis in ihrem Blick. Sie zieht die Drähte aus ihren Schläfen, und zwei dünne Blutstreifen laufen wie Kriegsbemalung über ihre Haut.

Ihre Lippen öffnen sich. »Wer bist du?« Ihre Stimme ist heiser, die Stimmbänder vermutlich vom Schweigen geschwächt.

Nur ein Satz, und doch bringt er den ganzen Raum zum Stillstand. Das Summen erlischt, das endlose Klicken verstummt. Alle drehen sich zu mir um.

Ich springe auf, versuche, den Draht aufzuhängen, aber er rutscht mir aus der Hand. Das metallische Scheppern hallt wie ein Schuss durch die Stille. *Mein Name ist Denise Marquardt. Mein Name ist Denise Marquardt. Mein Name ist Denise Marquardt,* bete ich im Kopf herunter, während ich mich zwischen den Reihen der Frauen vorbeischiebe. Ihre Augen folgen mir, Schemel drehen sich, als ich vorbeigehe.

Toilette. Toilette. Ich gehe nur zur Toilette, denke ich verzweifelt, in der Hoffnung, sie glauben es. Doch die Stille dehnt sich, die Spannung wächst, und ich spüre, wie die Tarnung zerbricht. Konfrontation oder Flucht. Ich wähle Flucht.

Ich beschleunige, bewege mich auf die Tür zu, während mir Dutzende Blicke den Rücken durchbohren.

»He, wo willst du hin?« Ellens Stimme schneidet durch die Luft, gerade als meine Hand die Klinke erreicht. Ich drehe mich ein letztes Mal um, konfrontiert mit der grotesken Szenerie des Resonanz-Netzwerks. Vierundzwanzig Augenpaare, auf mich gerichtet. Vierundzwanzig Gesichter, die ich nie vergessen werde.

Ich reiße die Tür auf, stoße sie hinter mir zu. In derselben Sekunde heult ein Alarm auf. Rotes Licht flackert über die Wände, färbt den Korridor blutig. Mein Herz hämmert, Gedanken rasen. War es Ellen? Oder löst das System selbst Alarm aus, wenn das Summen endet?

Keine Zeit für Antworten. Ich renne. Die Stufen fliegen unter mir vorbei, zwei auf einmal. Meine Lungen brennen, während ich mich nach oben kämpfe, immer weiter, immer weiter...klick-klack-klicketi-klack...

Endlich stoße ich die schweren Eisentüren auf, sie schlagen hinter mir krachend zu. Ich atme gierig die kalte Nachtluft, doch der Moment hält nicht lange. Stimmen ertönen jenseits des Hügels, hastige Schritte platschen durch das Moor.

Die Panik flammt wieder auf. Ich renne, umkreise den Bunker, halte mich fern von den Stimmen. Eine Hütte kommt in Sicht, doch bevor ich sie erreiche, schließen sich zwei starke Arme um mich. Der Griff ist hart wie Stahl, und alles in mir spannt sich an, bereit zum Kampf.

Kapitel Neunundzwanzig

Ich erkenne ihn am Geruch.

»Kettering, was zur…«

Seine Hand presst mir hart den Mund zu während die andere in einem Schraubstockgriff meine Handgelenke hinter meinem Rücken fängt. »Pst«, knurrt er, sein Finger dämpft den Ton gegen mein Haar, dann zieht er mich zurück und lässt eine Hand los, um die Hüttentür aufzustoßen. Wir schlüpfen hinein, und die Tür fällt mit einem dumpfen Schlag ins Schloss. Er legt den Finger an die Lippen, fordert Stille. Ich gehorche, obwohl mein Herz wie eine Kriegsstrommel gegen die Rippen hämmert.

Draußen sind Leute mit Taschenlampen eingetroffen. Erleichtert sehe ich, wie sie direkt in den Bunker gehen. Kettering und ich drücken die Nasen ans Fenster, beobachten, bis die Lichtkegel verschwinden und das Dorf wieder still wird.

»Wie ich sehe, sind deine Versprechen nichts wert, Mata Hari.« Er lockert den Schal, sein Mantel wirft Falten. »Ich hab dir gesagt, du sollst nicht hierherkommen. Egal, was passiert.«

»Ich hatte die Finger gekreuzt, falls dich das beruhigt«, antworte ich und trete in die kleine Küche, die meiner eigenen

Werkstatt ähnelt: ein Kanonenofen, zusammengewürfelte Stühle um einen verwitterten Tisch, Gläser mit Kräutern und Gewürzen. Plötzlich schlägt Erschöpfung zu, ich ziehe einen Stuhl heraus und lasse mich nieder.

»Also, sag schon: Arbeitest du für *ihn*?« frage ich, die Arme verschränkt, die Augen auf Kettering gerichtet.

Er lehnt am Tresen, stützt den Kopf auf die Faust, ein Grübler. »Nein. Ich arbeite nicht für ihn.«

»Und du erwartest, dass ich dir das glaube?«

»Glaubst du wirklich, du wärst noch am Leben, wenn ich für ihn arbeiten würde?«

Ein Gedanke blitzt auf. »Oh mein Gott, *er* ist dein Vater, oder? Mardequai?«

»Wieder falsch. Ich arbeite für meinen Vater, aber das ist nicht Mardequai.«

Noch so eine kryptische, reizende Auskunft. »Na gut, dann ist ja alles klar.« Ich will schon aufstehen, doch er hat mehr zu sagen.

»Ich habe den Erlass des Druidenrats letzte Nacht erhalten. Ich dachte, ich schau mir an, was sie vorhaben.«

»Per Resonanznetzwerk?« frage ich, und die Bilder aus dem Bunker drücken sich wie ein Schmerz hinter meine Augen.

»Korrekt«, sagt er.

Meine Stirn zieht sich zusammen. »Weißt du, wie es funktioniert?«

»Das Netzwerk?« Er wirkt unruhig.

»Ja. Ich war gerade unten. Und lass mich dir sagen: Das System ist kaputt.«

»Pst«, warnt er.

»Kaputt, Kettering.« Ich beuge mich vor. »Das System beruht auf der Ausbeutung telepathischer Hexen. Sie stehen unter Flüsterbann, können nicht gehen, nicht reden. Sie sind Gefangene, verstehst du?« Ich versuche, seine Miene zu lesen.

»Darüber reden wir später«, weicht er aus.

»Du weißt also Bescheid.«

Kettering reibt sich den Nasenrücken. »Ja. Ich weiß davon.«

»Natürlich weißt du davon.« Ich hämmere mit den Fäusten auf den Tisch. »Du gehörst zu den Druiden, also musst du es wissen.«

»Hör zu, Alva…«

Aber seine Erklärung wird von Stimmen unterbrochen, die in der Ferne näher kommen. Kettering tritt ans Fenster, zieht die Vorhänge beiseite und zeigt auf die wandernden Lichtkegel der Taschenlampen in der Nacht. »Sie gehen«, flüstert er.

Zurück an der Arbeitsfläche lässt er die Fingerspitzen über das glatte Holz gleiten, als wolle er dadurch ein inneres Gewicht abwischen. »Ich erzähle dir alles«, sagt er dann, als treffe er eine Entscheidung, »ich hätte wohl von Anfang an offener sein sollen.«

Ich richte mich auf, spiele nervös mit dem Mörser auf dem Tisch und mache mich bereit, zuzuhören.

»Die Wahrheit ist«, beginnt Kettering mit einem langen Seufzer, »du hattest recht: Ich kenne dich. Länger, als du denkst. Vielleicht kenne ich dich heute besser als jeder andere.«

Verwirrung schlägt mir entgegen, doch zugleich kriecht eine ungewohnte Wärme in mir hoch. Seit dem Unfall hatte ich das Gefühl, niemand würde mich überhaupt noch kennen.

»Du weißt ja, dass deine Großmutter und ich eine dunkle Vergangenheit teilen.« Kettering bleibt steif stehen, seine Lippen formen die Worte wie ein einziges bewegtes Teil. »Sie hat mein Leben zerstört. Sie hat mir das genommen, was ich am meisten liebte. Meine Frau und…« Er bricht, schluckt heftig. »Meine kleine Tochter.« Tränen treten ihm in die Augen, doch er hält den Blick. Ich erwidere ihn. Schuld schnürt mir die Brust zusammen, ein schneidendes Gefühl, das wie Bleikugeln sitzt. Auch wenn ich Ruth nicht bin, fließt ihr Blut dennoch in mir; Erinnerungen eines anderen Lebens hin oder her, ihr Erbe lebt in meinen Adern. Ich bin, weil sie einst war.

»Was du nicht weißt«, fährt Kettering fort, »ist, dass ich seit jenem schrecklichen Tag nur ein Ziel hatte: Rache. Ich schloss mich dem französischen Widerstand an. Mehrfach stand ich kurz davor, sie zu töten. Doch nach dem Krieg verschwand sie. Jahrelang war sie unauffindbar.«

Er atmet tief ein, als ziehe er Luft nach einem Tauchgang. »Aber ich fand sie. Ich verfolgte sie, und am Ende brachte ich sie zur Rechenschaft.«

Bilder überfluten mich, die Erinnerung an Ruths Verbrennung, die alte Hitze, die an meinen Beinen hochkriecht, bis ich mit den Füßen scharre, um sie abzuschütteln. War Kettering damals dabei? Sah er zu, wie sie verbrannte?

»Doch das reichte mir nicht«, presst Kettering hervor, die Zähne zusammengebissen. »Denn sie hatte auch eine Tochter.«

Ein Schreck fährt mir durch den Magen. Mein Blick heftet sich an ihn.

»Ich wollte deine Mutter töten«, sagt er, die Stimme leer, den Blick ins Regal hinter mir gerichtet. »Ruth Hausmann nahm mir alles. Also machte ich mich auf die Jagd nach ihrer Familie.«

Ich schlucke. Offensichtlich hat er es nicht vollendet. Als er den Grund nennt, stockt mir der Atem; Tränen steigen mir in die Kehle, während er in die Stille spricht:

»Doch dann traf ich sie. Und ich sah, wie gut sie war. Deine Mutter war ein guter Mensch. Bis heute habe ich nicht einmal bereut, sie am Leben gelassen zu haben. Das Licht, das sie in das Leben anderer brachte, das hätte ich nicht auslöschen wollen.«

Ich nicke lautlos und wische mir die Augen.

»Sie hatte nichts von der Dunkelheit deiner Großmutter in sich«, schließt Kettering.

»Aber ich schon?« Ich weiß nicht, wie ich den Mut aufbringe, das zu fragen, aber jetzt, wo ich darüber nachdenke, wird mir klar, dass das *meine* Frage ist. Die eine Frage, die mein Leben und alles, was ich getan habe, definiert. Und ich weiß nicht warum, aber in diesem Moment ist seine Antwort für mich wichtiger als alles andere auf der ganzen Welt.

Kettering wendet sich von mir ab und blickt aus dem Fenster in die Nacht. »Seit dem Tag, an dem deine Eltern deine ungewöhnliche ... *Fähigkeit* gemeldet haben, habe ich mit dem Drang gekämpft, dich zu töten«, sagt er zum Glas, und dann, wie aus einem Reflex heraus, schwingt er herum, um meinem Blick zu begegnen, Schmerz zeichnet seine Züge. »Du siehst ihr sogar *ähnlich*, wusstest du das?«

Ich nicke und fühle mich wie der kleinste Mensch, der je gelebt hat. Es ist wahr, ich teile einige der typischen Hausmann-Züge, den schmalen Nasenrücken, das kastanienbraune Haar, den kräftigen Kiefer. Aber meine Mutter tat es auch, genauso wie meine Schwester. Es erscheint mir nicht ganz fair, aber ich mache ihn nicht darauf aufmerksam.

»Du warst also seit meiner Kindheit ... *da*?«, Ich durchforste meine Erinnerungen, um sein Gesicht zu finden, aber vergebens. Ich verstehe immer noch nicht, wie alle Teile zusammenpassen.

»Was weißt du über den Unfall, Kettering? Ich weiß, dass du etwas wissen musst.«

Der Raum wird für einen Moment still, abgesehen von unserem Atmen und dem heulenden Wind draußen.

Der Druide räuspert sich und nickt. »Als du älter wurdest, machten sich deine Eltern zunehmend Sorgen, dass die Leute anfangen könnten, dich als Bedrohung anzusehen, dass jemand kommen und dich entführen könnte, oder Schlimmeres. Der Fokus lag auf dir, nicht auf deiner Schwester, weil deine Visionen so viel stärker waren. Man glaubte, dass die schwache Fähigkeit deines Zwillings nur ein Abbild deiner eigenen war, dass sie der Mond zu deiner Sonne war. Es gab einen Vorfall, als du fünf warst – als du fast entführt wurdest.«

Als mich diese Worte erreichen, blitzen Erinnerungsfragmente durch meinen Kopf. Ein Spielplatz. Eine große Hand, die nach mir greift. Eine zufallende Autotür. Das gedämpfte

Geräusch lauter Stimmen. Ein blendender Lichtblitz. Mein Herz rast, pocht in meinen Ohren. Das Gefühl, hochgehoben, in Sicherheit getragen zu werden. Dads Stimme, die mir sagt, dass ich jetzt in Sicherheit bin …

»Danach wandte sich deine Mutter hilfesuchend an ihren Zirkel, und sie baten um Überwachung, die meine… nun, nennen wir es die ›Agentur‹, für die ich arbeite übernahm. Ich war ja sowieso schon irgendwie in der Nähe, also übernahm ich den Job.« Er zuckt mit den Schultern und zieht geräuschvoll Luft durch die Zähne.

»Jahre später, als der Unfall passierte, war ich im Auto hinter euch«, erzählt er mir, und die Wahrheit dessen verursacht das seltsamste Gefühl in meinem Magen. Die ganze Zeit. Die ganze Zeit wusste er es.

»Ingrid Brauer, die Magistratin des Elster-Zirkels, saß neben mir«, fährt er fort. »Sie traf die Entscheidung: Sie löschte dein Kurzzeitgedächtnis, und wir brachten dich fort.«

Ich zermahle ein paar Pfefferkörner mit dem Stößel, meine Gedanken kehren zu jener Nacht zurück, zu den Lücken in meiner Erinnerung, dem wirren Durcheinander von Empfindungen und halb geformten Bildern… zu der *Schuld*. Endlich beginnt alles zusammenzufließen.

»Zu diesem Zeitpunkt waren wir *überzeugt*, dass jemand hinter dir her war. *Sie* nahm an, es handele sich um eine Gruppe von Druiden, wegen der Bedrohung für ihre eigene Vormachtstellung. *Ich* hingegen dachte, es müsse jemand wie ich sein, jemand, der einen Groll gegen deine Großmutter hegte. Brauer beschloss, dich zu verstecken, dich verschwinden zu lassen. Deine Magie schien deine Visionen zu verstärken. Deshalb hat sie dich angelogen und dir gesagt, du könntest nie wieder Anima wirken. Aber es war auch entscheidend für den ganzen Plan. Siehst du: wenn du kein Mitglied der magischen Gesellschaft mehr bist, hörst du praktisch auf zu existieren.«

»Aber wenn Brauer Mardequai hinter dem Unfall vermutete, warum hat sie dann zugestimmt, ihm Sofia zu geben?«

»Du verstehst nicht... niemand hat jemals *Mardequai* verdächtigt. Er war ein moralischer Bürger, bekannt für all das Gute, das er in der Welt tat. Brauer und ich haben einfach geschworen, *niemandem* je zu verraten, dass du überlebt hattest, erst recht nicht Mardequai. Nicht, weil wir ihn verdächtigten, sondern weil er Sofia aufziehen sollte. Siehst du, deine Schwester musste glauben, dass du tot wärst, damit sie nicht nach dir suchen würde.« Kettering umrundet den Tisch und setzt sich auf den Stuhl neben mir. »Es ist wahr, die Zirkelmagistratin hat dich angelogen. Aber sie hat es getan, um dein Leben zu retten.«

Ich lasse den Stößel los, meine Hände liegen verloren auf der Tischplatte, während ich verzweifelt versuche zu verstehen. »Und nach dem Unfall? Was hast du getan?«

»Ich beschloss, mich zurückzuziehen. Ich brauchte etwas Abstand. Jemand anderes nahm meinen Platz ein und erstattete mir regelmäßig Bericht. Als du achtzehn wurdest und das Pflegeheim verlassen konntest, begann ein Katz-und-Maus-Spiel. Wir versuchten, dir auf den Fersen zu bleiben, aber eines Tages bist du einfach verschwunden.«

Ich erinnere mich an diese ersten schrecklichen Tage als junge Frau auf der Straße, als ich lernte, die Zeichen der Gefahr wie ein neugeborener Wolf zu erkennen. Die ständige Wachsamkeit, die Art, wie ich Menschenmengen nach jemandem absuchte, der gefährlich oder zu interessiert schien. Ich erinnere mich, wie ich in Gassen abtauchte, meine Kleidung wechselte und jeden möglichen Trick anwandte, um das Gefühl, beobachtet zu werden, abzuschütteln. War Ketterings Ersatz einer dieser Schatten gewesen, vor denen ich weggelaufen war?

»Und das war's, Ende der Geschichte. Bis zur Versammlung habe ich dich nicht wiedergesehen«, schließt Kettering.

»Was hast du dann in den letzten acht Jahren gemacht?«

»Andere Aufträge, weit weg von Deutschland – von dir.« Er hält inne, seine Augen wandern über mein Gesicht mit einem Verlangen, der mich gleichzeitig zurückweichen und näherkommen lassen will. Seine Augen, sonst so wachsam, brennen nun mit einem Feuer, das mir den Atem raubt. Sein Kiefer spannt sich an, seine Finger spreizen sich, als würden sie schmerzen.

»Bis Gathoni dich bat, zu meinem Fall zurückzukehren?«

»Gathoni und ich sind uns in der Vergangenheit das ein oder andere Mal begegnet, und sie konsultiert mich tatsächlich von Zeit zu Zeit – in letzter Zeit öfter, dank deines neugefundenen Ruhmes. Aber sie ... also, sie hat mich nicht geschickt, um dich zu beschatten. Auch das solltest du wissen.« Er zwingt sich zu einem schuldbewussten Halblächeln. »Ich habe mich selbst geschickt.«

»Warum?«

»Ich glaube, weil ich eine Art Abschluss brauchte. Ich brauchte *Frieden*. Und der einzige Weg, ihn zu bekommen, war, Beweise dafür zu finden, wer du wirklich bist.«

Ich schlucke, mein Blick landet auf seinen Lippen. »Und wie läuft das so für dich?«, frage ich.

»Ich glaube nicht mehr, dass du *sie* bist. Jedes Übel, das jemals von dir ausging, wurde von diesem Stein verursacht, das weiß ich jetzt.« Und dann, aus dem Nichts, ist es, als gäbe er einem Drang nach, einer natürlichen Sache, als er mein Gesicht mit beiden Händen umschließt, sein Blick nichts als Gewissheit ausstrahlt, seine Haut sich warm, fast fiebrig anfühlt. »Du bist *gut*, Alva, genau wie deine Mutter.«

Bevor ich seine Worte verarbeiten kann, beugt er sich vor und nimmt meine Lippen mit seinen gefangen. Der Kuss ist leidenschaftlich, drängend – endlose aufgestaute Gefühle, die sich in einem einzigen Augenblick ergießen. Ich werde überrumpelt, aber mein Körper reagiert, bevor mein Verstand nachkommt.

»Nein«, keuche ich, löse mich von ihm und wische mir über den Mund. »Nicht hier. Nicht jetzt.« Mein Herz rast, und die Gedanken überschlagen sich, während ich versuche, mich zu fassen. Ich gehe hastig auf die andere Seite des Tisches, dorthin, wo er noch vor einem Moment an der Theke stand. Die räumliche Distanz hilft mir, etwas Fassung wiederzugewinnen, aber ich kann immer noch den Geist seiner Berührung auf meiner Haut spüren, den Geschmack seiner Lippen auf meinen.

Aus dem Fenster blickend erinnere ich mich daran, *wo* wir sind und was ich gerade erst herausgefunden habe. »Du hast gesagt, du wusstest über das RN Bescheid. Erzähl mir davon.«

Kettering wischt sich übers Gesicht, richtet den Schal um seinen Hals, bevor er sich räuspert. »Ja. Das war der Auftrag, den mir mein Vater gab, nachdem ich deinen Fall an einen anderen übergeben hatte«, antwortet er. »Wir haben schon lange dubiose Machenschaften hinter dem Netzwerk vermutet. Ich habe jahrelang Informationen gesammelt, um es aufzudecken.«

»Wie kannst du es dann immer noch benutzen, wenn du weißt, wie es funktioniert?«

»Weil *die* so kommunizieren. Ich mag es nicht – ich bin von der ganzen Sache entsetzt – aber es ist mein Job, es zu überwachen.«

»Aber warum hast du es noch nicht aufgedeckt? Worauf wartest du?«

»Das liegt nicht in meiner Hand.«

»In wessen Hand dann?«

»Das wäre die meines alten Herrn. Einer der Gründe, warum wir derzeit nicht miteinander reden.«

»Worauf *wartet* er, Cornelis?«

»Ich bin mir nicht sicher«, antwortet er. »Aber mein Vater sagt, das Ganze ist viel größer als nur das RN. Tatsächlich argumentiert er immer wieder, das Netzwerk sei nur ein fauler Apfel in einem riesigen Fass. Er ist seit dem Bau dieser ersten schrecklichen Maschine an Elias Kleins Fall dran.«

»Seid ihr deshalb im neunzehnten Jahrhundert zur Wasserkammer der Blackfriars gekommen?«

»Ganz genau.«

Und dann findet ein weiteres Teil seinen Platz im Puzzle.

»Und das Testgelände, das Klein in den schottischen Highlands gebaut hat …?«

»Genau dieses hier«, bestätigt Kettering.

»Wir müssen diesen Frauen helfen«, sage ich, und in meinen Worten liegt eine flehende Note. »Wir *können* sie nicht so lassen.«

»Ich wünschte, es wäre so einfach. Aber wenn wir jetzt etwas tun, werden wir nur Alarm schlagen. Dieses Schloss ist heute Nacht voll mit magischen Leuten.« Er deutet aus dem Fenster. »So sehr ich es hasse, es zuzugeben – und glaub mir, das tue ich – mein Vater hat recht. Wir müssen einen kühlen Kopf bewahren, egal wie schwer es scheint.«

»Das kann ich nicht akzeptieren. Ich muss ihnen helfen. Es gibt ein Loch im Zaun, so ist Effie Bell rausgekommen und …«

»Und sieh, wie das für sie geendet hat«, erinnert mich Kettering, dann schließt er die Lücke zwischen uns und hält mich an den Schultern fest. »Wir *werden* ihnen helfen. Wir werden das beenden. Aber es kann nicht heute Nacht sein.«

Ich will gerade protestieren, als in der Ferne eine Glocke läutet, deren Klang durch die Ritzen der alten Fensterrahmen dringt.

»Sie fangen gleich an«, murmelt Kettering. »Also gut, hör zu. Du musst jetzt gehen. Klettere zurück durch dieses Loch im Zaun und bring dich in Sicherheit.«

»Warum? Was fängt gleich an?«

»Ich weiß es nicht, aber ich werde es herausfinden.« Er schiebt die Hüttentür auf, und ich schaudere bei einem plötzlichen kalten Luftzug.

»Ich komme mit.«

»Auf keinen Fall. Die gesamte magische Gemeinschaft weiß,

wie du aussiehst, und man kann wohl mittlerweile mit Sicherheit sagen, dass Mardequai dich tot sehen will.«

»Ich habe keine Angst«, sage ich mit adlergleichem Mut.

»Nun, ich schon – um dich. Um deine Sicherheit.«

Ich mache einen Schritt auf ihn zu, mein Arm hebt sich leicht, als wollte ich nach seiner Hand greifen, aber ich halte inne. »Ich brauche deine Erlaubnis nicht, um zu gehen, Cornelis. Schau, ich bin dankbar für alles, was du mir heute Abend erzählt hast. Aber es ist immer noch nicht die *ganze* Geschichte. Du weißt, dass es das nicht ist. Mardequai hat mir diesen Stein zugesteckt, da bin ich mir sicher. Und du hast recht: Er will mich tot sehen. Aber ich weiß immer noch nicht, *warum*.«

Ich halte inne, dann strecke ich doch langsam die Hand aus und nehme seine. »Ich muss wissen, warum meine Eltern gestorben sind«, sage ich, meine Stimme leise, aber sicher. »Und irgendetwas sagt mir, dass die Wahrheit in diesem Schloss verborgen ist. Das ... das ist etwas, was *ich* tun muss, um *meinen* Frieden zu finden.«

Cornelis steht regungslos da, seine Augen auf unsere Hände gerichtet. Die Stille dehnt sich zwischen uns, während er nachdenkt und über meinen Handrücken streicht, als könnte er dort eine Antwort finden.

»In Ordnung. Hier, nimm das«, sagt er schließlich, nimmt seinen Schal ab und wickelt ihn mir um den Hals, so dass er die Hälfte meines Gesichts bedeckt. »Und ... und das hier auch.« Er greift in seine innere Manteltasche und holt ein elegantes Brilleetui hervor, aus dem er eine drahtgerahmte Brille nimmt.

»Ich wusste nicht, dass du eine Brille brauchst«, bemerke ich und nehme sie.

»Die ist nur zum Lesen...« Ein Hauch von Röte färbt seine Wangen. »Jetzt lass uns gehen, bevor ich es mir anders überlege und dich doch noch in dieser Hütte einsperre.«

Kapitel Dreißig

Die Auffahrt zum Schloss Dunmorrough quillt vor Wagen. Kettering und ich stapfen über den knirschenden Kies, schieben uns in die Menge, und ich staune, wie viele Hexen seiner Einladung gefolgt sind. Bei weitem sind die Wartenden überwiegend Frauen. Zuerst hoffe ich, manche seien nur neugierig oder ebenfalls auf der Suche nach Hinweisen. Doch je näher wir ans Tor kommen, desto deutlicher wird: hier trennt sich Spreu von Weizen. Drei Hexen blockieren den Eingang, bewacht von einem jungen Druiden, kaum älter als zwanzig. Er wendet sich an die Reihe und erklärt laut: »Wer eintreten will, unterzieht sich einem Flüsterbann. Nichts hinter dieser Grenze, weder Personen noch Informationen, darf mit jemandem geteilt werden, der nicht Teil der DA ist.«

»DA? Was ist das?« flüstere ich zu Kettering.

»Die Druiden-Allianz. So nennen sie sich jetzt.« Er greift meinen Arm und zieht mich aus der Schlange. »Komm, wir müssen einen anderen Weg hinein finden.«

Wir weichen in den Schatten des Gebäudes aus, schleichen

die Mauer entlang und suchen nach einem unbeobachteten Fenster oder einer Tür. An der nächsten Ecke patrouillieren zwei Hexen im Garten. Schnell ziehe ich Kettering hinter einen mächtigen Rhododendron.

»Das wird nicht einfach«, murmelt er und behält die Wachen im Blick, während meine Augen die Wand hinaufwandern.

»Glaubst du, wir kommen an das Fenster?« Ich nicke in seine Richtung.

»Wenn ich dir eine Räuberleiter mache, vielleicht. Du müsstest das Fenster einschlagen und mich dann hochziehen. Aber dumm wäre zu glauben, das Schloss sei nicht mit Schutzzaubern gespickt.« Seine Augen finden meine. »Glaubst du, du kannst velleicht...« Er schnalzt zweimal mit der Zunge. »... du weisst schon, deine Magie einsetzen?«

»Um den Schutzzauber zu brechen?«

»Genau.« Kettering nickt aufmunternd. »Es wird vermutlich einen Alarm auslösen, du müsstest also schnell sein.«

»Kein Druck, also....« Ich atme tief ein, die kühle Luft prickelt an meinen Lippen. »Na gut. Zeig mir, wie.«

»Wie, was?«

»Na, den Zauber. Wie geht er? Was muss ich tun?«

»Alles klar. Ich helfe dir hoch. Sobald du am Fenster bist, brauchst du stabiles Anima. Nicht aus der Luft, das reicht nicht... Hol dir Energie von der Birke dort drüben. Bündle sie, dann leite sie zum Fenster. Such nach einer Schwachstelle, so wie das Loch, das du im Zaun gefunden hast. Dann, ganz sacht, als stichest du mit einem Stock ins Eis, weitest du die Lücke. Ein leises Summen hilft, die Konzentration zu halten. Und hier, nimm den.« Er hebt einen schweren Stein auf und steckt ihn mir zu.

»Wofür brauch ich den denn?« frage ich.

»Na, was schon, Einstein? Um das Fenster einzuschlagen, natürlich.« Er lässt den Blick noch einmal über den dunklen

Garten schweifen. »In Ordnung, die Luft ist rein. Bist du bereit?«

Ich atme tief ein und spüre, wie Mut meine Brust weitet. »Also gut, dann mal los.«

Doch bevor Kettering losgeht, packe ich seinen Mantel. »Warte.«

»Was denn jetzt noch?«

»Soll ich nicht vielleicht den Himmelsstein benutzen? Für ein bisschen mehr Wumms?«

Ich greife schon nach der Tasche, aber er hält mich zurück. »Bist du verrückt geworden?« zischt er und umfasst mein Handgelenk. »Das wäre, als schösse man mit Kanonen auf Spatzen. Du würdest ein Loch durchs halbe Schloss reißen und jede Hexe von hier bis Edinburgh alarmieren.« Er schüttelt den Kopf. »Außerdem hast du keine Übung mit diesen Steinen. Ein Wunder, dass du noch niemanden getötet hast.«

Den Gedanken, dass ich theoretisch genau das schon getan habe, und zwar mit ihm, lasse ich unausgesprochen. »Hast recht, gut. Verstanden«, murmele ich und ziehe die Hand wieder zurück.

Gebückt schleichen wir zur Mauer. Kettering baut eine eher wackelige Räuberleiter, doch ich schaffe es, mich auf den Fenstersims zu ziehen. Mein Herz hämmert vor Adrenalin und Angst, entdeckt zu werden. Ich spähe einmal umher, sehe niemanden, atme auf und schließe die Augen. Dann konzentriere ich mich auf die Birke und beginne leise zu summen.

Unerwartet leicht spüre ich, wie meine Magie ausgreift, Finger formt, die sich dehnen, bis sie einen Ast erreichen. Ich verbinde mich mit ihm, sauge behutsam Anima aus seinem Inneren und leite die Energie zurück zum Fenster, so, wie Kettering es mir erklärt hat. Das Anima schiebt sich wie Rauch gegen die Scheibe. Ich fühle die zweite Haut des Schutzzaubers. Wie mit tastenden Füßen suche ich Schwachstellen. Schließlich finde ich eine Stelle, an der ich vielleicht eindringen kann. Ich forme Anima wie einen Stock und beginne zu schaben, erst sacht, dann, als die Lücke wächst, schneller. Das leise Summen hilft, die Konzentration zu halten.

»Ich bin drin«, flüstere ich nach unten und lasse die geliehene Energie in die Birke zurückschnellen. Mit dem Stein in der Hand zerschmettere ich die Scheibe, und sofort heult der Alarm los.

»Los, jetzt!« drängt Kettering unter mir. »Kletter rein, dann zieh mich hoch.« Ich befolge den Befehl. Ungeschickt greife ich durch die zerbrochene Öffnung, finde den Fenstergriff, das Schloss quietscht, und ich ziehe mich hinein. Mit dem Unterkörper an der Wand abgestützt strecke ich dem Druiden die Arme entgegen.

»Warte eine Sekunde«, zischt Kettering noch.

»Was denn jetzt schon wieder?«

Er sieht nach unten, hebt einen weiteren Stein auf und wirft ihn gegen das dritte Fenster zur Linken. »Ablenkung«, flüstert er, dann springt er hoch und greift nach meinen Händen, um sich hochzuziehen.

»Mensch, bist du schwer«, keuche ich, während er im Grunde die ganze Arbeit macht.

Schließlich fallen wir erschöpft in das Zimmer und hadern nach Luft.

»Jetzt musst du das Fenster wieder zusammensetzen«, sagt Kettering ohne Pause.

»Wie genau mache ich das?«

Er nickt und blickt zum zerbrochenen Glas. »Das ist etwas heikler, aber du schaffst das. Sammle die Scherben im Blickfeld. Hol dir wieder Anima, diesmal reicht die Luft; Glas ist im Grunde geschmolzener Sand, also nicht so schwierig wie ein Schutzzauber.«

Er hält inne, horcht auf Schritte, dann fährt er fort. »Stell dir das Glas als formbare Masse vor, Wasser oder flüssige Seife. Erwärme es mit deiner Magie gerade so weit, dass es weich wird.

Führe die Bruchstücke zusammen. Dein Anima wirkt als Klebstoff. Wenn alles sitzt, entziehst du die Wärme, und das Glas härtet wieder aus.« Kettering schaut nervös zur Tür. »Und immer schön summen, wenn es dir hilft, die Konzentration zu halten. Aber leise.«

Ich nicke, schließe die Augen und tastend suche ich die Scherben. Diesmal fließt das Anima leichter, es umspielt die Splitter, fast spielerisch. Ich leite die Energie zum Rahmen, stelle mir vor, wie das Glas nachgibt und biegsam wird. Mit leiser Stimme und einem beständigen Summen füge ich die Teile zusammen und verwebe sie.

»Gut«, flüstert Kettering. »Jetzt kühlen.«

Ich ziehe die Hitze aus dem Glas, lenke sie in mein Anima. Für einen Augenblick schimmert die Scheibe, dann verfestigt sie sich. Es war einfacher als erwartet, und ein kleiner Stolz kriecht in mir hoch, dass ich es nicht vermasselt habe. Doch kaum macht sich Erleichterung breit, rührt Ruth in mir auf, schiebt dunkle Gedanken nach vorn. Ich schlucke, dränge ihre Stimme zurück und zwinge sie in die Tiefe.

»Nicht schlecht«, sagt Kettering und mustert meine Arbeit. »Für eine flüchtige Prüfung reicht das. Weiter.«

Wir wollen gerade gehen, da stocke ich. »Warte noch kurz«, sage ich und sehe mich im Raum um. Musikposter bedecken die Wände – The Doors, Nirvana, Janis Joplin. In einer Ecke lehnt eine Fender-E-Gitarre, in einer anderen hängt ein großer Spiegel, drapiert mit rosa Tüll.

»Das ... das muss ihr Zimmer gewesen sein«, flüstere ich, und die Erkenntnis schnürt mir die Kehle zu. Hier hat Sofia all die Jahre verbracht, von denen ich dachte, sie seien vorbei.

»Rührend, Alva, wirklich, aber wir müssen jetzt leider los«, drängt Kettering, und widerwillig folge ich ihm zur Tür.

Im dunklen Flur huschen wir von Nische zu Nische, nähern uns der Eingangshalle. Draußen schreien Menschen aufgebracht.

Offenbar hat jemand das andere zerbrochene Fenster entdeckt. Doch bevor jemand nach uns suchen kann, stehen wir wieder mitten in der Menge, gehen in einer Gruppe auf, die im hinteren Teil des Raumes steht, die Hälse gereckt, um nach vorn zu sehen. Ihre Blicke sind noch trüb, der Flüsterbann hängt ihnen nach.

Stille senkt sich über den Saal, als drei Gestalten die geschwungene Treppe an der Stirnseite hinaufsteigen. Ich erkenne sie sofort, und Wut zuckt mir in den Mundwinkeln, als ich Mardequai in der Mitte sehe, flankiert von Orna Morrígan zu seiner Rechten und Ambrose Hudspeth zu seiner Linken. Alle drei tragen dieselben anthrazitfarbenen Roben. Mardequais Robe öffnet sich wie ein Vorhang, als er die Arme hebt wie ein Hirte, der seine Herde empfängt.

»Ah, gute Leute«, beginnt er, seine Stimme hallt, magisch verstärkt, bis in die hinterste Ecke. »Gute, gute Leute. So beunruhigend die Umstände auch sind, die uns an diesem schicksalhaften Abend zusammengeführt haben, erfüllt es mein Herz mit Freude, so viele von euch hier zu sehen.« Seine Hände senken sich, falten sich vor seinem Körper. »Wie ihr wisst, sind wir in eine neue Ära eingetreten. Eine Ära, die viele von uns – ja, wohl alle hier im Raum – nie betreten wollten. Doch hier stehen wir, vereint in unserem Wunsch, im Schatten der gewaltigen Welle zu bleiben, die über unsere Welt hinwegrollt. Vereint in unserem Streben, unsere Familien zu schützen und unsere Geheimnisse zu bewahren.«

Applaus brandet auf, prallt von den Wänden zurück, ein seltsamer Kontrast zu dem leisen Summen, das sonst magische Versammlungen erfüllt.

»Aber vor allem«, fährt Mardequai fort, »vor allem möchte ich den Mut und das Opfer der Hexen unter uns ehren, die sich von ihrem Mutterbaum, von ihrer Schwesternschaft, gelöst haben. Ein Akt der Tapferkeit, gewiss, und zugleich einer der Notwendigkeit.«

Ein Murmeln geht durch die Menge, tiefe Männerstimmen, vereinzelt durchzogen von zustimmenden Rufen.

»Ich weiß, unsere magischen Schwestern fürchten sich in dieser Stunde«, sagt Mardequai, seine Stimme nun weich und süß, so sehr, dass es mich in den Fingern juckt, ihm das Genick zu brechen. »Und diese Furcht ist berechtigt. Wir stehen am Rand einer weiteren gefährlichen Epoche im Leben der Hexen. Es ist nicht recht dass unsere magischen, wundervollen Frauen erneut leiden müssen. Doch lasst diese Nacht eine Mahnung sein, eine Erinnerung an eine einfache Wahrheit: Ihr seid nicht allein. Wir sind diesen Weg schon einmal gegangen, Druiden und Hexen, Seite an Seite. Der Druide stand der Hexe bei, als sie ihn brauchte. Und als sie Zuflucht suchte unter seinem Mantel« – er breitet seine Robe noch weiter aus, als wolle er das Bild beschwören – »da öffnete er seine Arme, bot Schutz vor jenen, die ihre Macht fürchteten und ihre Magie verdammten.«

Ich höre ein leises Schluchzen neben mir und sehe die Hexe, die mich flankiert, wie sie ein Mädchen an sich presst, vermutlich ihre Tochter, die Augen voll Tränen.

»Ich sage das folgende nicht, um euch Angst zu machen, doch sagen muss ich es: Die Schatten werden länger«, fährt Mardequai fort. »Das Zeitalter der Scheiterhaufen ist vorbei, aber die Waffen der Menschheit sind tödlicher denn je. Wo wir einst Schwert, Fackel und Strick fürchteten, drohen uns nun Kräfte, die das Gefüge dieser Erde auflösen können. Eure Jäger haben sich weiterentwickelt. Ihr müsst euch anpassen, oder in diesem neuen Zeitalter des Grauens untergehen, das sich jene vor euch nicht auszumalen wagten.«

»Er behauptet, er wolle keinem Angst machen, aber genau das tut er«, zische ich Kettering ins Ohr. Er nickt ernst.

»Aber nun genug der düsteren Worte für heute Abend.« Mardequai wechselt den Ton, sein Lächeln wirkt aufgesetzt, während er ein paar Schritte auf uns zugeht. »Lasst uns nicht dem Morgen ängstlich entgegensehen, sondern diese Vereinigung heute Nacht schätzen. Lasst uns unter diesem Dach zusammenkommen, eine Mahlzeit teilen und die Bande stärken, die …«

Plötzlich reißt Kettering an meinem Ärmel und lenkt meinen Blick zum Eingang. Zwei Hexen führen eine Dritte herein, die Hände auf dem Rücken gefesselt, den Kopf gesenkt. Blonde Strähnen verhüllen ihr Gesicht, sie taumelt, hebt den Blick —und ich keuche. Es ist Zara, die Zirkelhexe, die versucht hat, mich zu vergiften.

»Komm«, flüstere ich, schiebe Kettering die Lesebrille von der Nase und folge dem Trio, das jetzt den Korridor betritt, aus dem wir gekommen sind. Wir bleiben im Schutz der Nischen, halten Abstand, während sie Zara den Gang hinunter treiben.

Am Ende des Flurs stoßen sie eine schwere Tür auf. Dahinter klafft ein Stallhof. Sie zerren Zara hinein, stoßen sie grob zu Boden, sie jammert, und die Tür knallt hinter ihnen ins Schloss.

Kettering beugt sich vor. »Was haben die vor?«

»Ich weiß es nicht«, antworte ich leise. »Aber wenn die Hexe, die mich vergiften wollte, plötzlich in Ketten endet, kannst du wetten, dass das nichts Gutes bedeutet.«

Ich schleiche zur Tür, presse mein Ohr an das raue Holz und halte den Atem an, in der Hoffnung, ein Wort, ein Geräusch, irgendetwas aus dem Inneren zu hören. Doch das Eichenholz verschluckt jeden Laut. Ich will Kettering gerade vorschlagen, einen anderen Weg zu suchen, als Schritte hinter uns ertönen.

»Verdammt«, zischt er, packt mich am Arm. »Hier entlang, schnell.« Ohne abzuwarten, stößt er die schwere Stalltür auf und drängt mich hindurch.

Ich spanne mich an, bereit für das Schlimmste, doch auf der anderen Seite haben wir Glück. Wir stehen in dem alten Innenhof, einst wohl ein Pferdegestüt. Metallringe zum Anbinden sind noch in die Mauern eingelassen, und das Pflaster unter uns ist von Hufen glattpoliert. Auf der gegenüberliegenden Seite huschen die Hexen in einen der Ställe, ihre Körper heben sich als dunkle Schatten gegen den warmen Lichtschein aus dem Inneren ab.

Kettering deutet nach links, und wir schleichen an der Wand entlang, die Hände tasten über feuchten Stein und Flechten. Als wir den nächsten Stall erreichen, greift er nach dem Griff. Mit einem kreischenden Laut gibt das rostige Metall nach, durchschneidet die Stille und lässt ihn erstarren.

»Hast du das gehört?« ruft eine Stimme aus dem Nachbarstall. Schritte hallen vom Schloss herüber.

Wie auf Kommando betritt jemand den Hof – derselbe, dem wir im Korridor ausgewichen sind. Die Ablenkung kommt genau im richtigen Moment. Kettering und ich nutzen sie, gleiten lautlos durch die geöffnete Tür und verschwinden in der Dunkelheit des Stalls. Das Durcheinander draußen verdeckt unsere Bewegung.

Vorsichtig taste ich mich vor, umfasse die kalten Gitterstäbe der Tür. Zentimeterweise hebe ich den Kopf, wage einen Blick hinaus.

Und dann sehe ich, wer da gekommen ist, und ein eisiger Schauer läuft mir über den Rücken: Mardequai betritt den Hof, zieht gemächlich einen Ring nach dem anderen von seinen Fingern und legt sie Orna Morrígan in die Hand, die dicht hinter ihm folgt. Mit geballten Fäusten tritt er in den Nachbarstall.

Ein ersticktes Schluchzen begrüßt seine Ankunft.

Kapitel Einunddreißig

Leise wie zwei Eulen im Flug gleiten Kettering und ich an der Wand entlang.

Wir drücken uns dagegen, und bei der Berührung blättern Farbsplitter von den Brettern ab. Ein schmaler Lichtstreif fällt mir ins Auge und enthüllt einen Spalt im alten Holz. Ich schiebe mich vor, positioniere mich an der schmalen Öffnung und spähe in den benachbarte Stall.

»Zara«, begrüßt Mardequai das Mädchen mit einem beinahe heiteren Klatschen seiner Hände. »Zara, Zara, Zara ...«

Sie kauert auf den Knien, ein Stoffstreifen ist eng um ihr Gesicht gebunden, der ihren Mund bedeckt. Ihre Schultern beben bei jedem unterdrückten Wimmern.

»Wie du unschwer an deiner misslichen Lage erkennen kannst, bin ich... nun, wie soll ich es ausdrücken?« Er tippt sich an die Lippen. Ein Raubtier, das mit seiner Beute spielt. Hinter ihm stößt Orna ein leises Lachen aus.

»Ich bin enttäuscht, Zara. Ja, das bin ich wirklich.« Mardequai geht um sie herum und streicht ihr Haar auf eine irritierend väterliche Art. »Als du zu mir gekommen bist und mich angefleht hast, dir zu helfen, war ich, das muss ich sagen, beeindruckt von deiner Entschlossenheit, deiner Bereitschaft, für deinen Vater alles zu geben.«

Als er diese Worte sagt, wird Zaras Schluchzen fast panisch, und meine eigenen Augen füllen sich mit Tränen, denn ich ahne mit Schrecken, was ich als Nächstes hören werde.

»Natürlich müssen wir die Zahlungen für seine Behandlung nun einstellen, meine Liebe. Eine furchtbare, furchtbare Sache. Aber wenn ich jemandem einen Auftrag gebe, erwarte ich Ergebnisse.«

Mein Mund verzieht sich, als hätte ich in etwas Verfaultes gebissen. Der Auftrag, den sie nicht ausführen konnte, war, mich zu töten. Doch selbst ich bin überrascht, über das, was dann kommt.

»Drei Gelegenheiten hattest du, drei Chancen, die andere Hausmann-Schwester zur Strecke zu bringen.« Er schüttelt den Kopf, schnalzt mit der Zunge und gibt mir einen Moment, um zu verarbeiten, was er meint: Es war Zara, jedes einzelne Mal. In jener ersten Nacht, nachdem ich Sofias Club verlassen habe, dann der fallende Baum im Wald, und schließlich ihr letzter Versuch: der Schierling-Cocktail in der Bar.

»Aber du hast nicht nur versagt, Alva den Garaus zu machen. Nein, du hast auch beinahe jemanden vergiftet, der mir teuer ist, nicht wahr?« Mardequai geht in die Hocke, sein Gesicht jetzt nur noch Zentimeter von Zaras entfernt. Seine Finger streichen über ihre Schläfe. Eine Geste, fast sanft, die im Widerspruch zur Wut in seiner Stimme steht.

Hinter der Wand kann ich derweil kaum fassen, was ich höre. Sofia hatte recht: Er sorgt sich wirklich um sie. Es ist nicht Zaras Versagen, mir den Garaus zu machen, das seine Wut entbrannt hat. Nein, ihm geht es darum, dass seine Ziehtochter beinahe dem Gift zum Opfer gefallen wäre, das für mich bestimmt war.

»Schneidet sie los«, befiehlt Mardequai den beiden Hexen,

die bis dahin still Wache gestanden haben. Sie tun wie geheißen, schneiden das Seil durch, das Zaras Hände hinter ihrem Rücken fesselt, und nehmen ihr dann das Tuch vom Mund.

In dem Moment, da Zara wieder sprechen kann, bricht sie in eine herzzerreißende Entschuldigung aus.

»Bitte…«, schluchzt sie, »Mr. Guise, ich … Ich wollte Ihrer Tochter nicht wehtun, das schwöre ich. Sie war mit ihrem Drink fertig, sie hatte ihn an ihre Schwester abgegeben. Sonst hätte ich doch niemals …«

Da ist es wieder, dieses Schnalzen seiner Zunge, jetzt unterstrichen durch Mardequais mahnenden Zeigefinger. »Na, na, na, das konntest du aber nicht wissen, meine Liebe. Du konntest nicht mit Sicherheit wissen, dass sie mit ihrem Glas fertig war. Lüg mich nicht an.«

»Bitte, ich lüge nicht, ich …«

Mardequais Gesicht verzieht sich zu einer Grimasse des Zorns und er hält sich spielerisch die Ohren zu. »Es gibt keinen Grund zu schreien und zu kreischen, Kind. Für Ausreden ist es zu spät.« Er wendet sich von Zara ab, und sein Blick fällt kurz auf den Spalt in der Wand, durch den ich spähe, was meinen ganzen Körper in Schockstarre versetzt.

»Dir bleibt jetzt nur noch eine einzige Möglichkeit, liebste Zara«, fährt er nach einem ewig langen Moment fort, und ich stoße endlich den angehaltenen Atem aus, als seine Augen weiterwandern. »Kannst du raten, was das sein könnte?«

»Was…?«, fragt Zara und wischt sich mit dem Handrücken über die Nase.

»*Kämpfen*«, verkündet Mardequai. »Ich gebe dir die Chance, um dein Leben zu kämpfen.«

Doch seine Worte lösen bei Zara nur einen neuen Schluchzeranfall aus. Ihr Blick hastet durch den Stall, zu den drei Hexen, die ihr um Jahre an Erfahrung voraus sind.

Mardequai folgt ihrem Blick. »Was, die da? Nein.« Er spreizt die Hände mit einem herablassenden Lächeln. »Drei gegen eine, das wäre doch nicht fair. Nein, du wirst gegen *mich* kämpfen. Nur gegen mich, einen uralten Druiden ohne jegliche magischen Kräfte. Na, wie klingt das?« Er legt seinen Umhang ab und reicht ihn Orna.

Ich komme nicht umhin, mich zu fragen, warum er das tut. Ja, er mag unsterblich sein, und Zara ist eine vergleichsweise junge Hexe. Aber trotzdem: ich habe sie in Aktion erlebt, und sie besitzt durchaus die Macht, ernsthaften Schaden anzurichten, vielleicht sogar zu fliehen, wenn sie ihre Karten gut ausspielt.

»Na los, Zara.« Mardequai geht in eine breitere Stellung, wie ein Baseballspieler, der sich auf einen Fang vorbereitet. »Zeig mir, was du draufhast.«

Und dann, aus heiterem Himmel, greift Zara ihn an. Sie schießt nach vorn mit einem eindringlichen Laut, nicht ganz Gesang, nicht ganz Geschrei. Die Schallwelle, die dadurch entsteht, scheint ihrem körperlichen Angriff vorauszugehen. Für den Bruchteil einer Sekunde desorientiert sie Mardequai, und in diesem Moment der Verwirrung feuert Zara einen Schwall Anima direkt in seine Brust – ein verheerender Schlag, den er nicht hat kommen sehen.

Mardequai fliegt rückwärts durch den Stall und landet hart auf dem Rücken. Das dumpfe Geräusch seines Aufpralls lässt mich zusammenfahren. Für einen Moment ist alles still, und ich bin mir sicher, sie hat ihn getötet – nun ja, technisch gesehen jedenfalls.

Aber nur Sekunden später regt sich Mardequai, und sein Körper zuckt, als Leben in ihn zurückkehrt.

»Aua«, ruft er aus und hält sich theatralisch den Bauch. »Das war ein guter Schlag, Zara. Siehst du, du kannst also doch töten, wenn du dich wirklich anstrengst.«

Jetzt richtet der Druide sich zu seiner vollen Größe auf. »Nochmal«, fordert er, ein kalter Befehl, dem Zara mit verzweifelter Panik entgegnet. Ohne zu zögern entfesselt sie einen weiteren Zauber mit einem Schrei, der von den Wänden widerhallt. Aber dieses Mal zuckt Mardequai kaum. Ja, falls er in diesem Moment wieder stirbt, entgeht es mir völlig. Zaras Magie scheint wie Regentropfen an seinem Körper abzuprallen, und er rückt unbeeindruckt vor.

Jeder neue Zauber, den sie von nun an wirkt, streckt ihn nieder, aber nur für eine Millisekunde. Er bricht zusammen, erholt sich schnurstracks, bis die nächste Attacke auf ihn niederprasselt. Da dämmert mir die Erkenntnis: Mardequai hat erreicht, was Kettering bisher vermieden hat: Er hat die Kunst des Sterbens gemeistert und seine Fähigkeit verfeinert, so schnell wie möglich aus dem Reich der Toten zurückzukehren.

Jetzt nur noch Zentimeter von Zara entfernt, streckt er die Hand aus, und seine Finger schließen sich um ihren Hals. Doch sie kämpft weiter, feuert einen verzweifelten Zauber nach dem anderen auf seine Brust. Es ist ein bizarres, schreckliches Schauspiel: Mardequai stirbt wiederholt, nur um direkt wiederzuerstehen und dann seinen Würgegriff um sie zu verfestigen. Es ist ein makabrer Tanz, der Zara allenfalls Sekunden verschafft... eine Tatsache, die sie schließlich auch zu erkennen scheint.

Minuten kriechen dahin, jede eine kleine Ewigkeit. Dann werden Zaras Flüche schwächer, und ihr Widerstand lässt nach. Als ihr Körper schlaff zu werden beginnt, reiße ich meinen Blick los, die Hand auf den Mund gepresst, um meine Schluchzer zu unterdrücken. Verzweifelt sehe ich mich im Stall um, als sich ein Entschluss in mir festsetzt. Ich kann nicht einfach so tatenlos zusehen; ich muss zumindest versuchen, den Mann davon abzuhalten, das Mädchen zu töten.

Meine Hand greift bereits in meine Manteltasche, um den Himmelsstein hervorzuholen, aber Kettering hält mich auf, legt seinen Arm wie einen Riegel über meine Brust. Ich fange seinen Blick ein, will ihm widersprechen, will meine Magie einsetzen – für eine Ablenkung, eine Rettungsaktion... irgendetwas, nur nicht *nichts*. Aber die Warnung in Ketterings Augen duldet keinen Widerspruch; wenn ich mich jetzt zu erkennen gebe, kommt hier keine Hexe lebend raus.

Und so sitze ich da und lausche mit Entsetzen, wie Zara ihr Ende findet. Ja, sie hat versucht, mich zu töten, aber jetzt sehe ich sie als das, was sie wirklich ist: eine weitere Schachfigur in Mardequais grausamem Spiel. Das verdient sie nicht. Niemand verdient das. Tränen brennen in meinen Augen und eine Wut kocht in meiner Brust, die mich zwingt, die Fäuste zu ballen und tief durchzuatmen, bevor ich etwas tue, das ich bereuen könnte.

Als die grausame Tat dann vollbracht ist, heben die beiden Wachhexen Zaras leblosen Körper an und tragen sie in die Nacht hinaus. Das Geräusch ihre schlaffen Füße, die über den Boden scharren ist ein dumpfer Nachhall, der sich in meinem Kopf festsetzt und nicht vergeht.

Schwer lehne ich mich gegen das Holz. In der plötzlichen Stille lausche ich angestrengt, als das Monster sich an seine verbliebene Gefolgin wendet. »Nun, da das aus dem Weg geräumt ist, würdest du mir die Ehre erweisen, liebe Orna, und zu Ende bringen, was Zara nicht vermochte?«

Mein Herz erstarrt in meiner Brust. Für einen schrecklichen Moment bin ich mir sicher, er weiß, dass ich direkt hinter dieser Wand versteckt bin.

»Es wäre mir ein Vergnügen«, antwortet Orna. »Ich breche sofort nach London auf.«

Ich unterdrücke den Drang, nach Luft zu schnappen, und presse mich tiefer in den Schatten. Jeder Muskel in meinem Körper zittert vor Anspannung, während ich versuche, keinen Laut von mir zu geben.

»Aber diesmal keine Fehler«, warnt Mardequai. »Schließlich ist dies auch nicht *dein* erster Fehlschlag in dieser Angelegenheit.«

Eine gewichtige Pause, dann: »Ich habe die List nicht so gemeistert wie du, Mardequai. Indirekte Methoden sind nicht meine Stärke. Dem Mädchen damals einen Himmelsstein unterzuschieben war ein raffinierter Schachzug, aber es war deine Strategie, nicht meine. Deshalb bin ich gescheitert.«

Als diese Worte uns erreichen, findet Ketterings Hand meine und drückt sie fest. Ich erwidere den Griff. Da ist er: mein Beweis.

»Weißt du, das ist eine Ausrede, die ich immer noch schwer akzeptieren kann, ganz zu schweigen von dem Verlust des Steins, den dein Versagen zur Folge hatte.« Mardequai atmet scharf durch geblähte Nasenflügel ein, fasst sich nur mit sichtbarer Anstrengung, bevor er fortfährt. »Nun, diesmal sollst du es erledigen, wie auch immer du es für richtig hälst, solange es nur endlich erledigt wird. Tatsächlich sollte dir das derzeitige Chaos da draußen in die Karten spielen.«

»Darf ich eine Sache fragen?« Die Frage trägt einen Hauch von Furcht.

»Du darfst.«

»Warum hast du deine Meinung über die Chyulu-Prophezeiung geändert, als …«

»Lass mich direkt unterbrechen«, fällt Mardequai ihr ins Wort. »Ich weiß, worauf du hinauswillst. Die Prophezeiung spricht von Zwillingen – *zwei* Schwestern. Solange eine von ihnen zugrunde geht, kann die andere ihr Schicksal nicht erfüllen.«

»Bist du dir da sicher?«

»Meiner Tochter wird kein Leid widerfahren«, knurrt Mardequai durch zusammengebissene Zähne. »Und ich will von der Prophezeiung nichts mehr hören.«

* * *

Kettering und ich kämpfen uns durch die pechschwarze Nacht, jeder Schritt saugt sich schmatzend in den Morast. Kein Wort ist gefallen, seitdem wir beobachteten, wie Mardequai und Orna den Stall verließen – und wir selbst dann das Schloss. Erst als ich mich durch die Lücke im Zaun zwänge, halte ich inne, ringe nach Atem und lasse mich auf einen Felsen sinken, der wie eine graue Insel aus dem Moor ragt.

»Er hat sie getötet«, stoße ich hervor, die Stimme brüchig, während ich mein Gesicht in den Händen vergrabe. »Er hat sie umgebracht, weil sie *mich* nicht erledigen konnte.«

»Ich weiß.« Kettering geht vor mir in die Hocke, legt die Hände auf meine Knie, reibt sie leicht. Die Geste ist sanft, doch sein Trost bleibt leer angesichts dessen, was wir gerade erlebt haben. »Es tut mir leid, dass du das mit ansehen musstest.«

»Er ist ein Monster«, fauche ich. »Ich wusste es. Ich habe es doch verdammt noch mal gewusst, dass *er* es war, der mir den Stein zugesteckt hat. Mein Instinkt hat's mir die ganze Zeit gesagt!«

»Du hattest recht«, sagt Kettering ruhig.

Ich hebe den Kopf, und schaue ihm in die Augen. »Wovon hat Orna gesprochen? Diese Prophezeiung, was meinte sie?«

Er atmet tief ein, nickt, als habe er beschlossen, dass die Antwort nicht warten kann.

»Es ist der Beweis, nach dem du gesucht hast«, sagt er schließlich, mit einem müden Lächeln. »Der Grund, warum er dich vernichten will. Das gesamte Bild wird dich dir aber erst offenbaren, wenn du sie selbst hörst.«

»Wie meinst du das?«

»Chyulu-Prophezeiungen sind die mächtigsten, die eine Hexe wirken kann. Sie erfüllen sich immer – auf ihre Weise. Alles, was in ihnen ausgesprochen wird, wird mit ziemlicher Treffsicherheit auch so geschehen. Aber eine Prophezeiung speist sich aus Erinnerungen, Gefühlen, Gedanken, Hoffnungen. Sie ist nie... nun ja: *rein*. Es gibt also immer auch ein wenig Spielraum für das Schicksal. «

Ich runzle die Stirn. »Sprich weiter.«

»Nur diejenigen, die eine Chyulu-Prophezeiung betrifft,

können sie auch empfangen. In diesem Fall also Mardequai, deine Schwester, und du.«

Er wartet, bis ich nicke.

»Mardequai hat sie offensichtlich bereits gehört, wann genau, das wissen wir nicht. Aber du kannst dir denken, was das bedeutet: Diese Prophezeiung ist der Grund, warum er dich vernichten will. Und seine Zuneigung zu deiner Schwester hat ihn glauben lassen, es würde reichen, nur dich zu töten.«

Ich stelle mir Mardequai vor, das geduldige Raubtier, das zusah und wartete, während ganze Jahrhunderte an ihm vorüberzogen. In meinen Gedanken ist er wie eines dieser uralten Krokodile, die unter trübem Wasser lauern, kaum sichtbar, scheinbar Teil der Landschaft selbst. Wie viele Generationen hat er beobachtet? Wie viele Hexenzwillinge hat er im Laufe der Zeitalter aufgespürt, hat staubige Aufzeichnungen durchforstet und ist geflüsterten Gerüchten bis zu ihrer Quelle gefolgt?

Ich stelle ihn mir in unzähligen Verkleidungen im Laufe der Zeit vor, mal als Adliger, mal als Vagabund, immer mit den gleichen durchdringenden Augen, die niemals seine wahre Natur verrieten. Registerbücher, Geburtsurkunden, Stadtklatsch: alles Quellen, die er auf Informationen durchforstete. Jedes magische Zwillingspaar musste die gleiche methodische Reaktion ausgelöst haben: Überwachung, Bewertung und, wenn sie bestimmten Kriterien der Prophezeiung entsprachen, schnelle Beseitigung. Wie viele Fehlalarme hatte er ausgelöst, wie viele Zwillinge hatte er unnötigerweise beseitigt, alles, um das Schicksal zu verhindern, das die Prophezeiung für ihn vorgesehen hatte? Und als er schließlich von *uns* erfuhr, veränderte sich dann etwas in diesen uralten Augen? Spürte er den Höhepunkt seiner jahrhundertelangen Wacht nahen?

...Aber irgendetwas daran ergibt keinen Sinn.

»Warum hat er es nicht einfach getan? Warum hat er mich nicht in dem Moment töten lassen, als er erfuhr, dass ich noch am Leben war? Warum hat er mich zur Versammlung eingeladen und all das?«

»Ich nehme an, das war sein erster Fehler. Er dachte wahrscheinlich, er könnte sich Zeit lassen, einen ›günstigeren‹ Moment finden. Dich vor der Versammlung bloßstellen, die Gemeinschaft spalten, *dann* dich beseitigen lassen. Ganz zu schweigen davon, dass dein tragischer Tod deine Schwester genau zu dem Zeitpunkt erschüttert hätte, zu der er sie für die vorgezogene Enthüllung brauchte.«

»Stimmt. Aber er hat auch nicht damit gerechnet, dass einer seiner eigenen Druiden-Brüder seine Pläne bei jeder Gelegenheit durchkreuzen würde«, sage ich und tippte ihm auf die Hand.

»Und *das* war sein zweiter Fehler. Jetzt komm, bringen wir dich aus der Kälte.« Er hilft mir auf die Beine, aber während wir unseren vorsichtigen Marsch entlang der Grundstücksgrenze beginnen, rasen meine Gedanken immer noch.

»Also, wie kann ich diese Prophezeiung hören?«, frage ich.

»Es gibt nur einen Weg, oder besser gesagt: einen Ort.«

»Wo?«

»Kenia, natürlich.« Ketterings Stimme nimmt einen ehrfürchtigen Ton an. »Die Prophezeiungen müssen hoch in den Nebelwäldern der Chyulu Hills gewirkt und in Regentropfen verewigt werden, bevor diese die Erde berühren. Sobald sie den Boden erreicht haben, brauchen sie dann Jahrhunderte, um in einer Quelle am Fuße der Hügel wieder aufzutauchen. So entsteht ein Geheimnis, das von den Bergen, von der Zeit selbst, gehütet wird.«

»Wann reisen wir ab?«

»Einen Schritt nach dem anderen«, mahnt Kettering. »Zuerst müssen wir deinen Namen reinwaschen. Die magischen Behörden halten dich immer noch für das leibhaftige Böse, nach dem, was du in der Wasserkammer angerichtet hast, und da jetzt jeder weiß, wer du bist, gibt es wohl kaum eine Chance, dass du das Land verlässt, ohne eine Verhaftung zu riskieren.«

»Wie kann ich mich also rehabilitieren?«

»Ganz einfach: mit einem Druckmittel.«

»Was für einem?«

»Dem Himmelsstein natürlich. Du hast ihn doch noch, oder?«

»Habe ich. Er ist genau hier in meiner... « Aber meine Worte verrecken mir im Hals, als meine Finger in meiner Tasche nichts als Leere finden. Ich erstarre, und die Panik lähmt mich, als ich Ketterings Blick einfange.

»*Was?* Was ist los?«

»Der Stein«, stoße ich hervor, und mir wird schwindelig, während ich hektisch meine anderen Taschen durchsuche. »Er ist ... er ist *weg.*«

Kapitel Zweiunddreißig

Ember umarmt ihre Schwester, als wäre es das letzte Mal. Was angesichts dessen, was sie vorhat, durchaus der Fall sein könnte.

Sie drückt sie fester an sich und greift dann flink in Alvas Manteltasche, wo ihre Schwester den Stein aufbewahrt. Während sich ihre Finger darum schließen, jagt die glatte Oberfläche eine Machtwelle durch ihre Hand, was sie aber schnell mit Worten überspielt.

»Sei mir nicht böse«, fleht sie – im Voraus, denn sie weiß, dass Alva rasend sein wird, sobald sie die Wahrheit herausfindet.

Der Stein gleitet in Embers eigene Tasche. Und dann zieht der Fahrer ihre Schwester weg, lenkt sie ins Taxi, das sie von hier fortbringen wird. Gott sei Dank, bald wird Alva fort von hier sein. Alva in Sicherheit zu wissen, ist alles, was jetzt zählt... wenn sie es einem nur nicht immer so verdammt schwer machen würde, sie zu beschützen.

Es ist am besten so, redet sich Ember ein, als die Tür ins Schloss klickt. Der Stein hat Alva nichts als Kummer gebracht, und sie ist nicht einmal ansatzweise darauf trainiert, mit einer solch mächtigen Waffe umzugehen, was sie wiederholt unter Beweis gestellt hat. Ember hingegen hat drei Jahre Kampfausbildung in Chyulu hinter sich.

»War das wirklich nötig?«, fragt Pippa und lehnt sich gegen Türrahmen. »Sie macht sich Sorgen um dich, weißt du? Wir alle machen uns Sorgen.«

»Ja, ja, jeder macht sich um jeden Sorgen. Ist ja alles sehr rührend. Weißt du, manchmal frage ich mich, ob es nicht all diese Sorgen sind, die uns überhaupt erst in diesen Schlamassel bringen.«

Ember zieht sich in ihre Höhle zurück und lässt sich wieder auf die Couch fallen.

»Und was jetzt?«, erkundigt sich Pippa. »Willst du dich einfach nur ins Koma saufen?«

»Nö. Jetzt schicken wir eine Nachricht an den Puppenspieler«, verkündet Ember und tippt bereits die Worte in die RN-App.

Habe Neuigkeiten. Muss dich sehen, schreibt sie und überlegt einen Moment, bevor sie hinzufügt: *Komme noch heute nach Dunmorrough.*

Mardequai mag sie in den Augen der Öffentlichkeit verstoßen haben, doch jetzt hat Ember etwas in ihrem Besitz, von dem sie weiß, dass er es haben will. In der Tat wird der Stein sicherstellen, dass sie, welche Zukunft er sich auch immer ausmalt, ein entscheidender Teil davon sein wird.

Die Nachricht wird gesendet, und zu ihrer Überraschung folgt nicht die übliche lange Pause, das kalkulierte Schweigen, das ihr Ziehvater so gut einzusetzen weiß. Dieses Mal antwortet er unverzüglich:

Nein. Bleib, wo du bist. Ich will dich nicht hier haben.

»Ja, das glaube ich dir gern«, murmelt Ember und wirft das Handy auf den Tisch. Sie ist zum Gesicht dieses ganzen Enthüllungsdebakels geworden, das ungezähmte Ziehkind, das nicht unter Kontrolle zu bringen war. Natürlich will er sie bei seinem Triumphzug in Dunmorrough nicht an seiner Seite haben.

Tatsächlich hat er sie jetzt genau da, wo er sie immer haben wollte, nicht wahr? In die Enge getrieben wie ein wildes Tier im Käfig, seiner Gnade vollkommen ausgeliefert. Wie konnte sie das nur zulassen? Wann ist das passiert? Sie kann nicht einmal einen Kaffee kaufen, ohne dass er davon erfährt, ohne seine Kreditkarten kann sie sich nicht einmal einen *leisten*. In den Augen der Welt ist Ember Wild diese wilde, unabhängige Rebellenhexe, aber in Wahrheit ist sie nichts als eine Marionette, die nach *seiner* Pfeife tanzt.

Ember greift nach der Fernbedienung und zappt mit vom Alkohol leicht zitternden Fingern durch die Kanäle. Jeder Klick ist ein neuer Schlag:

Klick. »Ember Wild: Staatsfeindin Nummer Eins«, läuft über das Nachrichtenband am unteren Bildschirmrand. *Klick*. Ein Experte gestikuliert wild: »Sie hat im Alleingang unsere Gesellschaft destabilisiert!« *Klick*. »Hexenjagd: Suche nach Ember Wild geht weiter!« *Klick*. Das Schweinegesicht von Premierminister Nigel Hall füllt jetzt den Bildschirm. »Ember Wild ist eine Schande für alle Frauen und für alle Bürger dieser Nation. Ihre rücksichtslosen Handlungen haben nichts als Panik und Angst geschürt. In diesem Augenblick gibt es Berichte über unschuldige Frauen – *unschuldige Frauen* –, die auf der Straße von selbsternannten Ordnungshütern angegriffen werden, weil man sie der Hexerei verdächtigt. Das, Miss Wild, geht auf Ihr Konto. *Sie haben das getan*.«

Er beugt sich vor und umklammert das berühmte Rednerpult vor der Downing Street. »Ich spreche jetzt direkt zu Ihnen, Ember Wild, und ich flehe Sie an, sich zu stellen. Stehen Sie zu den Konsequenzen Ihrer Taten. Jede Stunde, die Sie im Versteck bleiben, gefährden Sie weitere Leben. Das Blut aller weiteren Opfer wird an Ihren Händen kleben.«

Eine frische Welle heißer Wut durchströmt Ember. Ihre freie Hand greift nach dem Himmelsstein in ihrer Tasche und ballt sich zu einer Faust um diese unbändige Macht, die genutzt werden will. Und sie stellt sich vor, wie sie sie genau dort, in der Downing Street, entfesselt und Nigel Hall und der Welt zeigt, wozu *diese* Hexe fähig ist. Der Drang, die Dinge richtigzustellen, sie dazu zu bringen, es zu verstehen – nein, sie dazu zu bringen, sie zu *fürchten* –, ist beinahe überwältigend.

Doch bevor sie ihrer Wut nachgeben kann, drückt ihr Daumen instinktiv noch einmal auf die Fernbedienung, weil sie das Gesicht dieses verdammten Chauvinisten einfach keine Sekunde länger ertragen kann.

Im nächsten Bericht erscheint die Millennium Bridge, vollgepackt mit Menschen, hauptsächlich Frauen, alle in Pink gekleidet. Sie kampieren dort, eine trotzige Menge, die kühne Schilder in die Höhe hält:

»Verhext das Patriarchat!«

»Unsere Magie, unser Vermächtnis, unsere Zukunft!«

»Hexen erheben sich, Frauenhasser fallen!«

Sogar das berühmte »Wir sind die Enkelinnen der Hexen, die ihr nicht verbrennen konntet!« ist mit von der Partie.

Die Kamera schwenkt über die Brücke und fängt leidenschaftliche Gesichter ein. Ember erkennt Hexen aus dem Pink Cauldron unter ihnen, aber die meisten müssen normale Frauen sein, die sich trotz – oder vielleicht gerade *wegen* – ihrem Hexendasein mit ihr solidarisieren. Der Ton fängt einen anschwellenden Sprechchor auf, Stimmen, die sich im Einklang erheben und Embers Haut kribbeln lassen.

»Wir stehen zu Ember Wild! Wir stehen zu Ember Wild!«

Der Sprechchor wird lauter, eindringlicher, wie eine Welle der Unterstützung, die durch den Fernsehbildschirm schwappt.

Ember reibt den Himmelsstein in ihrer Hand, und die Oberfläche erhitzt sich in dem Moment, als sie ihre Entscheidung trifft.

»*Pippa*«, ruft sie in den Flur. »Schnapp dir dein Tablet, wir haben viel zu tun.« Und murmelnd fügt sie für sich selbst hinzu: »Es ist Zeit, Kaffee zu kaufen.«

Kapitel Dreiunddreißig

»Wie kannst du dir so sicher sein, dass deine Schwester den Stein hat? Was, wenn du ihn irgendwo im Schloss hast fallen lassen?«, fragt Kettering, während uns ein feiner Nieselregen ins Gesicht sprüht und wir an der Mauer des Anwesens entlangschleichen.

»Ich habe ihn nicht fallen lassen, okay? Sofia hat ihn geklaut, als sie mich zum Abschied umarmt hat. Ich *weiß*, dass sie es war. Ich habe es nur… zu dem Zeitpunkt nicht gewusst.«

»Aber woher willst du das *jetzt* wissen? Es ist ja nicht so, als hättest du besonders gut darauf aufgepasst.«

Ich wirble zu ihm herum. »Wollen wir uns jetzt wirklich darüber streiten? Der Stein ist bei Sofia. Ich habe ihn nicht verloren. Verlass dich drauf.«

»Na, super. Noch eine Hausmann-Hexe, die sich an einer magischen Waffe zu schaffen macht, von der sie keine Ahnung hat, wie sie sie kontrollieren soll.«

»Leider könnte *sie* durchaus eine gewisse Ahnung haben, wie man den Stein benutzt…«, sage ich und gehe weiter.

»Wie meinst du das?«

»Sie war drei Jahre lang an der Chyulu-Akademie. Sie ist im Umgang mit Himmelssteinen ausgebildet.«

Kettering bleibt stehen. »Ich weiß ehrlich gesagt nicht, ob das jetzt besser oder schlechter ist«, murmelt er nachdenklich zu den Wolken über uns.

In der Ferne entdecke ich endlich meine Mitfahrgelegenheit. Horace springt heraus wie ein aufgeregter Wachhund, sobald er mich erblickt.

» Sattel die Pferde, Horace, es geht jetzt zurück nach London.«

»Heathrow, ne?«, bemerkt er, packt mich wieder am Arm und zerrt mich sanft zur hinteren Autotür.

»Tatsächlich wird es noch einen weiteren Stopp geben, fürchte ich. Aber keine Sorge: Wir kommen schon noch nach Heathrow.«

»Was ist hier los?«, fragt Kettering. Sein Blick wandert zwischen Horace, dem Taxi und mir hin und her.

»Lange Geschichte«, erwidere ich und verdrehe die Augen. »Aber kurz gesagt: meine Schwester hat ihn verhext, damit er mir nicht von der Seite weicht, bis er mich am Flughafen abgesetzt hat.«

»Bezaubernd«, kommentiert Kettering, als er neben mir auf den Rücksitz gleitet. »Ja, nein, das geht so gar nicht«, murmelt er, während Horace ums Auto geht und sich hinter das Steuer setzt.

»Horace, unser nächster Halt ist gleich die Straße runter«, sagt Kettering durch die gläserne Trennwand. »Ich sage dir, wann.«

»Alles klar, mein Lieber. Bitte anschnallen«, antwortet Horace fröhlich und startet den Motor, während er schon wieder eine Melodie summt.

»Schnall dich *nicht* an. Mach dich bereit zu springen, wenn ich es dir sage«, weist Kettering mich an, als wir an einer Reihe von Autos vorbeifahren, die am Schotterweg parken.

»Da wären wir, Horace, Du kannst jetzt anhalten, bitte.« In dem Moment, als Horace auf die Bremse tritt, reißt Kettering meine Autotür auf. »*SPRING* – jetzt!«, schreit er, gibt mir einen Schubs, und ich lande – schon wieder – im Matsch.

»*Hey* – was zur Hölle machst du denn da, Kumpel? Die Dame muss doch nach Heathrow!«

Ich rappele mich auf und renne um das Heck des Wagens herum. Gerade als ich die hintere Stoßstange erreiche, taucht Kettering auf der anderen Seite auf und drückt auf den Knopf an seinem Schlüssel. Sein Mietwagen antwortet mit einem Aufleuchten der Scheinwerfer und einem doppelten Piepton. Ich reiße die Beifahrertür auf, gleite auf den Sitz und drücke gleichzeitig den Verriegelungsknopf, genau in dem Moment, als Horace gegen das Metall kracht. Er hämmert mit den Fäusten gegen die Scheibe, und seine Bitten sind fast rührend. »Nein! Bitte«, fleht er, »ich muss dich doch nach Heathrow bringen, ich…«

Kettering startet den Motor und fährt in einem geschmeidigen Manöver aus der Parklücke. In dem Moment, da Horace begreift, dass er mich verloren hat, springt er zurück in sein Taxi und nimmt die Verfolgung auf.

»Oh Gott, der arme Kerl«, sage ich und beobachte ihn im Rückspiegel. »Das können wir ihm doch nicht antun; er wird noch einen Unfall bauen.«

»Keine Sorge, ich habe ein Loch in seinen Hinterreifen gebohrt. Er wird bald zwangsläufig aufhören, uns zu jagen.«

»Aber dann wird er den Rest seines Lebens nach mir suchen …«

»Nee, der Zauber wird irgendwann nachlassen. Gib ihm ein paar Tage.«

Kettering gibt Gas und vergrößert den Abstand zwischen uns und Horace, bis ich ihn nicht mehr sehen kann.

Eigentlich schade. Ich hatte ihn schon fast etwas liebgewonnen.

* * *

Irgendwo hinter Northampton zwingt uns der Mietwagen zu einem Zwischenstopp, da seine Batterien aufgeladen werden müssen. Es ist kurz nach fünf Uhr morgens; wir haben uns die ganze Nacht mit dem Fahren abgewechselt. Die Autobahnen waren unheimlich ruhig – zu ruhig, selbst für eine Nachtfahrt. An den Fahrzeugen, an denen wir vorbeikamen, prangten oft hastig angefertigte Symbole oder baumelten Amulette an den Rückspiegeln. An einer Tankstelle waren handgeschriebene Schilder angebracht: »Kein Zutritt für Hexen« oder »Besen bitte hinten parken.« Einmal kamen wir an einem Feld vorbei, auf dem sich eine kleine Gruppe um ein riesiges Freudenfeuer versammelt hatte und ein seltsames Ritual durchführte.

Das Radio spielt nur noch Nachrichten anstelle von Musik, berichtet unentwegt über die neuesten magischen Ausbrüche oder gibt bereits jetzt Ratschläge, wie man verdächtige Hexen erkennen kann.

Während die Autobatterie lädt, schlafen sowohl Kettering als auch ich ein. Als ich schließlich wieder aufwache, teilt mir die Uhr auf dem Armaturenbrett mit, dass es kurz nach sieben Uhr morgens ist. Ich beuge mich zu Kettering hinüber, tippe ihm auf die Schulter, um ihn ebenfalls zu wecken.

»Wie spät ist es?«

»Noch früh«, antworte ich und schalte das Radio ein.

»Eilmeldung aus London heute Morgen. Ember Wild, die umstrittene Hexe im Zentrum der jüngsten magischen Enthüllung, ist überraschend bei dem andauernden Protest auf der Millennium Bridge aufgetaucht. Wild traf kurz nach Sonnenaufgang ein und brachte Kaffee und Donuts für die Frauen mit, die in der Kälte ausgeharrt hatten.«

Mein Blick trifft den von Kettering, der meine eigene Panik widerspiegelt. Ich fummle mein Handy aus dem Handschuhfach und gebe ihren Namen ein, während Kettering die Lautstärke aufdreht.

»Streitkräfte haben inzwischen den Bereich abgesperrt und die Protestierenden eingekesselt. Die überwiegend weiblichen Demonstranten betonen, sie hätten sich friedlich organisiert. Augenzeugen berichten jedoch von einer angespannten Pattsituation, bei der die Behörden eine starke Präsenz rund um die Brücke aufrechterhalten. Eine Sprecherin der Demonstrierenden erklärte: ›Wir sind hier, um friedlich unser Recht zu verteidigen, als Frauen und als Hexen zu existieren. Die harsche Reaktion der Behörden ist unnötig und provokativ.‹ Unterdessen behauptet Premierminister Hall, die Maßnahmen dienten der öffentlichen Sicherheit, und verweist auf Bedenken über mögliche magische Zwischenfälle.«

Endlich lädt mein Handy ein Video. »Mach leiser, mach leiser«, weise ich Kettering an, und er schaltet das Radio aus, während ich mit angehaltenem Atem die Live-Aufnahmen auf dem winzigen Bildschirm verfolge.

Ein pinkfarbener Lastwagen mit weit geöffneten Hecktüren steht am nördlichen Ende der berühmten Brücke. Meine Schwester steht auf der Ladefläche und verteilt pinke Pappbecher mit Kaffee, und Donuts mit passender Glasur. Ihr Haar ist zu einem unordentlichen Dutt hochgesteckt, aus dem einzelne Strähnen ihr Gesicht umrahmen. Sie trägt etwas, das ich als ihre eigene Version von Taylor Swifts berühmtem ›Reputation-Outfit‹ erkenne: ein Bein in schwarzen Netzstrümpfen, das andere mit einem sinnlichen Schlangenmuster bedeckt, das mühelos in einen hautengen Bodysuit übergeht – Sofias natürlich in Knallpink.

Während Sofia die Leckereien verteilt, plaudert und lacht sie mit den Protestierenden. Trotz der angespannten Lage – an beiden Enden der Brücke ist Militär zu sehen – scheint sie entspannt, als würde sie eine zwanglose Gartenparty veranstalten, statt im Zentrum einer globalen Kontroverse zu stehen.

Hin und wieder hält sie inne, um in die Kameras zu winken oder dem Militär einen frechen Gruß zuzuwerfen. Dieses scheint nicht an sie heranzukommen – dank einer Mauer aus magischen Schutzzaubern, da bin ich mir sicher, aber auch, weil die Menge es einfach nicht *zulässt*.

Kettering hat auf dem Fahrersitz seine eigene Internetsuche gestartet und ist auf ein Live-Video von Sofias Instagram-Account ›MYPINKCAULDRON‹ gestoßen, das einen intimeren Blickwinkel bietet. Es zeigt meine Schwester, wie sie ihr Handy gegen die LKW-Plane lehnt, während sie sich einen Bauchladen voller pinker Donuts umschnallt. Sie nimmt ihr Handy, zwinkert frech in die Kamera, legt es dann auf den Bauchladen und steigt von der Ladefläche, um in der Menge unterzutauchen.

»Ist sie wahnsinnig?«, keuche ich. »Sie wird verhaftet werden!«

»Also, ich habe dir ja bis jetzt nicht ganz geglaubt«, murmelt Kettering, den Blick fest auf den Handybildschirm geheftet. »Aber von diesem Moment an bin ich mir hundertprozentig sicher, dass sie den Himmelsstein hat. Und ich glaube nicht, dass sie vorhat, sich verhaften zu lassen... «

Mir gefriert das Blut in den Adern, als ich mir den Stein vorstelle, irgendwo an der Frau versteckt, bereit zum Einsatz. Wo bewahrt sie ihn auf? Im Bauchladen? In ihrem BH? In ihren Haaren?

Ich wende meine Aufmerksamkeit wieder meinem eigenen Handy zu, das auf eine Drohnenaufnahme umgeschaltet hat. Entsetzt beobachte ich, wie sich die Menge auf der Brücke teilt, während Ember Wild durch die Mitte schreitet, wobei die Kuppel der St.-Pauls-Kathedrale sie perfekt einrahmt. Sie schreitet direkt auf die Militärbarrikade auf der anderen Seite zu. Bis an die Zähne bewaffnet stehen die Soldaten dort bereit, bilden auf halber Strecke über die Themse eine undurchdringliche Barriere.

»Fahr«, flehe ich Kettering an und umklammere mein Handy so fest, dass es in meiner Hand zerbrechen könnte.

Kapitel Vierunddreißig

Die Menge bewegt sich, weil Ember es so will.

Sie hat diesen Zauber schon so oft gewirkt, dass es für sie ein Kinderspiel ist, sich einen Weg zur Mitte der Brücke zu bahnen. Sie hat nicht die geringste Angst vor den Soldaten und ihren Gewehren auf der anderen Seite; wenn sie wollte, könnte sie auch diese wie Marionetten lenken. Nur will sie das gar nicht. Sie will, dass sie bleiben, will, dass sie Zeugen davon werden, wie *wahre* Macht aussieht.

Ermutigt durch den Himmelsstein, den sie umklammert, bewegt sie sich durch die Menge, während von allen Seiten Hände nach ihr greifen, sie berühren, sie filmen und ihr die Hand schütteln.

Ein kurzer Blick flussabwärts bestätigt ihren Fluchtweg: Das Wasser wimmelt von Polizeibooten, doch dort, am Südufer, wartet Pippa auf einem von Mardequais schnittigen Motorbooten. Sobald Ember ihre Aufgabe hier erfüllt hat, werden sie gemeinsam fliehen. Ein Sprung ins Wasser, ein bisschen Glück, und sie werden verschwunden sein, um nie wieder zurückzukehren und ihr altes Leben hinter sich zu lassen. Ember hat ohnehin nichts mehr zu verlieren.

Doch eins nach dem anderen: Es gibt noch Arbeit zu erledigen.

Sie nähert sich der vordersten Reihe der Soldaten, die ihre Schlagstöcke und Schilde heben, bereit, jeden Augenblick anzugreifen. Doch mit einer gemurmelten Beschwörung ihrerseits erstarren die Soldaten an Ort und Stelle, ihre Waffen noch immer erhoben, aber nutzlos. Ember kehrt ihnen den Rücken zu und wendet sich der Menge von Frauen zu, die sich hinter ihr versammelt hat. Ihre Augen brennen vor Entschlossenheit, während ihre Stimme über die Brücke hallt:

»Das hier geht an jede Frau, die jemals ihre Wut hinuntergeschluckt hat, die gelächelt hat, wenn sie schreien wollte, der gesagt wurde, sie solle kleiner sein, leiser sein, *weniger* sein«, beginnt sie ruhig und deutet auf die erstarrten Soldaten hinter sich. »Seht euch um. Könnt ihr sehen, was sie fürchten? Es ist nicht die Magie. Es ist nicht die Hexerei – wir sind es. Wir alle. Sie haben schon immer um unsere Macht gewusst. Deshalb haben sie so verbissen versucht, sie einzudämmen. Aber damit ist jetzt Schluss.«

Ember schüttelt den Kopf, ihre Haltung wird gerader.

»Wir haben es *satt*, höflich zu sein. Wir haben es *satt*, zu schweigen.« Nun erhebt sich ihre Stimme. »Wir haben es satt, auf die Erlaubnis zu warten, in dieser Welt voll und ganz und ohne uns zu entschuldigen zu existieren. Denn unsere Wut? Unsere Wut ist heilig. Sie ist das Feuer, das eine neue Welt schmieden wird, eine neue Ära.«

»Ob Hexe oder nicht, wir haben Kräfte, von denen sie nur träumen können. Sie können sie nicht einmal *begreifen*. Widerstandsfähigkeit. Mitgefühl. Schwesternschaft. Der unerbittliche Schutz derer, die wir lieben. Unsere Macht, unsere *Stärke* liegt in jedem ›Nein‹, das wir gesagt haben, jeder Grenze, die wir gezogen haben, und jedem Widerstand, den wir geleistet haben.«

Ember mustert die Menge, ihre Stimme ist sanfter, aber nicht weniger eindringlich, als sie mit mehreren Frauen in der Menge Blickkontakt aufnimmt. »Eure Wut ist nicht hässlich. Euer Ehrgeiz ist nicht selbstsüchtig. Euer Feuer ist nichts, wofür ihr euch schämen müsst. Nehmt es an. Nutzt es. Lasst euch davon antreiben.«

»Von nun an halten wir zusammen. Denn eine Hexe ist eine Frau, und eine Frau ist eine Hexe. Und wir werden unsere Magie, unsere Hände, unsere Stimmen, unsere *Wähler*stimmen nutzen... jedes Werkzeug in unserem Arsenal werden wir nutzen, um diese Welt neu zu gestalten, damit unsere Töchter eines Tages nicht mehr die gleichen Kämpfe ausfechten müssen, die wir ausgefochten haben. Merkt euch diesen Tag, meine Schwestern. Denn dies ist der erste Tag in einer Welt, in der wir unsere Magie leben, ohne uns dafür zu entschuldigen. Eine Welt, in der *wir* regieren. Und wenn es ihnen Angst macht, dann sage ich: Lasst sie nur Angst haben.«

Sie hebt die Faust, und ihre letzten Worte sind ein Schlachtruf: »Denn das sollten sie auch. Wir bitten nicht mehr um unseren Platz in dieser Welt... von jetzt an *fordern ihn ein.*«

Daraufhin wirbelt Ember wieder herum, ein zufriedenes Lächeln auf dem Gesicht, als die pinke Menge in unkontrollierten Jubel ausbricht, und die Soldaten versuchen, an der erstarrten vordersten Reihe vorbei zu gelangen.

Sie hebt ihre Arme und kanalisiert ihre Kraft, um einen plötzlichen Windstoß umzuleiten. Mit einem vorsichtigen Stoß drängt sie die Frauen zurück, schafft so einen sicheren Abstand zwischen ihnen und den Soldaten.

Dann schließt Ember ihre Faust um den Himmelsstein, dessen Macht gegen ihre Haut hämmert. Und mit einer Bewegung des Handgelenks lässt sie die Soldaten frei, und sie stolpern kurz, bevor sie sich wieder fangen und Sofia dann ins Visier nehmen.

Aber gerade als sie sich nähern, bündelt Ember die Macht des Steins und schlägt ihre Faust nach unten auf den Boden. Die Brücke unter ihren Füßen ächzt, ein Spinnennetz aus Rissen breitet sich von der Stelle aus, an der sie steht, und im nächsten Augenblick gleitet sie in die Höhe, wo sie über den verblüfften Soldaten schwebt.

Ember wendet sich elegant in der Luft herum, bereit, in die Themse zu tauchen... und dann für immer zu verschwinden. Doch gerade, als sie zum Sprung ansetzen will, erregt ein Aufruhr unter ihr ihre Aufmerksamkeit. Zu ihrem Entsetzen sieht sie, wie die Soldaten jetzt ihre Aggression auf die unschuldige Menschenmenge richten. Sie rücken bedrohlich vor, die Schlagstöcke hoch erhoben.

Die Demonstrantinnen kreischen vor Angst auf, einige bedecken ihre Köpfe, während andere versuchen zu entkommen. Panik breitet sich wie ein Lauffeuer unter ihnen aus. Und inmitten des Chaos unter ihr sticht eine Gestalt hervor, und der Anblick schnürt Ember einen kalten Knoten in den Magen: *Alva.* Ihre Schwester kämpft sich gegen den Strom der fliehenden Frauen und versucht scheinbar, sie hier in der Mitte der Brücke zu erreichen.

Embers Herz rast. Sie kann jetzt nicht gehen, nicht, wo Alva in Gefahr ist – nicht, wo sie *alle* in Gefahr sind. Sie lockert ihren Griff um den Stein und schwebt dann wieder auf die Brücke hinab.

Kapitel Fünfunddreißig

Der Mietwagen kommt kaum voran, steckt in einem Hupkonzert fest. Kettering umklammert das Lenkrad, die Fingerknöchel weiß, der Atem scharf zwischen den Zähnen. Ich starre auf das Handy in meiner Hand, wo Sofia sich gerade den Leuten hinter sich zuwendet.

Die Kamera schwenkt und zeigt die dicht gedrängte Menschenmenge auf der Millennium Bridge. Ein Meer aus Gesichtern, meiner Schwester zugewandt, die sie alle bestaunen, während sie spricht. Die Kamera kann ihre Stimme nicht einfangen, doch ihr Gesichtsausdruck übermittelt die Botschaft trotzdem: sie ist stinksauer.

»Das ist der helle Wahnsinn, was hier vor sich geht«, grummelt Kettering und drückt auf die Hupe. Die Straße vor uns hat sich praktisch in einen Parkplatz verwandelt. Überall um uns herum sehe ich Menschen aus ihren Autos steigen, die Türen offenstehen lassen und in Richtung Themse rennen. Eine Geschäftsfrau, die Stöckelschuhen unterm Arm, stolpert an meinem Fenster vorbei, rennt barfuß in dieselbe Richtung.

»Sie wollen alle zur Brücke«, sage ich und strecke den Kopf zum Fenster heraus.

»Da kommen *wir* niemals hin.« Kettering späht durch die Windschutzscheibe auf die verlassenen Autos vor uns.

»Verdammt!«, platzt es aus mir heraus und ich schlage auf das Armaturenbrett. »Also gut. Es hilft nichts: wir müssen unser Glück auch zu Fuß versuchen.«

Ohne auf Ketterings Antwort zu warten, steige ich aus und beginne zu rennen. Er folgt mir, aber selbst zu Fuß kommen wir nicht weit; eine Militärbarrikade versperrt den Weg. Ich kann gerade noch das Dach des pinken Lasters dahinter erkennen, aber beim besten Willen, ich komme da nicht hin!

»Du kannst sie nicht retten, Alva«, versucht Kettering, mich zur Vernunft zu bringen. »Sieh dich doch nur mal um... das ist Irrsinn. Sie ist dort drüben mit dem Himmelsstein mitten im Auge des Sturms, aber jeder in ihrer Nähe wird davon erfasst werden!«

»... Adler erheben sich immer über den Sturm...«, murmle ich da, als seine Worte eine Idee in mir aufkeimen lassen. »... Oder *darunter*!«

»Wovon redest du?«

»Das Resonanz-Netzwerk«, rufe ich aus und packe ihn am Arm. »Wenn wir zu dem versteckten Innenhof gelangen, wo Klein uns abgesetzt hat, und dann den Weg zurück durch diese Tunnel finden ...«

»... kämen wir am Blackfriars Pier raus«, beendet er meinen Gedankengang.

Mein Blick trifft seinen.

»Könnte klappen«, sagt er knapp.

»Dann los!«

Als wir eine gefühlte Ewigkeit später endlich um die Ecke des Innenhofs biegen, verstummt der Lärm hinter uns für einen Moment. Wir schieben uns durch das dichte Laubwerk und die schwere Eisentür erscheint vor uns. Ihre Scharniere ächzen, als

Kettering sie aufreißt. Und dann stürzen wir zurück in die Tunnel.

Kettering übernimmt die Führung und findet mit überraschender Leichtigkeit seinen Weg durch das unterirdische Labyrinth, während ich Mühe habe, mitzuhalten und meine Augen anstrenge, um den Boden direkt vor mir zu erkennen. Doch als wir durch diese Tunnel eilen, wird mir schwer ums Herz. Ich stelle mir Effie Bell und all die anderen Telepathen vor, die irgendwo hier unten diese schrecklichen Schalttafeln bedienen müssen. Die Anlage hier in London muss nochmal auf einem ganz anderen Niveau sein als das, was ich in Schottland gesehen habe…

Schließlich erfüllt das Geräusch rauschenden Wassers meine Ohren; wir haben die Wasserkammer erreicht. Unsere Schritte hallen durch den weiten Raum, als wir den Steg überqueren. Wir stoßen eine weitere Tür auf, eilen den letzten Korridor hinunter, bis wir uns endlich wieder über der Erde befinden, genau zwischen der Blackfriars und der Millennium Bridge.

Hier ist das Flussufer dank der magischen Schutzzauber frei von den Fußgängern und der Polizei, die sich in den Bereichen darüber drängen. Ohne zu zögern, sprinte ich über den Kiesstrand los. Meine Füße rutschen auf den nassen Steinen und ich höre Kettering hinter mir, als wir die Treppe zur Straßenebene hinaufrennen. Mein Herz hämmert in meiner Brust; wir sind jetzt so nah dran.

Ich recke den Hals und suche nach Sofia. Die Zeit scheint sich zu verzerren, als ich auf die Brücke zuspurte. Mit brennenden Lungen kämpfe ich mich durch das Meer aus Pink. Doch mein Blut gefriert zu Eiswasser, als ich sehe, wie Sofia ihre Faust auf den Brückenboden schlägt – zweifellos, um den Himmelsstein zu benutzen. Die gesamte Konstruktion erzittert mit einem tiefen Ächzen und im nächsten Moment ist Sofia in der Luft.

Halbfertige Zauber sprudeln mir da über die Lippen, angetrieben von meiner eigenen Verzweiflung, zu ihr durchzukommen. Die meisten verpuffen wirkungslos, aber ein paar verschaffen mir kleine Lücken, sodass ich mich weiter vorwärtsdrängen kann. Wenn sie diesen Stein benutzt, um jemanden zu verletzen, werde ich mir das niemals verzeihen. Endlich durchbreche ich die vorderste Reihe, wo Sofia über der Brücke schwebt, ihr Gesicht triumphierend, als sie auf die verdutzten Soldaten hinabblickt. Doch zu meiner Überraschung (und meiner Erleichterung) greift sie sie nicht an. Es wäre jetzt so einfach für sie, so lächerlich einfach, aber sie tut es nicht. Ich schaue zu ihr auf, dann umher, bis meine Augen auf einer entfernten Person in einem Boot landen, nicht weit vom Blackfriars Pier.

Pippa.

Zu spät erkenne ich, dass meine Schwester nie die Absicht hatte, den Stein als Waffe zu benutzen, sondern nur zur Schau. Ich blicke zu ihr auf, versuche ihr verzweifelt zu vermitteln, dass sie mit Pippa verschwinden soll, so wie sie es anscheinend die ganze Zeit vorhatte. Die Spannung ist zum Zerreißen.

Und dann... zerreißt sie.

Einer der Soldaten trifft eine scheinbar überstürzte Entscheidung, seine Augen verengen sich zu Schlitzen, als sie auf meine treffen. Die Zeit verlangsamt sich zu einem Kriechgang, doch dann stürmt er los, seinen Schlagstock hoch erhoben. Das wilde Brüllen, das seiner Kehle entweicht, lässt auch die Soldaten um ihn herum in Aktion treten und mobilisiert die gesamte Truppe. Die Menge um mich herum schreit auf, viele Frauen hasten sofort rückwärts, lassen mich ungeschützt an der Front zurück.

Panik krallt sich in meinen Eingeweiden fest, denn ich bin jetzt scheinbar die einzige Hexe, die noch auf der Brücke ist, um die Unschuldigen zu beschützen. Meine Hände zittern, als ich sie hebe und einen Zauber murmele, bei dem ich nicht sicher bin, wie ich ihn wirken soll. Verzweifelt blicke ich auf und wende mich hilfesuchend an meine Schwester.

Alles geschieht auf einmal, aber als sich unsere Blicke treffen, findet ein Verstehen zwischen uns statt: Wortlos sinkt sie wieder herab, ihr Blick voller Entschlossenheit.

Der erste Soldat ist nur noch wenige Meter von mir entfernt, sein Schlagstock bereits in einer Abwärtsbewegung. Sofia landet neben mir mit einem Aufprall, der die Brücke erzittern lässt.

»Warum zum Teufel hörst du nie, wenn ich dir sage, du sollst dich in Sicherheit bringen?«, knurrt sie, wobei ihre ausgestreckte Hand den anstürmenden Soldaten mitten im Schwung einfriert, nur Zentimeter von meinem Gesicht entfernt.

Es bleibt keine Zeit für eine Antwort, da weitere Soldaten bereits auf uns vorrücken. Ich mustere die Menge um uns herum und Erleichterung überkommt mich, als ich weitere Fäden von Anima entdecke. Wir sind nicht mehr die einzigen Hexen. Ich sehe Adanna, Saskia und Eun-Ji, alle drei bereits damit beschäftigt, schützende Schilde um die Frauen in ihrer Nähe zu wirken.

Aber sie sind nicht die Einzigen. Als ich mich für die Konfrontation wappne, fällt mein Blick auf ein silbriges Schimmern auf der gegenüberliegenden Seite und mir wird flau im Magen. Eine Gruppe von Frauen in eleganten silbernen Bodysuits rückt mit dem Militär vor. Ich erkenne sie aus dem Arcadia House und mit einem üblen Gefühl wird mir klar, dass diese Hexen nicht als unsere Verbündeten hier sind – sondern als *ihre*. Die Arcadia-Hexen sind hier, um uns zu bekämpfen. Ich schätze, nichts sagt wohl deutlicher ›wir stehen an der Seite der Menschen‹ als ihre Kräfte anzubieten, um Ember Wild persönlich zu fangen.

Und es kommt noch schlimmer: Wie ein fleischgewordener Albtraum sehe ich… *sie*. Orna Morrígan teilt die Reihen der Soldaten, als wären sie nichts weiter als Bauern in ihrem Spiel. An ihrer Seite sind die beiden Hexen aus den Ställen von

Dunmorrough, ihre Blicke bereits mit mörderischem Durst auf mich gerichtet.

Und nun wird die Brücke zu einem Schlachtfeld, auf dem nicht nur Schlagstöcke und Schilde durch die Luft fliegen, sondern *Anima*. Hexen auf beiden Seiten schleudern ihre Magie, wirken Zauber, die die Luft erzittern lassen. Adannas Wasserzauber kollidiert mit dem Feuer einer Arcadia-Hexe und erzeugt eine zischende Dampfwolke. Saskia und Eun-Ji lassen Trümmer schweben, um ankommende Angriffe abzuwehren.

Inmitten dieses magischen Chaos richten die Soldaten kaum etwas aus; ihre menschlichen Waffen sind nutzlos gegen unsere Anima. Einer stürmt auf Sofia zu, nur um von einem unsichtbaren Schlag zurückgeschleudert zu werden. Kettering kämpft wie ein Besessener, seine Fäuste schlagen in Kiefer und Rippen. Ich schreie auf, als der Zauber einer Hexe ihn an der Schläfe trifft und er hart zu Boden geht. Für einen langen Schockmoment liegt er still, dann rappelt er sich mit einem Keuchen wieder auf.

»Sehr unpraktisch, dieses ständige Sterben…«, murmelt er mehr zu sich selbst und stürzt sich dann wieder ins Getümmel.

Ich versuche, ihn im Auge zu behalten, aber als eine Anima-Explosion direkt an meinem Ohr vorbeizischt und mein Haar versengt, ducke ich mich weg. Knapp dem Zauber entkommen, stoße ich mit einer panischen Demonstrantin zusammen und wir stürzen beide zu Boden.

Bevor ich wieder auf die Beine komme, ragt eine Arcadia-Hexe über mir auf, setzt ihren Stiefel aggressiv auf meine Brust und drückt mich gegen den Asphalt. Angst durchströmt mich, als ich sehe, wie ihre Hände ein komplexes Muster weben und sich Anima an ihren Fingerspitzen sammelt. Und die reale Möglichkeit, meine Freiheit, vielleicht sogar mein Leben, zu verlieren, lässt etwas in mir aufbrechen. Und dann flüstert die altbekannte, unheilvolle Stimme in meinem Geist: *Lass mich helfen. Lass mich uns beschützen.*

Es ist Ruth. Aber die Intensität, mit der sie dieses Mal in mir aufkeimt, schockiert mich. Ich halte den Himmelsstein nicht mehr in der Hand, wie kann sie also trotzdem so stark in mir sein? Aber in diesem Moment habe ich keine Zeit, sie infrage zu stellen; alles, was ich tun kann, ist, ihr die Kontrolle zu überlassen.

Meine Sicht verdunkelt sich und dann spüre ich ihre Macht durch mich strömen. Meine Hände bewegen sich nach ihrem Willen, weben Zauber, von deren Existenz ich nicht einmal wusste. Dunkle Fäden sammeln sich um meinen Kopf wie die Schlangen der Medusa und peitschen nach meiner Angreiferin. Die Hexe kreischt und stolpert zurück, als meine Ranken versuchen, ihre Beine zu fassen.

In der Zwischenzeit ist Sofia in einen heftigen Kampf mit Orna verwickelt, ihre Kräfte prallen in grellen Blitzen aufeinander.

»Du hast keine Chance, Mädchen«, zischt Orna und schleudert einen Anima-Blitz, den Sofia aber mühelos abwehrt.

»Da wäre ich mir nicht so sicher«, kontert sie, und ihr Griff um den Himmelsstein verfestigt sich, bevor sie mit einem wilden Schrei seine Magie entfesselt und Orna nach hinten schleudert. Fassungslos überschlägt sich die Hexe über die ganze Länge der Brücke. Wieder ächzt die Konstruktion bedrohlich und neue Risse breiten sich über ihre Pfeiler aus.

»Was macht *sie* überhaupt hier?«, fragt mich Sofia atemlos und wischt sich mit dem Arm über die Stirn.

»Sie ist wegen mir hier«, schaffe ich es gerade noch herauszubringen, bevor ein Soldat mich von hinten anfällt und Ruths Instinkte wieder die Oberhand gewinnen. Anima schießt durch mich, als sie die Hand ausstreckt, ihre Finger zu Klauen gekrümmt. Die Themse antwortet auf ihren Ruf, ein Strahl trüben Wassers steigt zu uns hinauf, und mit einer flinken Drehung des Handgelenks zwingt Ruth den Strahl direkt in die Kehle des Soldaten. Es ist ein schockierender Einsatz von

Magie, doch ich kann nicht umhin, Ruths Kreativität zu bewundern.

Die Augen des Soldaten treten vor Entsetzen hervor, als er würgt und spuckt. »Ich … ich ergebe mich«, bringt er hervor, aber jetzt verzerrt sich mein Gesicht in hemmungsloser Wut. Ruth und ich schwelgen in unserer Macht und sie drängt mich, weiterzumachen, diese unbedeutende kleine Ameise zu zerquetschen, die es gewagt hat, uns anzugreifen.

Dann, aus dem Augenwinkel, erblicke ich Cornelis und es ist der Ausdruck auf seinem Gesicht, der mich erstarren lässt: Entsetzen, Schock und etwas, das verdammt nach Abscheu aussieht. Er sieht zu, wie ich zu dem Monster werde, von dem er stets befürchtet hatte, dass es tief in mir schlummert.

»Alva, hör auf! Er ergibt sich!«, durchdringt Sofias Stimme den Nebel meiner Wut. Sie packt meinen Arm und sobald sie es tut, lasse ich den Mann los, aber nicht aus Gnade – nein, etwas anderes hat meine Aufmerksamkeit erregt: der Stein in Sofias Hand, der vor Energie nur so pulsiert. Genau wie in den Wasserkammern bei Gathoni spüre ich auch jetzt, wie ich nach dieser himmlischen Macht zu greifen suche mit einer unbändigen Gier, die mich schockiert. Mir entfährt ein Fauchen wie von einem Raubtier und dann stürze ich mich auf meine eigene Schwester, meine Hände krallen sich in ihre Arme, während ich versuche, den Stein zu ergreifen.

»Alva, was machst du denn?«, schreit Sofia und kämpft darum, den Stein von mir fernzuhalten. Sie hält ihre eigene Kraft zurück, das merke ich. Sie will den Stein nicht gegen mich einsetzen.

Sekunden vergehen, während wir auf der Brücke ringen. Sie streckt ihren Arm aus, um den Stein von mir fernzuhalten und dann, als ich an ihrem Ärmel reiße, geschieht es: Fast wie in Zeitlupe gleitet der Stein aus Sofias Fingern, fällt in die Tiefe, bevor er in der trüben Themse versinkt.

»Was hast du getan?«, schreit Sofia.

Bevor ich auch nur antworten kann, durchdringt ein eiskalter Ton die Luft; Ornas Stimme erhebt sich in einem dunklen, unheilvollen Gesang. Ich reiße mich gerade rechtzeitig um, bevor die Hexe wutentbrannt ihre Anima webt und ihren Zauber direkt in meine Richtung schießt.

Aus dem Nichts stößt Kettering mich zur Seite. »Pass auf!«, schreit er, fängt die volle Wucht des Zaubers ab und – fällt auf der Stelle tot um. Dennoch erwischt ein Hauch der dunklen Anima meine Schulter, ein sengender Schmerz schießt durch mich und ich sacke neben dem Druiden zu Boden, wo meine Sicht verschwimmt.

Durch den Nebel sehe ich gerade noch, wie sich Sofias Gesicht vor Wut verzerrt. »Wag es ja nicht«, brüllt sie und schleudert ihre eigene Anima auf Orna zurück.

Ornas Augen weiten sich vor Entsetzen, als Sofias Zorn auf sie zurast. Im letzten Moment dreht sie sich um und springt von der Brücke, wählt die Themse als ihren Ausweg.

Im Chaos eilt Sofia an meine Seite. »Hey, hey, bist du okay…?«

Aber ihre Worte werden von einem weiteren Ächzen der Brücke unterbrochen, die nun unter uns erzittert, während sich weitere Risse von unserem Standort ausbreiten, die wie Blitze über die Oberfläche ziehen.

Da hustet sich Kettering wieder ins Leben zurück. Er setzt sich auf, blickt sich einen Moment lang desorientiert um, bevor er die drohende Gefahr erkennt. Mit beeindruckender Geschwindigkeit springt er wieder auf die Beine, gerade als ein kollektives Keuchen von allen um uns herum meine Aufmerksamkeit zurück auf meine Schwester lenkt. Die Welt scheint sich zu verlangsamen, als meine Augen auf sie fixiert sind, nun umgeben von silbernen Gestalten, die Ketten aus Anima weben, ein Dutzend Oktopus-artige Arme, die auf Sofia zuschlängeln.

Die Brücke ächzt erneut, diesmal noch lauter, begleitet von

dem Geräusch sich verbiegenden Metalls und brechendem Beton.

»Wir müssen weg hier, und zwar *sofort*!«, schreit Kettering und hilft mir hoch.

»Nicht ohne Sofia!«, schreie ich zurück und sehe entsetzt zu, wie die Arcadia-Hexen sie umschwärmen, und Anima sich um ihre Glieder wickelt. Sie wehrt sich, aber für jede magische Kette, die sie zerbricht, nehmen zwei weitere ihren Platz ein.

Kettering packt mich bei der Taille, zieht mich gegen meinen Willen fort. »Alva, wir müssen hier weg! Die Brücke stürzt ein!«

»Nein!«, wehre ich mich gegen ihn. »Wir können sie doch nicht zurücklassen!«

»Wir haben keine Wahl!«, protestiert er und verstärkt seinen Griff um mich. »Sie haben sie. Alva, sie haben sie gefasst.«

Und dann zerreißt ein ohrenbetäubendes Krachen die Luft, als der Teil der Brücke, auf dem wir nur Sekunden zuvor lagen, zusammenbricht, in den Fluss stürzt und eine Kluft zwischen mir und Sofia schafft.

»NEIN!«, schreie ich, meine Stimme heiser vor Angst, als der Blick meiner Schwester den meinen trifft. Sie formt ein Wort mit den Lippen, aber ich kann sie über die herabfallenden Trümmern nicht hören. Die silbernen Hexen ziehen sie weg, verschwinden in der Menge auf der anderen Seite, und es gibt nichts, was ich dagegen tun kann.

Mein Gesicht verzerrt sich, als Tränen meine Wangen benetzen und Kettering mich zurückzerrt, bevor die Brücke hinter uns zu Staub zerfällt.

Endlich erreichen wir sicheren Boden und Kettering lässt mich los. Mein Körper wird von Schluchzern geschüttelt, ich sinke auf die Knie, aber der Fluch von meiner Schulter breitet sich jetzt unerbittlich in meinem ganzen Körper aus, bis mich völlige Dunkelheit überkommt und ich keine Kraft mehr habe, mich dagegen zu wehren.

Kapitel Sechsunddreißig

Als ich erwache, lasse ich meine Augen geschlossen, und für einen glückseligen kleinen Moment weiß ich nicht, was geschehen ist. Mein Körper fühlt sich schwerelos an, als läge ich in einem warmen Kokon. Meine Sinne sind noch gedämpft, mein Gehör noch nicht erwacht, und die Welt um mich herum nimmt noch keine rechten Züge an. Kein Geräusch, keine Empfindung. Nur eine sanfte Stille. Es ist, als wäre ich noch in den Nachklang eines schönen Traums gehüllt, der wie das Ende eines Liedes knapp außer halb meiner Reichweite schwebt. Schließlich kehren meine Sinne aber doch zurück, und die Welt um mich herum beginnt wieder Form anzunehmen. Geräusche dringen an mein Ohr; das leise Brummen eines Motors und das Klappern loser Teile verraten mir, dass ich in einem Flugzeug bin, noch bevor ich überhaupt die Augen öffne.

Als ich es dann aber doch tue, erblicke ich Kettering, der mir gegenübersitzt, sein Gesicht von Sorge gezeichnet. Es ist ein kleiner Privatjet mit nicht mehr als acht Sitzen. Zweifellos ist es auch der luxuriöseste Raum, den ich je betreten habe, alles feines Leder, poliertes Holz und flauschige Teppiche.

Dann überkommt mich Panik, und Bilder von der Brücke fluten mein Gedächtnis. »*Sofia*«, keuche ich und versuche, mich trotz des Hämmerns in meinem Kopf aufzusetzen. »Wo ist sie? Was ist passiert?«

Ketterings Miene verfinstert sich. Er beugt sich vor und legt mir sanft, aber bestimmt eine Hand auf den Arm, um mich von der Bewegung abzuhalten. »Alva, es ist zu spät«, sagt er mit einer Dringlichkeit, die mich erstarren lässt. »Du kannst ihr nicht mehr helfen.«

»Was? Nein!«, protestiere ich, mein Herz rast. »Wir müssen zurück. Wir müssen sie retten!«

»Alva, es ist *vorbei*. Man ...« Er seufzt und lehnt sich wieder in seinen Sitz zurück. »Man bringt sie nach Saltholm.«

»Woher willst du das wissen?«, verlange ich zu wissen und mustere sein Gesicht. »Das kannst du gar nicht wissen.«

»Ich *weiß* es«, beharrt Kettering. »Vertrau mir, ich würde es dir nicht sagen, wenn ich mir nicht sicher wäre.«

Tränen steigen mir in die Augen und ein Kloß bildet sich in meinem Hals. Meine Brust zieht sich zusammen in einem erdrückenden Schmerz aus Verzweiflung, Hilflosigkeit und überwältigender Schuld. Ich blinzle und versuche, die Tränen zurückzuhalten, aber sie kommen, egal wie sehr ich mich auch dagegen wehre.

»Und was jetzt?«, bringe ich erstickt hervor.

»Jetzt müssen wir dich in ein Krankenhaus bringen«, erwidert Kettering, sein Tonfall wird bei meinem sichtlichen Leid etwas weicher.

Ich kämpfe darum, mich zu konzentrieren. »Wo sind wir überhaupt?«

Kettering blickt aus dem kleinen ovalen Fenster. »Im Moment wahrscheinlich irgendwo über dem Mittelmeer.«

Die Welt um mich herum scheint sich zu neigen und zu

drehen. Ich lehne mich gegen die Kopfstütze zurück und schließe die Augen gegen den Schwindel.

»Aber – was ist mit all meinen Sachen?« Die Frage klingt albern, belanglos, wenn man bedenkt, was alles passiert ist.

»Ich habe sie aus dem Hotel geholt, bevor wir gestartet sind«, antwortet Kettering.

Ich schlucke und verziehe das Gesicht bei dem faden Geschmack in meinem Mund, meine Zunge fühlt sich rau an wie Sandpapier. »Wohin fliegen wir?«, frage ich und berühre meinen pochenden Kopf.

»Kenia«, sagt Kettering. Die altvertraute Kälte ist in seine Stimme zurückgekehrt, und jetzt bemerke ich auch, dass er meinem Blick ausweicht, als fürchte er, was er in meinen Augen lauern sehen könnte. Plötzlich schießt mir eine andere Erinnerung durch den Kopf – die Brücke, der Soldat und was ich ihm angetan habe.

Kettering hat alles gesehen.

Doch bevor ich weiter darüber nachdenken kann, schwingt die Tür zum Cockpit auf, und ein Mann betritt den engen Raum der Kabine. Er ist groß, wahrscheinlich Ende dreißig, und trägt eine olivgrüne Hose und ein schlichtes weißes Hemd.

»Ah, die Patientin ist wach«, stellt der Mann fest, und seine Augen mustern mich mit einem beinahe ärztlichen Interesse.

»Hallo«, sage ich, etwas befangen, denn dieser Mann – wer auch immer er ist – hat mir eindeutig einen großen Gefallen getan.

»Freut mich, Sie kennenzulernen, Alva«, sagt er, sein Rücken unter der niedrigen Decke des Flugzeugs gekrümmt, und streckt mir eine Hand entgegen. »Mein Name ist Hannes Kettering.«

Ich wollte mich gerade bei ihm bedanken und all das, aber in dem Moment, als ich seinen Namen höre, bin ich zu verblüfft, um überhaupt etwas zu sagen. Verdutzt schüttle ich seine Hand.

»Nun, Sie haben uns allen einen ziemlichen Schrecken

eingejagt«, sagt er in mein unbehagliches Schweigen hinein. Er geht zu einer Mini-Bar, schenkt zwei Tassen Tee ein und reicht mir eine davon.

»Danke«, schaffe ich es endlich zu sagen und nehme ihm die Tasse ab.

»Gern geschehen. Sie werden immer noch eine gründliche magische Pflege benötigen, fürchte ich. Aber nichts, was man in Chyulu nicht beheben kann.«

»Ch-Chyulu?«, stammle ich. »Fliegen wir dorthin?«

»Ganz genau, ja«, erwidert Hannes Kettering mit einem höflichen Lächeln, entschuldigt sich dann und kehrt ins Cockpit zurück.

»War das... ist er dein ...«, stammle ich weiter, während meine Schläfen von einem stechenden Kopfschmerz pochen.

»Das wäre dann wohl mein Vater, ja«, antwortet Cornelis, sein Blick aus dem Fenster gerichtet.

Ich stelle meinen Tee ab und erhebe mich von meinem Platz, wobei mir ein schmerzhaftes Zischen entweicht. »Hör zu...«, beginne ich, »...wegen dem, was du auf der Brücke gesehen hast ...«

Er starrt weiterhin ausdruckslos aus dem Fenster. »Heute ist viel passiert, Alva. Ich kann nicht behaupten, dass mir im Moment besonders nach einem Gespräch darüber zumute ist.«

»Aber siehst du, das ... das war nicht *ich*«, beharre ich. »Das weißt du doch, oder?«

»Das weiß ich.« Endlich treffen seine Augen meine. »Und genau das ist es, was mir Angst macht. Es war sie. Sie lebt immer noch in dir. Ich war so erleichtert, als ich herausfand, dass du einen Himmelsstein hattest. Ich dachte wirklich, deine dunkle Seite würde von ihm verursacht. Aber das stimmt nicht, oder?« Er mustert mein Gesicht mit der altbekannten Frage, so verzweifelt und so fordernd zugleich, dass ich sie keinen Moment länger ertrage.

Ich wende mich von ihm ab und sinke zurück in meinen

Sitz. Scham verzehrt mich, während ich ins Nichts starre, weil ich weiß, dass er recht hat. Der Stein mag den Einfluss, den Ruth auf mich hat, verstärken, aber die Wahrheit ist, dass sie es auch schafft, die Kontrolle zu übernehmen, selbst wenn ich den Himmelsstein nicht trage. Ein Teil von mir wusste es bereits – in jener ersten Londoner Nacht im Regen, als Zara mich nach meinem Besuch im Pink Cauldron verfolgte, trug ich Dennis' Jacke; ich hatte den Stein also nicht bei mir. Und doch erwachte Ruth, sobald sie eine Chance sah, zu zerstören… zu *töten*. Und ich weiß nicht, warum, aber ein Teil von mir, ein dunkler Teil, verzehrt sich nach der Macht, die sie mir bietet. Und jedes Mal, wenn ich sie benutze, jedes Mal, wenn ich ihre Magie durch mich fließen lasse, gewinnt dieser Teil ein Stück mehr von mir.

»Ich glaube, sie wird stärker«, flüstere ich. »Jedes Mal, wenn sie die Kontrolle übernimmt, ist es, als würde sie ein bisschen mehr von sich selbst in mir zurücklassen. Und ich weiß nicht, wie ich es aufhalten kann.«

»Du solltest versuchen, noch etwas zu schlafen«, sagt Cornelis, fast so, als wolle er mich unterbrechen. »Wir bringen dich in den Krankenflügel der Akademie, sobald wir Chyulu erreichen. Aber im Moment ist Ruhe deine beste Option.«

»NEIN, ich …« Die Worte brechen lauter als beabsichtigt aus mir heraus. Ich atme tief durch und versuche es erneut. »Tut mir leid, aber… wenn es für euch in Ordnung ist, würde ich lieber direkt zur Quelle gehen. Du weißt schon, um die Prophezeiung zu hören.«

Seine Augenbrauen ziehen sich zusammen. »Bist du sicher, dass du dafür fit genug bist?«

»Ich habe es bis hierher geschafft, oder nicht?« Ich versuche ein lässiges Schulterzucken und bemühe mich, mein Gesicht trotz Schmerz so neutral wie möglich zu halten.

»In Ordnung, ich werde die Pilotin informieren«, erwidert Cornelis. Er steht auf und verschwindet ohne ein weiteres Wort im Cockpit.

Allein in der Kabine wende ich mich dann dem Fenster zu und nippe an meinem Tee. Draußen bricht gerade die Dämmerung herein, die Wolken färben sich dunkel, während sich unter uns eine neue Welt entfaltet.

Vor einer Woche noch war ich nur eine einfache Kräuterhändlerin, die sich über kaum mehr Sorgen machte, als ob ihre Lieferungen pünktlich ankommen oder ihr Bienenwachs zur Neige geht. Heute bin ich eine halbgare Hexe in einer Welt, die in Flammen steht, weil sich meinesgleichen der Menschheit offenbart hat. Meine Schwester ist auf dem Weg in das wohl gefürchtetste Gefängnis der Welt, und ein unsterblicher Erzfeind will mich tot sehen, aufgrund einer uralten Prophezeiung, die ich erst noch hören muss.

Aber was mir am meisten Angst macht, sind nicht die Stürme, die um mich herum heulen. Nein, es ist die Schlacht, die in meinem eigenen Kopf tobt.

Kapitel Siebenunddreißig

Ich wollte schon immer nach Kenia, in das sagenumwobene Land, in dem die Magie zum ersten Mal die Erde berührte.

Mama war einmal dort gewesen, während einer Pilgerreise, die viele Hexen unternehmen. Sofia und ich waren mit ihren Geschichten über den weißen Gipfel des Kilimandscharo, über mächtige afrikanische Elefanten, die durch die weiten Ebenen schritten, und über die geheimen Nebelwälder der Chyulu-Berge aufgewachsen... Wir hatten immer davon geträumt, eines Tages als Familie gemeinsam hierher zu reisen.

Während der Jet jetzt auf dieses uralte Land aus Lava und Vulkangestein, roter Erde und saftig grünen Hügeln herabschwebt, werde ich von tiefer Ehrfurcht ergriffen. Die Gutenachtgeschichten meiner Kindheit erwachen gerade vor meinen Augen zum Leben. Obwohl meine Schulter schmerzt, kribbelt mein ganzer Körper vor Aufregung. Meine Nase presst an das Fenster, mein Atem beschlägt die Scheibe, und ich sehe zu, wie die Sonne über den Horizont steigt, dieses blutrote, uralte Ding, das alles in seinem Licht geformt hat.

»Willkommen im Tsavo-Nationalpark«, verkündet eine weibliche Stimme durch den Lautsprecher – die Pilotin, wie ich vermute.

Ich blicke zu Cornelis, mein Gesicht eine Frage, die er beantwortet, ohne dass ich sie laut aussprechen muss.

»Tsavo liegt etwa zwanzig Meilen westlich der Chyulu-Berge. Die Quelle der Prophezeiung ist Teil des Ökosystems der Mzima-Quellen. Von der Landebahn aus wird es eine holprige Fahrt. Bist du sicher, dass du das schaffst?«

Ich nicke. Das Verlangen, mich zu beweisen, lodert heiß in mir und bestärkt meinen Entschluss, alles zu tun, um »den Guten« zu helfen. Mardequais Plan zu verstehen ist für dieses Unterfangen entscheidend. Je früher ich die Prophezeiung kenne, desto besser.

Der Jet kommt auf der Schotter-Landebahn zum Stehen, und die holprige Landung lässt meinen gesamten Körper versteifen, während ich versuche, meine Schulter zu schützen.

»Ich nehme an, ich muss mir keine Sorgen um einen Stempel in meinem Pass machen«, bemerke ich trocken, als ich mich dann aus dem Sitz erhebe.

Hannes Kettering gluckst, während er in eine abgetragene Lederjacke schlüpft. »In der Tat. Wir bleiben lieber unbemerkt«, bestätigt er und öffnet die Flugzeugtür, indem er sie nach außen schiebt.

»Warum hast du dir eigentlich solche Sorgen gemacht, dass ich England nicht verlassen darf?«, murmele ich Cornelis zu, als wir aus dem Flugzeug steigen.

»Nun, ich hatte nicht vor, ›Papi‹ um Hilfe zu rufen, bis deine Schwester eines von Englands meistgeschätzten Monumenten in die Luft gejagt hat und du mir beinahe weggestorben wärst«, kontert er und stößt sich beim Rausgehen den Kopf am Türrahmen.

Draußen umfängt uns eine morgendliche Kühle, und wir werden von einer Symphonie aus Vogelgesang empfangen.

Grüne Akazienbüsche säumen die rote, staubige Landebahn. In der Ferne ragen die Silhouetten imposanter Berge gegen den Morgenhimmel, und unter einer einfachen strohgedeckten Pergola steht ein senfgelber Land Rover.

»Hi Alva, ich bin Bea«, stellt sich die Pilotin vor, und ich schüttle ihr die Hand, bevor sie sich dem Rover nähert, dabei beiläufig einen Schwebezauber anwendet, um den richtigen Schlüssel an ihrem Bund erscheinen zu lassen. Noch eine Hexe also. Gekleidet in einen olivgrünen Overall, ist sie etwa Ende fünfzig, mit wilden, graumelierten Rastalocken, die ihr lose über die Schulter fallen, und scharfen, mahagonifarbenen Augen.

Wir folgen ihr zum Wagen, wo sie auf dem Fahrersitz Platz nimmt. Der Motor stottert zum Leben, während Hannes, Cornelis und ich auf der offenen Ladefläche auf gegenüberliegenden Sitzbänken Platz nehmen. Die Lederpolsterung ist altersrissig, aber immerhin dick und weich, was meinem verwundeten Körper während der bevorstehenden ›holprigen Fahrt‹ eine gewisse Dämpfung bietet.

»Hier, die könntet ihr brauchen«, verkündet Bea und reicht jedem dicke, rot karierte Massai-Decken. »Wird hier bei den morgendlichen Fahrten ziemlich kühl.«

Und dann fahren wir los. Ich kann nicht anders und schüttele unwillkürlich den Kopf, während ich versuche zu begreifen, wie wir überhaupt hierhergekommen sind. »Wer *seid* ihr eigentlich?«, frage ich die beiden holländischen Herren, die mir gegenübersitzen.

Vater und Sohn wechseln daraufhin einen langen Blick, und ihre Ähnlichkeit ist jetzt kaum zu übersehen. Tatsächlich könnten sie Brüder sein: eine verdrehte Laune der Realität, denn das Altern eines Druiden verlangsamt sich mit der Zeit.

»Nun, ich denke, die Frage übernehme ich«, sagt Kettering Senior schließlich. Seine Stimme kämpft gegen das Dröhnen des Motors und den Wind, der an uns vorbeipeitscht. »Die Chyulu-Berge sind der Geburtsort der Magie, wie Sie sicherlich schon wussten. Daher sind diese Berge natürlich schon lange zum Zentrum der magischen Regierung geworden. Sie sind unser Äquivalent zu Whitehall, dem Kreml, dem Capitol Hill. Die Akademie ist ihr Aushängeschild, aber es gibt noch andere Institutionen, die sich in diesen Nebelwäldern verbergen.« Hannes' Blick schweift zu den sanften Hügeln am Horizont, die nun von der aufgehenden Sonne gekrönt werden.

»Und Sie arbeiten für eine dieser Institutionen?«, hake ich nach. Der ältere Kettering erweist sich als ebenso zugeknöpft wie sein Sohn. Jetzt weiß ich, woher Cornelis das hat.

»Das tun wir in der Tat.«

»Nun, welche ist es?«, frage ich und verziehe schmerzverzerrt das Gesicht, als wir in ein besonders übles Schlagloch fahren.

»Eins nach dem Anderen, Miss Hausmann. Eins nach dem Anderen«, erwidert Hannes Kettering. »Mein Sohn mag mich davon überzeugt haben, dass Ihre Einsichten, insbesondere bezüglich einer möglichen prophetischen Offenbarung«, – er nickt auf den Schotterweg vor uns – »von großem Wert sein könnten. Aber Sie müssen meine Vorsicht entschuldigen, wenn es darum geht, Ihnen zu vertrauen. Ihre Vorgeschichte bereitet uns schließlich Sorgen, wie Sie sicher inzwischen mitbekommen haben.«

Ich wende mich Cornelis zu. Was hat er seinem Vater erzählt? Aber der Blick von Kettering Junior bleibt auf einen unbestimmten Punkt in der Ferne gerichtet.

* * *

Das glasklare Wasser der Mzima-Quellen tritt wie ein gehütetes Geheimnis aus der Erde hervor, eine Oase in der zerklüfteten Vulkanlandschaft, die uns umgibt. Der Land Rover holpert über einen unebenen Weg und wirbelt Staubwolken auf, während der Geruch von feuchter Erde und üppiger Dschungelvegetation meine Nase füllt.

Die Fahrt hierher war schlichtweg surreal. Zebras und Antilopen kreuzten unseren Weg, hier so alltäglich und für meine Augen doch so außergewöhnlich. Es war jedoch das plötzliche Erscheinen des schneebedeckten Gipfels des Kilimandscharo am Horizont, das mich fast aus der Fassung brachte. Ein Keuchen blieb mir in der Kehle stecken und Tränen stiegen mir in die Augen, als ich den beeindruckenden Berg erblickte, den ich vom Flugzeug aus verpasst hatte, da ich auf der falschen Seite saß. Der Anblick dieser weißen Krone, die über der Savanne thronte, traf mich mehr, als ich gedacht hätte, und erinnerte mich daran, wie weit ich nun von zu Hause weg bin.

Als wir uns den Quellen nähern, werden wir von – anders kann man es nicht sagen – *Leben* begrüßt. Leben, das sich in einer Vielzahl von Bewegungen und Geräuschen bemerkbar macht. Flusspferde suhlen sich im seichten Wasser, ihr Grunzen hallt von der Wasseroberfläche wider wie das tiefe Lachen eines Großvaters. Die schuppigen Körper von Krokodilen gleiten lautlos ins Wasser und hinterlassen kaum Wellen. Fische schießen durch das kristallklare Nass, silberne Blitze inmitten eines Meeres aus Seerosen.

Der Land Rover hält an, und ich steige aus, wobei meine Sinne von dieser wilden Schönheit wie vernebelt scheinen.

»Die Quelle der Prophezeiung ist nur einen kurzen Marsch von hier entfernt«, sagt Cornelis. »Ich bringe dich hin, aber du musst allein eintreten, sonst wird sich deine Prophezeiung nicht offenbaren.«

»Eintreten in was?«, frage ich und kann meine Nervosität nicht verbergen. Ich bin nicht gerade scharf darauf, in ein Wasserbecken zu steigen, in dem vielleicht Krokodile lauern.

»Du wirst sehen«, antwortet Cornelis. »Es ist schwer zu erklären.«

Ich richte mich auf und folge ihm, frage mich, ob es das

Adrenalin ist oder die schiere Notwendigkeit, die den schlimmsten meiner Schmerzen betäubt und mich seltsam klarsichtig macht, während wir unseren Weg durch diese wilde Oase bahnen. Schließlich könnte hinter jedem Busch ein Leopard oder ein Löwe auf uns lauern.

Wir nähern uns einem wundervollen Mutterbaum, dessen Äste sich wie schützende Arme ausbreiten und dessen Hände in die Quelle tauchen. Ab und zu fällt eine reife Feige mit einem angenehmen *Platsch* ins Wasser.

Cornelis führt den Weg zur Basis des Baumes, wo ein dunkles Loch im Boden aufklafft, in das die Wurzeln des Feigenbaums wie weißes Kerzenwachs hinabtropfen.

»Die Quelle ist da unten. Du musst an den Wurzeln hinabklettern. Meinst du, du schaffst das?«

Ich nicke. »Das ist im Moment meine geringste Sorge«, sage ich und blicke in die dunkle Leere.

»Keine Sorge, Tiere halten sich von dieser Quelle fern.«

»Und das soll ich dir einfach so glauben?«

»Deine Entscheidung«, erwidert der Druide. Immer noch misstrauisch mir gegenüber, wie ich sehe.

»Und was muss ich tun, wenn ich da unten bin?«

»Weiter als bis hier bin ich nie gegangen. Du wirst es schon herausfinden, da bin ich sicher.«

Ich fasse mir ein Herz. »Also gut, wir sind ja immerhin den ganzen Weg hierhergekommen. Hilfst du mir?«

Ich gehe um das Loch im Boden herum und setze mich an den Rand. Kettering geht hinter mir in die Hocke und greift nach einem Seil, das jemand zuvor benutzt haben muss. Grauen durchströmt mich wie eine kalte Welle, als mir klar wird, dass es Mardequai gewesen sein könnte.

Cornelis schlingt das Seil um meine Taille, und ich drehe mich zu ihm um. Seine Augen treffen meine für eine Sekunde, bevor ich einen Fuß auf eine hervorstehende Wurzel setze und mich hinablasse. »Wünsch mir Glück«, seufze ich, während meine Schulter vor Schmerz pocht und ich in die Höhle hinabsteige.

»Glück«, murmelt Kettering und gibt mehr Seil.

Unten ist die Luft feucht und erdig, Wassertropfen hallen von der Oberfläche wider, Reflexionen tanzen über die Wände. Es ist ein friedlicher Ort, ein ruhiger Ort, und ich erinnere mich wieder an das Gefühl, das ich kurz vor dem Aufwachen im Flugzeug hatte. Ich fühle mich hier unten sicher, eingehüllt in dieses geheime Versteck.

Ich setze mich an den Rand des Wassers, ziehe die Knie an die Brust und starre auf die spiegelglatte Oberfläche, die die Baumkrone über mir reflektiert.

Sehr lange geschieht nichts, und ich frage mich, ob ich irgendwie auf mich aufmerksam machen muss. Vielleicht meinen Namen sagen? Möglicherweise sogar ins Wasser gleiten?

Ich rücke näher, strecke meinen Arm aus und senke meine Hand vorsichtig zum Wasser, bis die kühle Berührung Wellen nach außen schickt.

Plötzlich spüre ich es: ein sanftes Ziehen, eine Einladung, die an meinem Arm ruckt und mich drängt, tiefer zu kommen. Trotz meiner schmerzenden Schulter lege ich mich auf den Bauch und weiß instinktiv, was nun von mir verlangt wird. Ich atme einmal tief durch den Mund ein, dann beuge ich mich vor. Für einen Moment erhasche ich mein eigenes Spiegelbild auf der Oberfläche, dann tauche ich meinen Kopf unter Wasser.

Das kühle Nass umspielt mein Gesicht, meine Stirn, meinen Hals. Ich halte die Augen offen und staune über die Klarheit des Wassers, mein Haar schwebt um mich herum wie Anima-Fäden.

In dem Moment, als mein Kopf untertaucht, überflutet eine Welle von Bildern, von *Erinnerungen*, meinen Geist, und für eine Sekunde denke ich, ich bin zurück in Ruths Leben. Aber dann bemerke ich andere Frauen an meiner Seite, und ihre Kleidung verrät mir, dass ich viel tiefer in die Vergangenheit eingetaucht sein muss: grobe Wollkleider in einfachen Erdtönen, mit enganliegenden Miedern und weiten Röcken; einige, wie ich, tragen Leinenhauben, die ihr Haar bedecken.

Wir drängen uns auf einem Marktplatz, unsere Angst ist greifbar, als wütende Stimmen um uns herum aufsteigen, die Beleidigungen und Anschuldigungen schreien. Plötzlich segelt ein fauler Salatkopf durch die Luft und zerplatzt am Kopf einer neben mir. Weitere folgen... Kohlköpfe, Tomaten... während wir zusammenzucken und versuchen, uns zu schützen.

Rauhe Hände packen uns, und wir werden vorwärtsgestoßen, über den Platz getrieben. Vor uns gähnt uns eine eiserne Tür entgegen, der Gestank von Schmutz und Fäkalien weht heraus. Wir werden hineingezwungen, und die Tür schlägt hinter uns zu. Und jetzt weiß ich mit brutaler Klarheit, *wann* ich bin: Ich bin tief im Mittelalter und erlebe die Schrecken der Hexenverfolgungen aus erster Hand. Die dunkle Zelle schließt sich um mich, und mit ihr die Ungerechtigkeit, die unzählige Frauen dieser Zeit durchleiden mussten.

Ich möchte unter Wasser bleiben, sehen was als Nächstes geschieht, aber meine Lungen beginnen zu protestieren. Widerstrebend durchbreche ich die Oberfläche, schnappe keuchend nach Luft. Doch kaum, dass ich wieder zu Atem komme, tauche ich auch schon wieder unter. Zu meinem Entsetzen schwimmt jetzt niemand anderes als Mardequai selbst in mein Blickfeld. Zuerst erkenne ich ihn kaum; er ist jünger, seine Haut glatt und sein Haar in einem dunklen Braunton. Auch er ist in mittelalterliche Kleidung gekleidet: eine smaragdgrüne Tunika, in der Taille mit einer einfachen Kordel gegürtet, aber der altbekannte, kohlschwarze Umhang liegt auch jetzt schon über seinen Schultern.

Er bahnt sich selbstbewusst einen Weg durch die Menge, seine Stimme übertönt die wütenden Rufe. Ich kann seine Worte nicht verstehen, aber ich sehe ihre Wirkung. Der Mob beginnt sich zu zerstreuen, dann nähern sich Wachen unserer zusammengedrängten Gruppe, aber anstatt uns zu den Scheiterhaufen zu führen, beginnen sie, unsere Ketten zu lösen.

Mit wachsendem Schock erkenne ich, was hier geschieht. Mardequai *rettet* uns – er rettet uns vor den Feuern, die unser sicheres Ende gewesen wären. Die Erleichterung breitet sich unter den angeklagten Frauen aus, einige weinen vor Dankbarkeit, andere sind noch misstrauisch und ungläubig, während sie dem Druiden in ihrer Mitte danken.

Als er näherkommt, sehe ich die Entschlossenheit in Mardequais Augen. Er spielt die Rolle des Beschützers perfekt. Eine eisige Kälte packt mich, als mir klar wird, dass hier seine Intrige begann. Aber die Hexe, in deren Geist ich bin, weiß das nicht. Ich bin entsetzt, als er sich zu ihr neigt, um sie zu küssen. Ihre Lippen treffen sich, und sie erstrahlt förmlich unter der warmen Sonne ihrer Verbindung – zwei Seelen, die viele ihrer Lebenszeiten nebeneinander gewandert sind und sich in jeder einzelnen immer wieder gefunden haben.

Tatsächlich verstehe ich jetzt, dass *ihr* Geist, genau wie mein eigener, mehr als nur dieses eine Leben birgt – nur dass diese Hexe auf *alle* zugreifen kann. Wie magische Fäden sieht sie all ihre vergangenen Leben, wie sie sich durch die Zeitalter ziehen, und sie hat *ihn* in jedem einzelnen geliebt. Jedes Leben einzigartig und doch mit Mardequai verbunden. Es ist überwältigend, diese Gesamtheit der Erinnerung, diese so große, so ewige Liebe.

Wieder einmal muss ich nach Luft schnappen, als meine Lungen brennen. Ein paar schnelle Atemzüge, dann bin ich wieder unter Wasser.

Jetzt schreit die Hexe Mardequai an, ihre Stimme rau, ihr Gesicht verzerrt vor Wut und Schmerz. »Ich hasse dich! Ich hasse dich! Ich werde dir *niemals* verzeihen, was du getan hast!« Der Schmerz zerschneidet sie wie eine Klinge, als sie dem Mann gegenübersteht, den sie über die Zeitalter hinweg geliebt hat, der jetzt wie ein Fremder ist, den sie verabscheut. Sein Verrat brennt wie Säure in ihr: Er war nie der Beschützer, für den er sich ausgab, sondern der listige Architekt der Hexenverfolgungen, der Priestern und Bürgermeistern, ja sogar Königen, Lügen ins Ohr flüsterte. Er beschrieb Frauen, die die Wege der Natur kannten, als das fleischgewordene Böse. Mit seinen vergifteten Worten spann er die Geschichten, die die Feuer der Angst und des Aberglaubens unter den Menschen schürten. Er nutzte sein Wissen über Hexen gegen sie, indem er ihre tiefsten Geheimnisse offenbarte. Von Dorfplätzen bis zu königlichen Höfen verbreiteten sich die Lügen der Druiden wie ein dichter Nebel und hetzten Ehemann gegen Ehefrau, Bruder gegen Schwester auf. Und wofür? Macht? Einfluss? Rache?

Als sie in die Augen des Druiden blickt, dem sie einst über alles vertraute, kann sie ihn kaum mehr ertragen. An seiner Stelle steht nun ein Unsterblicher von kalkuliertem Ehrgeiz, einer, der die Angst anderer wie den Pinsel eines Künstlers handhabt. Und er hat eine Welt gemalt, in der die Hexe vor dem Mann kauert und Schutz unter den Fittichen der Druiden sucht. Die bittere Ironie des Ganzen macht sie fassungslos, als ihr klar wird, wie gründlich sie alle in Mardequais Netz gefangen sind.

Eine weitere Welle, und jetzt kniet sie auf einer mondbeschienenen Lichtung. Der erdige Duft von Holz nach dem Regen liegt in der Luft; der Wind raschelt in den Blättern über ihr. Ihr mächtiger Geist dehnt sich aus und tritt in das Reich ein, in dem alle Hexenerinnerungen wohnen. Sie will vergessen, will sich von all den Leben befreien, die sie mit *ihm* gelebt hat, um diesen Teufelskreis aus Liebe und Verrat zwischen ihnen für immer zu verlassen. Doch gerade als ihre eigenen Erinnerungsfäden sich aufzulösen beginnen, schleicht sich Mardequai aus den Schatten an sie heran. Bevor sie ihn aufhalten kann, drückt er ihr einen Gegenstand in die Hand – einen Himmelsstein, kalt wie Eis auf ihrer Handfläche. Genau wie ich es in der Wasserkammer erlebt habe, stört die Kraft des Steins ihren Zauber, nur ist die Wirkung tausendmal stärker und verursacht einen katastrophalen Rückprall:

Machtlos sieht die Hexe mit an, wie anstelle ihrer eigenen Erinnerungen die Erinnerungen *jeder anderen Hexe* auf der Welt zu verschwinden beginnen. Es ist, als ob ein großer kosmischer Besen die komplette Grundlage dieser kollektiven Existenz auslöscht und nur ihre eigenen intakt lässt. Der Schmerz dieses Verlustes ist erschütternd, eine Kluft, die sich bis heute im Leben von Hexen – von *Frauen* – auftut, wo einst weite Felder Ahnenwissens waren. Und nun ist *sie* die alleinige Hüterin ihrer Wahrheit. Nun ist sie die letzte Hexe, die sich noch erinnert. Ihre einzige Hoffnung ist es, hierherzukommen, nach Chyulu, bevor Mardequai sie aufhalten kann, sie davon abhalten kann, eine Prophezeiung zu wirken. Ihr letzter Ausweg, um die Erinnerung der Hexen zu bewahren… und sie vielleicht eines Tages zurückzubringen.

Als ich keuchend aus dem Wasser auftauche, hallt ihre Stimme von den Höhlenwänden wider, verzweifelt und zugleich unheimlich vertraut: da ist sie, die Prophezeiung, für die ich kam.

Hüte die Schwestern mit dem gleichen Gesicht
Sie gehen durch Schatten, doch finden ins Licht
Denn das Feuer der Hexen glimmt noch im Staub
Und mein Grab bewahrt was uns einst geraubt.

Die Melodie trifft mich mit einer Intensität, die mich fast umwirft, die Worte sind denen so ähnlich, die meine Schwester mir als Kind immer vorsang. Mein ganzer Körper bebt, als mir klar wird: Die Prophezeiung ist eine dritte Strophe zu Sofias Wiegenlied.

Und jetzt weiß ich es. Ich weiß, was Mardequai weiß. Und

die Tragweite dessen ist so gewaltig, dass sie mich taumeln lässt. Ich stolpere rückwärts und stütze mich an der kalten Höhlenwand ab. Ich atme mit geschlossenen Augen und flehe mein Herz an, aufzuhören zu rasen.

Meine nassen Kleider kleben an meiner Haut, als ich an den verschlungenen Wurzeln der Feige hinaufklettere, wobei ich meinen unverletzten Arm bevorzuge und versuche, den größten Teil meines Gewichts von meiner verletzten Schulter zu nehmen. Das Seil um meine Taille spannt sich; Cornelis zieht von oben. Mit einem letzten Stoß hieve ich mich über den Rand des Lochs und zucke zusammen, als meine Schulter mit dem schärfsten Schmerz protestiert.

»Was ist passiert? Was hast du gesehen?«, fragt Cornelis, während er an dem Knoten um meine Taille zieht.

Ich rolle mich auf die Seite, immer noch nach Luft ringend. Die friedlichen Geräusche der Quelle, das Vogelgezwitscher und Zirpen der Grillen stehen in krassem Gegensatz zu dem Aufruhr in meinem Kopf. Ich öffne den Mund, schließe ihn wieder, wie ein Fisch, der nach dem Fang im Netz um Luft ringt. Ich mühe mich, in Worte zu fassen, was ich gerade aufgedeckt habe.

»Meine ... meine Fähigkeit, mich an das Leben meiner Großmutter zu erinnern ...«

»Ja?«

»Du wirst es nicht glauben, aber, es war einmal so, dass *alle* Hexen sie hatten.«

Cornelis' Hände erstarren auf dem Seil. »Moment, was?«

»Vor den Hexenverfolgungen erinnerte sich jede Hexe an ihre vergangenen Leben, also, nicht nur an eines, sondern ... an *alle*.«

»Was meinst du damit? Erinnerst du dich jetzt etwa an *alle* deine vergangenen Leben, nicht nur an Ruths?«

»Nein«, antworte ich und fahre mir mit den Fingern durch

mein nasses Haar. »Ich bin immer noch nur bei dem meiner Großmutter.«

Cornelis geht in die Hocke und kratzt sich am Nacken. »Aber ... warum würden Hexen sich nicht mehr an ihre vergangenen Leben erinnern? Was ist passiert?«

Ich nicke und schlucke dann schwer, selbst bemüht, die Wahrheit zu begreifen. »Mardequai hat sie gestohlen. Er hat eine Hexe, eine sehr mächtige Hexe, dazu gebracht, diese Verbindung zu unserer kollektiven Erinnerung zu zerstören.«

Cornelis wird plötzlich sehr still. »Wie das?«

»Ein Himmelsstein, während des Vorbeiflugs vom Solantha-Kometen.« Die Worte fühlen sich uralt auf meiner Zunge an, eine Wahrheit, die endlich laut ausgesprochen wird.

»Wer war sie? Die Hexe?«

»Ich weiß es nicht.« Ich schüttle den Kopf. »Ich konnte ihr Gesicht nicht sehen.«

»Kein Wunder, dass Mardequai wie der Teufel darauf aus ist, *das* geheim zu halten.« Cornelis lehnt sich gegen den Baumstamm, die Arme vor der Brust verschränkt. »Wenn das herauskäme, würde es die Vorherrschaft der Druiden zunichtemachen. Mardequais ganzer Machtanspruch beruht schließlich auf der Tatsache, dass sich Druiden, nun ja, *erinnern* – und Hexen nicht.«

»Mehr als das.« Ich stemme mich auf die Füße. »Es bedeutet, dass alles, was Hexen in den letzten fünfhundert Jahren geglaubt haben, eine Lüge war. Die Druiden haben die Hexen nicht vor den Scheiterhaufen geschützt.« Der Zorn in meiner Stimme schwillt an. »Die Druiden haben die Scheiterhaufen *aufgeschichtet*.«

Jetzt lässt sich Cornelis auf die Erde nieder und nimmt während des Nachdenkens Erdklumpen auf. »Aber ... was war dann die Prophezeiung? Was hat das alles mit dir und deiner Schwester zu tun?«

Ich sehe ihm in die Augen, Ehrfurcht, Wut und völliger

Unglaube in meinem Kopf verknotet. Selbst der Baum über uns scheint den Atem anzuhalten und auf meine Antwort zu warten.

»Die Prophezeiung besagt, dass wir dazu bestimmt sind, sie zurückzubringen, die verlorenen Erinnerungen. Meine Schwester und ich, wir sind diejenigen, die alle Hexen wieder zum Erinnern bringen sollen.«

Mit diesen Worten entzündet sich das Knäuel in mir schließlich und verbrennt alles andere, bis nur noch weißglühende Entschlossenheit zurückbleibt. Mardequai glaubt, er habe die Wahrheit ausgelöscht, als er unsere Erinnerung zu Asche machte, aber er sollte sich besser vor Funken hüten.

Denn diesmal sind wir an der Reihe, das Streichholz zu entzünden.

Vielen Dank fürs Lesen

Vielen Dank, dass du meine Geschichte gelesen hast. Sie zu schreiben war eine Herzensangelegenheit, voll langer Nächte, endloser Tassen Kaffee und Momente, in denen ich mich fragte, ob ich sie jemals fertigstellen würde. Aber zu wissen, dass sie nun in deinen Händen liegt, macht die ganze Mühe lohnenswert. Wenn sie dir gefallen hat, würdest du mir einen Riesen-Gefallen tun und dir eine Minute Zeit nehmen, um eine Rezension zu hinterlassen? Für Selfpublisher wie mich macht jede einzelne Rezension einen wahnsinnigen Unterschied, und deine Meinung bedeutet mir mehr, als du vielleicht ahnst. Also, wenn du einen Moment hast, teile bitte dein Feedback. Ich werde es auf der anderen Seite mit großer Dankbarkeit lesen ...

www.giselestein.com

Stein Books & Publishing

1101 Hay Street, Suite #1031

West Perth, WA 6005, Australia

Hardcover ISBN: 978-1-7645123-1-2

www.ingramcontent.com/pod-product-compliance
Lightning Source LLC
Chambersburg PA
CBHW020530310726
48979CB00014B/2276/J

* 9 7 8 1 7 6 4 5 1 2 3 1 2 *